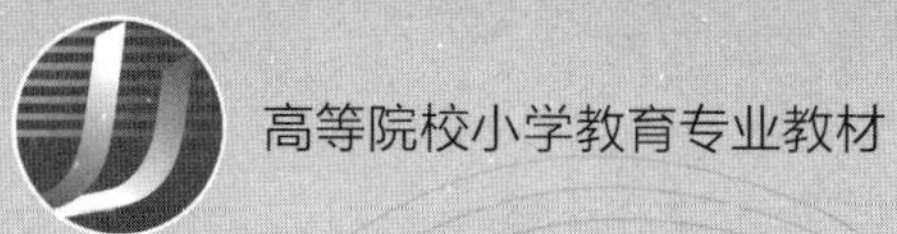

中国现当代文学

（下册）（第2版）

主　编　刘　勇　李春雨

副主编　吴登云　江胜清

高等教育出版社·北京

内容提要

本书是《中国现当代文学》套书中的下册，系教育部教师工作司组织专家审定的高等院校小学教育专业教材。

《中国现当代文学》分上、下册，上册为现代文学卷，下册为当代文学卷。每册以文体分类，包括小说、诗歌、散文、话剧四篇。两本书清晰而详细地叙述中国现当代文学百年发展历程，深入阐发中国现当代文学的思想文化内涵。针对教师的职业特点，两本书以文学史为经，以重要作家作品为纬，让学生掌握中国现当代文学脉络和重要作家作品，提高对文学作品的阅读、鉴赏能力及对文艺现象的评价、分析能力，从而敢教、会教文学作品。两本书的主要特色是既有文学史的整体性，又注重对作家作品的介绍；引述原作品及一些相关的经典评论，阅读性较强；设置学习提示、思考与练习、阅读链接等，方便教学。修订版对内容作了调整，各文体新增了引言，上册局部调整结构，下册增加新世纪文学内容；以二维码方式增加了核心知识点讲解微视频、知识链接、作品导读，以及章后拓展学习、全书试卷和参考答案等数字资源。

本套教材由在高等院校从事中国现当代文学研究与教学的诸多学者、教师共同编写，学术性及教学针对性较强，适合作高等院校小学教育专业、汉语言文学专业教材，也可作中小学教师继续教育教材。

图书在版编目（CIP）数据

中国现当代文学. 下册 / 刘勇，李春雨主编. --2版. -- 北京：高等教育出版社，2023.6（2024.2重印）
ISBN 978-7-04-060369-9

Ⅰ. ①中… Ⅱ. ①刘… ②李… Ⅲ. ①中国文学-现代文学-文学研究-高等师范院校-教材 ②中国文学-当代文学-文学研究-高等师范院校-教材 Ⅳ. ①I206.6

中国国家版本馆 CIP 数据核字（2023）第 060952 号

Zhongguo Xiandangdai Wenxue

策划编辑 肖冬民　　责任编辑 肖冬民　　封面设计 姜 磊　　版式设计 童 丹
责任校对 张 薇　　责任印制 刁 毅

出版发行 高等教育出版社
社　　址 北京市西城区德外大街4号
邮政编码 100120
印　　刷 北京玥实印刷有限公司
开　　本 787 mm× 1092 mm　1/16
印　　张 14
字　　数 330千字
购书热线 010-58581118
咨询电话 400-810-0598
网　　址 http://www.hep.edu.cn
　　　　 http://www.hep.com.cn
网上订购 http://www.hepmall.com.cn
　　　　 http://www.hepmall.com
　　　　 http://www.hepmall.cn
版　　次 2010年2月第1版
　　　　 2023年6月第2版
印　　次 2024年2月第2次印刷
定　　价 32.00元

物 料 号 60369-00

高等院校小学教育专业教材总序

我国已进入全面建设社会主义现代化国家的新的历史阶段。在这样一个历史阶段，教育越来越成为促进社会全面发展、推动科技迅猛进步，进而不断增强综合国力的重要力量，成为我国从人口大国逐步走向人力资源强国的关键因素。我国的教师教育正面临着前所未有的机遇和挑战。教师教育的改革与发展直接关系到千百万教师的成长，关系到素质教育的全面推进，关系到一代新人思想道德、创新精神和实践能力的培养和提高，最终关系到推动科学发展、促进社会和谐、全面建成社会主义现代化强国目标的实现。

培养具有较高学历的小学教师是适应基础教育课程改革与发展的迫切需要，也是我国教师教育课程改革与发展的必然趋势。为了适应基础教育课程改革与发展的需要，我国对培养较高学历的小学教师工作进行了长时间的积极探索，取得了较大成绩，并积累了许多宝贵经验。《教育部关于大力推进教师教育课程改革的意见》提出："要围绕培养造就高素质专业化教师的目标，坚持育人为本、实践取向、终身学习的理念，实施《教师教育课程标准（试行）》，创新教师培养模式，强化实践环节，加强师德修养和教育教学能力训练，着力培养师范生的社会责任感、创新精神和实践能力。"党的二十大报告指出，要全面贯彻党的教育方针，落实立德树人根本任务；加强师德师风建设，培养高素质教师队伍。中共中央、国务院《关于全面深化新时代教师队伍建设改革的意见》提出："全面提高中小学教师质量，建设一支高素质专业化的教师队伍。""根据基础教育改革发展需要，以实践为导向优化教师教育课程体系。"为此，要结合教师专业标准等的要求，依据《教师教育课程标准（试行）》，优化教师教育课程结构，改革课程教学内容，开发优质课程资源等。

开展小学教师培养工作，课程与教材建设是关键。当务之急是组织教育科研机构、高等师范院校的专家学者和教师联合编写出一套高水平的、规范化的、专门用于培养较高学历小学教师的教材。

编写高等院校小学教育专业教材，应该遵循以下原则：

一、时代性与前瞻性。教材要面向现代化、面向世界、面向未来，反映当代社会经济、文化和科技发展的趋势，贴近国际教育改革和我国基础教育课程改革的前沿，体现新的教育理念。

二、基础性与专业性。教材要体现高等教育的基础性，同时要紧密结合当今小学教育课程改革的趋势和实施素质教育的要求，针对小学教育专业的特征和小学教师的职业特点，力求构建科学的教材体系，提高小学教师的专业化水平。

三、综合性与学有专长。教材要根据现代科技发展和基础教育课程改革综合化的趋势，强化综合素质教育，加强文理渗透，注重科学素养，体现人文精神，加强学科间的相互融合以及信息技术与各学科的整合；同时，根据小学教育的需要，综合性教育与单科性教育相结合，使学生文理兼通，学有专长，一专多能。

四、理论与实践相结合。教材要根据小学教师职前教育的要求，既要科学地安排文化知识课和教育理论课，又要加强实践环节，注重教育实践和科学实验，重视对师范生教师职业能力的培养。

五、充分体现教材的权威性、专业性、通用性和创新性。教材应以教育部制定的《教师教育课程标准（试行）》为编写依据，以教师培养、培训沟通为目的，在体系框架、内容、呈现方式等方面开拓创新，加大改革力度，充分体现以学生为本的教育理念，使教材从能用、好用到教师、学生喜欢用。

高等教育出版社根据以上原则组织编写了有关教材，这些教材经过专家审定，请有关单位和学校酌情选用。

前　言

当前我国正在大力推进教师教育课程改革。党的二十大提出要培养高素质教师队伍，并对办好人民满意的教育、加强教材建设和管理提出明确要求。中国现当代文学作为中文学科的重要组成部分，对培养我国教师的人文素养具有极其重要的作用。同时，随着我国基础教育课程改革的深入推进，社会对教师人文素养的要求也越来越高。《义务教育语文课程标准（2022年版）》强调要让学生增强阅读文学作品的能力。这就要求教师自身对中国文学史及作家作品有广泛而深入的了解和把握，具有较强的阅读、鉴赏和分析能力。根据教育部“组织编写小学教育专业教材，加强小学教育专业建设”的意见，教育部教师工作司组织专家审定、建设高等院校小学教育专业系列教材。高等教育出版社作为出版单位，2010年委托我们组织全国十余所大学长期从事中国现当代文学研究和教学的专家学者，针对我国小学教育专业的特点和实际，编写了这套中国现当代文学教材。本套教材适合高等院校小学教育专业学生使用，也适合高等院校汉语言文学专业学生使用。

编写这套中国现当代文学教材，我们有如下几点考虑：一是在特定时代背景下展现中国现当代文学对本民族文学的发展贡献，坚持弘扬先进文化和革命文化；二是让学生掌握文学史知识，增强文学作品分析能力，使学生在具备一定学科知识的基础上，能够将其运用到未来的教学中，敢教、会教文学作品；三是针对培养小学语文教师这一点，编写既要保持基础性和开放性，又要体现中国现当代文学学科的完整性和学术性，要考虑对语文教师未来专业发展的提升支持，以有助于培养创新型语文教师。我们将编写思路确定为：贴近基础教育语文教学实际，增强教材的实用性，同时把“提高”当作重要目标，保持中国现当代文学的水平，帮助学生未来继续学习和提高。在编写的过程中，我们始终贯彻以下原则：一是基础性与专业性结合，二是理论与实践相结合，三是综合培养与学有专长相结合。

在上述考虑的基础上，我们力图编写出有自己特色的教材。这主要表现为如下几点：一是教材分上、下册，上册为现代文学卷，下册为当代文学卷。每册以文体分类，包括小说、诗歌、散文、话剧4个专题篇，又以章构成，每章集中阐述某个时期的文体，这种串珍珠的方式，能清晰地展现中国现当代文学一百多年的发展历程，深入阐发中国现当代文学的思想文化内涵。二是以“文学史”为背景，以“作品解读”为基本内容，引述一些文学作品片段，让学生具体而形象地掌握重要作家作品，强化学生对文学作品的阅读、鉴赏、分析能力及对文艺现象的把握能力，以便他们走上教学岗位后敢教、会教文学作品。三是注重教学的实用性，精心设计教学板块，深入浅出地引导学生把握现当代文学作品。每一章都设置了学习提示、思考与练习、阅读链接，针对一些作家作品提供经典评论。四是考虑到大多数学生为非中文专业这一点，教材内容在按专题编写的同时，体现出教学的弹性。如上、下册各设“导论”，每个文体设“引言”，各章第一节一般是对该时期相关文体的总括性阐述。我们建议本科生应学习本教材的所有内容，专科生可根据课时在学习导论、引言和总括性内容的基础上选学重要作家作品介绍。

本套教材自2010年出版以来，被广泛地用于全国各地的高等院校教学中，其中有综合性大学、师范院校、职业院校等，也用作各地中小学教师培训用书，反响非常好。当前，我国基础教育课程改革正在深入推进，并于2022年颁布了新版义务教育课程标准；21世纪当代文学已经有20多年的发展，出现了前所未有的文学现象，也承担起了更宏大的历史使命；中国现当代文学发展也已超过100年，中国现当代文学的学术研究也在深入推进。为此，我们有必要对本套教材进行修订。

本次修订力图将学界前沿的学术思考和研究成果以及新颖的教育教学方法融汇其中，以期本套教材在今后的教学实践中发挥更大的作用。这次修订主要体现在以下几个方面：

一是在教材内容上，对新近十年文学发展的最新动向进行更新和追踪。此次修订在坚持原版本对于文学史扎实而灵活叙述的基础上，各文体新增了引言，补充了当代文学发展的最新情况，如丰富了对21世纪代表作家作品的介绍，使得全书内容更加丰富和完整。另外，从教学需要和内容整体上考虑，对章节目录上进行了必要的调整，使得结构更加合理，层次更加分明，线索更加明晰，体现了重点内容与广博背景知识的深度契合。

试卷

参考答案

二是在体例设计上，更加注重开放性和研究性，致力于培养创新型语文教师。此次修订特别根据使用对象的特点，利用信息技术，增加了核心知识点讲解微视频、知识链接、作品导读，以及章后拓展学习、全书试卷和参考答案等数字资源。这些扩充了本套教材的容量，增强了教学弹性，有利于促进学生自主学习，帮助学生开阔视野，培养阅读与研究相结合的能力，在扎实掌握文学史知识的同时对学术问题进行深入思考。

三是完成了从传统教材向新形态教材的转型。当下随着多媒体技术的蓬勃发展、网络资源的日益丰富，建设一种融合文本、数字资源的新形态教材势在必行。此次修订在相应的知识点处以二维码方式链接大量数字资源，以适应新形势下开展翻转课堂教学、混合学习的需要。

本套教材的编写者大多是来自不同高等院校的学者、教师，他们既是中国现当代文学研究的学术精英，又是教育领域中国现当代文学课程的讲授主力。因此，本套教材的编写，能够充分体现当前中国现当代文学研究和讲授的针对性与全面性。在本次修订中，各章节内容负责人如下：上、下册导论以及第十八章由刘勇、杨志撰写，各文体引言由刘勇撰写，第一章、第十章由江胜清撰写，第二章、第十一章、第二十二章（第四、五、六节）由吴永社撰写，第三章、第四章由吴登云撰写，第五章、第十六章、第二十六章由张金朔撰写，第六章、第十四章由王静悦撰写，第七章由李艳撰写，第八章由张谦芬撰写，

第九章由张家国撰写，第十二章由刘勇、周源、刘泉撰写，第十三章由李春雨、张露晨、毛夫国撰写，第十五章、第十七章由臧秉武撰写，第十九章由康海玲撰写，第二十章由李春雨、韩冬梅、姬学友撰写，第二十一章由刘勇、韩冬梅、姬学友撰写，第二十二章（第一、二、三节）由罗永东撰写，第二十三章、第二十四章由杜伟撰写，第二十五章由徐纪阳撰写，第二十七章由赵焕亭撰写，第二十八章由刘冰撰写，第二十九章由付平、李蕾、林方撰写，第三十章由张岩、凤媛、潘艳撰写，第三十一章由郭震撰写，第三十二章由李春雨、刘泉、凤媛撰写，第三十三章由李春雨、徐敏撰写，第三十四章由崔有第撰写。

除了原编写者之外，参加此次修订的人员有刘勇、李春雨、张悦、陶梦真、闫丽君、汤晶、乔宇、谭望、解楚冰、王运泽、郭霞、付平、徐敏、吴云、徐纪阳、崔有第、刘冰、万书言、王龙洋、刘旭东、庄敏、陈蓉玥、王思娜、张程玉等人。他们不仅参与了教材内容的增订、删改及校对，还为录制视频、建设数字资源付出了大量心血。

贴近高等院校小学教育专业、汉语言文学专业学生学习实际和基础教育语文学科教学实际，提高准教师乃至在职教师的中国现当代文学作品阅读、鉴赏、分析能力，是本套教材的基本追求。本套教材能否实现这个追求，还要在继续使用中持续接受检验。虽然我们在这次修订中下了很大功夫，但难免还存在一些不足，尤其是新形态教材的建设对于我们来说是一个全新的尝试，我们期待在教材的使用中得到广大师生的反馈。

刘　勇　李春雨

2023年2月

目 录

当代文学卷

诗 歌 篇

散 文 篇

话 剧 篇

当代文学卷

导论　与共和国一起成长的中国当代文学

中国当代文学，一般特指新中国成立以后的中国文学。中国当代文学是五四时期以来的新文学运动发展到社会主义历史阶段所产生的文学，是中国文学发展的最新阶段。它延续了五四时期以来的新文学血脉和延安文艺座谈会以来的优秀文化传统，呈现出与古典文学迥异的表达特点；同时又受到特定时代环境的影响，表现出与现代文学不同的特点。谢冕先生指出："中国当代文学持续致力于中国文学的现代化，即通过现代社会和人的意识情感的加入，以改变中国古典文学造成的封闭和隔绝，使文学在内容和表达上与当代中国人的实际有更多的联系和契合；当代文学继续扩大白话对文言的战胜，它使中国文学在语言运载上更为接近中国当代人的习惯。"[①]从时间和空间两个维度看来，当代文学显现了开放性与整体性的特点。

首先，当代文学的开放性表现为时间的开放性。从1949年起，当代文学已经走过了70多个年头，仍处于不断发展演进的过程中。当代文学发展演进的历程始终与时代思潮紧密相连。从新中国成立初期的文学到新时期文学，当代文学始终跟随当代社会的节拍律动，经历了一场又一场波澜壮阔的思潮运动，涌现了诸如"伤痕文学""反思文学""改革文学""先锋文学""新写实小说"等一系列文学思潮。

知识链接：
第一次文代会

1949年7月，中华全国文学艺术工作者代表大会（简称"第一次文代会"）的召开被视为当代文学的开端。1953年9月，第二次文代会（全称为中国文学艺术工作者代表大会，这里以及以下各次均用简称）确定了社会主义改造时期文艺的任务，并将塑造新的时代英雄定为社会主义文艺的基本要求。许多"高、大、全"的英雄人物成为这一时期文学作品中的主角。新时期文学的发展同样与20世纪80年代社会政治的转折进步密不可分。1979年10月第四次文代会的召开标志着新时期文学的复苏，《班主任》《伤痕》《失去的爱情》《爱，是不能忘记的》《人到中年》《黑骏马》《灵与肉》等一系列反映现实、反思历史的作品横空出世，掀起了新时期文

① 谢冕. 论中国当代文学［J］. 文学评论，1996（2）.

学的热潮。自20世纪90年代末以来，当代文学主潮的更迭也直接与社会思潮的变迁密切相关。随着苏联解体以及东欧剧变，两极世界格局与两极文化格局日益弱化，意识形态也日益呈现出多元化的态势，这种态势也反映到了文学创作之中。加之受到90年代以来市场经济的冲击，当代文学开始表现出消解历史、歌颂平凡人的潮流。文学在新世纪也渗透了浓厚的商品化气息，进入新世纪以来的文学正在亦步亦趋地追赶时代变革的步伐，呈现出多元自由的文化格局，网络文学、底层写作、打工文学、新左翼文学、青春文学都在当代文学中找到了自身的生存空间。

当代文学的开放性还表现在其面对世界文学的眼光与勇气上。当代中国正在以前所未有的速度融入全球化浪潮，当代文学也以更加开放的姿态拥抱世界文学。2012年莫言获诺贝尔文学奖，2015年刘慈欣获“雨果奖”（“科幻成就奖”），2016年曹文轩获国际安徒生奖，中国作家的声音正逐渐引起世界的关注。中国当代作家屡获国际性大奖体现了世界对中国文学的认可，同时也给中国当代文学的发展带来新的希望和机遇。

其次，当代文学还兼具整体性的特点。台港澳文学是中国文学不可分割的一部分。中国台湾文学一方面与大陆文学有着深厚的源流关系，同时由于历史、环境等特殊原因，也具有某些特质。台湾文坛曾先后涌现了陈映真、黄春明、王祯和、余光中、施叔青、张大春、琼瑶、古龙等一批重要作家。香港新文学起步较晚，历史原因造就了其开放多元的文化样态，一方面表现出与内地文学融合共生的发展态势，另一方面也呈现了与内地文学不同的文学风貌，严肃文学与通俗文学杂糅共生，涌现了西西、李英豪、梁羽生、金庸、梁锡华等一大批知名作家。香港文学全方位多元化的发展趋势，离不开本土作家与外来作家的共同探索与创造。澳门文学总体上起步较晚，五六十年代，澳门出现一些文学刊物，聚集起了一批文学开垦者。到了80年代，澳门文学快速发展，作家涌现，文学社团建立，文学刊物创办，这些为文学创作与传播奠定了基础，文学创作体现出地域性和开放性特点。回归祖国后，澳门文学日渐呈现新的面貌。

总之，在过去的70多年间，中国当代文学不仅接续了中国文学的传统，同时也开创了属于自己的黄金时代。中国当代文学始终与共和国同呼吸、共命运，在思想上与艺术上不断创造辉煌业绩。

第一节 当代文学的发展历程

中国文学进入当代，环境发生了根本变化。文学环境的变化带来了文学格局的变化。1949年7月，第一次文代会召开，标志着当代文学发端。虽然在“文化大革命”期间，当代文学出现了停滞和断层的情况，但新时期特别是自20世纪90年代以来，文学创作日益丰富，文学格局呈现出开放多元的发展趋势。从1949年至今，中国当代文学已经走过了70多年的历程，这个历程可分为三个阶段：十七年时期文学、新时期文学、新世纪文学。

一、十七年时期文学

十七年时期指从1949年新中国成立到1966年“文化大革命”前夕。这一时期的文学继承了五四时期以来新文学的现实主义传统，以毛泽东的《在延安文艺座谈会上的讲话》所确定的文艺思想为指导，坚持社会主义总方向，倡导社会主义现实主义的创作方法，文艺工作成绩比较显著。这一时期文学的总体特点是：走进历史尤其是走进当代社会现实生活，展现中华民族除旧布新、以工农兵为主体的社会变革风貌，表现社会主义的时代精神。

这一时期的文学创作继承中外文学尤其是五四新文学的传统，以革命现实主义为主潮，在革命历史题材和农村现实题材方面，取得了突出的艺术成就，涌现了一系列讴歌新中国的小说。长篇小说如杜鹏程的《保卫延安》、曲波的《林海雪原》、罗广斌和杨益言的《红岩》、吴强的《红日》、梁斌的《红旗谱》、杨沫的《青春之歌》，短篇小说如王愿坚的《党费》和《七根火柴》等。大量优秀的革命历史题材作品主要反映民主革命，真实再现了中国人民在中国共产党的领导下浴血奋斗的历史，热情歌颂了革命前辈艰苦卓绝的奋斗历程，回荡着革命英雄主义的主旋律，引导人们体会今天的幸福生活来之不易。在农村现实题材方面，赵树理的《登记》和《三里湾》，周立波的《山乡巨变》，柳青的《创业史》，李凖的《李双双小传》，浩然的《艳阳天》等小说充分表现了中国从土地改革到农业合作化，从“大跃进”、人民公社到党对农村政策的调整等十七年时期农村的一系列变革和农民伦理道德观念与心理的巨大变化。

这一时期的诗歌与时代和现实紧密联系，以各种形式如叙事诗、抒情诗，自由诗、格律诗，自然风景诗、历史神话诗、爱情诗、政治讽刺诗等反映社会主义革命和建设，热情赞颂祖国的新时代、新生活。李季、闻捷、郭小川、贺敬之等一批诗人都在从内容到形式的诗歌艺术探索中取得了重大的成就，为新诗的民族化、大众化做出了贡献。

这一时期的散文创作水平在整体上超过了20世纪40年代解放区的散文创作，揭开了社会主义散文史的新篇章。叶圣陶、冰心、巴金等文坛宿将，徐迟、郭小川、峻青等作家，吴伯箫、吴晗、邓拓、陶铸等教育家、历史学家和党政领导人，杨石、郁茹等新生力量，组成了一支庞大的散文创作队伍，并由此形成一个以杨朔、秦牧、刘白羽等中年作家为骨干的散文作家群，推动散文创作走向繁荣。这一时期的通讯报告、抒情散文、报告文学、杂文等比其他文学体裁更迅速、更直接地反映了新时代、新生活。同时，散文创作者在艺术形式和表现手法上的突破，使得这一时期散文园地更增勃勃生机和绚丽色彩。这一时期的散文创作还有一个独特的收获和文学现象，即史传文学的崛起。大量具有珍贵史料价值的革命回忆录纷纷涌现，讴歌中国共产党领导下无产阶级革命的辉煌历程，但其缺陷在于一般都缺乏艺术方面的审美价值。

这一时期的戏剧创作继承和发扬了解放区戏剧的现实主义传统，成绩显著。这一时期戏剧创作题材广泛、品种繁多，有话剧、歌剧、戏曲和改编的传统剧，其中话剧成就最大。如老舍的《龙须沟》《方珍珠》，曹禺的《明朗的天》，崔德志的《刘莲英》，胡万春的《激流勇进》，海默的《洞箫横吹》等剧作从多方面迅速地反映社会主义革命和建设，表现现实生活，在探索话剧民族化、大众化方面取得了可喜的成绩。话剧中的历史剧创作，如郭沫若的《蔡文姬》、田汉的《关汉卿》、老舍的《茶馆》、曹禺等人的《胆剑篇》等都有很高的思想与艺术成就，《茶馆》在世界上都享有盛名。这一时期的歌剧、戏曲创作成绩也比较显著，在如何表现现实题材方面进行了成功的尝试。

与文学创作相呼应，理论批评在1956年5月“百花齐放、百家争鸣”方针（“双百”方针）提出后日趋活跃。秦兆阳、钱谷融、巴人等联系新中国成立以来的文学实际，对文艺与政治的关系、文学的思想倾向性与艺术真实性的关系、歌颂与暴露的关系、世界观与创作方法的关系等重要理论问题，进行了比较深入的探究。

但毋庸置疑的是，“左”倾思潮的严重干扰导致这一时期的文学题材相对狭窄，人物形象单一，艺术风格、艺术形式的发展也受到很大限制。这一时期的文学运动，如对俞平伯《红楼梦研究》的批判、对胡风文艺思想的批判、对《海瑞罢官》的批判等，在“以阶级斗争为纲”的错误思想指导下，严重阻碍了新文学的发展。

从1966年至1976年整整十年的“文化大革命”，使新中国成立以来的文学创作备受重创，政治观念和意图更直接地转化为文学作品，作品的接受行为也更明确地被赋予了特定时期的政治意义。“文化大革命”期间的文学，存在两种形态：一种是在公开出版物上发表的作品；另一种是秘密或半秘密状态写作和传播的作品，通常称为“地下文学”。公开发表的文学作品，基本上遵循文学激进派所确立的创作原则和方法。“文化大革命”期间的小说、诗歌、戏剧，其艺术经验主要来自20世纪五六十年代，但是意义指向确定的“公共”象征，用当代文学研究者洪子诚先生的论著评论，是以“公共”象征取代了对生活细节精确刻画的描述，其重要特征是政治直接“美学化”[①]。

在“文化大革命”期间的小说创作方面，代表作品有浩然的长篇小说《艳阳天》《金光大道》。作品自觉运用“三突出”的“创作原则”来塑造高大光辉的英雄形象，在艺术上也更有力地贯彻当时倡导的“典型化”的创作方法。无论是作品中人物的个体意义，还是作家的体验本身，都被整合到“文化大革命”统一的历史叙述中。在“文化大革命”期间，戏剧在文艺诸样式中居于中心地位，1967年5月31日，《人民日报》发表评论《革命文艺的优秀样板》，将《红灯记》《沙家浜》《智取威虎山》《林海雪原》等八部文艺作品定为样板。其实样板戏并非产生于“文化大革命”期间，早在1963年便已经出现。样板戏在这个时期被描述为与“旧文艺”决裂的产物，成为政治斗争的工具。样板戏本身表现为政治理想与大众艺术形式的结合，而作家、艺术家那种个性化的意义生产者的角色认定和自我想象被破坏和击碎了，文艺生产完全被纳入政治体制。在写作方式上，文学批评最流行的方法是组织写作小组，这反映了文学批评的集体性、非个人性。虽然诗歌、小说、散文的发表，许多仍是以个人署名的方式，但是“集体创作”得到鼓励和提倡，尤其是“工农兵”的创作。在“文化大革命”期间，国内与外界的文化交流几乎处于完全停滞的状态。

二、新时期文学

新时期文学指从1976年以来到新世纪前的文学。在党的十一届三中全会和第四次文代会精神的指导下，新时期文学开始复苏并走向繁荣。在这前后关于文艺思想的讨论十分活跃，文艺工作者特别是理论批评者认真反思十七年时期文艺思想和文艺观念，积极探索文艺的新观念。这个时期作家队伍空前壮大，文学创作日趋繁荣，文学的题材、艺术方法、形式和风格极其丰富多样。文学创作以现实主义为主潮，吸收其他各种现实主义、现代主义的经验，广泛探索各种创作方法，真实反映历史、社会生活，深入表现人的精神世界。在新时期文学开始阶段，象征主义、意识流、超现实主义、魔幻现实主义、荒诞派、黑色幽默等世界一百多年的文学思潮、流派、创作方法、形式几乎都有所表现，体现了新时期

① 洪子诚. 中国当代文学史［M］. 北京：北京大学出版社，1999：188.

作家大胆的探索与创新精神。

小说创作在新时期文学中成绩最显著，充满了思考、探索与追求，其数量、质量与所产生的社会影响，在中国当代文学史上都是空前的。1977年底刘心武发表的短篇小说《班主任》打破了当时创作的僵滞局面，开“伤痕文学”之先河。“伤痕文学”虽然在艺术上成就不突出，但它率先对“文化大革命”的危害进行反思，正视社会生活中的矛盾、问题，起到思想解放先声的巨大作用，推动了时代潮流前进，同时为现实主义传统的恢复立下了不可抹杀的功劳。其后的“反思文学”是对“伤痕文学”的衔接和深化，小说的创作者试图站在一个较高的历史角度来观察和思考“文化大革命”的教训，求得对历史的深刻认识，他们的作品在开拓题材、深化主题、塑造人物、艺术表现等方面都有比较突出的表现，将新时期现实主义小说艺术发展深化了。高晓声的《李顺大造屋》、从维熙的《泥泞》、茹志鹃的《剪辑错了的故事》等小说是“反思文学”的优秀作品。以上是新时期小说发展的第一阶段，其主要艺术倾向是暴露和批判，主要审美情感是愤懑和反思。

1979年蒋子龙发表的《乔厂长上任记》谱写了新的历史时期改革者的第一支响亮的赞歌，成为“改革文学”的先导，拉开了新时期小说发展第二阶段的帷幕。此后，反映中国改革现实的佳作相继出现，如张洁的《沉重的翅膀》、陆文夫的《围墙》、贾平凹的《鸡窝洼人家》等。同时，这一阶段的许多作家开始了对健康人生、人情、人道主义的重新思考，张洁的《爱，是不能忘记的》、刘心武的《如意》、铁凝的《哦，香雪》等作品大都能把人性、人情、人道主义作为伦理观和道德观来表现，是新时期小说创作中现实主义发展的又一标志。这一阶段还有许多作品，如谌容的《人到中年》、高晓声的《陈奂生上城》、李存葆的《高山下的花环》等，都把笔触伸入到社会生活的各个角落，广泛表现新时期的社会问题。欧阳山的《成功者的悲哀》等小说描写了大陆人民与台湾同胞、内地人民与港澳同胞等的感情，填补了当代小说题材的空白。总之，这一阶段的小说创作注重揭示普遍性的社会心理和社会问题。

作品导读：
铁凝《哦，香雪》

1985年前后，新时期小说创作进入第三阶段，开始多角度、全方位地表现社会生活，实现了小说观念的重大更新。“文化小说”的出现是这一阶段的重要特征。阿城的《棋王》、韩少功的《爸爸爸》、莫言的《红高粱》等“文化小说”显示出作家们试图从民族文化的意义上寻求文学观念解放的努力和成就。他们通过对民俗、民生的历史审视，写出了上承传统、下接现实的民族文化心理的某些方面，以重铸民族精神、适应改革开放需要为基调的“文化小说”体现了更高的文学创作目标和文学价值观念。这一阶段的又一重要特征是“现代派”小说的出现，如刘索拉的《你别无选择》、残雪的《黄泥街》、王蒙的《活动变人形》、马原的《虚构》等。这些作品不仅注重借鉴西方现代派文学的表现技巧、手法，而且更着力表现人们在改革开放过程中精神与现实的错位、心理所受的冲击和影响。这一阶段是一个真正多元的、全方位的文学阶段。新时期小说在不断实践、总结、再实践的基础上，沿着社会主义总方向迈出了更坚实的步伐。

新时期的诗歌创作恢复和发展了现实主义优良传统，敢于直面人生，以声讨“四人帮”、悼念英烈、沉思历史、变革现实、揭示生活的真理为主要内容。从诗歌艺术本身而言，这一时期的诗歌在真实性原则的指导下，由人性的复归走向诗人“自我”的复归。诗人特别是年轻诗人在西方现代主义和东方古典诗学的双重影响下，自由选择题材、创作方法，以自己独特的审美感受、审美评价和理想追求去反映和表现世界，使整个诗坛异彩纷呈。艾青、公刘、流沙河、绿原等诗人带着从东方美学传统和西方现代主义影响之间寻找平衡的诗作，声势浩大地归来，这不仅是诗人“自我”的归来，也是诗歌自身审美价值的归来。舒婷、顾城、北岛等“朦胧派”诗人则在东方诗学修养基础上，将从西方现代主义思潮中涌来的“意象”“客观对应物”“梦”“原型”“变形”“蒙太奇”等一一变成自己意象结构的方式和语言秩序的逻辑，用自己独特的风格重建人的本体和诗的本体，代表性作品有舒婷的《会唱歌的鸢尾花》、北岛的《一切》等。总之，新时期的诗歌创作园地是一个花团锦簇的世界。

新时期的散文从挽悼散文起开始复苏、发展，新老作家随着思想解放运动的展开，广泛择取题材，自由抒写自己的思想情感，充分表露自己的精神个性，继承和发扬了五四时期以作家个性为本位的散文传统。新时期散文创作的重大成就表现在报告文学的空前繁荣上。新时期的报告文学关注题材的新开拓和强烈的时代精神（如杨匡满和郭宝臣的《命运》，鲁光的《中国姑娘》），正视矛盾和解剖阴暗面，发挥干预生活的职能（如杨旭的《检察官汤铁头》、涵逸的《中国的“小皇帝”》）。在艺术上，这一时期的报告文学呈现出多元化态势，它向其他文学样式借鉴形式、方法、手法，打破传统的时空观念，运用多种剪裁视角、心理时空线索整合材料，深入人物复杂的内心世界，倾注作家主观的忧患意识和充沛感情……艺术性的强化使得新时期报告文学风貌多彩多姿。

新时期的话剧创作从揭露批判“四人帮”的“阴谋戏剧”起再生、繁荣。宗福先的《于无声处》等剧作完成了以戏剧为武器揭露批判“四人帮”罪行的时代使命。此后，一批“社会问题剧”相继问世，如崔德志的《报春花》、赵国庆的《救救她》等剧作着力反映现实，揭示社会矛盾，体现了作家们严肃的社会使命感及思想解放的特点，这无疑是现实主义传统在新时期话剧创作中高扬的表现。自20世纪80年代以来，一批剧作家在文艺创新探索的浪潮及全国性的“话剧热”降温的情况下勇敢探索，形成话剧创作的多元化态势。探索话剧追求题材内容上的多义性和哲理性，如《魔方》《一个死者对生者的访问》等剧作借助蒙太奇、荒诞等手法，对人生哲理作多义的、深层次的探求。探索话剧还追求人物心灵的外化、具象化。探索话剧在剧场艺术上追求综合化，打破了剧本“三一律”结构的束缚，追求自然流畅、开放多样的叙述性结构；从其他艺术门类中借鉴表演手法，丰富自己的表现力；利用简约的舞美设计、剧场设计取得不受时空约束的极大自由，强化剧场的交流效果。《绝对信号》《血，总是热的》等剧作都体现了探索话剧追求剧场艺术综合化的成就。新时期的喜剧创作，经讽刺喜剧、赞美喜剧发展至风俗喜剧，形成一股创作潮流。新时期历史剧创作亦出现了不少佳作。

但新时期的文学也存在一些局限，一些诗人、作家或力求开拓新题材，却未能深入理解现代生活；或过分追求外来形式与技巧，而忽视本民族的优秀传统和对作品内容的深化；或孤芳自赏、作茧自缚，甚至强调表现自己不甚健康的内心世界，而忽视文学的社会功能，放弃自己的社会责任。这些对新时期文学的发展造成了不良影响。然而，从总体上看，新时期最初的文学成就是显著的。

三、新世纪文学

自20世纪90年代以来，中国社会急剧转型，由社会主义计划经济体制转向社会主义市场经济体制，人们的意识也发生了微妙的变化，知识分子旧有的一元化的文化理想被冲淡，多元文化格局在不自觉中逐渐形成。进入新世纪，文学的一个重要特点是包罗万象，不同的文化形态和文化立场公开呈现，新世纪文学已无法再现新时期以来文学思潮的统一更迭，文学潮流的淡化已是一个不争的事实，中国文学在积极面向世界的同时，也在自身传统中上下求索，文学整体呈现出非精英化、市场化、多元化等特点。科技进步以及全球化语境，使得文学创作、交流和传播更加迅速便捷，电子媒介推动了文学创作形式和理念的多元化。女性文学、网络文学、影视文学、科幻文学、底层文学、非虚构文学（非虚构写作）等新的文学样态正在持续发力。

微视频：新世纪网络文学的主要特点

微视频：新世纪影视文学的主要特点

知识链接：非虚构写作

新世纪小说面临更加复杂和多义的社会背景，创作环境更加开放包容，小说作者和读者间的互动更加频繁，表达更加切近当下，大众媒介更深地介入小说创作，常常带来轰动性的市场效应。新世纪小说的创作队伍呈现出接续与新生的双重特点。以莫言、贾平凹、张炜、韩少功、王安忆、铁凝、刘震云等为代表的50后作家仍然是新世纪文学的中流砥柱；以格非、苏童、毕飞宇为代表的60后作家依旧创作力旺盛；以徐则臣和石一枫为代表的70后作家以及与网络文学共生的80后作家，创作出具有知识分子思考力和大众文化特点的多样作品。80后作家群体已成为中国文坛不容忽视的创作力量。海外华人作家如严歌苓、虹影、张翎、陈河等人的小说也已成为新世纪小说的一个重要组成部分。此外，当代女性作家队伍也在不断壮大，铁凝、迟子建、王安忆、林白、蒋韵、戴来、盛可以等女性作家以女性视点进行社会审视和思考，为文学创作注入了新的生机。新世纪小说不断拓展表现现实生活的深度和广度，题材日益开放、多元，在乡土与都市、历史与现实、科幻与非虚构等多个题材上都有重要的收获。在乡村题材创作上，贾平凹的《秦腔》，毕飞宇的《玉米》《平原》，莫言的《生死疲劳》，韩东的《扎根》，孙惠芬的《歇马山庄的两个女人》等作品在展现乡村传统文明与现实生活的碰撞中，思索人性与乡村的走向，是新世纪可圈可点的乡土题材佳作。新世纪小说也不乏聚焦于当下现实的作品，张炜的《你在高原》、毕飞宇的《推拿》、迟子建的《世界上所有的夜晚》、铁凝的《春风夜》、王安忆的《发廊情话》等小说以精巧的故事，折射作家对当下现实问题的深入思考。新世纪历史题材小说的创作也取得了重要的成就，格非的《人面桃花》、刘醒龙的《圣天门口》、李锐的《银城故事》、李洱的《花腔》等作品以厚重的笔法书写当代人眼中的历史。刘慈欣的《三体》以及郝景芳的《北京折叠》接连摘得“雨果奖”，使得科幻小说受到越来越多的关注。新世纪长篇小说的数量大大增加。王蒙、贾平凹、张炜、韩少功、莫言、张承志、余华、苏童、王晓波、王安忆、池莉等，新世纪最有影响的作品几乎都是长篇。长篇小说的增多，可以看作作家和文学成熟的标志。余华的《活着》、陈忠实的《白鹿原》、王安忆的《长恨歌》、池莉的《水与火的缠

作品导读：梁鸿《中国在梁庄》

绵》、苏童的《米》、张洁的《无字》等都是这一时期颇具代表性的长篇小说。2012年莫言凭借小说《蛙》获得诺贝尔文学奖，充分显现了中国当代文学走向世界的强劲动力。网络小说、非虚构小说、底层小说受到追捧。宁肯的《蒙面之城》、安妮宝贝的《告别薇安》、慕容雪村的《成都，今夜请将我遗忘》代表了网络小说的典型书写模式，同时也具备了传统小说的优秀品质，如宁肯的《蒙面之城》就成为2002年茅盾文学奖获奖长篇小说之一。梁鸿的《中国在梁庄》显示了“非虚构”的力量。

新世纪诗歌正经历着多元与自由的时代，诗坛新的代际格局正在形成，新的诗歌生态、书写范式、美学观念也在探索中发展形成。新世纪诗歌正经受着前所未有的网络媒体的冲击，先锋性和探索性依然受到关注，个人化、日常化书写成为新世纪诗歌的主流，知识分子书写与民间书写并存，女性诗歌、网络诗歌、底层诗歌在新世纪都得到了长足的发展。作为符号的“身体”曾一度与诗歌亲密接触，21世纪初沈浩波、朵渔、南人、李红旗、尹丽川、巫昂、盛兴、朱剑等诗人关于“身体”的诗歌作品，引发了不少的争议和讨论。同时“底层诗歌”的写作队伍也日益壮大，以郑小琼、柳冬妩、许强、罗德远等为代表的打工诗人，用诗为身处社会底层的同伴代言。新世纪诗歌呈现了向诗歌传统回归的尝试。于坚的《飞行》、王小妮的《十枝水莲》、侯马的《他手记》、桑克的《历史》都体现了新世纪诗歌向传统回归的有益探索。

新世纪以来的散文创作得益于宽松与自由的环境，散文无论是在形式上还是在审美趣味上，都获得了巨大的发展空间，散文创作者队伍不断扩大，表现的题材不断丰富。新世纪散文既有对时代变化的敏锐观察，也有对个人隐微细腻情思的书写。李登建的《短工市》、贾平凹的《我和刘高兴》、朝阳的《丧乱》等作品体现出对底层民众生存困境的悲悯。学者型文化散文创作达到高潮。代表性作品有南帆的《马克思之墓》、张清华的《苍穹下的仰望》、张承志的《视野的盛宴》、王安忆的《今夜星光灿烂》、周国平的《走进一座圣殿》等，这些作品往往保持一种“精英”立场，试图寻求反抗商业社会的实用主义和功利主义的精神资源，在其中人的生存意义与价值等形而上的主题得到强化。此外，生活随笔类散文、女性散文、时尚散文等也成为热点。新世纪散文在传承中创新，以更为鲜明的作家主体性意识形成了自身独有的风格。

知识链接：女性散文的发展

新世纪戏剧题材多样，形式多元。随着互联网的兴起，出现了网络戏剧、商业戏剧、打工者戏剧等新的戏剧形式。新世纪戏剧创作风格更加平民化，小剧场实验如火如荼地展开。中国当代戏剧艺术也越来越多地参与到世界戏剧艺术之中，从小剧场走向世界大舞台。中国当代戏剧在向西方先锋戏剧艺术借鉴的同时，也开始理性而自觉地回归传统。新世纪以孟京辉的“恋爱三部曲”，林兆华的《故事新编》，牟森的《一句顶一万句》等为代表的话剧积极探索，在表现手法上进行多元化尝试。如哈尔滨话剧院的《秋天的二人转》将传统的二人转艺术融入当代话剧中，丰富了话剧的表

微视频：新世纪话剧创作的先锋性

现手法。同时，当代话剧对于文学经典作品的大胆改编，也显现了话剧传承与创新的力量。田沁鑫改编自萧红小说的同名话剧《生死场》在世纪之交曾引起了不小的轰动；她此后改编的传统戏剧《赵氏孤儿》《青蛇传》《四世同堂》在继承传统的同时大胆创新，沟通了传统与现代，赋予了传统剧目当下意义。

第二节　当代文学的时代使命

纵观中国当代文学的发展历程，它是以新中国成立以来的社会现实生活为土壤的，与时代紧密相连。它一方面继承、发扬中国文学的优秀传统；另一方面又借鉴、汲取世界文学的丰富营养，在中外文学的交融中以现实主义为主流，沿着社会主义方向进一步走向民族化、大众化，走向更高、更完善的艺术境界。当代文学的时代使命主要体现在以下几个方面。

一、与时代同步的使命

文学往往是一个民族一个时代的精神镜像，承担着一个民族精神建构的重要使命。中国当代文学继承五四新文学的血脉，在解放区文艺的沃土中孕育，是在社会主义制度的历史条件下，以马克思主义为指导的、以无产阶级思想为核心的社会主义文学。当代文学走过的70多年，是自觉与时代同步的70多年。

1949年7月，第一次文代会决议把毛泽东提出的“文艺为人民”，首先是“为工农兵”，作为当代文学发展的基本方针，由此当代文学就始终肩负着与时代同步的使命。1962年5月23日《人民日报》以社论方式，明确提出文艺“为最广大的人民群众服务”的口号，以适应阶级斗争结束后发展社会生产力的新形势与新任务。1980年1月26日《人民日报》又提出“文艺为人民服务，为社会主义服务”的新口号，以补救“文艺为政治服务”在理论和实践上的缺陷。这个新提法更符合文艺规律，更完整地反映了社会主义建设对文艺的要求。现阶段，我国社会主要矛盾已经转化为人民日益增长的美好生活需要和不平衡不充分的发展之间的矛盾。文艺工作者应更加自觉地把握时代脉搏，描绘时代的巨变，讴歌伟大的新时代，再现当代中国人的生活状态、精神面貌以及心路历程。为当代社会奏响最强音，为时代发声、为百姓代言已成为中国当代文学的重要使命。

二、文化复兴的使命

一个民族的复兴，首先需要文化的复兴。文化是有根的，这不仅体现在百姓的日常生活中，更体现在文学作品中。一个民族的地域风情、思考方式、生活习惯都会反映在本民族的文学作品中，并最终转化为涵养本民族精神的重要养料。

当代文学虽然在文学的语言习惯、表述方式以及创作主题上与中国古代文学表现出较大的差异，但它始终是中国文学的重要组成部分。我们可以看到大量优秀的作家在默默地坚守文学使命，自觉肩负文化复兴的使命，追求文学的崇高理想，立足当下，担负起继承和发扬中华优秀传统文化的历史使命，自觉创作出最能体现这个时代的风貌，最能表现民族情感和民族智慧的作品。2012年莫言获诺贝尔文学奖便是中国文学使命最好的证明，这是当代文学发展中的一个大事件，莫言获奖的意义其实远超获奖本身，充分显示了中国文学“走出去”的强劲实力，同时也向世界展现了中华民族文化复兴的能力，还标志着中国文学正在走向成熟，中国文学正在为世界所认可。

第三节 当代文学的发展态势

自20世纪90年代以来，当代文学受市场经济的冲击，丧失了居高临下的优势，商品化现象日益凸显，出现了多元化格局，但许多作家仍在不断探索中努力坚守文学理想，一大批在世界范围内颇具影响力的当代作家作品不断涌现，构筑了繁荣的当代文学图景。

一、由一元到多元的文学格局

中国当代文学向前发展，由一元走向多元格局。除了创作实践、理论探讨领域，当代文学思潮领域多元化体现得更为鲜明。从工农兵文学思潮到人道主义思潮、现实主义思潮、现代主义思潮、文化寻根思潮和新写实等，思想解放运动不断深入，文学逐步摆脱“工具论”的束缚，获得相对独立的地位，从而引起当代文学观念、文学价值的嬗变，借鉴、探索迭起，风格、流派争妍，文坛空前活跃，呈现多元、开放的格局。值得注意的是，浓郁的政治色彩一直是当代文学思潮的主要风貌，现实主义是当代文学思潮的主流。中国当代文学就是在文学思潮由单一到多元、由封闭到开放的发展态势和过程中发展成熟的，而且，可以预见，今后它也会沿着多元、开放的趋势更加壮大。

二、由“共名”到“无名”的文学书写

文学随时代发展。自五四新文学发端之始，中国现当代文学每个阶段的文学创作总是与其同时代的社会主潮息息相关的。无论是五四时期的“德先生”“赛先生”“个性解放”“反帝反封建”与抗战时期的“抗日救亡”，还是新中国成立初期的“社会主义革命与建设”“百花齐放、百家争鸣”，以及新时期的“人文精神大讨论”等，这些时代主题都直接影响中国文学创作的方向。大批作家围绕着这些时代主旋律集体发声，一时间此起彼伏的群体唱和构成了当代文学“共名”的局面。

自20世纪90年代起，中国社会急剧转型，社会主义市场经济体制逐步取代计划经济体制，民众的意识也随之发生悄然的变化，消费型的文化生活开始获得大众认可。知识分子原有的“共名”状态被打破，多元开放的文化格局逐渐形成，反映在文学创作上则表现为作家们主动扬弃宏大叙事，转向个性化的文学叙事，真诚面对自我，不断开拓个人书写空间。作家个人化的“无名”书写自觉贴近日常生活本身，一大批新生代作家、女性主义作家、网络写作者应运而生。当代文学出现“无主潮”“无共名”的现象，多种文学样态并存，多元价值取向并行不悖。

中国当代文学历经70多年的风雨，由“一元”到“多元”，由“共名”到“无名”，涌现了莫言、贾平凹、余华、苏童、王安忆、迟子建、刘震云、毕飞宇、刘慈欣、曹文轩等一大批在国内乃至国外颇具影响力的作家。我们有理由相信，当代文学、当代作家在未来相当一段时间内会不断走向成功与辉煌。

思考与练习

1. 中国当代文学主要经历了哪些发展阶段？各阶段分别体现出怎样的历史特点？

2. 中国当代文学呈现出与时代密切联系、由一元走向多元、由“共名”到“无名”的发展面貌，请对此加以论述。

拓展学习

阅读链接

为多方面地深入了解中国当代文学的历史进程及基本特点，可以进一步延伸阅读以下著作：《中国当代文学史教程》（第2版）（陈思和主编，复旦大学出版社2014年版）、《中国当代文学作品精选》（第3版）（谢冕、洪子诚主编，北京大学出版社2015年版）。

小说篇

引言　社会发展和个人成长的忠实记录

随着新中国的成立，中国当代小说这个历史范畴获得了自己独立的名片。新民主主义革命的胜利，无论对世界还是对中国而言，都是一件前所未有的大事，政治社会环境由此发生了翻天覆地的变化，这成为当代小说创作的一个重要背景。小说经过了现代文学30年（1919—1949年现代文学的发展一般简称为“现代文学30年”）的发展之后，既带着那个时代所特有的启蒙理性之光和血雨腥风的革命烙印，又在自己的发展历程中形成了一套有别于现代小说的话语模式，自觉地将争取社会主义革命和建设的胜利作为自己的历史使命。从本质上来讲，现代小说和当代小说无论在艺术方面还是在思想方面，都有着一脉相承的整体性，但由于政治和意识形态等因素的影响，我们通常将二者区别开来，将前者定义为新民主主义文学，而将后者纳入社会主义文学的范畴。

当代文学比现代文学更凸显其与政治的血缘联系。小说作为当代文学的重要分支，可以说尤其鲜明地反映了中国当代历史面貌，这一叙事功能往往通过个体在大时代下的成长轨迹得到生动的呈现。基于此，本书将当代小说的发展分为如下三个阶段。

第一阶段是十七年时期。在这一时期，随着社会生活相比之前发生了质的变化，作家们也努力适应新的形势。尽管在艺术探索方面经历了许多曲折，但在20世纪50年代仍然取得了足以鼓舞人心的成绩。作家们一方面对新生的政权充满了礼赞的热情，另一方面也积极追求艺术的创新。1956年党和国家就发展科学、文化、艺术事业提出了“百花齐放、百家争鸣”的基本方针，“双百”方针的提出，预示了文学创作的春天到来。历史与现实生活本身呈现出来的壮阔气象，使得这一时期的长篇小说获得了丰收，短篇小说也一度掀起了热潮。作家群体以执着的艺术信念和塑造精品的文化意识，进行带有特定时代印记和政治色彩的文学创作，《红日》《红旗谱》《红岩》《保卫延安》《林海雪原》《青春之歌》《三家巷》等都刻画了宏大的叙事场景，“史诗性”“历史感”成为这批今天被称作“红色经典”的长篇巨著的主要价值支撑点。农村题材作品如《三里湾》《创业史》《艳阳天》的作者等深入农民生活，

知识链接：
红色经典

关注在农民中发生的显示中国社会面貌深刻变化的斗争。这些作品紧随时代与生活的脚步，敏锐地反映社会主义革命与建设的成就和人们的情感变化。但是，由于受到一些干预，到了20世纪60年代中期以后，小说创作开始呈下降趋势。

第二阶段是新时期。随着政治领域的拨乱反正，历史翻开了新的一页，文学创作也开始出现复苏的局面。作家们在经历了短暂的犹豫和徘徊以后，迅速振作精神，解放思想，开始了新的征程。真实反映“文化大革命”所造成的心灵灾难的“伤痕小说”最早打破文坛的僵滞局面，给沉寂、封闭的文坛打开了一个突破口。随着“伤痕小说”创作的逐步深入，人们已不满足于对“四人帮”罪行的一般性揭露和控诉，而是要求作家有更开阔的视野、更深沉的思索和进一步的艺术开拓。在时代的感召下，作家们开始进一步反思文化发展的历程，“反思小说”应运而生。党的十一届三中全会标志着我国进入改革开放新时期。改革的时代呼唤着改革的文学。文学走出“伤痕”之后，几乎在“反思小说”崛起的同时，也掀起了“改革小说”的大潮。随着思想解放运动的深入，文学开始尊重自身的审美属性，并把审美属性作为自己责无旁贷的本质追求。20世纪80年代后的文坛出现了一大批审美趣味、艺术风格迥异的“文化小说”，给当时的文坛吹来一股清新的风。“军事小说”在当代文学发展的第一个十年中就占据了相当大的比重，经过十年空白后，新时期又勃发了生机。同时复苏的还有“历史小说”，“历史小说”至今还保持着旺盛的创作势头。而“先锋小说”的出现，把人的主观意识流动、心理感受纳入文学表现的范围，这是它与以往小说最大的不同。从对人的外在行为的摹写转向对人的主观世界探幽入微的开掘，“先锋小说”深化了对人的认识和对人的丰富复杂的内心世界的表现。“先锋小说”在标新立异的创作实践中建构了关于人的心灵的“另外一个王国”，拓展了小说的表现领域。

知识链接：
改革小说

知识链接：
先锋小说

第三阶段是新世纪。在带着20世纪留下来的种种精神特质并将其融合到新的复杂形势中的同时，新世纪的小说创作便出现了一种更为开放、多元的发展态势，不仅小说的价值观念出现多元共存的局面，同时小说的传播形式也发生了革命性的变化，主要表现在纸质媒介与电子媒介同时出现在大众的视野之中，而这一现象又反过来进一步推动了小说创作形式和理念的多元化。总的来说，新世纪小说在整体艺术水准上达到了又一个高度，当然这并不代表它一定对现实生活产生了多么切实的影响力，或是在某一领域发挥了多么巨大的作用，而主要指它在反映生活的广度和深度方面，以及在艺术上的开拓与创新方面，都取得了可喜的成就。不少作家在辛勤耕耘中逐步形成了自己成熟的艺术范式，摆脱了“艺术为政治服务”的单一创作模式，重新找回了五四新文学的可贵传统。《玉米》《秦腔》《生死疲劳》等作品，以民间的眼光审视历史，以强烈的现实批判精神大胆地同时又是艺术地反映大时代里的一切。通过描绘小人物的命运遭际，来实现对民族历史的反思与总结，这似乎成为作家们的一种自觉追求，这种追求促使他们不断走进时光隧道的深处，实现与历史的对话。

需要强调的是，台湾、香港、澳门文学是中国文学的一部分。自20世纪60年代后期开始，一些作家以鲜明的现实主义倾向改变台湾地区当代小说的发展走向。这批作家在创作初期大多受到过现代主义的影响，他们对现代主义的缺陷有深切的洞察，他们后来从事现实主义小说的创作也就更为自觉。香港文学一向以开放性、多元化著称于中国现当代文坛，在小说领域形成现实主义严肃文学、现代主义实验创作和丰富多彩的通俗文学三足鼎立的繁荣局面。无论是在思想主题的深刻性、题材选择的丰富性上，还是在表现手法的多样性上，香港小说都体现出一种全方位多元化发展的趋势。澳门小说的发展，文学社团起到了很大的推进作用。近年来，澳门与内地、香港以及国际社会加强文学交流，澳门作家在形式和主题两个方面创新小说创作，比较注重关注人的生存，也有的深挖澳门的历史文化，还有的积极探索叙事方式的创新。

第二十二章　十七年时期的小说

【学习提示】

进入十七年时期，创作环境发生了许多变化，小说在取材、艺术手法及作品风格等诸多方面都出现了一些新的特征，以适应新的时代需求，尤其表现出对历史和现实的关注。本章对十七年时期小说创作的整体情况和特色进行介绍，并重点分析茹志鹃的《百合花》、王蒙的《组织部来了个年轻人》、梁斌的《红旗谱》、杨沫的《青春之歌》、柳青的《创业史》等作品。

在本章学习中，要重点掌握这几部作品的思想内蕴及艺术风格，理解十七年时期小说呈现的时代新风貌。

第一节 时代悲欢的多元叙述

新中国成立后，中国社会步入崭新的发展阶段，小说创作也呈现出勃勃生机。十七年时期的小说更为重视长篇小说和短篇小说的创作，长篇小说、短篇小说的数量和质量都比较突出，而中篇小说的成绩相对有限。这期间中篇小说虽然发表了有四百余部，但知名的并不多，可以列举的有《铁木前传》（孙犁）、《在和平的日子里》（杜鹏程）、《来访者》（方纪）等不多的几部，故而本节重点介绍长篇小说及短篇小说的创作实绩。

一、长篇小说创作

作品导读：《红岩》《林海雪原》

十七年时期的长篇小说创作成绩十分突出，出现了如“三红一创”（《红日》《红岩》《红旗谱》《创业史》）、“青山保林”（《青春之歌》《山乡巨变》《保卫延安》《林海雪原》）等许多长篇巨著。在和平环境中，作家“有可能将自己在刚过去的动荡年代所获得的生活积累和历史感受转化为叙事和艺术的情思，而刚刚获得和平幸福感的广大读者也自然会对为换取今日生活的那些浴血奋战的历史场景产生强烈的了解欲望”[①]。许多作家用自己丰富的生活积累，怀着“反映这个伟大的时代”的情结，写出了许多史诗式的作品。

这一时期的革命历史题材长篇小说是指表现和反映中国共产党领导下的革命斗争活动的小说作品，主要内容包括革命斗争起因、过程和结局等。陈思和在《中国当代文学史教程》中谈道：“它的特征是以近代以来的革命历史为线索，用艺术形式来再现中国共产党领导的新民主主义革命的必然性与正确性，普及与宣传中国共产党的历史知识和基本历史观念。”[②]作者大多是革命事件的亲历者，有切身体验，有真情实感，常常以真人真事为题材，具有自传色彩。作品主题宏大，写作目的非常明确，就是要表现党的丰功伟绩，歌颂先辈们的英勇斗争，颂扬牺牲精神，让广大读者受到熏陶、鼓舞与教育。代表作有《红旗谱》《红岩》《红日》《保卫延安》《林海雪原》《青春之歌》《三家巷》等。

作为一个传统的农业大国，这一时期以农村生活为题材的长篇小说创作，无论是作家人数，还是作品数量、质量，都占相当大的比重。这既是对从20世纪20年代中后期“乡土小说”，沈从文、沙汀小说到解放区农村题材小说的延续，也是当时文学界对表现农村生活的重要性强调的结果。这一时期农村题材小说更加强调对现实阶级斗争如农业合作化、“大跃进”等的描写，要求作家关注那些显示中国社会面貌深刻变化的重大事件，并把它作为表现的重心，要求作家站在农民立场去写，表达农民的观点、情感，而不是“高高在上”或做“旁观者”。

赵树理创作的《三里湾》，取材于1951年太行山区一个农业生产合作社的试验地区，围绕三里湾农业生产合作，如社秋收、扩社、开渠等工作，描写了支书王金生、村长范登高、党员袁天成、中农马多寿四个家庭内部及其相互间产生的矛盾冲突，反映了农业合作

---

① 黄修己. 20世纪中国文学史：下［M］. 广州：中山大学出版社，2004：40.
② 陈思和. 中国当代文学史教程［M］. 上海：复旦大学出版社，1999：74.

化运动给人们的思想和心灵带来的变化，给农村家庭关系、婚恋及道德观念带来的变化，是新中国成立后第一部描写农村合作化运动的长篇小说。小说一发表，就受到广大群众的喜爱，曾被改编为电影《花好月圆》以及话剧、评剧等上演。受赵树理小说创作的影响，形成于20世纪50年代的“山药蛋派”，以《山西文学》为阵地，以赵树理为代表，主要作家有马烽、西戎、李束为、孙谦、胡正等。这一流派坚持现实主义的创作方法和口语化特点，追求生活的真实，反映农村的各种矛盾和突出问题，语言朴素、简洁，作品通俗易懂，具有浓厚的民族风格和地方色彩，是我国当代文学史上第一个具有鲜明特色的文学流派。

二、短篇小说创作

十七年时期的短篇小说创作的特点主要表现为作品数量庞大和作家众多。一是出现了一些有一定特色的作家和作家群体。这一时期，一些在现代文学阶段即有所成就的作家在创作上有了新的发展，形成了比较大的影响。在他们周围，往往形成了一个个艺术追求和创作风格基本相似的作家群体。虽然还不能说这些群体已经形成了完全的流派，但互有差异的创作群还是显现了小说创作的热闹与丰富。其中，以赵树理为代表的“山西作家群”，以孙犁为代表的“河北作家群”，以周立波为代表的“湖南作家群”等，是突出的代表。在群体之外，路翎、茹志鹃、李凖、王汶石、萧也牧等作家，也产生了较大的影响。尤其值得提出的是，1956年“百花文学”中涌现了王蒙、陆文夫、宗璞、邓友梅等年轻作家，他们创作了一批小说作品（“百花小说”）。虽然由于一些限制，他们在这一时期的创作时间不长，创作量也不大，但他们敢于突破禁区、敢于直面现实的精神，还是成为20世纪50年代单一歌颂之风中的异彩。

知识链接：
百花小说

微视频：
“百花小说”的创作背景

二是出现了一些在小说艺术上有一定独特追求和创作特点的作品。孙犁、路翎、李凖等作家对短篇小说艺术进行了探索，创作出了一些艺术上较为精致的作品。如孙犁的《山地回忆》，路翎的《初雪》和《洼地上的“战役”》，茹志鹃的《百合花》，周立波的《盖满爹》，赵树理的《登记》，都是在当时的文学规范内努力表现了某种程度的艺术个性的作品。此外，王蒙、陆文夫、宗璞等年轻作家创作的《组织部来了个年轻人》《小巷深处》《红豆》等作品，也表现出了较强的艺术活力。

在20世纪50年代中后期，创作界和理论界对短篇小说的艺术问题进行了广泛的讨论，最为集中的是1957年《文艺报》开辟的短篇小说艺术问题讨论专栏。在上面，老作家茅盾发表了《杂谈短篇小说》等系列文章，端木蕻良、蹇先艾等老作家，孙犁、马烽、峻青等正处盛年的作家，都发表了有关短篇小说的创作谈。俞林、魏金枝、侯金镜、邵荃麟、巴人等文艺理论家也都撰写了有关理论和批评文章，参加到讨论中。不久，茅盾的《夜读偶记》《一九六〇年短篇小说漫评》《谈短篇小说创作》等著名的短篇小说批评和理论著作出版。

作家和理论家们表述的观点虽然各有不同，价值也有高下之分，但总体而言，他们都对短篇小说的艺术表现给予了充分的重视，对这一文体创作的具体技术问题作了细致的研究。尤其是茅盾等老作家对短篇小说艺术的强调，更涉及了短篇小说的深层次美学问题，对于小说创作过分通俗化和故事化倾向，进行了一定的纠偏和补充。此外，茅盾、何其芳等对茹志鹃《百合花》等受到时代政治非难的短篇小说作品进行的肯定和支持，既维护和推动了作家的创作，又促进了短篇小说在艺术形式上的开拓。

这一时期短篇小说在题材上的基本特点是，革命历史题材和农村题材得到特别发展，其他题材的作品比较少。以革命历史为题材、以歌颂革命先烈为主题的创作成为这一时期小说创作的一大亮点。峻青、王愿坚、茹志鹃等作家的创作是其中最突出的部分。农村题材的发展，一方面得益于它在现代文学史上的良好传统，中国乡土小说自新文化运动时期由鲁迅开创，一直得到了很好的继承，并取得了很好的成绩，这自然为新中国农村题材创作奠定了基础。另一方面，在中国这样一个农业国家，作家们大多来自农村，对农村生活很熟悉，他们在创作这类题材的作品时，没有写工厂题材时的陌生和拘谨；同时，国家对于农村的发展和改革也很重视，从土地改革到农业合作化运动，农村发生了很大变化，反映中国农村在一定程度上就反映了中国社会的全貌。赵树理、周立波、王汶石、李準等是其中的佼佼者。

这一时期发展得最为薄弱的题材区域是知识分子和普通市民生活。虽然这时候在工人队伍内部出现了胡万春、费礼文等作家，创作出了《特殊性格的人》《早春》等在当时较有影响的作品，一些老作家也尝试创作了一些反映工厂生活的作品，如杜鹏程《在和平的日子里》、艾芜《百炼成钢》等，但总体来说这些作品成就都不高，表现生活具有很强的程式化特征。

知识链接：王愿坚及其小说创作

这一时期短篇小说的主题大致可分为以下几类：第一，书写革命战争年代的斗争业绩，表达胜利之后的喜悦和怀念之情。孙犁的《山地回忆》《吴召儿》以回忆的方式写了八路军与根据地人民的鱼水情。茹志鹃的《百合花》是这一时期最好的短篇作品。王愿坚善于观察生活，从点滴小事中发现深刻的主题，用速写式的手法展现生活。他的《七根火柴》《党费》是对革命斗争生活的速写，《七根火柴》热情刻画了长征时期英勇悲壮的红军战士形象，给读者留下了深刻印象；《党费》由“我”缴纳党费引出主人公女共产党员黄新的故事。第二，描写农村生活的真实面貌，展示农民的命运变迁。这一时期的作家大多来自农村，对农村有天然的亲近感。赵树理的《登记》写新中国成立后农民生活的变迁，为响应《婚姻法》的颁布而写。这篇小说以《罗汉钱》的名字，被改编为秦腔、豫剧、粤剧、评剧、沪剧等剧种。马烽的《我的第一个上级》针对1958年农村浮夸风而作，塑造了一位踏实肯干、实事求是的干部老田。第三，小说试图进入更深广的生活领域，以表现更丰富、更复杂的社会现实。用今天的眼光看，这类作品更有价值，它反映了这一时期的社会状况，在创作上有所突破，可分为两个主题：一是敢于正视现实矛盾，揭露社会生活和工作中的阴暗面。这类干预生活的作品触及人的灵魂，有强烈的批判精神和意识，如王蒙的《组织部来了个年轻人》、刘绍棠的《田野落霞》、李国文的《改选》、李準的《灰色的帆篷》、白危的《被围困的农庄主席》等。二是冲破不能写人情、人性的禁区，将艺术的触角深入人的内心世界。萧也牧的《我们夫妇之间》，写了工农干部进入城市之后的不适应感。宗璞1957年的成名作《红豆》，描写了主人公江玫从一个天真单纯的女大学生最终成为一名坚定的革命战士的历程，在革命和爱情之间，她最终选择了革命事业。三是这一时期的短篇小说主要采用传统的现实主义写实手法。虽然在这一时期也出现了一些在艺术上较有特色和创新意味的作品，但这些特色和创新大多只表现在细枝末节上，在总的艺术表现方法上难有突破。

这一时期短篇小说创作艺术总的方向是简单化和公式化。除了孙犁、路翎等个别作家对人性进行了深入思考，艺术表现比较丰富外，其他大多数作家都局限在现实政治层面反映生活，采用的也是单一的情节化写实手法。作品中故事结构线条明晰、通俗易懂，人物形象性格单纯、思想平面，人物心理世界没有得到充分的表现。此外，这一时期的短篇小说普遍充斥着乐观主义气息。无论是写革命历史的，还是写农村现实的，都普遍地追求喜剧性，结局也多具有“大团圆”的特点。

第二节　茹志鹃及其《百合花》

在十七年时期，用短篇小说的形式反映革命战争的作家并不多，峻青、王愿坚、茹志鹃是成就最为突出的作家。其中茹志鹃与众不同，她既不正面描写大规模的战争，也无意强调战场上敌我双方的进退胜败，在艺术风格上更不像其他写战争题材的作家那样或悲壮激越或豪放慷慨，充满阳刚之气，而是专注于战争中人的感情的碰撞交流及人与人之间关系的变化。她的作品风格温婉、细腻，充满诗意，从而开创了战争题材文学创作的别样风格。

一、生平与创作

茹志鹃（1925—1998），曾用笔名阿如、初旭，祖籍浙江杭州。1925年9月生于上海。家庭贫困，幼年丧母失父，靠祖母做手工换钱过活。11岁以后才断断续续在一些教会学校、补习学校念书，初中毕业于武康中学。1943年随兄参加新四军，先在苏中公学读书，以后一直在部队文工团工作，担任过演员、组长、分队长、创作组组长等职。1947年加入中国共产党。1955年从南京军区转业到上海，在《文艺月报》做编辑。1960年起从事专业文学创作，是中国作家协会会员，被选为中国作家协会上海分会理事。1977年当选上海市第七届人民代表大会代表，曾为《上海文学》编委。她的创作以短篇小说见长，笔调清新、俊逸，情节单纯、明快，细节丰富、传神，善于从较小的角度去反映时代本质。她的许多作品如《百合花》《静静的产院》《如愿》《阿舒》《三走严庄》等都受到过茅盾、冰心、魏金枝、侯金镜等老一辈作家的好评，一些作品被译成日、法、俄、英、越等多国文字在国外出版。新时期以来，茹志鹃发表了十多篇小说，随着主题的深化，风格亦有所改变，于清峻中隐含锋芒。她的主要作品集有：《百合花》（人民文学出版社1958年）、《静静的产院》（中国青年出版社1962年）、《高高的白杨树》（上海文艺出版社1959年）等。新时期发表的主要作品有《剪辑错了的故事》（《人民文学》1979年第2期）、《草原上的小路》（《收获》1979年第3期）、《儿女情》（《上海文学》1980年第1期）、《家务事》（《北方文学》1980年第3期）、《一支古老的歌》（《文汇增刊》1980年第3期）等。

二、《百合花》

微视频：
《百合花》——
没有爱情的爱情
牧歌

《百合花》的清淡、精致、美丽，是20世纪五六十年代的战争小说中绝无仅有的。它写的是发生在解放战争时期一场战役中前沿阵地一个包扎所里的故事。在小说中，战争只是作为故事展开的远景来摄取的，作品着力描写了一位年轻的部队通讯员与一个才过门三天的新媳妇之间近乎圣洁的感情交流，并通过这种崇高纯洁的感情和人际关系来赞美人性美和人情美。战争的枪林弹雨只是为了烘托小通讯员与新媳妇之间诗意化的“没有爱情的爱情牧歌”。

同时，这篇小说也体现了茹志鹃小说选材上的一个突出特点，无论写战争还是写现实生活，总是善于从一个侧面写生活中的普通人，家务事，儿女情，看似琐碎平凡，但仔细品味却意蕴深厚，余味悠长。即使是对英雄人物的刻画，茹志鹃也同样另辟蹊径，写出了他们“非英雄化”的一面。例如，小通讯员在护送“我”的过程中，总是和“我”保持一段距离，见了女性会脸红，腼腆害羞，第一次没有借到被子时埋怨“老百姓死封建”。但作者又写了他性格中的另一面：一路上时时处处关心“我”，用两个馒头给“我”开饭，往枪筒里插野菊花，等等。这些细节都十分细致地写出了他纯洁无瑕的美好心灵。但当敌人的手榴弹在担架队里即将爆炸的千钧一发时刻，他奋不顾身地扑上去，用自己的身体保护了担架队员，用自己年轻的生命谱写了一曲青春的颂歌。这样的英雄更使人感到亲切，真实动人，闪现着人性美、人情美的光华。

《百合花》的艺术特色主要体现在如下方面。

1. 独特的女性叙事视角

小说中的“我”是一个女性，在刻画小通讯员和新媳妇之间圣洁感情的过程中起着穿针引线的作用。小通讯员是一个刚参军一年、只有19岁的农村青年，质朴憨厚，不善言辞，特别怯于和异性交往。为了突出他的后一个特点，作者用较大篇幅描写了他与“我”和新媳妇两位女性的关系。在护送“我”的过程中，小说初步展示了他“不愿”与女性交往的个性，但正是“我”的有意“撒娇”和新女性特有的“泼辣”，反衬了他外表腼腆、纯朴和内心充满的激情。新媳妇的性格塑造及她和小通讯员的关系表现也是通过“我”的叙述完成的。小通讯员借被子她没有给，而“我”去借她却给了。但她心里觉得委屈了他，所以当小通讯员接过被子，慌慌张张地把衣服的肩膀上挂了一个口子时，她“一面笑着，一面赶忙找针拿线，要给他缝上”。只有女性才会对衣服上的破口子那么敏感，这个破口子永远留在了新媳妇的心上。因此，当她从众多的伤员中一眼看见那个露着的大洞时，立即变成了另一个人。“那种扭捏羞涩完全消失了，只是庄严而虔诚地给他拭着身子……她低着头，正一针一线在缝着他衣肩上的那个破洞。”医生在听了小通讯员的心脏跳动情况后说“不用打针了”，她却仍然“像什么也没看见，什么也没听到，依然拿着针，细细地、密密地缝着那个洞。我实在看不下去了，低声说‘不要缝了’。她却对我异样地瞟了一眼，低下头，还是一针一针地缝”。作者在这里不厌其烦地反复渲染小通讯员衣肩上那个破口子，一步步打开了新媳妇感情的闸门，也把作品的情节发展推向了高潮。当小通讯员的棺材被抬进来，卫生员动手要揭掉盖在他身上的被子时，她的感情终于爆发出来，“劈手夺过被子”“狠狠瞪了他们一眼”“气汹汹地嚷了半句”，然后庄严地为他心目中的英雄盖上了那条“枣红底色上洒满白色百合花的被子”。作者正是通过这条精心设计和挑选的象征着纯洁与感情的红底色上洒满白色百合花的被子，最终完成了对战争中的人性美和人情美的歌颂，也完成了对新媳妇形象的塑造，唱出了一曲军民鱼水情深的赞歌。

2. 细节描写表现人物精神面貌

运用典型的细节描写刻画人物性格和精神面貌是作品一个重要的艺术表现手段。如小通讯员在枪筒里插上树枝和野菊花，用两个馒头给“我”“开饭”，衣服上被门钩挂破了一个口子，还有新媳妇的印有百合花的新被子等细节，有的甚至多次出现，不仅使得作品在情节发展上前呼后应，波澜起伏，而且使人物形象个性鲜明，血肉丰满，极大地丰富了人物的精神世界，小通讯员那单纯、质朴、腼腆的形象跃然纸上。

3. 清新俊逸的艺术风格

作品采用第一人称的女性视角娓娓道来，无论是作者的叙述、景物的描写，还是人物的对话，都给人一种朴素自然、委婉清新的感觉，把一个流血牺牲的战斗故事写得如此纯真而充满诗意，创造出一种高尚圣洁的美好境界。小说结构严谨，没有闲笔，富有抒情诗的风味。作品的成功充分表明，表现庄严的主题除了常见的慷慨激昂的笔调外，还可以有其他的风格。

这篇小说以及茹志鹃此后的一批作品，在当时引起重视，主要在于其艺术风格的不俗。那时所倡导的时代风格是以热烈、慷慨、高昂为主调的。而茹志鹃在题材上，不取复杂重大的斗争，不写壮阔激越的场景，只是截取一支生活中的小小插曲，几个平凡普通的人物，以小见大，别开生面；在结构上，不求曲折离奇的情节，不写惊心动魄的冲突，重在艺术构思的精巧和剪裁组织的严密，将朴素的生活细节处理得枝叶扶疏，灿然可观；在语言上不事粗壮有力的勾画，不用一览无余的笔法，而是以细腻、清丽的笔触，流转于人物心灵之间，以蕴藉、温馨的诗情拨动读者的心弦。这些特点造成了一种与那时流行的时代主调完全不同的“清新、俊逸”（茅盾语）的风格，分外引人注目，以至于在1959年之后引发了一场围绕茹志鹃创作风格与文学风格多样化问题的讨论，茹志鹃也因此成为当代文学史上著名的风格化作家。

茹志鹃这一时期短篇小说的取材范围主要集中在两个方面：一是解放战争年代的斗争生活，如《关大妈》《百合花》《澄河边上》《同志之间》《三走严庄》等；二是社会主义时期的生活，主要是“大跃进”时期的新人新事，如《妯娌》《春暖时节》《如愿》《里程》《静静的产院》《阿舒》等。前者重在讴歌根据地人民和子弟兵之间的鱼水关系，革命同志之间生死与共的深情厚谊；后者往往通过对一个家庭内部矛盾纠葛的剖析，为读者描绘出社会主义的新思想、新道德、新风尚在人与人之间的关系上以及在人们内心深处引起的微妙变化和巨大影响。虽然茹志鹃的创作有一种日益侧重现实题材的趋向，但正如茅盾在当时就指出的：“作者取材于解放战争的作品更胜于取材于‘大跃进’时期的作品。”①

① 茅盾. 读书杂记［J］. 新港，1956（12）.

第三节 王蒙及其《组织部来了个年轻人》

王蒙的作品反映了中国人民在前进道路上的坎坷历程，他也由初期的热情、纯真发展到后来的清醒、冷峻，而且乐观向上、激情充沛，并在创作中进行不倦的探索和创新，成为新时期创作最为丰硕也最有活力的作家之一。

一、生平与创作

作品导读：王蒙《青春万岁》

王蒙（1934— ），当代作家。河北南皮人，生于北平。上中学时参加中国共产党领导的城市地下工作。1948年加入中国共产党。1950年从事青年团的区委会工作。1953年创作长篇小说《青春万岁》（以北京女子七中为原型，表现20世纪50年代中学生的欢乐和烦恼、友谊和爱情，以及对新生活的追求和可贵的献身精神。由于反右派斗争，这部长篇小说直至1979年才由人民文学出版社出版。1981年此书被评为全国首届中学生“我所喜爱的十本书”之一，1983年由张弦改编成电影搬上银幕）。1956年发表短篇小说《组织部来了个年轻人》，并因它被错划为“右派”。1958年后在北京郊区劳动改造。1962年到北京师范学院任教。自1963年起在新疆生活、工作了十多年。1978年到中国作家协会北京分会工作，先后任《人民文学》主编、中国作家协会副主席、中共中央委员、文化部部长、国际笔会中心中国分会副会长等职。2019年，王蒙被授予“人民艺术家”荣誉称号。

王蒙一步入文坛，就把歌颂青春与理想、表现新人崇高的精神境界作为自己创作的主题，表现了作家对生活的热爱、对理想的追求。新时期以来，王蒙著有长篇小说《活动变人形》《暗杀—3322》和“季节”四部曲《恋爱的季节》《失态的季节》《踌躇的季节》《狂欢的季节》，中篇小说《布礼》《蝴蝶》《杂色》《相见时难》《名医梁有志传奇》以及《在伊犁》系列，小说集《冬雨》《坚硬的稀粥》《加拿大的月亮》，诗集《旋转的秋千》，作品集《王蒙小说报告文学选》《王蒙中篇小说集》《王蒙选集》《王蒙集》，散文集《轻松与感伤》《一笑集》，文艺论集《当你拿起笔……》《文学的诱惑》《风格散记》《王蒙谈创作》《王蒙王干对话录》，专著《红楼启示录》，自选集《琴弦与手指》，以及10卷本《王蒙文集》，等等。其中有多篇小说和报告文学获奖，作品被译成英、俄、日等多种文字在国外出版。

二、《组织部来了个年轻人》

短篇小说《组织部来了个年轻人》最初发表于《人民文学》1956年9月号，发表时编辑将其更名为《组织部新来的青年人》。王蒙创作这一短篇小说时才22岁，但已经是一个具有8年党龄的“少年布尔什维克”了。

发表这篇小说时，王蒙身为共青团北京市委干部，在这篇作品的许多地方留下了个人特有的社会阅历和思考印迹，即在理想主义的陶醉中敏锐而朦胧地感受到一种潜藏在社会心理中的不和谐性。

小说的文字清新、流丽，讲述了一个对新中国和革命事业抱着单纯而真诚信仰的青年人林震，来到中共北京市某区委组织部工作后所遭遇的矛盾和困惑。小说表现了一个严肃而沉重的至今还有巨大思想魅力的深刻主题：通过揭露和批判滋生于新体制中的官僚主义和由此衍生的人性中的惰性思想，表现人在成长中不无痛苦的心路历程。小说发表后，在文坛内外产生了很大的影响。

《组织部来了个年轻人》是在“百花齐放、百家争鸣”方针的鼓舞下，作家积极干预生活、勇于揭示社会生活矛盾的一种尝试，是现实战斗精神的体现。

（一）人物形象分析

1. 刘世吾——理想对现实的妥协

《组织部来了个年轻人》通常被认为是一篇旨在揭露和批判社会主义条件下官僚主义作风的小说。作品围绕组织部对通华麻袋厂党支部事件的处理经过，成功地刻画了一系列有官僚主义作风的人物形象，而在这些人物当中，作为区委组织部第一副部长的刘世吾形象的刻画尤其受到重视和肯定。

刘世吾与“金玉其外”“漂浮在生活上边，悠然自得”的新生官僚主义者韩常新和蜕化变质的王清泉等不同，当时被认为是一个性格复杂、颇有深度的官僚主义典型。他有一定的革命经历，新中国成立前是北京大学学生自治会主席，还负过伤；他也有工作能力和魄力，富有经验，懂得“领导艺术”，知道如何去把握工作重点，只要“下决心，就可以把工作做得很出色”。但他对工作缺乏积极主动的热情，对那些有损党和人民利益的错误和缺点，有一种职业性的平静甚至漠然。他自我解嘲是得了如炊事员厌食症一般的职业病，他对什么都“习惯了，疲倦了”，用赵慧文的话来说就是：“刘世吾有一句口头语：就那么回事。他看透了一切，以为一切就那么回事。按他自己的说法，他知道什么是‘是’，什么是‘非’，还知道‘是’一定战胜‘非’，又知道‘是’不是一下子战胜‘非’，他什么都知道，什么都见过——党的工作给人的经验本来很多。于是他不再操心，不再爱，也不再恨。他取笑缺陷，仅仅是取笑；欣赏成绩，仅仅是欣赏。他满有把握地应付一切，再也不需要虔诚地学习什么，除了拼音文字之类的具体知识。一旦他认为条件成熟需要干一气，他一把把事情抓在手里，教育这个，处理那个，俨然是一切人的上司。凭他的经验和智慧，他当然可以做好一些事，于是他更加自信。”

小说揭露了刘世吾在对事物冷静、理智的观察和分析背后的世故与冷漠，一句“就那么回事”成了他的口头禅，成了他生活和工作的哲学思想。这一哲学思想尤其体现在他对待王清泉的问题上，当他一听到林震提起官僚主义者王清泉时，立刻微笑着问道：“他是在下棋呢还是在打扑克？”林震对他如此了解王清泉感到惊奇，他便漫不经心地说：“他老兄什么时候干什么我都算得出来。”但他对王清泉的问题却觉得“就那么回事”，置若罔闻，不加过问。当韩常新汇报工作时，他听出了漏洞，突然指出：“上次你汇报的情况不是这样!”韩常新非常被动，不自然地笑着。但刘世吾觉得韩常新的不老实也不过“就那么回事”，也不深入追究。当他了解到韩常新所写的“麻袋厂发展工作简况”不真实时，他大笑起来，说：“老韩……这家伙……真高明……”从笑声里可以看出，他并不认为韩常新的行为是对的，但他认为这也不过“就那么回事”，一笑置之。这一方面反映了他消极怠惰，另一方面也表现出他对现实生活的漠视。

作品塑造这个形象的深刻之处还在于揭露了刘世吾有一套似是而非的理论，如“成绩基本论”：“成绩是基本的，缺点是前进中的缺点，我们伟大的事业，正是由这些有缺点的组织和党员完成的。”还有“条件成熟论”“职业病理论”等等。他的缺点“就像灰尘飘散在新鲜美好的空气里一样，能看见，能感觉到，但抓不住”。

然而，刘世吾这个人物形象的意义远不止于此，并不是“官僚主义者”这一概念可以概括的，即使是主人公林震本身，对刘世吾的态度和看法也始终都是复杂而矛盾的。其中既有疑惑、质疑和批判，也包含了理解、同情甚至钦佩的成分，他的内心冲突在很大程度上正是体现在这里。

一方面，他对刘世吾的处世态度、工作作风抱有审视和批判的意识，但另一方面，刘世吾身上所具备的许多东西，如处事不惊的沉着、观察与分析的冷静和理智、传奇般的经历、工作经验和工作能力等，都是林震并不反感甚至是钦佩的。甚至在对于韩、王这样的干部问题上，刘世吾和林震一样，在心里也很反感，相反对林震则认为“你这个干部好，比韩常新强”。

在小说的所有人物中，除赵慧文外，林震与刘世吾之间有深入的思想和情感交流。他们的对话主要有四次，每一次出场，作者都没有把刘世吾这个人物作单一化处理，尤其是第四次在小饭馆的夜谈，使刘世吾的性格、心理及其演变轨迹获得了较为完整和深入的体现。

作者反复强调的刘世吾对文学作品的熟悉与喜好，正表明这个人物的内心深处仍拥有一块理想的田地，这种理想和激情也曾经使他冲动，而现在则被现实与理智牢牢地锁在文学想象的角落里了。这既使林震感到迷惑、惶恐和感伤，又引起他的警惕和质疑，他担心自己的理想和激情也会被现实所磨灭，他痛苦地探问这种理想和激情是怎样变得淡漠的。

从很多方面看，刘世吾都是一个优秀的领导干部，并且曾经和林震一样是一个富有理想和激情的共产党员，然而是什么原因，让我们看到了今天这样一个用现实与理智把理想和激情牢牢地锁在文学想象的角落里，对什么都“习惯了，疲倦了”，世故与冷漠的刘世吾呢？

林震对刘世吾的审视和批判，包含了作者的严肃思考；而对刘世吾的超越也是他走向成熟的开始。所以，刘世吾的形象并不是“官僚主义者”这一概念可以概括的。他在作品中有着特别重要的意义。这一形象在中国当代文学史上，对于文艺作品如何表现人民内部矛盾，揭露官僚主义这一严肃课题，是一个里程碑式的成功。如果说苏联小说《拖拉机站站长与总农艺师》里的娜斯佳是林震理想中的人生偶像，那么在他具体的生活境遇中，刘世吾象征了现实对理想的冲击，或者理想对现实的妥协。林震与刘世吾的根本冲突在于：林震企图用理想去改造现实，而刘世吾则用现实去否定理想。

2. 林震——在理想与现实的冲突中展示其心路历程

林震是小说中与刘、韩等人物对立的中心人物，一个热情单纯、富有理想、朝气蓬勃、正在成长的青年共产党员的形象，但这一形象在小说叙述结构中的作用和与作品主题的关联则明显地存在被忽视的倾向。

对这一形象有两种截然相反的说法：一说林震是“党的力量”；一说林震是一个狂热的小资产阶级知识分子典型。

从小说的文本实际来看，《组织部来了个年轻人》虽然具有揭露官僚主义现象、“积极干预现实”的外部写真倾向，但它更是一篇从个人体验和感受切入，通过个人的理想和激情与现实环境的冲突，展示叙述人心路历程的成长小说。

主人公林震从小学教师岗位，带着一种“节日的兴奋”来到组织部这个新的工作环境，结果却发现这里的情形与自己的想象有很大的差距，一些领导干部的官僚主义作风、革命意志和工作热情衰退使他愤怒、疑惑，他为自己无法融入这一环境而惶恐、伤感。与对外部冲突的再现相比，作者更注重对叙述人心理内部冲突的表现。

林震快乐、单纯，富于青春的朝气，富有理想和激情，他是怀着成长的渴望和焦虑来到组织部的，22岁的他“生命史上好像还是白纸，没有功勋，没有创造，没有冒险，也没有爱情”，他奉娜斯佳（苏联小说《拖拉机站站长与总农艺师》中的主人公）为人生偶像，在“社会主义高潮的推动”下，要“努力工作”，要“学这学那”，要“做这做那”，要“一日千里”。组织部是他走向成熟、实现人生理想的新环境，而小说也正是以林震的心理体验为视角的，在工作历练和爱情体验这两条线索上，通过麻袋厂事件的始末，展开对理想与现实冲突的叙述。作品的第一章，林震刚来组织部报到，就出现了两个人物：一个是“苍白而美丽的脸上，两只大眼睛闪着友善亲切的光亮”的赵慧文；另一个便是第一副部长刘世吾。而刘世吾同他的第一次谈话，恰恰涉及了工作与爱情这两个话题。而这两个方面相互交织、矛盾和冲突，对初涉人世的林震来说又都带有“冒险”色彩。在工作和爱情这两条线索的相互交织中，爱情的线索是依附于工作这条主要线索的。

20世纪50年代中期，新中国的生活刚刚展现它的魅力，周围弥漫着早春的气息，一切都充满生机。但作者却敏感地对此投出了怀疑的目光，他通过林震的内在视角，在两条线索的冲突交织中表现出：就在这一片生机里，有一种可怕的惰性在蔓延；就在刘世吾那些据之有理的逻辑和成熟举动的背后，有某种不可原谅、不能妥协的东西，他对之不满甚至力图反抗。尽管对于林震而言，斗争的对象似乎无处不在，有王清泉式、韩常新式的在明处，也有像泥鳅一样滑腻的刘世吾式的在暗处。斗争难免要付出某种代价，但他偏偏以一种执拗的“幼稚”进行着力量悬殊的斗争，这种知其不可为而为之的精神，也超出了对官僚主义的揭露与批判，体现出理想与激情的永恒魅力和对现实的审视和批判意义。

可以说，在现实与理想之间，林震面临的困惑也就是我们共同面临的困惑，林震感到的痛苦也就是我们共同感到的痛苦，林震经过的心路历程正是最打动读者的地方之一。

3. 青春时代的情感苦闷——关于林震与赵慧文

与赵慧文的交往是林震心路历程中的另外一条线索。小说中有这么几个情节值得重视：一是赵慧文和她当科长的丈夫感情不好，生命中出现了一种“空白”；二是赵慧文和林震有很多相似的地方（气质、性格、年龄等）；三是林震这个形象渗透着作者王蒙对生活的认识、感受和理解。王蒙当年22岁，正处在林震的年龄，正经历着林震的苦闷、伤感和惆怅。

作者暗示了林震对赵慧文朦胧的爱情意识，即“两个人交往过程中的感情的轻微的困惑与迅速的自制”。在作品所呈现的外在冲突中，他们是相互理解的同志，从某种意义上说，赵慧文是比林震先到一步的“组织部新来的年轻人”；而在林震的内心冲突中，他与赵慧文的情感涟漪也是一个重要的侧面，在林震对现实质疑、感到惶惑而孤立无援之时，有一双忧郁而美丽的眼睛注视着他，两颗年轻的心来不及相互靠拢，就被几乎是预设的“警告”所阻隔。林震在内心中对这份情感的克制，是爱情需要对事业需要的退让，也是现实原则对内心欲求的胜利，最后所作的理智选择同样体现了他的成长。

（二）小说文本结构的隐含特征

王蒙的短篇小说《组织部来了个年轻人》发表后，批评家的阐释已成定论，但当代读者的阅读经验却与之相反，造成这一现象的原因是作品虽然采用的是传统现实主义的叙事笔法，却具有两重结构、双重视角——显在的和潜在的。

显在结构呈现的是青年林震同区委组织部存在的官僚主义和干部思想老化现象的斗争。这是小说的外部结构，小说的各个环节都是围绕着林震的遭遇和命运展开的。林震对刘世吾的审视和批判，包含了作者的严肃思考，而对刘世吾的超越也是他走向成熟的开始。至少，从刘世吾这一形象可以看出，揭露现实生活中的官僚主义，只是对《组织部来了个年轻人》外在冲突意义上的概括，并不能完整地体现这篇作品的思想和艺术特性。

潜在结构隐含的是刘世吾对自己的革命热情衰退的不满以及林震内心理想与现实的冲突，或者说是青年林震在理想与现实冲突下的心路历程，是连续的斗争史和连续的碰壁史。与对外部冲突的再现相比，作者更注重对叙述人心理内部冲突的表现；甚至可以说，对心理内部冲突的精彩呈现，才是这篇作品的艺术特性所在。小说的主题（表现人的成长过程中的痛苦）和现实针对性也只有在对其内部视角的分析中获得更切实的理解。

第四节 梁斌及其《红旗谱》

梁斌的《红旗谱》对民主革命时期中国农民斗争道路和成长历程作了高度的艺术概况，描绘了党领导农民和知识分子斗争的历史，具有广阔的社会生活内容。它是梁斌经过长期酝酿、构思而完成的一部表现20世纪二三十年代我国冀中地区农民革命斗争的壮丽史诗。

一、生平与创作

梁斌（1914—1996），原名梁维周，河北省蠡县梁家庄人。1927年参加共产主义共青团，从此在家乡参加革命活动。1930年考入河北保定第二师范（保定二师），并参加了保定二师学潮的护校斗争运动。1933年到北平，参加了左翼作家联盟，开始写杂文、散文和小说。而后到济南，考入山东省立剧院，一边学习戏剧表演，一边坚持文学创作。1934年梁斌创作了以高蠡暴动为题材的短篇小说《夜之交流》。

1937年春，梁斌加入中国共产党，全面抗战期间在家乡建立抗日武装，后在冀中从事文化宣传工作。在这期间他写出了以家乡农民运动为题材的短篇小说《三个布尔什维克的爸爸》、中篇小说《父亲》，以及《千里堤》《抗日人家》《五谷丰登》《爸爸做错了》《血洒卢沟桥》等剧本。

1948年梁斌随军南下，先后在湖北省襄阳市和武汉市工作，任湖北省襄樊地委宣传部部长、《湖北日报》社长等职。新中国成立后，曾任河北省文联副主席、中国作家协会河北分会主席等职务。1953年开始着手创作多卷本长篇巨著，1957年由中国青年出版社出版了他的第一部长篇小说《红旗谱》。小说以反割头税斗争和保定二师学潮为主要内容，表现大革命前后中国北方的斗争生活。作品一出版立即就引起强烈反响，被誉为反映中国农民革命斗争的史诗式作品，并被改编为同名电影，2004年被改编为同名电视剧。1963年他的第二部长篇小说《播火记》出版，小说以高蠡暴动为主要内容，表现冀中平原上革命形势的新发展。1983年第三部长篇小说《烽烟图》（又名《抗日图》《战寇图》）出版，小说以七七事变后北方农民的抗日斗争为内容，展示全面抗日的时代风貌。在"文化大革命"期间，他被迫中断原定的多卷本长篇巨著创作计划，改写反映土改运动的长篇小说《翻身纪事》，该小说1978年出版。1996年6月梁斌逝世，安葬于天津市元宝山庄生命纪念公园。2019年，《红旗谱》被收入"新中国70年70部长篇小说典藏"。

二、《红旗谱》

在谈到创作《红旗谱》的动机时，梁斌说："还在我少年时代，我就曾经体验了旧中国广大人民经历的苦难；那种悲苦与辛酸，那种痛苦与折磨，在我少年心灵上烙下了深深的印痕。此外，我受到了时代的感动，受了很多事件的感动。"①《红旗谱》以锁井镇农民朱老忠和严志和两家三代人的生活遭遇作为贯穿整个作品的主线，围绕以朱、严两家为代表的农民阶级同以冯老兰父子为代表的地主阶级的矛盾，描写了三代农民的反抗斗争。朱老巩大闹柳树林，单枪匹马，赤膊上阵，阻止冯老兰砸千里堤上的古钟、侵吞四十八亩公地，结果落得家破人亡的悲剧结局；朱老明和地主打官司"对簿公堂"，也惨遭失败。朱老忠、严志和他们的斗争跨越了新旧两个时代，在未得到党的指引之前，仍然摆脱不了像前辈一样的悲剧命运；在接受党的指引后，他们逐步从个人的自发反抗转向自觉革命。江涛、运涛、大贵等年轻一代，不仅继承了老一辈的斗争精神，而且一开始就接受了党的正确指引，接受先进的革命理论，不断把农民运动推向新阶段。小说通过这三代农民的不同生活道路和成长经历，艺术地说明了农民是中国民主革命的主体力量，农民的反抗斗争只有融入共产党领导的革命洪流，才能取得真正的成功。

《红旗谱》中的朱老忠是我国当代小说中塑造得非常成功的民主革命时期的农民英雄形象，是"一个兼具民族性、时代性和革命性的英雄人物的典型"②。朱老忠的生活道路跨越了新旧两个时代，他的思想性格的形成与中国从旧民主主义革命向新民主主义革命过渡转变这一特定的历史环境分不开。他幼年随父亲参加大闹柳树林的斗争，目睹了家破人亡的悲惨场面，父亲吐血身亡，姐姐遭强暴而投滹沱河自尽，这些在朱老忠幼小心灵里埋下了反抗的种子。他被迫只身闯荡关东，挖参、打鱼、淘金……25年背井离乡的漂泊生活，一刻也没动摇过他报仇的心愿，他只要一想到冯老兰这个世代的仇人，心里就"一剜一剜地痛"，他想着："回去！回到家乡去！他拿铜铡铡我三截，也得回去报这份血仇！"朱老忠具有疾恶如仇、路见不平拔刀相助的正义感，有不畏强暴、视死如归的英雄气概。为帮助朱老明治眼病，他慷慨解囊；为支持江涛上学，他卖牛

微视频：《红旗谱》中的朱老忠人物形象

① 梁斌. 我为什么要写《红旗谱》［M］//"文艺报"编辑部. 革命英雄的谱系：《红旗谱》评论集. 北京：作家出版社，1959.

② 冯牧，黄昭彦. 新时代生活的画卷［N］. 文艺报，1959-10-26.

相助；为分担严志和的痛苦，他去济南探监，为老奶奶主持丧事，还挑起他们全家生活的担子；为营救被军警围困的学生，他出生入死。这些都体现了我国劳动人民长期以来形成的患难与共、义重如山的传统品质，也反映出朱老忠所具有的旧时代农民英雄传统性格的一面，同时也反映了农民反抗斗争的局限性。

朱老忠所具有的新时代无产阶级的革命精神，是在后来复杂的斗争中逐步形成的，他经历了一个从自发反抗到自觉革命的转变过程。长期苦难生活的磨炼，往昔斗争失败的教训，让朱老忠明白复杂的现实斗争需要讲策略，不能像以往那样轻举妄动。他支持江涛读书，同意大贵当兵，打算通过培养“一文一武”，积蓄力量，准备报仇。大贵被抓壮丁，运涛在大革命失败后被捕入狱等，这一系列打击，让朱老忠更加明白了阶级斗争的残酷性，也进一步提高了阶级觉悟。特别是在张嘉庆领导的秋收运动中，他第一次看到了穷人们联合起来的力量，看到了集体的力量，从而深受教育。后来，他受到参加革命后的江涛的影响，结识了党的地下组织成员、县委书记贾湘农，得到党的指引，在反割头税斗争中，积极协助江涛掀起了轰轰烈烈的群众运动，并在这次斗争之后，加入了中国共产党。就这样，朱老忠完成了从单枪匹马的复仇到去找寻党的领导，依靠党的力量，从个人的反抗走向有组织、有计划、有明确目标的斗争的转变过程，从一个自发反抗地主压迫的草莽英雄成长为一个自觉革命的无产阶级先锋战士。朱老忠的生活道路，艺术地概括了20世纪初期，新旧时代交替时期中国农民由豪侠好汉成长为农民革命英雄的历史踪迹。

严志和是《红旗谱》中刻画的另一个重要人物。在这个人物身上充分体现了性格的软弱性和反抗性，他是一个复杂矛盾的统一体。严志和勤劳朴实，善良本分，面对地主阶级的残酷剥削，有要求翻身求解放的强烈愿望，但他固守自家的二亩土地，只图自己能过上最低条件的温饱生活，常常忍气吞声。由于告状失败而害怕冯老兰的报复，听说江涛与共产党有联系而时常惶恐不安，他表现出逆来顺受的软弱性。但是，由于运涛被捕，老奶奶被气死，二亩“宝地”被迫卖掉，江涛又被捕，等等，他开始意识到靠逆来顺受是不能过上安稳日子的。由于现实的不断教育，革命形势的影响，在朱老忠和江涛的启发和帮助下，严志和终于克服了自己的软弱性，走上了革命的道路，参加了反割头税斗争。其中，严志和在走上革命道路后也曾动摇过，当保定二师学潮失败，二儿子被关进监狱时，他感到绝望，曾想跳河自尽。严志和性格的复杂性，反映了革命大动荡时代一部分觉悟较晚、思想较落后的农民的思想状态和行为轨迹。

作品还塑造了运涛、江涛等一批属于第三代的青年农民和知识分子形象。运涛聪明、能干，爱动脑子，是有知识的青年农民，在党的教育、帮助下，迅速成长为一名革命战士。江涛热情沉稳，有胆有识，有很高的思想觉悟，表现出了较高的领导才能。张嘉庆出身于剥削阶级家庭，虽然与江涛的经历完全不同，却走上了相同的革命道路，他莽撞、急躁的性格与江涛的柔和、细致形成了鲜明的对比。其他如春兰、严萍、严老奶奶、大贵娘等虽着墨不多，也刻画得鲜明、生动。

《红旗谱》在艺术上的一大成就在于小说具有鲜明的民族化特色。小说在题材上，从中国特定的历史环境出发描写农民斗争、农民运动，无论是朱老巩大闹柳树林、朱老明“对簿公堂”，还是脯红鸟事件、反割头税斗争等，都带有典型的民族色彩。小说塑造的众多主要人物形象，如朱老忠、严志和、运涛、大贵等，虽然性格各异，但无不表现出中国劳动人民勤劳勇敢、不甘屈辱的民族精神。特别是朱老巩、朱老忠等慷慨豪侠、爱打抱不平，与中国传统小说中的英雄人物是一脉相承的。小说多处描写北方农村的自然风光、生活习俗，如千里堤上的排排杨柳，冀中平原的鹅毛大雪，大贵杀猪，除夕“踩岁”，拜年“磕头”，赶庙会，运涛出生时老奶奶在窗棂上拴上块红布条，运涛他娘的小脚，老奶奶去世时门上挂纸钱、煮倒头饭及出殡时穿孝执幡摔瓦，等等，充分表现了当地人们的生活环境、生活情趣。鲜明的民族风格和浓郁的地方特色是这部小说在艺术上取得的突出成就。

梁斌曾说，为了使《红旗谱》这部小说成为“喜闻乐见”的艺术创作，“我选择了古典文学中的传统手法，在章法的结构上，不脱离民族形式。语法结构上不脱离现实，尽可能写得通俗易懂”[①]。小说继承了中国小说传统手法，注重通过人物的行动和语言来表现人物性格，同时注重通过复杂曲折的故事情节来刻画人物，情节曲折生动，故事性强，具有很强的可读性。另外，小说还十分注意运用适应广大农民习惯的语法结构，恰当运用一些方言土语，并注意各个人物的个性语言特征。如“出水才看两腿泥”“为朋友两肋插刀”等，语言通俗自然，富有表现力。

《红旗谱》的不足，主要是对革命者的性格缺乏丰富性展示，对党的领导者贾湘农形象的描写显得较单薄，朱老忠、严志和以及运涛、江涛等形象在入党以后缺乏性格变化，显得平面化、抽象化。

第五节 杨沫及其《青春之歌》

杨沫的《青春之歌》是以亲身经历为基本素材创作而成的，旨在探索民主革命时期青年知识分子的道路问题，是我国当代文学史上第一部描写党领导下的学生运动的长篇小说，是我国十七年时期长篇小说的又一经典文本。杨沫以女性特有的细腻笔触，独辟蹊径地探索和表现了一类中国知识女性充满矛盾的追求之路，从而创作出革命历史文学的“别体”，奠定了其在当代文学史上的重要地位。

一、生平与创作

杨沫（1914—1995），原名杨成业，笔名杨君默、杨默、小慧，祖籍湖南湘阴，1914年8月生于北京一个官宦家庭。杨沫就读于北京西山温泉女子中学时，开始广泛涉猎古今中外文学名著。杨沫读到初三时，因家庭破产而失学，走上社会当小学教员、家庭教师和书店店员，饱尝生活的艰辛。1934年杨沫开始文学创作，发表处女作《热南山地居民生活素描》。

1936年，杨沫加入中国共产党。全面抗战爆发后，她到冀中参加中国共产党领导的游击战争，做妇女工作和宣传工作，历任《黎明报》《晋察冀日报》等报纸的编辑、副刊主编，并发表多篇反映抗日战争的散文和短篇小说。新中国成立后，杨沫先在《人民日报》任编辑，后调至北京市妇联工作，1950年发表反映抗日斗争题材的中篇小说《苇塘纪事》。后任北京电影制片厂编剧、中国作家协会北京分会副主席、第五届全国人大常委会

① 梁斌. 我怎样创作了《红旗谱》[J]. 文艺月报，1959（6）.

委员等。1958年其代表作长篇小说《青春之歌》出版，该作品后由作者本人改编成电影，改编拍摄的电影作为新中国成立十周年的“献礼片”，受到广大观众的热烈欢迎。新时期杨沫写有长篇报告文学《不是日记的日记》(1980)，日记集《自白——我的日记》(1985)，长篇小说《东方欲晓》(1980)、《芳菲之歌》(1986)、《英华之歌》(1989)等。1995年12月11日杨沫因病在北京逝世。

二、《青春之歌》

《青春之歌》以1931年九一八事变到1935年一二·九运动这一特定历史时期，爱国青年学生为抗日救亡所进行的顽强不息的斗争生活为主要内容，描写了在当时国内民族危机日益加深，抗日救亡运动不断高涨的形势下，知识分子各自不同的生活道路，特别是青年学生林道静在革命斗争中锻炼成长为无产阶级革命战士的艰难历程。故事的一些片段来自当时学生运动中的实事，有些则来自作者的见闻和亲身感受：“一九三一年到一九三五年，我生活在北京的学生群中，他们中有我的许多朋友。所以，他们当时的苦闷、希望和欢乐我能体会到一些。”[①]小说探讨了知识分子的出路问题，形象化地阐述了知识分子只有在党的引领下，经历艰苦的个人思想改造，从个人式的幻想，到参加阶级解放的群众斗争，即个体生命只有融合、投入到以工农大众为主体的事业中去，他的生命价值才可能得到真正实现。从题材上来看，这篇小说具有十分重要的意义。

主人公林道静是小说塑造得最为成功的20世纪30年代革命知识分子的典型形象。小说紧紧围绕林道静成长的三个阶段来展开故事情节。第一阶段即两次离家出走的阶段。林道静的童年是在继母百般虐待下度过的，她从小养成了倔强反抗、同情弱者的性格。在她中学刚毕业后，继母为了巴结权贵，逼她嫁给公安局局长胡梦安，林道静毅然离家出走，独自谋求生活出路，投奔杨庄小学的表哥张文清，结果杨庄小学校长余敬唐又想把她献给县长做姨太太，林道静既不甘屈辱，又无力抗争，便选择了跳海自杀作为对这个黑暗与罪恶社会的控诉。这第一次逃出家庭，是她与旧家庭决裂，追求个性解放、开展个人奋斗的起点，这也是中国知识分子自五四运动以来形成的追求个性与自由的直接表现。正当林道静欲投入大海之际，北京大学青年学生余永泽伸出了援助之手。余永泽的才学、温存与浪漫感染了涉世未深的林道静。为报答余永泽的救命之恩，并由于迷恋其“骑士兼诗人”的风度，林道静从感恩、钦佩到与余永泽相爱、同居。但婚后生活并不是她理想中的那样，林道静发现余永泽只不过是一个一心只想营造家庭安乐窝、苟且偷生而不顾民族安危、极端自私的个人主义者，林道静感到十分孤独和痛苦。由于余永泽粗暴干涉林道静的行动，共产党人卢嘉川被无情赶出家门而遭特务逮捕。这一事件加剧了他们之间感情的破裂，让林道静真正觉醒，决心与余永泽彻底决裂。这第二次离家出走，是林道静与旧我决裂，由个性解放走向献身社会的人生转折点。

第二阶段，即林道静在革命斗争熔炉中锻炼成长的阶段。卢嘉川是林道静走上革命道路的第一个启蒙指路人。除夕夜卢嘉川在白莉萍公寓的演讲，“只有投身到集体斗争中去，把你个人的命运跟大众的命运联系起来，那才有出路”，使林道静第一次听到真正的革命宣传，受到深刻的革命启蒙教育。她急切地要求入党、参加红军，这是她走上革命道

① 杨沫．我为什么写《青春之歌》[N]．北京日报，1958-04-09.

路的一个重要转折点。在林道静第一次被捕后，党及时援救她逃出魔掌。她到定县教书时，又受到共产党人江华的引导、教育与帮助。林道静成功地制止了地主宋贵堂殴打农民的事件，参加了党领导的麦收斗争。广阔的农村生活更加深了她与人民大众的感情，她决心成为一个自觉的革命者。林道静回到北平，在第二次被捕入狱受刑后，在想一死了之时，林红以自己爱人的英雄事迹和自身作为榜样，鼓舞林道静“要活下去与敌人斗争直到最后一息”，让林道静逐步消除了自身的脆弱，坚定了斗争信念，她经受住了牢狱里的严刑，变得更加成熟、更加坚强起来。这也是林道静在三个共产党员的引导下，在革命形势的影响下，世界观逐步转变的主要阶段。

第三阶段，也就是入党后为党积极工作的阶段。她任劳任怨、勤勤恳恳与江华一起参加并领导了一二・九运动。由于林道静在革命斗争中不断追求进步，积极锻炼，并经受了监狱的严峻考验，出狱后她被批准加入中国共产党。入党后的林道静更加焕发出青春的活力。她接受党组织的安排，在特务密布盯梢的北京大学、中法大学领导救亡工作，她积极发动、宣传、组织学生，领导各班成立了学生自治会，并举行罢课游行。她的爱国热情激励了广大青年学生，终于在党的领导下，爆发了一二・九运动。林道静勇敢地走到了革命斗争的最前线，实现了自己的人生价值与生命意义。

《青春之歌》富有层次地描写了林道静的成长道路，从反抗封建包办婚姻、要求个性解放到参加革命斗争、谋求全民族的解放，从天真幼稚的少女到坚定成熟的革命工作者，林道静的成长道路概括了那个时代大多数青年知识分子的人生道路。

《青春之歌》还刻画了其他许多类型的知识分子形象。卢嘉川、江华、林红作为党的工作者，在林道静的成长道路上起着党引领知识分子成长的作用。另外，还有追名逐利、自私庸俗，最后成为反动阶级帮凶的余永泽，图慕虚荣、贪图个人享受、沉沦堕落的白莉萍，彷徨、徘徊后觉醒的王晓燕，等等，这些人物分别代表了当时知识分子的不同类型。通过他们之间的矛盾冲突，小说比较全面地反映了20世纪30年代初中期复杂多变的社会斗争形势。

《青春之歌》以学生运动为主线描绘了当时抗日救亡运动的面貌，结构宏伟，以林道静三个人生阶段推动故事情节，层次清晰。小说具有浓郁的抒情笔调。杨沫以女性作家所特有的细腻笔触，注意对人物内心情感世界的描写，如对林道静与余永泽、卢嘉川、江华复杂关系的描述，林红在狱中讲述与李伟的夫妻之情等，笔锋细腻，饱含深情。

王蒙曾评价《青春之歌》“是历史，也是躁动着痛苦着却也希冀着的青春的诗篇”①。1958年，《青春之歌》一出版就成为当年的畅销书，次年发行一百三十多万册，受到广大读者的欢迎，引起强烈反响。小说《青春之歌》经翻译后，还远销日本、东南亚等地。1959年初，《文艺报》《中国青年报》就《青春之歌》组织讨论。有人认为小说“充满了小资产阶级情调，作者是站在小资产阶级立场上，把自己的作品当作小资产阶级的自由表现来进行创造的”，不仅“没有很好地描写工农群众，没有描写知识分子和工农的结合”，而且也“没有认真地实际地描写知识分子改造的过程，没有揭示人物灵魂深处的变化。尤其是林道静，从未进行过深刻的思想斗争……”②茅盾、何其芳分别发表文章《怎样评价

① 王蒙．中国新文学大系：1949—1976 长篇小说卷 3［M］．上海：上海文艺出版社，1997：1.
② 郭开．略谈对林道静的描写中的缺点：评杨沫的小说《青春之歌》［J］．中国青年，1959（2）.

〈青春之歌〉?》《〈青春之歌〉不可否定》，批评这种简单、粗暴的论调，对小说作出了比较公正的评价。然而因受当时“左”倾文艺思潮的影响，从1959年9月开始，杨沫花了三个月的时间，将《青春之歌》进行了修改：为了突出卢嘉川英勇献身的革命者形象，作者设置了他带领北京大学学生去南京请愿，与国民党坚决斗争的情节；为了描写知识分子和工农群众相结合，修订后的《青春之歌》增加了林道静在农村工作的七章和北京大学学生运动的三章；增加了林道静的一些心理描写；等等。新增内容扩大了原作的容量，但有些内容描写得不够成功，与全书不够协调，带有概念化、模式化倾向。

第六节　柳青及其《创业史》

柳青的《创业史》通过对1953年蛤蟆滩各阶级、各阶层人物之间尖锐、激烈斗争的描写，深刻地表现了我国农业社会主义改造运动中人与人之间的复杂关系，是一部反映我国农业合作化运动的现实主义巨著。

一、生平与创作

柳青（1916—1978），原名刘蕴华，陕西吴堡人。1930年夏，柳青考入省立绥德师范学校，勇敢地参加了学校当时的学潮斗争。1934年夏，他考入西安高中，在学校经常创作散文、诗歌，翻译外国短篇小说，在报刊上发表。1935年，柳青积极参加一二·九运动，是西安高中学生会的负责人，任学校高中学生刊物《救亡线》编辑。

1936年12月底，柳青加入中国共产党，参加了李一氓领导的陕西省委临时宣传委员会工作，任学校党支部宣传委员，西安学生联合会刊物《学生呼声》主编，发表了短篇小说《待车》。1938年，柳青到延安，在陕甘宁边区文化协会工作，先后写出多篇小说，塑造了多个抗日军民英雄形象。后来，他将这些作品收在他的第一本短篇小说集《地雷》中。1943年2月，柳青深入农村，领导群众开始减租减息，组织大生产运动。1947年7月，柳青的第一部长篇小说《种谷记》出版。这部作品是毛泽东《在延安文艺座谈会上的讲话》发表后，率先问世的一部成功作品。

新中国成立以后，柳青参加《中国青年报》的创办工作，培养了一大批青年作者。1951年，他的第二部长篇小说《铜墙铁壁》出版。1952年8月，柳青任陕西省长安县（今西安市长安区）县委副书记，后辞去县委副书记职务，到皇甫村定居，在一个破庙里住了14年，专门从事多卷本长篇小说《创业史》等文学作品的创作。期间他完成了散文集《皇甫村的三年》和中篇小说《狠透铁》（又名《咬透铁锹》）等作品。1960年，他的第三部长篇小说《创业史》（第一部）出版了。在“文化大革命”期间，柳青被打成“反动权威”“黑作家”，身心受到严重摧残，仍抱病完成了《创业史》第二部上卷的定稿。1978年6月13日，柳青病情恶化，不幸逝世，骨灰被分放在北京市八宝山公墓和家乡陕西省长安县皇甫村神禾原墓地。2019年，《创业史》被收入“新中国70年70部长篇小说典藏”。

二、《创业史》

《创业史》刚发表，就得到了大家的认可，被认为是革命的现实主义和革命的浪漫主义相结合的好作品。“这部作品不仅标志着作者在创作道路上所达到的新的高峰，而且是我国社会主义文学艺术的一个重要收获。”①

柳青这样表述《创业史》的主题思想：“这部小说要向读者回答的是：中国农村为什么发生社会主义革命和这次革命是怎样进行的。回答要通过一个村庄的各个阶级人物在合作化运动中的行动、思想和心理的变化过程表现出来。这个主题思想和这个题材范围的统一构成了这部小说的具体内容。”②当时，我国农村土地改革运动刚结束，消灭了封建剥削关系，但由于没有根除私有制的经济基础，因此很快出现了严重的贫富两极分化现象，一部分农民开始出卖土地，出卖劳动力，出现了新的剥削，党决定对私有制进行社会主义改造，引导农民走合作化道路。

小说围绕农民“创业”问题，真实地描绘了农业合作化运动初期农村的社会现实生活。小说开篇的“题叙”描绘了渭河流域以梁三老汉为代表的下堡村农民，在饥饿线上的挣扎和创业的失败。第一章接着写富裕中农郭世富新房上梁的欢庆场面，引来蛤蟆滩无数农民的羡慕，富农姚士杰在土地改革以后，挺着胸脯，说：“你们眼馋吗？看看算啰！甭看共产党叫你们翻身呢，你们盖得起房吗？”在第三章中，小说写到土地改革时的老党员郭振山召开的活跃借贷会，在富裕中农的抵制下，也以失败而散场。这些社会现象真实而典型地反映了土地改革后农村各个阶层人物面对合作化道路所具有的不同思想、行动、心理的现实。自发势力重新抬头，新生的互助组面临挑战。小说花了大量篇幅，把笔墨用在了经过土地改革以后，农民分得土地后在创业观念上的冲突和变化，以及农业合作化运动的艰难历程上。从旧中国梁三老汉十年创业失败，到养子梁生宝承父志，继续创业立家，但兵荒马乱，地租沉重，创业梦想破灭，小说通过梁家两代人不同创业道路及其结局，概括了中国农民的生活历程，反映了他们要求改变苦难命运的强烈愿望，指出了只有在中国共产党的领导下，走共同富裕的集体化道路，翻身解放后的农民才能开始真正的“创业史”。这正如柳青自己所说的，“我们这个制度，是人类历史上最先进的社会制度。没有任何时代，能比得上我们这个时代。……我写这本书就是写这个制度的新生活，《创业史》就是写这个制度的诞生的”③。

梁生宝是小说众多人物中居于中心地位的一个人物形象，他是作者精心塑造的20世纪50年代我国农村社会主义创业者的英雄形象。新中国成立以前苦难的童年生活和长大后同继父梁三老汉饱尝创业的辛酸，使梁生宝养成了勤劳、朴实的性格，具有强烈的创业欲望。梁生宝渴望走共同富裕的道路，谋求全体农民的幸福，创社会主义大业，这是其思想性格的核心。20世纪50年代我国农村正面临土地改革后向何处去的历史大变革，广大农民在徘徊，在犹豫。梁生宝作为互助合作的带头人，冒雨去郭县买稻种，一心想着稻麦两熟耕作革新，用多打粮食这个最有说服力的物质成果来显示互助组的优越性，让广大农民自觉地走上互助合作的道路。带领群众进山砍竹，表现了他任劳任怨的务实作风；吸收白占魁入社，耐心帮助继父梁三老汉，正确处理与郭振山的矛盾，表现出他真诚、淳朴的性格，听党的话，是“党的忠实儿子”④。在刻画梁生宝这一典型形象时，小说通过县、区、乡三级党的负责人，表明了在其成长道路上，党具有的扶持和促进作用。第五章通

① 华中师范学院中国语言文学系．中国当代文学史稿［M］．北京：科学出版社，1962．
② 柳青．提出几个问题来讨论［J］．延河，1963（8）．
③ 柳青．在陕西省出版局召开的业余作者创作座谈会上的讲话［J］．延河，1979（6）．
④ 柳青．提出几个问题来讨论［J］．延河，1963（8）．

过梁生宝的回忆，交代了他第一次参加县互助组组长会议时区委书记对他的热情支持。在第十六章中，作者又通过梁生宝的思绪，交代县委书记专门找他谈话，使小伙子“开始有了一种感觉”。“有党的领导，咱怕啥”成了梁生宝的“口头禅”和克服困难的“法宝”。党的关怀和支持，让他更加坚定了信心，鼓舞他产生一种向前迈入合作化道路的强烈欲望和动力。正如作者柳青所说：“简单一句话来说，我要把梁生宝描写为党的忠实儿子，我以为这是当代英雄最基本、最有普遍性的性格特征。”[①]总之，这是一个从旧中国小生产者成长起来的新中国社会主义新型农民的典型，他完全摆脱了农民小私有者的狭隘观念，具有坚定的社会主义信念。但是，梁生宝在处理与徐改霞的爱情问题上，所采取的简单、粗暴的方式，带有明显的英雄化、理想化色彩。自从《创业史》问世以来，评论界关于梁生宝形象展开多次争论的原因也正在于此。代表性观点，如“梁生宝形象的艺术塑造也许可以说是‘三多三不足’：写理念活动多，性格刻画不足（政治上的成熟的程度更有点离开人物的实际条件）；外围烘托多，放在冲突中表现不足；抒情议论多，客观描绘不足”[②]。

梁三老汉是《创业史》中刻画得非常成功的一个艺术典型，他是具有传统美德和狭隘小生产者观念的旧中国农民的代表。在旧社会，梁三老汉想凭自己的辛勤苦干创家立业，改变自己的贫穷生活，直至腰弯背驮，仍以失败告终。解放后，他分得土地，重新燃起了创业的欲望，一心想成为“三合头瓦房院的长者”。作为背负几千年私有观念的小生产者，他对儿子组织的互助组也产生过抵制、不满情绪，对儿子怨言道，“你看人家也在党着哩！人家为啥不和你一样往前扑呢？人家土改毕了，人家退后一步，人家闷住头过人家的光景哩！你小子奔社会主义！你看今儿分稻种的样子，没到社会主义，你小子就没裤子穿啰！”梁三老汉对能够盖得起楼房的郭世富打心底里佩服得五体投地，对自己在发家致富上的无能深感惭愧，所以当他看热闹时，别人取笑和嘲弄他，他也只能默默忍受。正如小说里说的：“人们这样不尊重他，他也不怎么生气，因为他认为：只有像他哥梁大、郭二老汉他们一样创起业来，才能被人们尊重。”这暴露出他作为小生产者自私、狭隘的意识。但梁三老汉勤劳，热爱土地，具有普通农民善良、朴实的传统品质。他时刻关注互助组的进展，为进山砍竹的儿子担心，几次偷看新法育秧，对梁大老汉和王瞎子退出互助组没有好感，等等。另外，作为父亲的梁三老汉把童养媳当亲闺女疼，清明为她上坟时禁不住老泪纵横的行为，充分体现了一个慈父之爱；他对待亲生女儿秀兰的婚事，相当武断专制；但在照顾战斗英雄的母亲方面，他又表现出宽容与大度。作者对这样一个农民在告别私有制时思想性格上的转变及其心灵上经历的艰巨的、痛苦的斗争过程揭示得细腻、入木三分，使梁三老汉成为我国当代文学人物画廊里一个不可多得的艺术典型。严家炎评价道：“梁三老汉虽然不属于正面的英雄形象之列，但却具有巨大的社会主义特有的艺术价值。”[③]

小说刻画的蛤蟆滩“三大能人”郭振山、郭世富、姚士杰，也是性格鲜明、各具特色的。郭振山身为党员、村代表主任，却满脑子个人发家致富思想，处处阻挠合作化进

① 柳青．提出几个问题来讨论［J］．延河，1963（8）．

② 严家炎．关于梁生宝形象［J］．文学评论，1963（3）．

③ 严家炎．谈《创业史》中梁三老汉的形象［M］// 孟广来，牛运清．中国当代文学研究资料：柳青专集．福州：福建人民出版社，1982：363．

程，属于农民中的两面派，落后的农民干部典型，是争取的对象。郭世富公开对抗，顽固维护私有制，妄想人们跟着他走个人发家致富的老路，是对封建制度还存有幻想的落后农民典型，是改造的对象。富农姚士杰表面老实、积极，内心却阴险狡诈，是仇恨新社会政权、妄图扼杀新生政权的敌对阶级代表，是批判的对象。除此之外，《创业史》中的几个女性形象，如徐改霞、梁秀兰、赵素芳、李翠娥等，都给读者留下了较深刻的印象。

《创业史》艺术构思宏伟，结构严谨，在结构的安排上采用了“题叙”与“结局”的手法。“题叙”为故事开始提供背景，作铺垫，“结局”在第一部与第二部之间起承前启后的过渡作用。在描写人物形象上，小说采用了对比、细节、心理描写及哲理的议论等表现手法。

《创业史》原计划写四部，第一部写互助组阶段，第二部写农业生产合作社的巩固和发展，第三部写合作社运动高潮，第四部写全民整风和“大跃进”，至农村人民公社建立。但整个计划未实现，作者便去世了。从1954年到1960年，作者四易其稿，完成了《创业史》（第一部）的创作。1959年，小说曾以《稻地风波——〈创业史〉之一》的题名初刊于《延河》杂志，略作修改后再刊于同年的《收获》第6期。该作品由中国青年出版社在1960年出版后，作者分别于1973年、1977年作了一些“重要”的修改，并于1977年12月由陕西人民出版社重印，出版发行。在重印版本的修改中作者删掉最多的是对梁生宝与徐改霞的爱情描写。作者对《创业史》的几次修改，总体说来，在艺术上的成功修改太少，对涉及政治方面的内容矫正较多。

思考与练习

1. 十七年时期短篇小说取得了哪些突破与成就？

2. 谈谈《百合花》的结构特色。

3. 分析《组织部来了个年轻人》的艺术成就。

4. 联系作品，谈谈你对《红旗谱》民族化风格的理解。

5. 杨沫《青春之歌》知识分子题材有何重大意义？

6. 试论《创业史》中的梁三老汉形象。

拓展学习

阅读链接

1. “中国现当代文学研究前沿问题读本丛书”中的《“50—70年代文学”研究读本》（贺桂梅编，上海书店出版社2018年版）编选的是自20世纪90年代以来有关“50—70年代文学”研究的代表性成果。该书试图全面地呈现20世纪90年代以来的研究进展，以研究论文为主，兼顾相关的研究著作。阅读这部著作，对进一步提高我们对长篇小说作家作品的分析鉴赏能力，有一定帮助。

2. 1988年，“重写文学史”的提出，特别是后来对诵读红色经典作品的大力提倡，促使我们对十七年时期长篇小说文本、文学现象进行深层次、多方位的重新解读和阐释，研究成果颇丰，如：赵怀坤著的《“十七年”小说中的民族记忆》(上海大学出版社2020年版)、傅书华著的《个体生命视角下的“十七年”小说》(中国社会科学出版社2016年版)、刘成才著的《知识考古学与十七年小说研究》(中央编译出版社2016年版）等。阅读这些著作，可以帮助我们开阔视野，尝试从多角度、多层面去理解这一时期长篇小说的创作并解读相关作品，感知作品的无穷魅力。

3. 阅读赵树理的小说代表作《小二黑结婚》《李有才板话》，体会十七年时期作家创作的《登记》《“锻炼锻炼”》《套不住的手》《三里湾》等小说所体现出的艺术风格和审美理想上的变化。《三里湾》作为中国当代文学史上第一部反映农村社会主义改造题材的作品，1955年发表后不久就被改编成电影和戏曲，进行多种艺术形式的对照欣赏有助于我们加深对原著的理解。

4. 阅读王蒙的《组织部来了个年轻人》、李国文的《改选》、陆文夫的《小巷深处》、刘绍棠的《田野落霞》、丰村的《美丽》、邓友梅的《在悬崖上》、耿简的《爬在旗杆上的人》、南丁的《科长》、耿龙祥的《入党》、荔青的《马端的堕落》、李凖的《灰色的帆篷》、何又化的《沉默》等短篇小说，感受这些作品尖锐的揭露锋芒和强烈的革新姿态所产生的强大艺术影响力。

第二十三章　新时期的长篇小说

【学习提示】

本章介绍新时期长篇小说的发展历程，重点阐述长篇小说繁荣的原因和表现，并对政治题材、农村题材、革命历史题材、工业题材、军事题材、知识分子题材、青年生活题材和少数民族生活题材等不同题材的代表作进行了列举与简评。

在本章学习中，要结合具体的作品来分析，理解作家创作风格变化的原因与表现，掌握陈忠实、余华、王安忆、贾平凹等人的长篇小说成就。

第一节 民族史诗的再度抒写

长篇小说通常被称为“民族的史诗”，除了塑造人物形象外，长篇小说更重要的是要绘制一幅幅民族生活风俗图画，记录民族精神与社会心理活动演变的历史，所以丹麦文学评论家勃兰兑斯说，一部文学史本质是一个民族的心灵史。中国现当代历史一百余年，历史的曲折，民族的磨难，个人的记忆，特别是改革开放以来急剧变革的社会生活方式和心理的大转型、大落差，让人感慨万千，长篇小说无疑是书写这些“中国经验”[①]最有利的文体。同时，新时期以来，随着思想解放运动的深入，特别是20世纪80年代中期西方文艺思潮的涌入，作家们摆脱了束缚，对历史，特别是新中国成立以来的历史开始了深刻的认识，在20世纪80年代的“伤痕文学”“反思文学”“改革文学”“寻根文学”以及90年代的“先锋小说”“新写实小说”“新历史小说”“女性主义小说”等思潮的影响下，从各个角度，用各种手法大胆而多层面地书写民族的心灵史，长篇小说的繁荣成了新时期以来文学的主要成就。

知识链接：寻根文学

知识链接：新写实小说

80年代中期，长篇小说开始崛起，在此之前，虽然出现了《许茂和他的女儿们》（周克芹）、《芙蓉镇》（古华）、《黄河东流去》（李凖）、《新星》（柯云路）、《花园街五号》（李国文）、《男人的风格》（张贤亮）等佳作，但是尚未形成大的局面。1985年后，长篇小说创作出现了第一次高潮，数量增加，质量也明显提高，代表作有《平凡的世界》（路遥）、《穆斯林的葬礼》（霍达）、《浮躁》（贾平凹）、《古船》（张炜）、《洗澡》（杨绛）、《活动变人形》（王蒙）、《玫瑰门》（铁凝）、《少年天子》（凌力）等，它们均含有对历史的深切反思，并开启了对人性复杂性的揭示和对民族文化心理结构的批判性审视的新路径，启蒙性成为创作的武器，反思性是其核心。从政治反思进而到文化反思（包括寻根思潮），如《芙蓉镇》对极左路线破坏下的乡土生活悲剧的风俗化描绘，《活动变人形》对中国知识分子弱点的无情解剖，《古船》对“左”倾政治文化的严峻审视，《玫瑰门》对专制与男权、政治与性对女性的双重压抑的思考，都相当深刻。

90年代，随着市场化和影视媒体的冲击，描写现实的长篇小说有过一段沉寂，历史小说成绩显著，探索之作和怀旧之作也增多，不少作品开始追求大众化和可读性，影响较大的有《曾国藩》（唐浩明）、《孔子》（杨书案）、《九王夺嫡》（二月河）、《长城万里图》（周而复）、《恋爱的季节》（王蒙）、《米》《我的帝王生涯》（苏童）、《呼喊与细雨》（余华）、《九月寓言》（张炜），等等。自1993年起，长篇小说创作进入第二个高潮期，据统计，从1993年到1999年，长篇小说的年产量均在四五百部，一年的产量超过新中国成立后头30年的总和，个别年份甚至出版上千部。虽然数量的剧增也带来了质量的良莠不齐，但是大多数作品在反映社会生活的广度和深度上，尤其在表现人的心灵世界的丰富性和深刻性上，在艺术表现的多样化和文体的实验创新上，有明显的超越。比较成功的作品主要有《白鹿

① 雷达. 近三十年长篇小说审美经验反思［J］. 小说评论，2009（1）.

原》（陈忠实）、《废都》（贾平凹）、《苍天在上》（陆天明）、《大上海沉没》（俞天白）、《风过耳》（刘心武）、《心灵史》（张承志）、《家族》（张炜）、《长恨歌》（王安忆）、《私人生活》（陈染）、《一个人的战争》（林白）、《无梦谷》（叶文玲）、《许三观卖血记》（余华）、《丰乳肥臀》（莫言）、《失恋的季节》（王蒙）、《故乡天下黄花》（刘震云）、《暮鼓晨钟》（凌力）、《康熙大帝》（二月河）、《白门柳》（刘斯奋）、《尘埃落定》（阿来）、《茶人三部曲》（王旭烽）、《红处方》（毕淑敏）、《补天裂》（霍达）、《黄金时代》（王小波）、《务虚笔记》（史铁生）、《马桥词典》（韩少功）等。

新时期长篇小说的繁荣还表现在：第一，不少中青年作家在20世纪80年代初期创作了大量中短篇小说后开始转向长篇小说创作，如刘心武、贾平凹、铁凝、王安忆、莫言、朱苏进、张炜、李锐、余华、苏童等，长篇小说已经形成了风格各异的美学风格。第二，不少出版社重视长篇小说的出版，经常把十几位、几十位作家的长篇小说以“丛书”的形式一起或连续推出，如上海文艺出版社的“小说界文库·长篇小说系列”，春风文艺出版社的“布老虎丛书”，花城出版社的“先锋长篇小说丛书”，江苏文艺出版社的“八月丛书”，湖南文艺出版社的“长篇小说丛书”，中国青年出版社的“90年代长篇小说系列”，人民文学出版社的“探索者丛书”等，良好的出版环境极大地推动了作家的创作热情。第三，一些主要发表中短篇小说、诗歌、散文、报告文学的大型文学期刊，如《十月》《当代》《收获》《花城》《钟山》《大家》等都不惜拿出大量篇幅来刊登长篇小说，甚至推出多期长篇小说“选刊”或者“增刊”。第四，影视媒体和网络的发展改变了传统的文学创作和传播方式，大量长篇小说在跨入新世纪前后被拍摄为影视剧，被多层次的读者和观众接受，如《芙蓉镇》《许茂和他的女儿们》《长恨歌》《白鹿原》《康熙大帝》《历史的天空》《活着》《亮剑》《兄弟》等。同时网络小说的写作与出版也降低了长篇小说写作与出版的门槛，吸引了众多文学爱好者加入创作的队伍，有的甚至一举成名，如《悟空传》《第一次的亲密接触》等都是相当好的例证。可以说，长篇小说的传播范围和速度都发生了革命性的变化，这也促进了长篇小说创作不断走向繁荣。

从新时期长篇小说创作发展的脉络中可以清晰看出，作家们以开阔的胸襟感受时代、感应社会、体会人生，不断拓展艺术视野，不断探索艺术创新，是推动长篇小说创作持续发展、走向繁荣的根本原因。

新时期长篇小说艺术视野的开拓，集中体现在对题材的不断开掘上。自粉碎“四人帮”以来，作家们获得了大胆开掘题材的勇气和活力，特别是随着改革开放的深入和社会转型期的到来，长篇小说的题材不再集中在农村和工厂生活以及革命历史等单一的范围内，而是着眼于社会生活的各个领域、社会关系的各个方面，历史、现实、个人心灵和异域生活都成为作家们描写和表现的对象。

继“伤痕文学”和“反思文学”之后，随着社会主义民主政治建设和法制的逐步健全，政治生活已不再是小说表现的禁区，这有利于作家们更加自由地表达自己的思考与批判。“改革文学”中柯云路的长篇代表作“改革三部曲”（《新星》《夜与昼》《荣与衰》）还仅仅把“清官政治”作为最高追求，而后来的作家们已经开始思考“体制与人”的问题，如李锐的《旧址》和张炜的《柏慧》以家族小说的方式把当代政治生活的变动同历史衔接起来，以反省不正常的政治风云对人的命运的玩弄和对人格的塑造；而陆天明的《苍天在上》、周梅森的《人间正道》、张平的《抉择》等则直接关注反腐倡廉的政治主题，探讨了在经济改革中的政府职能和政治体制问题，在当时引起了轰动效应。在《故乡天下黄花》(刘震云)、《古船》(张炜)、《白鹿原》(陈忠实)、《酒国》(莫言)、《人之窝》(陆文夫)、《中国：一九五七》(尤凤伟)、《沧浪之水》(阎真)等作品中都可以看出政治生活的投影，并蕴含着作家们对当代政治生活的反省。

长篇小说题材的拓展与深化还突出表现在农村题材和革命历史题材方面。农民是中国人的主体，新时期农村发生了翻天覆地的变化，作家们关注农民的物质生活与精神世界，写出了不少优秀的长篇小说，先后涌现的杰出作家有周克芹、古华、张一弓、王润滋、陈忠实、路遥、贾平凹、张炜、莫言、张宇、田中禾、刘玉堂、乔典运、刘醒龙、关仁山、何申等，他们或反映中国农民的命运史和中国乡村的演进史、改革史，或勾画了农民的精神和时代的印痕。他们的创作可以说是中国农村和农民的"史诗"，尤其如李凖的《黄河东流去》、陈忠实的《白鹿原》、路遥的《平凡的世界》、张炜的《古船》、贾平凹的《秦腔》、莫言的《生死疲劳》等，都达到了一定的美学高度。

革命历史题材是新中国长篇小说创作的传统题材，在新时期，新老作家共同拓展，使其焕发了强大的生命力。韦君宜的《母与子》、秦兆阳的《大地》、叶君健的《自由》三部曲、周而复的《长江万里图》、王火的《战争与人》、李尔重的《新战争与和平》为新时期的革命历史小说创作奠定了基础，在这一领域中中青年作家的创作更能体现思想和艺术的突破，如莫言的《红高粱家族》更是从民间狂放的原始的生命力角度写出了抗日战争中中国农民的不屈性格。刘醒龙的《圣天门口》写了圣天门口和大别山的革命史，把正史与野史兼容并优化重组，作品的笔触指向被遮蔽的历史角落，其中生存、生命、欲望、求生成了诸多人物动机的关键词。再如李洱的《花腔》，围绕一个革命者的下落，以独特的方式完成了历史叙事的一次创新，通过几个人的视角，几个人的口吻，几种不同的解读，使故事扑朔迷离，真伪交错。其他如都梁的《亮剑》、麦家的《暗算》等在艺术上都有较大的创新，很多作品被改编成影视剧后引起了强烈反响，体现了革命历史题材小说的强大生命力。

除了上述两大支柱性题材外，新时期长篇小说在其他题材领域都有较大的突破与进步。

工业题材小说已经摆脱了新中国成立初期常见的"两条路线"斗争模式，更深入地写了工人的生活处境和对工业改革的深度思考。蒋子龙是此题材小说的开拓者，但是他的工业改革小说多为中篇，后来谈歌的作品也多为中篇，如《大厂》等，表现都不够深入和全面。张洁的《沉重的翅膀》写出了改革的艰难性和必然性，获得了第二届茅盾文学奖，但是随后就鲜有工业题材作品获此奖项了，可见这类题材的不景气。20世纪90年代工业改革和打工文学出现了较大进步，如张宏森的《车间主任》、何玉湖的《燃烧的家园》、杨小帆的《酒殇》、魏玉明的《同龄子》、魏新胜的《生命无根》。其中焦祖尧的《飞狐》围绕国有企业改制，探讨了"劳力股"的问题，表现了可贵的民本主义思想；曹征路的《问苍茫》是打工文学的代表作；肖克凡的《机器》写出了新中国两代人的成长史，影响较大，体现了工业题材文学突围的倾向。

军事题材小说已经进入自由发展阶段，军旅作家阵容强大，有徐怀中、韩静霆、李存葆、朱春雨、朱苏进、莫言、周大新、阎连科、石钟山、陈怀国等。《凯旋在子夜》(韩静霆)等描写了当代军人崇高的牺牲精神以及不无悲苦、复杂的灵魂。另外，作家们既立足军营，又超越军营，把军营和广阔的社会生活联系起来，从特殊的角度表现社会矛盾，如周大新的“盆地系列”、阎连科的“瑶沟人系列”等，其他优秀的作品还有《炮群》（朱苏进）、《突出重围》（柳建伟）、《我是太阳》（邓一光）、《英雄无语》（项小米）、《亮剑》（都梁）、《历史的天空》（徐贵祥）等，可以说新老军人的精神风貌在这些作品中都有传神的体现。

知识链接：
新时期的军旅小说

知识分子题材的作品在十七年时期和“文化大革命”中备受冷落甚至成为禁区，在新时期却成为作家们深刻而全面表现的重要题材，这首先要归因于作家们自身严格的自我剖析和批判精神。戴厚英的《人啊，人！》是“反思文学”的代表作，塑造了何荆夫和许衡忠两类清浊自分的知识分子典型，以其鲜明的人道主义倾向在当时引起了极大争议。杨绛的《洗澡》则对知识分子“改造”作了惟妙惟肖的描写，耐人寻味。此外王蒙的《活动变人形》、张贤亮的《男人的一半是女人》和从维熙的“大墙文学”作品等都写出了知识分子在那个特殊年代的“心灵史”。20世纪90年代以来，贾平凹的《废都》、王家达的《所谓作家》、阎真的《沧浪之水》、张者的《桃李》和阎连科的《风雅颂》等批判了知识分子的颓废和卑琐，以及在权力或金钱的诱惑下失去自我的异化现象，具有深刻的现实意义。

青年生活题材的长篇小说因为一批批青年作家走上文坛而充满活力，陈建功、刘索拉、徐星、李晓、王朔、王小波以及出生于20世纪60年代、被称为“新生代”的小说家们，用传统的或现代的各种方式叙述着各自的人生经历、价值观和对世界、人生与理想的看法。在“文化大革命”中上山下乡当过知识青年的作家，给新时期的长篇小说注入了新的内容，王安忆、张承志、梁晓声、史铁生、孔捷生、张抗抗、韩少功、李锐、叶辛、朱晓平、老鬼等人取材于知青生活的长篇小说，记录了一代人走过的“蹉跎岁月”。90年代以来还出现了一些少年作家，他们的长篇作品在年轻人中有一定影响。

知识链接：
王朔——游戏文学的“顽主”

表现少数民族生活的长篇小说也是新时期文学的组成部分，越来越多的作品除了探求民族的历史沿革、宗教信仰、道德准则和生活方式外，更多地挖掘了在现代生活的冲击下少数民族生活和思想的艰难转型。回族作家张承志的《心灵史》、回族作家霍达的《穆斯林的葬礼》、藏族作家阿来的《尘埃落定》，还有杨志军的《藏獒》和迟子建的《额尔古纳河右岸》等，代表了此类题材的新成就。

在改革开放的新时期，随着西方文艺思潮的涌入，作家的艺术视野空前开阔，长篇小说的艺术创新也是全方位的，作家们不论是在主题表达、人物塑造、情节布局、文体创新等宏观方面，还是在叙述方式、意向营构、语言修辞等微观方面，都进行了不懈的艺术探索和实验。在20世纪80年代向西方先锋派学习的浪潮过后，90年代和21世纪长篇小说审美倾向的总体特征是众声喧哗、多元互补，多种多样的观照方式、知觉方式、体验方式、言说方式都有其位置和读者。

但是在众声喧哗中也不难看出，长篇小说的创作更多指向民族化、大众化的回归，

知识链接：现代主义

但这个回归不是简单的回归，而是在吸取了西方现代主义精神和技巧之后对民族文化的辩证审视，是一种兼收并蓄、去伪存真，尤其是在贾平凹、王安忆、莫言、余华等精锐作家的创作中。这正是新时期文学探索的重要收获。

第二节 陈忠实及其《白鹿原》

长篇小说《白鹿原》是陈忠实的代表作，创作于20世纪80年代末期，发表于《当代》1992年第6期和1993年第1期，1993年由人民文学出版社出版，1997年荣获第四届茅盾文学奖。2019年，该作品被收入"新中国70年70部长篇小说典藏"。

一、生平与创作

陈忠实（1942—2016），陕西省西安市东郊灞桥区人，高中毕业后长期从事农村基层的文化与教育工作，做过中小学教师和公社干部、文化馆馆长等。在中学时代，陈忠实就热爱文学，开始了文学创作的尝试。长期的基层工作，使陈忠实对农村生活无比熟悉。这些都为其创作打下了坚实的基础。他的作品继承了赵树理等"山药蛋派"作家的文学传统，关注农村和农民，充满了乡土气息和地方色彩。以20世纪80年代中期开始写作《白鹿原》为分界线，陈忠实的创作明显分为前后两个阶段。

第一阶段，他的创作主要集中在乡村干群关系、男女爱情、家庭生活等题材上，继承了赵树理"问题小说"的优良传统，关注农村现实问题，渗透着强烈的社会责任感。《蓝袍先生》《康家小院》反映的是新中国成立初期知识分子改造和婚姻自由的问题，《信任》《土地诗篇》反映的是"四清""文化大革命"在农村留下的创伤，《第一刀》《立身篇》《轱辘子客》等则描写了改革开放初期出现的干部作风问题。

农村的干部、知识分子和劳动妇女是陈忠实在小说中重点描绘的形象类型。长期的基层工作使得陈忠实对农村工作有细致、深刻的了解，所以他笔下的干部形象真实可信。除了《信任》中的罗坤、《第一刀》中的冯豹子这些正面的典型外，陈忠实也深刻批判了那些贪污腐败、作风不端正的乡村干部，如《轱辘子客》中存心不良、欺男霸女的村长刘耀明，《梆子老太》中"盼人穷"的贫协主席"梆子老太"黄桂英，《南北寨》中不顾农民死活搞斗争的韩克明主任。《尤代表轶事》中的贫协代表尤喜明，他好吃懒做，在"四清"运动中，为了瓜分勤劳致富的农民的财产，为了当上干部，谋取更多的利益，疾呼"我要干革命工作"。尤喜明的形象，可说是鲁迅笔下阿Q形象谱系的延伸。

陈忠实描写知识分子的小说有《蓝袍先生》《夭折》《害羞》等，因为有在乡村学校任教的经历，他笔下的乡村教师形象有"自叙传"的色彩。《蓝袍先生》中的小学教师许慎行遵从父亲的儒家教育，小心谨慎，在自由、解放的风气影响下，要同没有爱情的老婆离婚，和自己心爱的女同学结婚，但是在父亲自杀的威胁下，不得不放弃了斗争，放弃了梦想和青春。

陈忠实一直关注农村劳动妇女的命运，在其作品里，家庭和爱情故事占了较大比例，其中的妇女形象真实、本色而富于时代气息。《四妹子》讲述了一个自强不息的乡村女性的奋斗史，从贫穷的山区嫁到富裕的平原，四妹子受尽了封建家长的压制，在分家以及改革开放后，她发挥聪明才智，成为县里的“养鸡大王”，她不怕失败、不断追求的过程正是中国农村千百万新女性成长、成熟的缩影。《康家小院》则描述了一个乡村小媳妇的“婚外恋”故事。

陈忠实先当农村的中小学教师，后当基层干部，公社副书记兼副主任一当就是十年，因而写出来的农村的各色人物充满了乡土气息，但是由于这一阶段写作理念的限制，作家仅仅满足于表现农村的问题和描写生动的人物形象，只是写好了感人的生活故事，有着强烈的社会责任感，但缺乏深入的文化追问。

20世纪80年代中期，“寻根文学”思潮涌起，陈忠实也有了新的思考和新的追求，其创作进入第二阶段。他认为，他到写《蓝袍先生》时已经有所感悟，但认真地去努力表现各个历史阶段各种人物的生存形态，那还是到《白鹿原》才算完成。[①]在第二阶段，陈忠实突破现实的局限，开始对我们民族的历史和命运进行深入思考，也开始了由“写农民性格”向“写民族灵魂”的巨大转变。长篇小说《白鹿原》堪称“一个民族的秘史”，在《白鹿原》发表并获得第四届茅盾文学奖后，陈忠实创作的重心转到了散文上，有《生命之雨》《告别白鸽》《乡土关中》等多部散文集，这些作品均带有文化散文的特征，表达了作家对民族文化和关中地域文化的热爱与探索。

二、《白鹿原》

《白鹿原》以陕西关中平原上素有“仁义村”之称的白鹿村中白姓和鹿姓两大家族祖孙三代的恩怨纷争为线索，描写了清王朝的覆亡、北洋军阀混战、农民运动、国共合作以及分裂、抗日战争和解放战争等重大历史事件，以及近代关中地区围城、年馑、瘟疫等许多社会事件，民族仇恨、阶级矛盾和家族恩怨、男女爱恨交织在一起，全景式地概括了中国西部农村半个世纪的天灾人祸和人世沧桑，艺术地描绘了一个旧时代的悲怆终结和一个新时代的痛苦降临，浓缩着深沉的民族历史内涵，有令人震撼的真实感和厚重的史诗风格，是描写中国农村50年变迁的一部“民族秘史”。

作品主人公白嘉轩被称为“陈忠实贡献于中国和世界的中国家族文化的最后一位族长，也是最后一个男子汉。在他身上包容了伟大的中国文化传统全部的价值——既有正面，也有负面”[②]。白嘉轩作为白鹿原的族长和封建家庭的家长，他一生遵循“耕读传家”和“学为好人”的儒家修身齐家准则，同长工一起劳动，修祠堂，建村学，制乡约，以自己的仁义之举树立了威望；他体恤百姓，富于牺牲精神，为了反抗苛捐杂税，他带头起事，发动“交农”事件，事后主动自首和救人；在求雨时为了表示虔诚，他用烧红的钢钎穿过自己腮部；他以德报怨，亲自迎接曾派人打断自己腰的黑娃回家祭祖；他对自己的孩子严格要求，无情惩治“逆子”白孝文。白嘉轩把儒家的仁义发挥到了极致，是白鹿原上“头一个仁义忠厚之人”，就那个时代而言，白嘉轩是一个乡村君子，从某种意义上可以说他是一名儒家人格和时代文化的集大成者。

---

① 陈忠实. 关于《白鹿原》的答问［M］// 陈忠实. 走出白鹿原. 西安：陕西旅游出版社，2001：265.
② 李星. 《白鹿原》：民族灵魂的秘史［J］. 理论与创作，1993（4）.

然而，白嘉轩富有文化价值的人格，包含着多重矛盾。他身上体现出刚强、坚毅的硬汉精神，有正直、仁义的一面，又有反动和保守的另一面。他恪守“不孝有三，无后为大”的传统价值观，为续香火娶过七房女人，甚至为了让儿媳妇怀孕精心设计了兔娃“借种”，生存乃至生育成为他最根本的目的与最低要求，“仁义”和“脸面”被他弃之一边。为了取得风水宝地，他“迅猛而又果敢”地施展诡计；为了发财起家，他不声不响地种植罂粟，使得白鹿原成为“罂粟的王国”；为了维护封建礼仪，他对待违反族规的家人、族人，残忍无情，毒打“偷情”的孝文和小娥，活活打死狗蛋，听任儿媳妇饿死，不准家人提起反抗包办婚姻并参加革命的女儿白灵，“权当她死了”。这显然不是一个仁义慈爱之人所应该做的。由此可见，陈忠实塑造的白嘉轩这个形象是极其复杂而又富含文化内涵的，中国文化的精华和糟粕都在他身上得到了体现。他既是封建家族文化的忠实执行者，黑娃和小娥的爱情悲剧，孝文的堕落，白灵的悲剧，他都有着直接或间接的责任，是一个“吃人者”；同时他又是封建礼教的受害者，他深爱自己的儿子白孝文却又不得不狠狠鞭挞他，深爱自己的女儿却又不得不表示痛恨她，新中国成立后，在证实了女儿牺牲的消息后，他才敢把压抑的爱爆发出来。

白嘉轩的悲剧体现了传统家族文化衰落的历史必然性，是富于象征意义的。正如陈忠实所说：“白嘉轩，他身处封建社会政权形式已经解体（的社会），但他的心态仍然在延续着封建文明和封建糟粕，他的身上具有几千年延续下来的封建人格力量，他的硬汉精神就是这个民族的封建文明制造出的民族精神。”“白嘉轩身上负载了这个民族最优秀的精神，也负载了封建文明的全部糟粕，是必须打破、消灭的东西。否则这个民族就会毁灭。”①

朱先生是《白鹿原》里最富于文化象征意义的儒者形象，是当代文学人物画廊中崭新的形象。朱先生成功地将入世与出世和谐地统一起来，成为白鹿原上的“圣人”。他秉承“学为好人”的原则在白鹿书院讲学，教化人民，同时勇于实践自己的民本主张，禁烟并犁毁罂粟，为赈济灾民，一人劝退20万名入陕清兵，发动七老联名抗日请缨，为和平他不惧国民党的威逼、不为利诱。这种民本思想使得他又是一个真诚的爱国主义者。在清末直至全国解放的历史风云和政治纷争中，他始终以超然于局外的态度从不介入，但一旦事关平民百姓生死与民族存亡，他却挺身而出，表现了儒家文化“以天下为己任”的优秀传统。

鹿子霖则是与白嘉轩相对立的一个典型，他阴险毒辣，淫乱无度，勾结官府欺压乡民，他处心积虑与白嘉轩争夺在白鹿原的领导地位，霸占小娥，“恶使美人计”，唆使小娥拉白孝文下水，企图从心理上毁灭白嘉轩，在诡计得逞后又虚伪地以厚道长者的身份跪谏白嘉轩。鹿子霖身上体现出的这种腐朽堕落的人格特征，显然代表了中国文化传统中的劣质因素：落井下石、背信弃义、窝里斗……作者在作品中多次将他与白嘉轩所具有的那种正直、刚毅以及多数情况下的磊落人格相映衬，不时以春秋笔法隐蔽地传达出对这一人物的贬斥与鄙夷。同时，身为乡约的鹿子霖与身为族长的白嘉轩的斗争也暗含了现代政权对传统家族统治的挑战和颠覆。

父与子的矛盾也是《白鹿原》展示的重要内容，年轻一代在新思潮的影响下，富于反

① 陈忠实．关于《白鹿原》的答问［M］// 陈忠实．走出白鹿原．西安：陕西旅游出版社，2001：278.

抗精神，他们追求婚姻自由，追求个性解放，积极参加社会革命，从根本上动摇了家族礼教和“父权”的统治，反映了时代的进步。虽然白嘉轩坚守仁义道德，勤俭持家，但是他的大儿子白孝文与小娥通奸，又破罐子破摔地把房子和门楼都卖给了白家的对手鹿子霖；他的女儿逃离家庭参加了革命；黑娃和小娥追求自由爱情，甘愿不进祠堂而到村外居住；鹿兆鹏反抗鹿子霖包办婚姻而与白灵自由恋爱；黑娃甚至看不惯白嘉轩“腰杆挺得太直”，指使土匪打断了他的腰……这些年轻人的反抗行为，昭示着旧礼教文化的衰败和过时，也预示着新文化创造的开始。

《白鹿原》坚持历史的真实性。陈忠实为写小说花了两三年的时间搜集相关的历史资料和生活素材，包括查阅县志、地方党史和文史资料，搞社会调查；还认真学习和了解中国近代史，保证了小说“史”的品质。同时，作家吸取多种艺术手法，没有采用传统现实主义小说常用的阶级和主流意识形态视角去构筑框架，而是从家族叙事和人物命运描写出发，坚持民族化的同时又完美地糅合了新写实主义和魔幻现实主义的叙事方法，如对白鹿传说、鬼魂和托梦等的记述都具有鲜明的民族色彩，同时关中风俗如“求雨”“忙罢会”“祭祖”等的描写也凸显了地方色彩。

知识链接：
魔幻现实主义

纵观全书，《白鹿原》以厚重深邃的思想内容、复杂多变的人物性格、跌宕曲折的故事情节、绚丽多彩的风土人情，形成了鲜明的艺术特色和令人震撼的真实感，构筑了一种“史诗风格”。它的文学史意义就在于为当代文学提供了一种新的文学历史观，即历史不只是一部单线条的阶级对抗史，同时也是一部在对抗中互相依存、互相触合的历史；历史不只是单纯的政治史，同时也是经济史、文化史、自然史、心灵史；历史不只在社会政治层面展开，也在人性和人的心理层面展开，而且后者比前者更为生动，更为丰富，更有价值。

第三节　余华及其《许三观卖血记》

余华自《十八岁出门远行》发表后，便接二连三地以实验性极强的作品，在文坛上和读者之间引起颇多的震撼和关注，他也因此成为中国“先锋小说”的代表人物，其新时期的创作可以分为20世纪80年代和90年代两个风格不同的阶段。

一、生平与创作

余华（1960—　），出生于浙江杭州，后随父母迁居海盐县。高中毕业后做过牙科医生，后进入县文化馆和嘉兴市文联，并在北京鲁迅文学院与北京师范大学中文系合办的研究生班深造；1993年辞职到北京，以写作为生。1987年发表《十八岁出门远行》《四月三日事件》《一九八六年》等中短篇小说并引起文坛关注，后发表《现实一种》《河边的错误》《古典爱情》等，成为与苏童、叶兆言、格非、孙甘露等人齐名的“先锋小说”代表人物。长篇小说有《呼喊与细雨》（1991）、《活着》（1992）、《许三观卖血记》（1995）、《兄弟》（2005）、《第七天》（2013）等。

20世纪80年代可以说是余华小说极端“先锋”的写作阶段。其作品纯净细密的叙述打

破了日常的语言秩序，组织着一个个自足的话语系统，并且以此为基点，建构起一个又一个奇异、怪诞、隐秘和残忍的独立于外部真实世界的文本世界。作家所要揭示的“真实”不是传统现实主义作家所要揭示的种种社会罪恶和人生病苦，而是“人性之真”，即人的本能深处深藏的种种欲望和暴力。余华富于寓言性的小说就是这样直指人本能的非理性、非逻辑、无秩序，将一个价值多元时代里人的迷茫、无望、困惑淋漓尽致地展现出来，让读者一同体认转型期的物欲横流及人性的道德危机，这是文化的谷底样态，芸芸众生在这个文化的谷底原形毕露，精神无望。

在这个阶段，余华小说的第一个特点也是最大的特点是以“零度情感”来进行“冷漠叙述”。余华的冷漠叙述实现了对历史（《一九八六年》）、时间（《往事与刑罚》）、理性（《河边的错误》）、爱情（《爱情故事》）和伦理（《现实一种》）的彻底颠覆。在《现实一种》《死亡叙述》《一九八六年》《古典爱情》《世事如烟》《难逃劫数》等作品中，余华以他如梦如烟的故事网络构置、循环往复的情节叙述、冷漠甚至冷酷的语言所带来的叙事张力，给读者提供了一个阴森、恐怖的世界。

发表于1991年的长篇小说《呼喊与细雨》（后改名为《在细雨中呼喊》）是余华第一阶段创作的总结之作。作品通篇氛围沉闷而压抑，以儿童的视角描述了人的孤独、恐惧和焦灼。遗弃、隔离和仇恨的制造者恰恰是主人公最亲近的人——父亲、母亲、兄弟。整个社会同样充斥着阴谋、丑恶、陷害与歧视：苏宇凄惨地死去，冯玉青被欺凌，国庆被遗弃，学生与老师私通……人性乖戾、怪诞，被彻底扭曲了——这一切都证明了现实的残酷和成人对儿童心灵呼喊的冷漠。

余华小说的第二个特点是对现成文体的颠覆。如《鲜血梅花》是对武侠小说的颠覆，《河边的错误》中理性与疯狂的错位是对公案–侦探小说的颠覆，《一个地主的死》是对抗战小说的颠覆，《古典爱情》是对才子佳人小说的颠覆。余华通过运用戏谑、反讽的手法，对传统叙述模式进行颠覆和消解，形成文体内容与形式之间的对峙与错位，使小说文本呈现出一种含蓄的张力，极大地丰富了作品的意义空间，使作品具有一种繁丰的审美意蕴，体现了20世纪80年代先锋文学颠覆传统和进行文体实验的主张。

20世纪90年代后，余华的创作风格发生了明显的转变，分别发表于1992年和1995年的《活着》和《许三观卖血记》，以及2005年出版的《兄弟》，都被认为是余华从先锋到现实逐步转型的作品。余华不再沉溺于暴力的叙述与形式的表面革新，而是显示了向现实主义、人道主义回潮的态势。余华对世道人心的态度也发生了极大的改变，《活着》里福贵在亲人一个接一个的死亡里，经历着命运的反复摔打后却仍然像牛一样默默地活着，这与前期小说中人物动辄死亡已大相径庭。《许三观卖血记》里的许三观在一次又一次卖血拯救家人时表现的坚强和温情，高扬了“温暖的人性”的旗帜。这些都改变了他前期“先锋小说”中“父子冲突”的残酷叙事模式，如在《呼喊与细雨》里孙广才恨不得儿子孙光林死，而在《许三观卖血记》里许三观则为了救儿子不怕自己去死。《兄弟》虽然揭示了“文化大革命”的残酷和改革开放后金钱对人性的“异化”，但也写了“文化大革命”中宋凡平和李兰的相濡以沫、李光头和宋钢的互依互靠，可以说，余华作品的美学倾向从人性恶转向了人性善，从人情淡漠转向了人情温暖，从生命的虚幻转向了生命的真实，从对生存荒诞的体验转向了对活着状态的肯定。

余华作品的文本情节结构也从“现代性”走向“现实性”，前期小说的情节结构时空交错，而《活着》《许三观卖血记》《兄弟》则是呈线性结构。在前期小说的故事叙述中，余华作为创作主体的“无形的手”无处不在，在人物命运变迁、情节推动中余华像“神”一样控制着一切。余华曾经这样说：“80年代我在写作那些‘先锋派’的作品时，我是一个暴君似的叙述者，那时候我认为小说中的人物不应该有自己的声音，他们都是叙述中的符号，都是我的奴隶，他们的命运掌握在我的手里。因此那时的作品都没有具体的时间和空间描述，因为这些人物并没有特定的生活环境。”①在商业化时代，余华放弃了先前对“人性恶”的讨伐，他呼唤善良的人性，以悲悯和温情勾销了冷漠和暴力。通过这些作品，余华完成了自我创作的重新定位和调整，在小说艺术上的探索逐步推进与深入，小说形式逐渐走向成熟。

余华创作的转向是有文学史意义的。20世纪80年代，现代主义的出现改变了中国文学的传统格局，先锋文学在叙事革命、语言实验、生存探索三个层面都进行了成功的探索。但是，从90年代初开始，在文学市场化和多元化的背景下，先锋作家纷纷改变了自己的探索姿态，降低了探索的力度，他们或长时间搁笔，或采取一种更能为一般读者接受的叙述风格，或与商业文化相结合，甚至完全放弃了以前所推崇的先锋精神和理想，使“先锋小说”作为小说艺术的实验运动和文学思潮最终走向了解体，余华的转向在这里是颇具代表性意义的。

二、《许三观卖血记》

《许三观卖血记》是余华20世纪90年代由“冷酷”转向“温情”的代表作，其立意不是对“精神奴役创伤”进行揭露，而是描述小人物的“生存苦难”，表现当代小市民在经历不断的人生苦难过程中顽强的生命力。90年代的余华平民意识非常强烈：“我觉得作为一个作家……最重要的一点就是必须放下自己所谓知识分子的身份，这是非常重要的。不要认为你高人一等。有的人跟我说，最近有一本书写得怎么好，是嘲笑小市民的。我一听就反感，不愿读，因为我觉得这是个立场问题。”②余华最关注的是像许三观、福贵这样生活在最底层的贫乏之至的农民和市民，以及他们最低限度的人生追求、面对死亡和生存时的典型选择。对于这些底层百姓而言，生命的意义就是“活着”，就是“忍受”，可以说，余华用小说抒写出了底层贫民在这种境遇里所表现出的顽强的生存意志和精神气度，传递出一种宁静、祥和、忍耐和达观的人生态度，“对一切事物理解之后的超然，对善和恶一视同仁，用同情的目光看待世界”③。在《许三观卖血记》中，余华以一种略带漫画化的夸张手法和喜剧性的笔调，讲述了主人公许三观40年间卑微、琐碎的人生经历，塑造了许三观这一典型形象。这是一个勤劳、纯朴、善良的普通小市民的形象，为了全家人能够

① 叶立文，余华．访谈：叙述的力量：余华访谈录［J］．小说评论，2002（4）．
② 王永午．余华：有一种标准在后面隐藏着［N］．中国青年报，1999-09-03.
③ 余华．活着［M］．上海：上海文艺出版社，2004：2.

活着，他奉献着自己的鲜血，把卖血当作度过生活难关的法宝，甚至以卖血为荣。在无比艰难的日子里，他既没有祖宗留下的遗产，又不身怀技艺，只能卖掉自己身上的血液。他第一次卖血是出于好奇，当他用卖血的钱“办大事”娶了老婆后，卖血就成了他对付困境的一个重要手段。第二次卖血是为了偿还儿子一乐打伤别人的医药费，第三次卖血是给受伤的“情人”林芬芳加点营养，第四次是为了在饥饿的年代让全家人在喝了五十七天玉米粥后吃上一顿好的饭菜，第五次卖血是为了改善一乐在乡下的苦境，第六次卖血是为了巴结二乐下乡所在的生产队长，第七、八、九、十次是为了筹钱救治患肝炎的一乐。最后一次则纯粹是“为吃炒猪肝喝黄酒才去卖血”，卖血不成后，许三观竟然哭了，因为，“四十年来，每次家里遇上灾祸时，他都是靠卖血度过去的，以后他的血没人要了，家里再有灾祸怎么办?”

许三观热爱家庭，但常常力不从心，只能靠卖血来渡过难关，但即使在困苦的境遇下，仍然恪守着中国人民优秀的传统道德。他从无不良嗜好，不乏善良，在情敌何小勇垂死之际，不计前嫌让一乐去叫魂。他有时自私，对似乎不是自己亲生儿子的一乐斤斤计较，连一碗面条也不让吃，但为了救治一乐，他又能不顾个人安危，一路卖血到上海。正是这些矛盾的性格和行为，构成了一位真实的父亲形象，也真实地反映了富于温情的民间社会形态。

《许三观卖血记》是以语言和行动去表现人物性格的，比较符合传统的描写方法。但是人物的语言和行动具有可笑的矛盾性，由此产生了强烈的反讽效果，使人读来笑中有泪。如在饥饿的时代，许三观用嘴给全家人“炒”回锅肉的辛酸；李血头一边说党员不拿群众一针一线，一边收下了许三观的白糖的滑稽表演；在家里开批判会的荒唐与真情；等等。这些描写都体现了余华对民间文学“狂欢化”诗学特征的把握。

在语言上，《许三观卖血记》叙述简洁，淡笔勾勒，不作琐碎交代，常常靠一些简洁风趣的对话把时代环境、事件过程说清楚，使“人的内心和意识”显豁出来，如徐玉兰和何小勇妻子的一段对话就明显借鉴了越剧中的对白和独白手法，这种化戏剧为小说的手法突破了纯粹传统写实手法，实践了通俗化和民族化的策略，同时又不失先锋派对文本创新的内在追求。

总之，平民意识使余华的创作具有鲜明的现实针对性，因为有在基层医院工作的经历，他对卖血者的贫困窘迫以及肮脏的血头吸血敛财非常熟悉。在作品中，余华还对中国底层人民不敢与外界抗争，而靠卖血这种近乎自戕自食的“求诸内”的方式来争取生存进行了深刻的反思和批判，许三观因为血卖不出去而哭泣的情节寓意着这种“求诸内”的方式已经成为一代中国人的心理定式和精神机制。这种缺乏竞争、自我毁灭的处事方式与儒家的“中庸之道”在本质上是相通的，是我们民族性格缺乏斗争精神和阳刚之气的根源，甚至可以说是一种限制我们民族复兴的“自戕自食”，是一种“吃人”。由于各种原因，余华所创造的许三观这个典型仍难以具备阿Q那样深广的哲学意蕴和普泛的典型意义，但是正像阿Q给20世纪的中国人强烈的震撼和反省一样，许三观这个典型形象同样也给当代中国人深刻的启迪。

第四节 王安忆及其《长恨歌》

王安忆是一位严肃、认真而又善于超越自己的作家，在她几十年的创作实践中始终坚持着对人性的书写与剖析，其创作风格几经变化，这反映了作家对于人性逐步全面、深入的把握。

一、生平与创作

王安忆（1954— ），出生在南京，是作家茹志鹃的次女。1970年到安徽五河插队，1972年考入江苏省徐州地区文工团，1978年调至上海任《儿童时代》编辑。1987年在上海作家协会创作室从事专业创作。著有中短篇小说集《雨，沙沙沙》《流逝》《小鲍庄》《尾声》《荒山之恋》《海上繁华梦》《神圣祭坛》《乌托邦诗篇》等，长篇小说《六九届初中生》《黄河故道人》《流水十三章》《米尼》《纪实与虚构》《长恨歌》《上种红菱下种藕》《遍地枭雄》《启蒙时代》等。

她的小说创作大致可以分为三个阶段。

第一阶段（20世纪80年代初期—80年代中期），主要作品有《雨，沙沙沙》《命运》《幻影》《一个少女的烦恼》《本次列车终点》《六九届初中生》等“雯雯系列”小说，以及表现上海生活的《流逝》《归去来兮》《命运交响曲》等，这些作品表现个体在人生境遇中对人性的感性思考。这个阶段王安忆的小说多集中在对爱情、婚姻的探讨，以及对知青返城的反思上，体现了她特有的细腻和明净风格。“雯雯系列”小说以优美的抒情笔触，细腻地表现了年轻人对理性爱情的真诚追求。作家在这个阶段所塑造的人物——雯雯，是单纯可爱的、充满幻想的城市女孩子。

第二阶段（80年代中期—90年代初），1984年王安忆从美国访问归来，文学观念和风格都发生了显著变化。她这一阶段的创作多以历史和文化的角度来关照社会历史、人的命运与情感变迁，站在中西文化冲突的角度来思考民族文化的历史命运及其制约下的民间生存。如《大刘庄》《小鲍庄》等本土文化小说，《一千零一弄》《悲恸之地》等都市文化小说，《荒山之恋》《小城之恋》《锦绣谷之恋》《岗上的世纪》等爱恋小说，以及《逐鹿中街》《神圣祭坛》《弟兄们》等女性主义小说。

《小鲍庄》对传统“仁义”的虚伪性进行了深刻批判，在“敬重仁义”的小鲍庄，我们看到的却是人性的自私、虚伪、残忍。单身的鲍秉义对寡妇鲍彦川家的虽然有意，却由于所谓的辈分“想也不敢想”，两个人都在孤苦中了却残生；活泼开朗的小翠子在当了建设子的童养媳后被婆婆鲍彦山家的“拼命地使唤”，以至于“眼睛里的笑模样一天比一天少”；拾来与二婶“伤风败俗”的结合，加上外姓人的身份，遭到全村人甚至孩子们的仇视与欺侮；丈夫在“仁义”的名声下对生出死婴的妻子一方面不能抛弃，一方面却毒打、虐待她，以致鲍秉德家里的被逼装疯；少年捞渣舍己救人却被亲人利用获得利益……这里的“礼”成了人们纵恶的理由。该作品批判了社会生活中传统道德文化对人性的压抑、扭曲，具有深刻的文化反思意义，与韩少功的《爸爸爸》等共同成为“寻根文学”的代表作。

“三恋小说”（三个中篇小说《荒山之恋》《小城之恋》《锦绣谷之恋》）从性的角度探讨人性的隐秘，把性爱上升到哲学的层面对人性的堕落与拯救进行思考。王安忆是第一个大胆涉笔“性爱”禁区的女作家，她1986年前后所写的“三恋小说”在当时有着惊世骇俗、开风气之先的影响。她首先肯定了作为人欲的性，率先突入“性禁区”，描写了一个个有爱和无爱的两性悲剧故事。“三恋小说”的核心视角就是写恋爱中的女性，写她们是怎样在这种“爱的冲突”中苦苦挣扎的，伴随着性意识的觉醒和成熟，又是怎样不断地与男性展开种种纠葛的，她们勇敢地承受着，孤独地思索着。这样一群女性，“爱”使她们热情、盲目，也使她们体验到自己身为女人的快乐。

第三阶段（90年代至今），以《米尼》《叔叔的故事》《乌托邦诗篇》《纪实与虚构》《妹头》《长恨歌》《我爱比尔》《富萍》《上种红菱下种藕》《遍地枭雄》《启蒙时代》《考工记》为代表，体现了作家已经开始从宏观的文化角度深入到地域、时代等角度对人性本质进行深入把握。这种探索是多层面的，达到了丰富而纯熟的艺术境界，如在《米尼》《我爱比尔》《叔叔的故事》中所展示的人性与个体命运的必然联系，在《伤心太平洋》《纪实与虚构》中对于自我来处的追寻和对自我认识的执着，在《长恨歌》《富萍》中体现的对于上海地域文化的谙熟和描绘，在《遍地枭雄》里对“善恶全系一念间”的人性感慨，在《启蒙时代》里对革命狂热和人性关系的再次审视。

王安忆在这个阶段的审美风格充满了变化：叙事的时间从民国到当代，地域从熟悉的上海转到苏皖浙一带；叙事的内容从日常生活到时代风云，洞察世情的层面在丰富；叙事的视角从女性人生到男性成长，对人性的认识在全面成熟。可某些传统依然在延续着，如绵密的叙事语言，案件般的叙事素材，这些也正是王安忆小说独特的个性所在。

王安忆曾经这样总结自己的小说观念：“一、不要特殊环境特殊任务”“二、不要材料太多”“三、不要语言的风格化”“四、不要独特性”[①]。很明显，王安忆数十年来创作实践的不断超越、不断进步，正是源于她对传统小说观念和方法的不断突破和创新。

二、《长恨歌》

微视频：
王安忆《长恨歌》的艺术特色

对上海的书写一直是王安忆创作的一个核心，在1982年发表的《流逝》中，王安忆开始有意识地描摹上海，上海开始作为一个故事发生的舞台呈现在读者的面前。她认为，北京有一批作家以写北京生活为主，他们的作品写出了浓郁的京味；上海的作者就应该写出五方杂处、纷繁杂沓的上海生活，写出上海的历史风貌。她曾对人说过，“《流逝》是我书写上海的第一次认真尝试”[②]，少奶奶欧阳瑞丽身上体现了上海女人精明能干的特征。这个时期的作品还有《好婆与李同志》《“文革”轶事》等，在这些作品中，王安忆开始试图通过刻画人物性格以及展现日常生活来描摹上海。

发表于1996年的《长恨歌》，正是以一个女性的悲剧命运来展示上海文化的基本精神的。小说主人公王琦瑶是20世纪40年代的中学生，上海一家普通弄堂里的市民的女儿，因为长得很漂亮，在摄影师程先生和同学蒋丽莉母女的帮助下，参加选美得了“上海小姐”的第三名。尔后她不顾程先生对她的全心爱慕，做了当时一位政府要员李主任的外室，住

① 王安忆．近日创作谈［J］．文艺争鸣，1992（5）．
② 金平．她在不安和激动中：与王安忆一席谈［J］．青年作家，1883（8）．

进了华丽的“爱丽丝”公寓，成了富贵的“金丝鸟”。但好景不长，李主任因飞机失事遇难，王琦瑶的繁华梦从此不再。新中国成立后，她在弄堂里靠当护士打针过活，生活中也相继出现了几个男人，康明逊、萨莎、重逢的程先生以及比她年轻近30岁的老克腊等，但因为各种缘故总也没有结婚。她与康明逊生的女儿薇薇结婚嫁人又出国。在她寂寞地走过56个春秋时，一个叫长脚的流氓潜入她家行窃，为了争夺李主任留给她的装有金条的雕花木盒子，长脚掐死了她，王琦瑶结束了悲剧的一生。

对女性命运的漂泊和不可把握的咏叹深藏在小说的叙述中，命运的偶然使王琦瑶选上了“上海小姐”，但是美丽而早熟的她在权力和欲望的诱惑下失去了自我，于是她的悲剧命运开始了。回到弄堂的王琦瑶虽说精明能干，但是一直在梦想中维持着一种带有贵族气息的生活，这使她失去了几次可能的婚姻。她永不停息地在路上流浪、漂泊，城市在这里外化为一种外在于人的力量，即权力和欲望，以及精致优雅的生活细节等，正是这些造成了“弄堂的女儿”的人生悲剧，而她竟不自知。

除了有平常女性的虚荣以外，顽强的生存能力和对精致生活情调的热爱，也构成了王琦瑶上海女性的文化性格。在《长恨歌》中，随着时间的推移，一个又一个男人离开了王琦瑶，情和爱成了过眼云烟，名和利也转瞬即逝，只有王琦瑶仍然埋头于一日三餐和精剪细裁的日常生活中，有滋有味地过着自己的日子。“冬天来到的时候，王琦瑶便在自己家烧一个火锅，一个坐一边，边吃边说话，时间不知不觉地溜走，天色渐暗，那火锅却越烧越暖。”王琦瑶在经历了那么多的生活波折和坎坷后，却并没有绝望。这是因为，在她看来，什么都有可能失去，唯有一日三餐一宿的日子是她最为“踏实”的拥有。她没有理由不好好过自己的日子。这是都市女性一种世俗化的生存态度，但这种态度却让王琦瑶穿越了生活的种种痛苦和不幸，变得坚忍和顽强。这也是王安忆为什么选择女性作为城市代言人的原因：“上海的女性心里都有股子硬劲的，否则你对付不了这城市的人和事。”“她们的硬不定是硬在‘攻’字上，也是在‘守’，你没有见过比她们更会受委屈的了，不过不是逆来顺受的那种，而是付代价，权衡过得失的。”[①]在王安忆看来，女性主体的角色定位，不是在宏大的政治历史上，而是在琐碎的日常生活上。这是因为城市日常生活的大众化、琐碎化、凡俗化，是需要女性的柔韧、细致和耐性去承担的。换句话说，女性和城市日常生活有着天然的和谐，女性是城市日常生活当之无愧的主角。

在《长恨歌》中，王安忆有意进一步表现了人和城市之间的相互影响，王安忆在谈到这部作品时说，这“是一部非常写实的东西。在这里面我写了一个女人的命运，但事实上这个女人只不过是城市的代言人，我要写的其实是一个城市的故事”[②]。她说：“我是直接写城市的故事，但这个女人是这个城市的影子。”[③]王安忆以她惯用的细腻而繁复的笔调，突破了“革命叙事”的模式，把平凡的人生故事写得曲折动人，对女性心理有逼真的刻画，对市井生活有惊人的把握。王安忆从民间角度出发对日常生活进行了缜密而繁复的叙述。

《长恨歌》凝聚了王安忆对上海所有的理解和领悟，作品的第一部用纷繁华丽的语言描绘了老上海的灵魂——弄堂、流言、闺阁、鸽子；同时作品对王琦瑶式的市民社会的关

① 刘刿．常态的王安忆　非常态的写作：访王安忆［N］．文艺报，2002-01-15.
② 齐红，林舟．王安忆访谈［J］．作家，1995（10）.
③ 王安忆．王安忆说［M］．长沙：湖南文艺出版社，2003：75.

注和上海人生活趣味的精确描述，都表现了王安忆对地域文化精神的一种深刻理解和娴熟表达，标志着其创作风格真正成熟。

第五节 贾平凹及其《秦腔》

贾平凹的小说以描写新时期的西北农村为主，特别是改革开放后的变革，视野开阔，具有丰富的当代中国社会文化心理内涵，富有地域风土特色，格调清新、隽永、自然。他的作品多次引起争议，风格也多次变化。

一、生平与创作

知识链接：文学“陕军”

贾平凹（1952— ），原名贾平娃，陕西省丹凤县人。1972年入读西北大学中文系。毕业后曾任陕西人民出版社文艺编辑、《长安》文学月刊编辑，1982年后就职于西安市文联从事专业创作。其中篇小说有《腊月·正月》《鸡窝洼的人家》《小月前本》等，长篇小说有《浮躁》《废都》《白夜》《高老庄》《怀念狼》《秦腔》《高兴》等，其中《秦腔》获2008年第七届茅盾文学奖。2019年，《秦腔》被收入“新中国70年70部长篇小说典藏”。

贾平凹的小说创作大致可以划分为四个阶段。

初步探索阶段（1973—1983）：在这一阶段，贾平凹的小说以写青年男女的爱情和农村中的好人好事为主要内容，或者说，把爱情和事业结合起来是这一时期贾平凹短篇小说的特色。这是对20世纪70年代“革命文学”的延续和模仿，即紧跟形势，以歌颂为主。他这个阶段的主要作品有《满月儿》《二月杏》《好了歌》《厦屋婆的悼文》等。《满月儿》是其代表作，通过对满儿、月儿姐妹俩不同性格的描写表现了农村青年可贵的事业心和责任感。

风格发展阶段（1983—1993）：在这个阶段，贾平凹为了深入生活，曾经在商州地区七个县考察采风。其时，恰逢农村改革，生机勃勃的现实生活和对家乡传统文化的热爱给了他灵感，他一连写了《腊月·正月》《鸡窝洼的人家》《小月前本》《天狗》《火纸》《冰炭》《黑氏》《佛寺》等中短篇小说来描绘改革开放对古老乡村的冲击。《商州初录》和《太白山记》更有文体上的创新意义，吸收了从《世说新语》到明清笔记的传统，重新注意汉文学传统的魅力。其中对“商州文化”的诗意描述使之成为“寻根文学”的代表作家之一。

他这个阶段的代表作是出版于1987年的长篇小说《浮躁》，作品以主人公金狗的奋斗经历为线索，真实地表现了农村基层的社会状况和社会心理。金狗从部队复员回乡，组织了河运队，由于对乡党委书记田中正的以权谋私愤恨不已，他以与田中正的侄女英英结婚为条件争取到了进州城报社当记者的机会，以实现自己改造社会的宏图。但是在他进了州城报社，参与了一桩桩揭露不正之风的报道而受到巩、田两大家族势力的重重阻挠和打击之后，强烈的自省意识使他“知道了在中国，官僚主义不是仅仅靠几个运动几篇文章所能根绝得了的”，于是他“取消了那些不着边际的想入非非”，出狱之后又回到州河上来，要“实实在在在州河上实施能耐，干出个样儿来，使全州河的人都真正富起来，也文明起来”。小说精确描绘出了中国政治、经济和文化等在20世纪80年代的“浮躁”，如对皮包公司、个体经济、民选县长等的思考都极具思想冲击力，由此使“浮躁”一词成了国人的口头禅，并成为一个时代的精神现象的总结和写照。

风格成熟阶段（1993—2003）：贾平凹20世纪80年代创作的“商州系列”小说，主要是站在反思传统文化的立场上来批判地审视故乡商州的乡村文明或农耕文化的。到了90年代的长篇小说中，贾平凹的文化价值立场发生了明显的转变。他对现代城市文明进行了不遗余力的价值批判，尤其深刻揭示了当代人置身于现代消费社会中精神异化、无家可归的生存处境。他这个阶段的主要作品有长篇小说《废都》《白夜》《土门》《高老庄》《怀念狼》《病相报告》等，其中的代表作是1993年发表的引起过极大争议的《废都》。

微视频：
贾平凹“商州系列”小说的地域文化特征

《废都》的主人公庄之蝶作为作家，曾经“奋斗过”“追求过”，暴得大名之后开书店赚了钱，在政界和市长称兄道弟、如鱼得水，但是却失去了文学创造力，他转而沉湎于醇酒美女。作品的主要情节就是描写庄之蝶与妻子牛月清、情人唐婉儿、保姆柳月、女工阿灿以及汪希眠老婆等女性之间的肉体和情感关系，并以此为线索编织了一幅错综复杂的当代社会生活画面，描写了在市场经济的冲击下知识分子的心理裂变和精神危机。庄之蝶的心态和命运，正是当代部分知识分子精神危机的缩影，他逃入性爱中，正是明清文人“狎妓”传统的复活，是传统男权主义的借尸还魂，是当代知识分子逃避社会责任的一种真实写照，象征着一代知识分子的绝望和幻灭。从某种程度上看，《废都》在文学史和思想史上都具有标志性的意义。

回归乡土阶段（2003年后）：经过一段时间的沉寂与思考后，贾平凹的写作从城市又转向农村，同20世纪80年代赞美现代文明以期改造乡村文明的初衷不同，现代化冲击下农村的大裂变、传统乡土文化的崩溃和农民的精神危机是他在这个阶段思考和表现的重要内容。2005年发表的长篇小说《秦腔》是这个阶段的代表作，此外还有《我是农民》《高兴》《老生》。

《我是农民》是贾平凹的自传体长篇小说，他明确宣布自己的“农民意识”和“农民立场”，这可以作为其思想和创作的一个根据。《高兴》取材于真实人物，描写了底层农民工在城市里的生存困境和精神危机。清风镇农民刘高兴和憨厚的同伴五富来到西安打工，刘高兴怀着成为城市人和获得美好爱情的梦想。他乐观向上，把自己的名字刘哈娃改为“高兴”；他不怕吃苦，和同伴五富起早贪黑捡破烂、卸水泥、送煤；他乐于助人，为了帮助孟夷爽，把自己赚的钱无偿地给了这位被迫沦入风尘的“妓女”；为了尽到照顾五富的责任，他谢绝了到公司看门的工作。但是在弱肉强食的城市里，他们还是饱受歧视和欺骗，孟夷爽被抓，五富因劳累而病死。刘高兴送走五富的骨灰，决定还要在城市里待下去，因为他已经没有了退路。贾平凹一直关注底层人的生存状态，他的创作回归到农民和农村，但不同于20世纪80年代侧重对阻碍现代化的宗法制度的批判，他在全球化的背景下对农民的生存困境以及传统文化的式微进行了更加生动、深入的表达和思考。

二、《秦腔》

《秦腔》以贾平凹的故乡棣花街为原型，从夏风回到清风街与白雪成婚开始，以夏、白离婚和夏天智、夏天义的去世结束，在对清风街芸芸众生的生老病死、悲欢离合等近乎琐碎细密的日常叙事中完成了对当代农村生活状态的整体描绘，表现了转型期给农村的政治、经济和文化等多方面带来的震荡和变化。

清风街有两家大户：白家和夏家。白家早已衰败，因此夏家家族的变迁便成了清风街、陕西乃至中国农村的象征。夏家老一辈的天仁、天义、天礼、天智四兄弟是清风街最有影响的人物，夏天义被称为“中国大地上的‘最后一位农民’”[①]。他正直无私，热爱土地，做村长时不仅拒绝了把清风街作为焦炭基地的工业计划，而且还带头反对侵占耕田的国道修路，因而被撤职处分，结束了他在清风街的政治生涯。他反对新任村长君亭开办农贸市场，更反对开酒楼及由此而来的卖淫和贪污受贿。虽然他已经失去了政治影响力，但还是主持正义，不断写信上告新任村干部的贪污腐败，反对以七里沟换鱼塘的计划，并且带着傻子引生、哑巴和一条狗每天去淤地劳动，最后被泥石流埋葬，此生留下的最大遗憾是仍没有淤完的地和一群不孝的儿孙，最后没有人会来完成他的遗志，到死他都没能得到村里人的理解。夏天义的死代表传统乡土农业和传统农耕生活方式的瓦解。后辈人再也不会珍惜土地，他们在欲望化、商业化大潮的冲击下选择了背离滋养了他们几千年的乡土。畸形的商品经济让农民在开办农贸市场和酒楼的同时也不得不容忍外出出卖劳动力、卖淫、贪污受贿等现象，同时农民与地方政府的矛盾激化也在小说中得到描述，这些都真实、生动地反映了当代农村在发展中的一些现状。

夏天智是代表传统文化和传统伦理观念的一个典型人物。他做了几十年的校长，热爱秦腔，是个地地道道的老秦腔迷，最热衷的事是听着秦腔在那画秦腔脸谱，直到死都得听着秦腔、枕着他的秦腔脸谱书才能安然离去。可是他最爱听的秦腔却越来越没人听，他自费出版的书自己签了名送给别人，别人都不珍惜，这些都让他感受到了孤独。夏天智虽不是村庄的掌权者，但他在村里却有极大的权威，他的长辈尊严以及他对家庭事务的处理，表现了乡间朴素的礼仪道德观念。但后来他也管制不了那几个不奉养父母的侄子，一向引以为傲的儿子、作家夏风要与孝顺善良的白雪离婚，夏雨更是离父亲的伦理道德观念越来越远。一辈子骄傲的他因为残疾孙女和儿子、儿媳离婚的打击，终于垮掉了。夏天智和夏天义的死代表一个以仁、义、礼、智为价值观念的时代的结束和传统家族伦理文化在中国农村的颓废与衰败。

小说的象征意义非常明显，题为《秦腔》，意在用传统戏曲的衰落来表达对传统伦理与文化消失的怀念之情。作品中对于秦腔的描写有百余处，有时则直接用简谱和锣鼓节奏将秦腔音乐写进小说字里行间。全书笼罩在秦腔的韵律之中，秦腔大多为苍凉悲壮之乐，所以为整部小说定下了悲凉的基调。作者除了把秦腔作为一种艺术语言来反衬人物性格、烘托环境气氛之外，更为重要的是把秦腔作为一种文化象征来写。《秦腔》在开篇时写一个以唱《拾玉镯》出名的女演员王老师，年老色衰，备受冷落和奚落，暗示着秦腔的衰落。年轻人更是不愿意听秦腔，更愿意听流行歌曲。县秦腔剧团因得不到政府的支持而面临解散，演员们也沦落到为别人的红白事去演出赚点钱的地步。和秦腔命运相连的白雪，是一个因为秦腔而变得无比美丽、善良的姑娘，心中挚爱着秦腔，为了秦腔她可以放弃省城的工作。但她对秦腔的迷恋却得不到作家丈夫夏风的理解，最后两个人终因没有共同语

① 吴义勤. 乡土经验与“中国之心”：《秦腔》论[J]. 当代作家评论，2006(4).

言而离婚，留下了一个残疾的女儿，白雪的“弃妇”命运同样暗示了秦腔最终的悲剧下场。秦腔的没落展示了在现代与传统的大交锋中，传统文化不可避免消退的过程，作者在小说中对此倾注了浓厚的惋惜之情。

小说在叙述上也别具一格，彻底地突破了以基本情节支撑作品的创作模式，采取的是一种生活漫流式的细节连缀。重重叠叠、随处可寻的生活细节，替代了相对完整的故事情节。小说未采用以事件或人物为中心的叙述方式，而是采用无章节的小说结构，呈现农村生活的原生态，带有反情节甚至反人物、反性格的特点。贾平凹将清风街的生活从吃喝拉撒、春夏秋冬几乎所有的琐事写起，写到了婚丧嫁娶、夫妻吵架、修淤地卖农产等当代农村社会的一切事情。小说聚焦于普通农民，对乡村民间权威、基层领导、做豆腐的、开饭店的、跑长途的等形形色色的农村男人们，以及对妇联女干部、女戏子等形形色色的村妇、女青年们都进行了细致刻画。他们都是小说主人公，谁也不是别人的陪衬，谁也不比别人重要或次要，因为他们都是清风街故事中不可或缺的细节，他们最原生态的生活内容就是小说的叙述主体。正是通过这种大胆的铺叙，《秦腔》全面展示了正在消失的传统“秦地”农耕生活的神韵。

小说还借鉴了福克纳《喧嚣与骚动》的叙述方式，采取疯子引生的视角来叙述，“疯子”的逻辑不是连贯的，所以叙述的故事是琐碎的。他看到什么就会说什么，他会发现常人发现不到的事情，这是一种“全知”的叙述视角。此外，魔幻现实主义因素的加入使小说的“秦地”民间色彩更加鲜明。引生想象着他变成老鼠、螳螂、蜘蛛，他可以与树、石头、狗来对话，他可以灵魂出窍，随痴爱的白雪而去，他超强的预感力以及夏天智说死前不见夏风的誓言的惊人应验都给作品增加了魔幻色彩。

在叙述语言上，作家把文言、口语、方言、现代标准汉语巧妙地糅合在一起，具有明显的地方色彩，溢出浓厚的乡情。方言和俚语的写作，让日常生活节奏和韵律在语言中呈现，又与小说中还原原生态的日常生活相统一。但是这种语言又是经过提炼的民间语言，符合现代汉语规范，从而大大消除了读者的阅读障碍，形成了贾平凹个性化的、自成一体的语言风格。这也可以说是贾平凹以往作品的一贯风格。小说中先后录入了22处秦腔曲牌和曲调，增强了文章的音乐性，同时也营造了小说的一种整体氛围和基调。在整部作品中，对话构成了叙述语言的主体，在口头化、生活化的对话中，《秦腔》表现出回归本真方言土语的意向。

经典评论

第七届茅盾文学奖长篇小说《秦腔》授奖辞

贾平凹的写作，既传统又现代，既写实又高远，语言朴拙、憨厚，内心却波澜万丈。他的《秦腔》，以精微的叙事，绵密的细节，成功地仿写了一种日常生活的本真状态，并对变化中的乡土中国所面临的矛盾、迷茫，做了充满赤子情怀的记述和解读。他笔下的喧嚣，藏着哀伤，热闹的背后，是一片寂寥，或许，坚固的东西都烟消云散之后，我们所面对的只能是巨大的沉默。《秦腔》这声喟叹，是当代小说写作的一记重音，也是这个大时代的生动写照。

思考与练习

拓展学习

1. 简述新时期长篇小说繁荣的表现。

2. 阅读《白鹿原》，分析白嘉轩性格的多重性。

3. 结合具体作品，分析余华创作风格转变的意义。

4. 分析王琦瑶悲剧命运的社会意义。

5. 阅读作品，以“从《浮躁》与《秦腔》看贾平凹小说创作的变化”为题写一篇小论文。

阅读链接

1.《魂系白鹿原：陈忠实纪念文集》(第2版)(四川文艺出版社2019年版)，由民间文化人士自发组织出版；《走出白鹿原》(陕西旅游出版社2001年版)是陈忠实关于自己创作长篇小说《白鹿原》前后的思想记录以及记者对他的采访记录，书中还有许多散文对真实的白鹿原做了介绍和说明。

2. 阅读王达敏著的《余华论》(修订本)(安徽文艺出版社2016年版)，以加深对余华作品的理解。

第二十四章　新时期的中短篇小说

【学习提示】

本章按照时间顺序介绍了新时期在各个文学思潮中涌现的优秀中短篇小说，以介绍小说为主，同时兼顾文学思潮的特点。学习时请注意各种思潮对中短篇小说走向的不同影响，特别是从“政治本体论”到“文化本体论”的过渡过程及其重大意义。

在本章学习中，要结合具体的作品掌握刘心武、汪曾祺、张承志和莫言的创作风格及其代表作，要求能写出相关的小评论，还需要了解西方现代派的有关知识。

第一节 人生命运的深情抒写

进入新时期，随着思想解放运动的深入和西方文艺思潮的涌入，中国文坛的各种文学思潮也逐步演进。中短篇小说篇幅比较短，技巧性强，写作周期短，可以迅速地表现社会生活和反映社会问题，所以新时期的中短篇小说佳作不断涌现，及时而深入地反映了当时的社会生活和社会心理。同时因为篇幅不长而易于把握，所以中短篇小说也常常成为新潮艺术观念实验的载体，成就显著。

现实主义精神的回归和发展是新时期小说创作繁荣的首要条件。新中国成立后的小说创作，基本上继承了鲁迅开创的现实主义传统，但是，由于"左"倾路线几经泛滥，教条主义和庸俗社会学思想干扰，现实主义传统受到削弱。"文化大革命"十年，推行"瞒"和"骗"的封建文艺，现实主义精神丧失殆尽。在粉碎"四人帮"以后，十年劫难引起了全社会的反思。1977年11月，短篇小说《班主任》（刘心武）发表，揭露了教育事业遭摧残、青少年灵魂被毒害的社会问题，发出了"救救被'四人帮'坑害了的孩子"的呼声，振聋发聩，继承了五四运动启蒙的传统。接着卢新华的《伤痕》描写了"文化大革命"给人们精神上造成的内伤，再次震动文坛，于是引发了"伤痕文学"潮流。"伤痕文学"中短篇小说代表作有《弦上的梦》（宗璞）、《大墙下的红玉兰》（从维熙）、《代价》（陈国凯）、《啊！》（冯骥才）、《草原上的小路》（茹志鹃）、《从森林里来的孩子》（张洁）、《神圣的使命》（王亚平）、《最宝贵的》（王蒙）等。这些作品直面社会给人造成的苦难，控诉了林彪、"四人帮"的倒行逆施造成的无数人间悲剧，反映了人民与"左"倾错误的斗争，推动了思想解放运动的开展，标志着文学向现实主义回归。

"反思文学"的出现，显示了新时期中短篇小说现实主义精神的进一步发展。"反思文学"比"伤痕文学"在历史内容上进一步扩展和深化，试图站在历史的高度观察和思考民族的悲剧，总结历史经验教训。中篇小说《天云山传奇》（鲁彦周）把反思的时间追溯到反右运动和"大跃进"年代；中短篇小说《剪辑错了的故事》（茹志鹃）、《李顺大造屋》（高晓声）、《犯人李铜钟的故事》（张一弓）、《黑旗》（刘真）、《人生》（路遥）、《月食》（李国文）、《活鬼》（张宇）、《名医梁有志传奇》（王蒙）等反思了新中国成立后约30年间我党政策、工作的经验教训与成败得失；中篇小说《蝴蝶》（王蒙）则通过一个干部几十年的升降沉浮思考了中国共产党与人民的关系问题；《灵与肉》（张贤亮）和《人到中年》（谌容）触及我国知识分子政策问题。这些中短篇小说无论在主题的深化、题材的开拓、人物的塑造上，还是在艺术表现上，都取得了较为突出的成就，在当时的社会上引起了极大反响。

知识链接：
高晓声及其小说创作

1979年夏，短篇小说《乔厂长上任记》（蒋子龙）开了"改革文学"的先河，"乔厂长"一时成为"改革者"的代名词。随后"改革小说"大量出现，《祸起萧墙》（水运宪），《鸡窝洼人家》《腊月·正月》（贾平凹），《赤橙黄绿青蓝紫》（蒋子龙），《陈奂生上城》（高晓声）等中短篇小说迅速抓住时代主题，表达了广大人民发展生产力和提高生活水平的强烈愿望，同时也敏锐地揭示了改革面临的困难、阻力和新问题。这些作品塑造了一批鲜明的"开拓者"形象，展现了我国历史转折时期社会生活的纷繁画面。

现实主义回归的另一个表现是"文学是人学"观念被社会讨论并接受。小说更注重写普通人，写人的命运，写人的复杂性与丰富的内心世界，写真实的人性、人情，而不是去“造神”。中篇小说《如意》（刘心武）揭示了人性被扭曲，表现出淳朴的人性美、人情美；《爱，是不能忘记的》（张洁）探讨了家庭、婚姻与爱情、道德的关系；《内奸》（方之）写了一个小商人的坎坷命运与复杂性格；《射天狼》（朱苏进）则刻画了和平时期忠于职守的军人丰富复杂的内心世界。

20世纪80年代中期西方现代主义文艺思潮的涌入也极大地影响了新时期中短篇小说的发展进程。经历了30年风雨坎坷的王蒙深感“复杂化了的经历、思想、感情与生活需要复杂化了的形式”来表达，从1979年10月到1980年春，他连续发表了《夜的眼》《春之声》《风筝飘带》《海的梦》《布礼》《蝴蝶》等采用意识流手法创作的中短篇小说，将情节结构改为心理结构，通篇都写人物内心的独白、自由联想，打破了时空顺序，让过去、未来和现在交替出现，透过人的主观感受和意识来反映社会和人的变化。采用现代主义技巧的作品还有《自由落体》（李陀），《我是谁》《蜗居》（宗璞），《他有什么病》（张洁），《减去十岁》（谌容），等等。这些吸收了现代派表现手法的作品在某种程度上也可以理解为现实主义的新变，即吸收了现代派手法的现实主义，这些无疑丰富了新时期中短篇小说的表现方式和艺术技巧，却较少现代派的真正内核。

更年轻一代的作家则情况不同，他们的价值观和观照体验世界的方式发生了显著的变化，他们有更多的自我意识和更强烈的压抑感、孤独感和荒诞感，容易与西方现代主义产生精神上的共鸣和沟通，所以“先锋小说”创作以年轻作家为主。新时期“先锋小说”的创作分为两个阶段，分别被称为“新潮”和“后新潮”。

所谓“新潮”小说，主要作品有短篇小说《你别无选择》《绿天蓝海》《寻找歌王》（刘索拉），《无主题变奏》（徐星）；中篇小说《红高粱》《球状闪电》《透明的红萝卜》（莫言），《苍老的浮云》《黄泥街》（残雪），等等。这些小说多用意识流、荒诞、黑色幽默、魔幻等手法，表述了现代青年内心的骚动和对外界权威的反抗，多描写年轻人玩世不恭的举止和出言不逊的粗鲁，以此传达出对传统观念和秩序的蔑视。这种个人与社会、自我与传统对抗的感受在莫言和残雪的作品中表现为对外部世界的恐惧和对个人处境的绝望。所以“新潮”作家不重视描绘外部世界的真实性，而是偏重表达情绪和感受，经常以粗鄙的语言和漫画式的描绘尽情调侃和宣泄。

所谓“后新潮”小说家主要是20世纪80年代中后期出现的先锋作家，如马原、格非、余华、洪峰、孙甘露、北村、吕新等，代表作有《拉萨河女神》《冈底斯的诱惑》《西海的无帆船》（马原），《极地之侧》（洪峰），《迷舟》《褐色鸟群》（格非），《平静如水》《我的帝王生涯》（苏童），《现实一种》《鲜血梅花》《古典爱情》（余华），等等。这些小说的核心观念是虚无，包括自我的虚无、世界和人生意义的虚无，所以他们从这个观点出发去颠覆和解构一切价值观念和意义体系，如马原、格非以丧失确定性和因果性的虚构与神秘来对真理和真实性表示怀疑，如他们自己的名字经常作为人物出现在文本中；余华、洪峰以死亡、疯癫、冷漠来表达对自我和人的悲观绝望。“先锋小说”因晦涩难懂、非逻辑和反理性而常遭人批评，但是应该看到，“先锋小说”以其前所未有的冲击力拓展了当代小说的艺术视野和表现手段，丰富了当代文学的审美风格和体系。

20世纪80年代中期，“文化寻根”思潮也极大地影响了中短篇小说的创作，韩少功、阿城等一批年轻的作家提出要构建中国当代小说的“民族品格”，形成了一股“寻根小说”

微视频：
阿城《棋王》的文化意蕴

的创作高潮。代表作有《归去来》《爸爸爸》《女女女》（韩少功），《美食家》（陆文夫），《棋王》《孩子王》《树王》《遍地风流》（阿城），《黑骏马》《北方的河》（张承志），《异乡见闻》（郑万隆），《古堡》（贾平凹），《最后一个渔佬儿》《沙灶遗风》（李杭育），《小鲍庄》（王安忆），等等。“寻根小说”多以现代意识观照现实和历史、反思传统文化，旨在探寻重铸民族灵魂、重建中国文化的可能性。如阿城在“三王”系列小说中写庄禅精神，王安忆在《小鲍庄》里审视儒家的仁义，等等。小说题材和描述对象有明显的地域特征，在表现上既有中国传统文学手法，又运用现代派的象征、暗示、抽象等手法。

“寻根小说”的出现标志着当代小说创作的重要变化。一是由于文化意识的形成，在中国文学中就不再是单一的政治视野，而产生了更为开阔的文化视野。在前述的“伤痕文学”“反思文学”“改革文学”思潮中，文学的最终指向仍是政治，这是从五四新文学就开始的一种“文以载道”的传统观念，一种以“政治本体论”为导向的文学观。“寻根小说”的出现，使人们的文学观念开始发生根本变化，那就是从“政治本体论”转向了“文化本体论”，这对于中国小说的进程影响是举足轻重的。二是由于“寻根小说”具有浪漫主义倾向并整合了现代主义的多种表现手法，因此打破了小说创作中单一的现实主义格局，并在语言与文体、隐喻与象征、叙述方式、作品结构等方面都有所创新，表现出了“文化的自觉”，丰富和加深了新时期小说的文化意蕴。

20世纪80年代后期和90年代初期出现的“新写实”小说也多为中短篇小说，创作方法仍以写实为主，但是注意还原生活本身的“原生态”，大多采用客观的叙述方式，提倡作家“零度介入”和“退出小说”，用一种不表露价值观和情感的方式进行叙述，更多作品表现了现实的荒诞、压抑以及平常人卑琐、庸俗的生活。代表作有《一地鸡毛》《单位》（刘震云），《烦恼人生》《不谈爱情》《太阳出世》（池莉），《狗日的粮食》《伏羲伏羲》（刘恒），等等。“新写实”小说是“先锋小说”和现实主义的“结合”，是对“先锋小说”脱离大众的一种反拨，体现了作家向读者的回归，但不再是传统的现实主义小说。

90年代的中短篇小说作家继承人道主义的传统，他们关注民生，掀起了一股“现实主义冲击波”。这主要体现在河北的“三驾马车”——谈歌、何申和关仁山的中短篇小说创作中。谈歌的《大厂》、何申的《信访办主任》、关仁山的《大雪无乡》，以及刘醒龙的《分享艰难》《凤凰琴》等，积极反映转型期工人、乡村干部、农民和教师等普通人物的疾苦，真实而深刻地记录了一个时代的生活和社会心理状况。

在20世纪90年代女性作家的中短篇小说创作中，女性主义倾向和性别特征比较突出且具有较广泛影响的，当数林白和陈染。林白在这一时期的中篇小说代表作《回廊之椅》《瓶中之水》《致命的飞翔》等，多写女性在成长过程中的心理和生理，尤其是身体意识和性别意识的觉醒，同时也表现了在男权社会压迫下的女性悲剧命运及反抗姿态。陈染这一时期的中短篇小说代表作《空心人诞生》《与往事干杯》《无处告别》等，往往喜欢把自己的女主人公封闭在一个狭小的自我空间甚至冥想的境界，甚至以“恋父情结”[①]“同性恋”“自

① 徐小斌. 走近徐坤［J］. 当代作家评论，1998（6）.

恋”等来逃避孤独，带有一种精神病理的特征。还有徐坤，她是一位具有自觉的女性意识的作家，同时又是一位才气横溢的女学者。她的中短篇作品《遭遇爱情》《狗日的足球》《厨房》等，在坚守女性立场的同时，发现了女性的“弱”与“小”，体现了强烈的自审意识。

20世纪90年代后期和21世纪初，新生代作家（也称“新状态作家”或“晚生代作家”）的中短篇作品也给当代小说创作增加了新的美学色彩。“新生代”小说泛指20世纪60年代以后出生的作家的作品，代表作家有毕飞宇、鲁羊、韩东、朱文、邱华栋、刁斗、东西、张旻、海男、陈染、林白、卫慧、棉棉等。20世纪末，由于市场化、网络以及影视传媒发展带来的压力，传统文学被边缘化，作家也处于社会的边缘部位，这也为他们的“个人化”写作提供了可能。“新生代”小说不再关注国家政治等“宏大叙事”，而是体现了对“人性”的关怀，他们的小说总是充满一种真实的生存痛感，把欲望、恶、性都合理化，在“新生代”小说中活动的人物基本上都是一些不受传统道德束缚的“新人类”。何顿的《生活无罪》中的狗子、《我不想事》中的熊猫记、《就这么回事》中的龙宝，朱文的《把穷人统统打昏》中的黑子，东西的《耳光响亮》中的宁门牙，毕飞宇的《睁大眼睛睡觉》中的“我”……都是一些“新人类”形象。这些小说对于世纪末中国社会的欲望化生存表象所进行的多方位的表现和描述无疑是新鲜而有开拓性的，作家们从一个特定的角度切入了当下社会和当下个体的生命真实与存在真实。邱华栋对于都市“玩主”追逐金钱、游戏爱情的欲望化生命的放大，朱文、张旻对于知识分子欲望心理的剖析，卫慧、棉棉对都市白领在酒吧、夜总会等“亚文化”区域具有“时尚性”生活体验的展示……这些无疑都是对于当今时代的整体生存景观和心理氛围的成功素描，“新生代”作家的中短篇小说不是写“主旋律”的，但也是对时代生活和社会心理“另一面”的写真。

在描述了新时期中短篇小说的基本历程后，我们可以归纳出其基本特色：首先，新时期中短篇小说已经形成一个多色彩、多情调、多声部、多层次的风格体系，各种不同风格、流派、思潮自由竞争，主旋律和边缘的“个人化”写作并行不悖，多元互补，众声喧哗。其次，新时期中短篇小说体现出了鲜明的时代风格、民族风格和多样的个人风格，特别是在写实风格、抒情风格、地域风格、象征风格和语言风格上，呈现了积极健康的各领风骚的局面。最后，新时期小说的经验教训告诉我们：不管是何种文学手段，何种表现手法，有无文学的真正精神，是否反映时代和社会的深层需求，是否感受和代言人民的呼声，是中短篇小说能否受到广大读者欢迎的关键所在，也是整个文学能否保持生命力的关键所在。

第二节 刘心武及其《班主任》

刘心武对生活感受敏锐，善于作理性的宏观把握，写出了不少具有社会思考特点的小说，其作品作风严谨，意蕴深厚，是新时期文学初期的代表作家。

一、生平与创作

刘心武（1942— ），生于成都，笔名刘浏、赵壮汉等，1950年随父迁居北京。中学时期就爱好文学。先后做过中学教师、出版社编辑，参与创刊《十月》并任编辑。1979年起任中国作家协会理事、《人民文学》主编等职。20世纪90年代后转作《红楼梦》研究，曾在中央电视台《百家讲坛》栏目就秦可卿等专题进行系列讲座，对民间红学的蓬勃发展起到了推动作用。

刘心武1977年发表的短篇小说《班主任》开“伤痕文学”先声，被认为是新时期文学的发轫作，获首届全国优秀短篇小说奖，并由此取得在文坛上的地位。刘心武后又发表《爱情的位置》《醒来吧，弟弟》等小说，《我爱每一片绿叶》1979年获全国优秀短篇小说奖，曾激起强烈反响。有短篇小说集《班主任》《母校留念》《刘心武短篇小说选》，中篇小说《秦可卿之死》，中短篇小说集《绿叶与黄金》《大眼猫》《都会咏叹调》《立体交叉桥》《519长镜头》，中篇小说集《如意》《王府井万花筒》《木变石戒指》《一窗灯火》《蓝夜叉》，纪实小说《公共汽车咏叹调》，长篇小说《钟鼓楼》(获第二届茅盾文学奖)、《风过耳》、《四牌楼》、《栖凤楼》等，还有散文集、理论集、儿童文学等作品以及8卷本《刘心武文集》。2019年，其小说《钟鼓楼》被收入“新中国70年70部长篇小说典藏”。

根据其小说表现内容和艺术手法的变化，刘心武的创作可以划分为三个阶段。

第一阶段：20世纪70年代末期创作了典型的“伤痕小说”和“问题小说”，主要有《班主任》《爱情的位置》《醒来吧，弟弟》等。短篇小说《班主任》是刘心武这个阶段的代表作，也是新时期小说和“伤痕文学”的发轫之作。《爱情的位置》突破了当时文学界的爱情“禁区”，首先提出了“爱情应在革命者的生活中占有一席之地”的观点。《醒来吧，弟弟》关注了“文化大革命”后一批青年迷惘和玩世不恭的信仰危机问题。这些小说在当时都引起了较强的社会反响，充分发挥了文学的政治教化功能，是开放思想的先声，但因要承载问题和理念，所以存在着议论过多、形象性欠缺等问题，损害了作品的文学审美价值。

第二阶段：1981年刘心武发表中篇小说《如意》，走出“问题小说”模式，进行人道主义探索，由揭示问题、表达社会政治观念的层面进入表现人物命运及人生的层面。《如意》以普通校工石义海和前清贵族小姐金绮纹传奇式相知相爱的故事为线索，既反映了历史的沧桑，又塑造了石义海忠厚、质朴，助人于危难之中的传统美德。这一阶段的主要作品还有《立体交叉桥》《钟鼓楼》《519长镜头》《公共汽车咏叹调》《王府井万花筒》《私人照相簿》等。

发表于1984年的《钟鼓楼》标志着刘心武20世纪80年代文学创作的最高成就，于1985年荣获第二届茅盾文学奖。小说以北京市民薛纪跃的婚礼为背景，叙述了北京一个普通的四合院在12小时里发生的故事风波，写了几十个不同年龄、不同职业和性格的人物，如满脑子封建思想而又不失善良的薛大娘，外表强硬而精神虚弱的薛纪跃，爱慕虚荣而又极度自尊的潘秀娅，勤劳质朴却要为儿子“包办婚姻”的荀大爷，等等。刘心武既描写和批评了当代北京市民的精神弱点，又细致地交代了他们各自的文化历史背景，提出了人与人之间要“将心比心”“互相理解”“互相同情”。小说对北京民俗风情和“市民社会”的细腻描绘继承了老舍开创的“京味”小说的某些风格。

写于20世纪80年代后期的《519长镜头》《公共汽车咏叹调》《王府井万花筒》则是刘心武对“纪实小说”这一新的文学样式的实验和开拓之作，这些作品立足现实新闻题材，同时把世态人情和文化结合起来进行了思考，如《公共汽车咏叹调》《王府井万花筒》对北京市公交状况和王府井商业改革状况的描述。这些作品注重虚实结合，以理性思考来分析感性材料，对个体人物的生存状况和内心世界予以了高度的关注，表现了作家高度的社会责任感，成为记录80年代社会心理和民生状况的代表作。

第三阶段：20世纪90年代以来，刘心武的小说创作艺术更加成熟。刘心武在《五十自戒》中反思说，自己以往十多年写的小说对人性善的挖掘，比较执着，但对人性恶的探微发隐就比较薄弱了。所以他在这一阶段的创作开始从关注时事转向对历史、文化和人性的批判。这个阶段的长篇小说有《风过耳》《四牌楼》《栖凤楼》等。《风过耳》围绕遗稿之争展开曲折的故事，描绘了一幅20世纪八九十年代之交知识分子的“百丑图”，作品对这些道貌岸然却灵魂卑鄙肮脏的知识分子进行了不动声色的讽刺和揭露，反映了当代文化人的精神病态。《四牌楼》运用自叙传的文体，写了蒋氏家族近一个世纪的悲欢离合，表现了知识分子在近现代的遭际、命运和生存困境。《栖凤楼》表现范围更广，刻画出大都市的各色人等，如神秘的大富姐、外资代理人、普通市民、退休工人、垃圾王、按摩女，以及演艺圈和文化界人物、中高层干部、私企老板、外籍华人等，勾画出一幅五彩缤纷、光怪陆离的都市风情画卷。正如作者所说的，“由《钟鼓楼》《四牌楼》《栖凤楼》组成的‘三楼系列’构成了一个世纪的北京叙事画卷”，“饱蓄着我对北京这座古老城市在走向现代化的过程中那悲欣交集的复杂情愫”①。

二、《班主任》

发表于《人民文学》1977年第11期的短篇小说《班主任》，借中学教师张俊石的眼光对在“文化大革命”中成长的中学生的心灵予以审视，塑造了谢惠敏和宋宝琦这两个心灵被严重戕害和扭曲的中学生形象，并发出了振聋发聩的“救救被‘四人帮’坑害了的孩子”的焦灼呐喊。虽然作品还有大段的政治说教和“文化大革命”文学语言色彩，但是，其对“文化大革命”危害反思的深度，对我们民族复兴的焦灼和期望程度，尤其是内在的启蒙精神已经和鲁迅《狂人日记》中的呐喊遥相呼应，体现了知识分子对自己启蒙使命的自觉。《班主任》开“伤痕文学”思潮之先声，标志着新时期文学的艰难开始。

小说情节很简单，1977年春天的一天，光明中学初三（3）班班主任张俊石决定接收并帮助刚从公安局拘留所释放的“小流氓”宋宝琦。班上的团支书谢惠敏主张狠批宋偷的“黄书”《牛虻》，因为“见里头有外国男女讲恋爱的插图”。宋宝琦不但把“牛虻”念成“牛亡”，同时也认定它是“黄书”，因为这些书被“宣布为禁书”，要“扔到库房里锁起来”。回忆起自己年轻时代对革命书籍的如饥似渴，张老师对这些无知愚昧的言论感到震惊。令他欣慰的是石红等同学正在读《表》等优秀作品。面对现状，张老师计划将《牛虻》留给谢惠敏，引导她去正确分析问题，帮助她消除“四人帮”的流毒，并且开展有指导的阅读活动，来教育包括宋宝琦在内的学生。

在小说中，宋宝琦和谢惠敏是两个类型的受害者，他们都是“四人帮”文化专制主义和愚民政策的牺牲品。宋宝琦是一个小“流氓”，是一个把人类的精神文明拒之门外，“什么书也不读而坠落于无知的深渊”，只相信“能折腾就能‘拔份儿’”而走上犯罪道路的“流氓”。作者通过一堆赃物、一副丑相、一次谈话，非常深刻地突出了宋宝琦精神空虚、愚钝无知的特点。

谢惠敏本质纯正，品行端正，没有丝毫政治投机心理，但在她身上同样有着思想僵

① 刘心武. 作家刘心武漫谈建筑与环境［N］. 中华读书报，1999-01-13.

化、愚昧无知的畸形性格。她看问题总是宁“左”勿“右”，以“左”为“正”。她认为凡是报纸没有推荐的书都是坏书，读了就会“受腐蚀”；凡是写男女恋爱的一律都是“黄书”。她认定过团组织生活只能是“读报纸”“批宋江”，爬山活动不能算过团组织生活；女同学穿花短袖衬衫和带褶子的短裙，是“沾了资产阶级的作风”。谢惠敏站在极左的立场，用极左的眼光，看待周围的事物，什么都看不惯，觉得周围一切都是“右”的。可以说，在思想上谢惠敏中的毒并不比宋宝琦轻。更为严重的是，“四人帮”被推翻之后，谢惠敏还自觉不自觉地把林彪、“四人帮”那一套当作真正的革命原则加以维护，奉若神明，用以律己，也用以律人。谢惠敏是一个“被吃”的受害者，同时又是不自觉去“吃人”的害人者，是“新时期文学的第一个典型”①。

谢惠敏的形象已经具备了一定的思想史意义，其极左的精神状态和“唯上是从”的思维方式，是一种年深日久的社会心理的反映，是一种失去独立思考能力的“国民性”。刘再复在回顾《班主任》给予他的震动时曾这样说：“那时，我和祖国的千百万读者一起，受到他的《班主任》的启蒙，并由此激起了痛苦的反思。好像也是从那时候起，我开始意识到自己身上积淀着一种谢惠敏式的惰性的血液，这种血液是应该更新的。”②《班主任》不但触发了整整一代人对自己一向深信不疑的某些观念、某些思维习惯、某些精神支柱的怀疑，成为新时期文学对极左思潮进行持久、深刻、有力的批判的矢，成为全民族思想解放运动的文学上的先声，而且，就它对整个文学创作文思的扭转与开拓而言，其文学启蒙意义也不能低估。

知识链接：《班主任》在新时期小说发展史上的地位

宋宝琦和谢惠敏的形象在当代文学史上具有高度的典型意义，他们是两个具有寓言性的“思想符号”。宋宝琦象征着“四人帮”毒害青少年的“外伤”，谢惠敏则象征着“四人帮”毒害青少年的“内伤”，“内伤”比“外伤”更隐蔽和更具有欺骗性，所以也更难医治。刘心武以一种悲悯和自省的笔，发出了“救救被‘四人帮’坑害了的孩子”的呼声。这呼声与鲁迅20世纪初发出的“救救孩子”的呐喊遥相呼应，预示着新文化运动时期知识分子所倡导的启蒙主义和人道主义思想在新时期的复活。

第三节 汪曾祺及其《受戒》

汪曾祺小说的出现，对于新中国成立以来单一的小说审美情趣和技巧是一次冲击，可以说，是人们对新时期小说创作多元化趋势的第一次认同。作家提出的“回到现实主义，回到民族传统”的主张对整个当代文学审美观念的变化和小说技巧的多元化都具有重要的启示意义。

一、生平与创作

汪曾祺（1920—1997），江苏高邮人，1939年考入西南联大中国文学系，1940年开始

① 陈骏涛. 刘心武论［J］. 花城，1988（3）.
② 刘再复. 他把爱推向每一片绿叶［J］. 读书，1985（9）.

写小说，师从沈从文。1943年毕业后在昆明、上海执教于中学，著有小说集《邂逅集》。1948年到北平，不久参加中国人民解放军四野南下工作团，1950年调任《北京文艺》编辑，1955年后任《说说唱唱》和《民间文学》编辑，1962年调北京市京剧团任编剧。1963年儿童小说集《羊舍的夜晚》出版。在"文化大革命"中参与样板戏《沙家浜》的定稿。1979年重新开始创作，20世纪80年代以后写了许多描写民国时期风俗人情的小说，受到很高的赞誉。有小说集《晚饭花集》《邂逅集》《茱萸集》《汪曾祺短篇小说选》，散文集《逝水》《蒲桥集》《汪曾祺小品》等，论文集《晚翠文谈》等。

汪曾祺比较有影响的作品有《大淖记事》(获1981年全国优秀短篇小说奖)、《受戒》、《异秉》、《岁寒三友》、《八千岁》等。他的小说多写童年、故乡，写记忆里的人和事，在浑朴自然、清淡委婉中表现和谐的意趣。他力求淡泊，脱离外界的喧哗和干扰，精心营构自己的艺术世界；作品自觉吸收民族传统文化，具有浓郁的乡土气息，在疏放中透出凝重，于平淡中显现奇崛，情韵灵动淡远，风致清逸秀异，显示出沈从文的师承。20世纪80年代之后，汪曾祺对文学审美功能的重视逐步代替了对政治功能的重视，他的作品开始受到人们的重视，《受戒》《大淖纪事》更被视为"文化小说"或"寻根文学"的代表作。

汪曾祺小说的民族化追求，首先在于对我们民族心灵和性灵的发现，并以近乎虔敬的态度来抒写民族的传统美德。他说："我写的是美，是健康的人性。"①他在《受戒》中写了一对活泼可爱的小儿女之间萌发的天真无邪的朦胧爱情。《大淖记事》的爱情故事略为曲折。娟美可人的巧云和年轻风流的小锡匠十一子纯真赤诚的爱情遭到野蛮的蹂躏，然而无比坚贞的爱竟可使生者死、死者生。这是令作家"向往"和"惊奇"的美，它深藏在民间，深藏在我们民族的传统中。《岁寒三友》写了患难互助的平民友谊。

在对民间文化怀有强烈情感认同的同时，汪曾祺的小说并没有失去知识分子的启蒙意识，依然对传统文化中的丑恶进行了批判和揭露。《珠子灯》里丧夫的才女孙小姐恪守妇道，在床上躺了十年郁郁而终，作品揭示的是封建贞操观念的"吃人"。《陈小手》里军阀团长枪击了给他太太接生的男大夫，还觉得挺委屈——"我的女人，怎么能让他摸来摸去！她身上，除了我，任何男人都不许碰！你小子太欺负人了！"作品揭示了封建主义、男权专制的残暴和阴暗。当然，作者也无意掩饰我们民族心理和性格中的弱点。《八千岁》中米店老板被土匪军官敲诈了一千块钱，经人说情后减为八百块钱后，"又觉得有些欣慰，好像他凭空捡到一百块钱似的"，其"精神胜利法"颇似阿Q。对于国人的自卑、平庸、麻木等心理状态，作者都有所针砭，但毕竟同情与悲悯要多于批判。因为在作者看来，今天写过去的事，需要经过反复沉淀，除净火气，特别是除净感伤主义。

汪曾祺的小说在选材上注重融入民族特色，与当时大多数作家不同，他不去触及敏感的现实题材，而多描绘遥远的20世纪三四十年代，以家乡高邮为中心，贯穿了水乡、小镇、寺庙和种种凡俗生活或者离奇故事。在他的小说中，人们可以看到几十年前苏北民间原生态的生活场景——熏烧、盐炒豌豆、专卖旱烟的源昌烟店、说书的万柳楼、得意楼酒馆、运河、石桥、吹管笛、敲鼓板、舂粉子、磁坛子、打场号子、芦花荡子、沙洲、挑夫、车匠、螺蛳弓、文昌阁、千层油糕、砖铺的地面、麒麟送子的珠子灯、染脚指甲的凤仙花、锡匠、炮仗店、绒线店、米行、刨花、木瓜酒、药材行、尖底陶瓯、家神菩萨、酒

① 汪曾祺. 关于《受戒》[J]. 小说选刊，1981（2）.

馆茶肆、蜈蚣风筝、玉屏箫竹、田黄，等等。其中的人物和故事也给人沧桑的感觉。汪曾祺的小说与20世纪80年代小说中带有鲜明功利色彩的“革命”“政治”叙事有较大的距离，表现了别样的审美追求。

在小说技巧上，汪曾祺也做出了成功的探索。他历来主张小说应有散文的成分，并曾想打破小说、散文和诗歌的界限。他有深厚的传统文化和民间文学基础，其小说继承了《世说新语》、宋人笔记、桐城派散文的神韵和手法，同时对沈从文的小说也有所师承。他以散文笔调写小说，写出了家乡五行八作的见闻和风物人情、习俗民风，富于地方特色。其小说的散文化特色主要表现在对小说气氛的精心刻画上。如《大淖纪事》花了一半篇幅来写民俗风情，这正是对大淖人自由恬然天性的写照，巧云和小锡匠十一子就是这种民俗风情养育出来的灵秀精英，他们的性格、爱情和追求爱情的方式同大淖的环境风俗相和谐，很难分清哪些是人物描写，哪些是民俗描写，人和风俗——传统文化的沉淀，在汪曾祺的小说中达到高度的统一。结构“随便、散漫和无拘无束”，也是其小说散文化的表现。他的小说近似随笔，随物赋形，姿态横生。如《桥边小说三篇》《故人往事》等都是“信手拈来”的，一地一景或者一人一事娓娓道来皆成文章，其间穿插有关的风俗轶事、景观情貌，叙及人去事散，小说也就戛然而止，不枝不蔓。作为短篇小说艺术的探索者，汪曾祺毕生自觉地反叛主导潮流的小说观，“一个短篇小说，是一种思索方式，一种情感形态，是人类智慧的一种模样”①。他所提倡并身体力行的小说的“诗化”“散文化”，无一不是对英雄化、戏剧化主流小说的反叛，这也是中外各文学体裁相互渗透、相互影响的结果。

汪曾祺小说的语言简洁明快，流畅自然，生动传神，同时又不乏幽默，体现了汉语言的雅致和本色之美，是一种诗化的小说语言。他一方面，追求生活语言的色、香、味、活、鲜，令人感到清新自然；另一方面讲究文学语言的绝妙洁雅，韵味悠长。人物语言本色贴切，写贩夫走卒便多用俚俗之语，写文人学士则杂以少许文言。同样写爱情，《受戒》充满了小儿女的天真童趣，《大淖纪事》则流溢着少年男女的青春诗意，这些都充分显示了作者深厚的生活基础及其运用汉语言的纯熟技巧。

二、《受戒》

《受戒》充分体现了汪曾祺小说“散文化”的倾向，在小说文本中叙述者的插入成分特别多，不同于传统小说“情节”集中的写法。如小说的题目是《受戒》，但“受戒”的场面一直到小说即将结尾时才出现，而且是通过小英子的眼睛侧面描写的，作者并不将它当成情节的中心或者枢纽。小说一开始，就不断地出现插入成分，叙述当地“当和尚”的习俗、和尚的生活方式、英子一家的生活、明海与英子一家的关系，等等。不但如此，在小说的插入成分中还不断地出现其他插入成分，如在讲和尚的生活方式时，插入叙述庵中几个和尚的特点；而在介绍三师傅的聪明时又连带讲到他“飞铙”的绝技、放焰口时出尽风头、当地和尚与妇女私奔的风俗、三师傅的山歌小调；等等。这种闲话文体表面上看来不像小说笔法，却自然地营造了小说的虚构世界。这个世界中人的生活方式是世俗的，然

① 汪曾祺．短篇小说的本质［M］// 汪曾祺．汪曾祺全集：9 谈艺卷．北京：人民文学出版社，2019：15-16.

而又是率性自然的，它充满了人间的烟火气，同时又有一种超功利的潇洒与美。例如，在当地，出家仅仅是一种谋生的职业，它既不比别的职业高贵，也不比别的职业低贱，庵中的和尚不高人一等，也不矮人三分，他们照样有人的七情六欲，也将之看作正常的事情，并不以之为耻："这个庵里无所谓清规，连这两个字也没人提起。"——他们可以娶妻、找情人、谈恋爱，还可以杀猪、吃肉、唱酸曲。人的一切生活方式都顺乎人的自然本性，自由自在，原始纯朴，不受任何清规戒律的束缚，正所谓"饥来便食，困来便眠"。

庙里的和尚如此，当地的居民也是如此。英子一家的生活，男耕女织，温饱无虞，充满了一种俗世的美："房檐下一边种着一棵石榴树，一边种着一棵栀子花，都齐房檐高了。夏天开了花，一红一白，好看得很。栀子花香得冲鼻子。顺风的时候，在荸荠庵都闻得见。"《受戒》表面上的主人公是明海和小英子，实际上的主人公却应该是这种"桃花源"式的自然纯朴的生活理想。这个"桃花源"中诸多的人物不受清规戒律的约束，其情感表露非常直接而质朴，他们虽然都是凡夫俗子，却没有任何奸猾、恶意，众多的人物之间朴素自然的爱意组成了洋溢着生之快乐的生存空间。作者以一种通达的甚至理想化的态度看待这种生活，丝毫没有传统文化的迂腐习气，他塑造的这个空间是诗意的，充满了梦幻色彩。

明海和小英子是小说的主人公，小和尚明海是聪明、善良、纯朴的，读书、画画都受到众人的称赞，还经常帮助小英子家干活。他已经是个情窦初开的少年了，小英子的脚印就使他"傻了"："五个小小的趾头，脚掌平平的，脚跟细细的，脚弓部分缺了一块。明海身上有一种从来没有过的感觉，他觉得心里痒痒的。这一串美丽的脚印把小和尚的心搞乱了。"村姑小英子是天真、美丽、多情和大胆、率真的，她喜欢和明海一起干活，"老是故意用自己的光脚去踩明子的脚"，毫不掩饰对明海的爱。在明海受戒后，小英子接他回来时，问他："我给你当老婆，你要不要？"当听到明海的"嗯"后，马上追问："什么叫'嗯'呀！要不要，要不要？"明海大声地说："要！"少年男女之间自然纯真的爱情，发自还没有受到俗世污染的童心，呈现出浪漫的、纯真的色彩，构成了小说里田园生活的灵魂。

小说中自然、纯朴的民俗世界实际上是汪曾祺自然、通脱、仁爱的生活理想的一个载体。他说："有评论家说我的作品受了两千多年前的老庄思想的影响，可能有一点。……我自己想想，我受影响较深的，还是儒家。我觉得孔夫子是个很有人情味的人，并且是个诗人。……曾点的超功利的率性自然的思想是生活境界的美的极致。……我觉得儒家是爱人的。因此我自诩为'中国式的人道主义者'。"①《受戒》表现的正是这种传统文人追慕的"超功利的率性自然的思想"，这种"生活境界的美的极致"。作者对自由的世俗生活特别宽厚、通脱，这种传统化的生活态度和人生立场在自新文化运动以来的以全盘批判和否定为主流的新文化传统中，已经失去了主流地位，在斗争性强的文学作品中更难得表现，所以20世纪80年代，在文学开始崇尚审美的思潮之下，汪曾祺小说里恬静的田园之美和世俗的人性之美得到了高度的称赞。特别是在80年代中期，面对来势凶猛的西方文化，中国知识分子力图"寻根"，寻找我们民族文化的"根"，韩少功的《爸爸爸》寻到了愚顽和迷信，王安忆的《小鲍庄》寻到了仁义的虚伪，而汪曾祺的《受戒》则真正让我们理解了原生态的民间世俗文化，理解了民族生命力之所在的真正的文化之"根"。

① 汪曾祺. 自报家门［J］. 作家，1988（7）.

第四节 张承志及其《北方的河》

张承志的创作有鲜明的理想主义和浪漫主义倾向，他的小说创作可以分为前后两个时期，而“为人民”的创作原则一直贯穿始终。

一、生平与创作

张承志（1948— ），生于北京（当时名为“北平”），回族。1967年毕业于清华大学附属中学。1968年到内蒙古东乌珠穆沁旗插队，在草原上当了四年牧民。1972年入北京大学历史系考古学专业学习，1975年毕业后分配到中国历史博物馆考古组工作。1978年发表处女作《骑手为什么歌唱母亲》(《人民文学》1978年第10期)，获当年全国优秀短篇小说奖。同年考入中国社会科学院研究生院历史语言系学习，研究蒙古族及北方诸民族的历史。1981年毕业后分配到中国社会科学院民族研究所。1987年在海军政治部任专业作家。20世纪90年代初退职成为自由作家。主要作品有小说集《老桥》《北方的河》《黄泥小屋》《黑骏马》《奔驰的美神》《回民的黄土高原》等，长篇小说《金牧场》《心灵史》，散文集《绿风土》《荒芜英雄路》《清洁的精神》《牧人笔记》《鞍与笔》《以笔为旗》《谁是胜者》《鲜花的废墟——安达鲁斯行记》等多种。其中《黑骏马》《北方的河》分别获得1981—1982年和1983—1984年全国优秀中篇小说奖。

作品导读：张承志《黑骏马》

张承志的早期小说以插队的草原生活为题材，从大地、民间汲取精神养料，“草原-母亲-人民”的情结蕴含在其中。在其最早的小说《骑手为什么歌唱母亲》里，他塑造了有着滚烫爱心和牺牲精神的额吉形象，并深情地表示：“在‘额吉-母亲’这个普通单词中，含有那么动人的、深邃的意义。母亲-人民，这是我们生命中的永恒主题!”《黑骏马》里的奶奶和索米娅怀着对生命的敬畏，阻止白音宝力格向强奸索米娅的恶棍复仇，索米娅生下了可怜的孩子，伟大的母性在这里升华为一种宽容和博爱。张承志的小说从一开始就把“人民”作为哺育一代青年的精神母体，试图寻找年轻人与人民群众和民族历史之间深刻的精神联系，同时把这一母体的内涵扩展到“草原”“土地”“河流”“民族”等深远的意象上，年轻的主人公从上述意象中汲取勇气、信心和力量，广泛的象征和抒情构成了小说诗化的特征。

坚强不屈的“硬汉”形象，是张承志作品中理想主义精神的最好载体。《晚潮》里40岁的未婚男子，虽然生活艰难，但辛苦劳动，对生活充满了信心，“挖砂的时候都一声不响”，“要从这块砂地里挖出两样东西来：老婆和房子”。还有《春天》里为追赶逃跑的马群在暴风雪之夜冻死的马倌乔玛；《顶峰》里勇探汗腾格里峰的马倌铁木尔。除了这些坚忍的农牧民外，作家还塑造了勇于探索的青年知识分子群像，如：《凝固的火焰》里坐着毛驴车探索吐鲁番的学者；《九座宫殿》里坚持寻找“九座宫殿”的学者“蓬头发”；《大坂》中为探索唐代敦煌文书描述的古道，翻越了艰难而神秘的冰坡的青年学者“他”；《北方的河》中一面考察地理，一面刻苦考研，追求一种高尚的精神生活的学子；《金牧场》里不断探索人生的自传体形象——他们没有人际关系的敌人，他们的敌人就是自己。在小说里通常的情节主人公是和自然界展开斗争，征服自然的过程，其实就是主人公战胜自己的过程。

这些“硬汉”形象，一方面是作家自身浪漫主义精神的投影，一方面也是20世纪80年代青年精神的真实写照。作品里通常还点缀着美丽的爱情故事，如《顶峰》里马倌铁木尔的梦中情人奥伽，《春天》里乔玛的梦中情人穿着动人的淡红袍子，《北方的河》里美丽的女摄影师，等等。

张承志的小说创作在20世纪90年代进入一个新的时期，他把个人理想与宗教信仰结合在一起，开始了他对回族生存和真主信仰的探索。1984年，他到回族聚集地结识了一大批哲合忍耶的教友，他们为了维护信仰的纯洁及心灵的自由而不惜牺牲的英雄主义精神极大地震动了张承志。他不仅成了哲合忍耶教徒，而且用文学的形式写了一部宗教史《心灵史》（花城出版社1991年版），在文坛上引起了很大的震动。他企图用宗教写作为现代社会的精神沉沦亮出了一条拯救之路，著有随笔集《荒芜英雄路》等，然而他的文学作品中越来越浓厚的宗教倾向也引起了争议。

张承志的小说充满崇高和壮美的风格，“硬汉”形象和强烈的对抗性冲突使其小说在当代文学史上独树一帜。同时，“美文”倾向又使其小说充满诗化的激情，“母亲”“父亲”“人民”“大地”“精神”这些关键词构成了他青春小说的热烈色调。他甚至越来越觉得小说的结构成为激情的桎梏，于是“迫不及待地冲进了诗的形式”[①]，如《黑山羊谣》《海骚》《错开的花》等。张承志在完成了《心灵史》后，重心转向散文创作，在他看来，散文更适合激情的表达。

二、《北方的河》

《北方的河》是张承志“诗化小说”的代表作，作品叙写了一位青年大学生考研究生的一段精神历程。主人公“他”无疑是时代青年的榜样，他学的是汉语言文学专业，却十分热衷于地理学。他觉得山川、河流、土地是伟大的，只有在纵横千古的山川河流中，人生价值才更富有美好的意义，青春在此搏击而不悔。为了感受伟大的黄河，他20岁时就敢于颠簸在卡车上，手里翻开地图，穿过晋陕交界的高原和河谷。他在旅途中“不相信道路，倔强地朝挡路的大山攀登”，勇敢地从高高的山崖上跳下去，抄近路；他赶了40里陕西的黄土路，只吃了西瓜和青枣，就敢横渡黄河，接着又走了20里山西的石头路。他曾经抱着马的脖颈漂流过雪水初融的额尔齐斯河，被牧人用烈酒从僵冻中灌醒。他决心走遍西自额尔齐斯河，东至黑龙江的勾画半个中国的北方河流，沿途调查和采风。为了考取研究生，他开始了高速运转式的温课复习，递交论文和译作，然后运用书本知识实地考察。他对自己的能力有自信，对成功毫不怀疑：

> 我将用我记熟的准确概念和亲自调查来的知识轰炸那张考卷。我将调动我的看家本事，用严格的语法和讲究的修辞使这场轰炸尽善尽美。所以我一定能考上。等我考上了人文地理学的研究生，我就可以用研究生津贴过日子，我用不着去那家计划生育宣传科领工资。我一定会在这个世界上找到我最喜欢的那个位置。

在他身上，我们看到新一代知识分子孜孜不倦的追求，看到了奋发图强的时代精神。他是祖国的建设者，更是祖国生机勃勃的象征。他的生命充满着激情，他的青春燃烧着热

---

① 张承志．错开的花［M］．北京：北京师范大学出版社，1993：自序．

血。可以说，他的“硬汉”性格就是河流的性格，他勇往直前，不畏艰难地朝既定的目标延伸，不断修正，不断丰富，不断发展，不断完善自我，从欢跳的小溪到沉稳的大河。他也是一个凡人，从毛头小伙到立志奉献于人文地理研究的天之骄子，他在成长之中，也曾幼稚、毛躁、鲁莽过，甚至也出言不逊。但他倔强、宽厚，善于自省自励，不欺骗生活，更不自欺欺人，在爱情、亲情、友情、事业和自我铸造中，他的性格得以充实和完善。他深爱自己的母亲，在临考前陪母亲住院，把仅有的钱给弟弟盖小厨房。他原谅为了回城而抛弃自己的初恋情人海涛，冷静地祝福心里对他有好感却被徐华北“挖走”的女摄影师……他从自己的经历中，也从历史、人民以及永远奔腾不息的“北方的河”中找到了自己的根，找到了为之奋斗、为之献出毕生精力的崇高目标。

与不断进取的“他”相比，徐华北就显得怯弱、鄙俗、做作乃至虚伪。面对历史的颠簸、社会的动荡不安，他简直就是一个庸人，活得苟且，一无是处，是一个十足的从狂热、浮躁到颓废、庸俗的社会寄生虫形象。他在插队时给朋友的女友写“完美”的情书，面对艰难困苦竟放弃誓言而逃跑，返京之后对人生理想失去信心，嫉妒朋友的成功，骗得朋友的信任。而女摄影师的形象则是对“艺术女性”的讽刺，她有着悲惨的童年，但仍能坚持追求，她欣赏具有青春活力的“他”，但也深谙世故，知道依靠有关系和背景的徐华北更容易获得成功，所以最终还是投入了世俗的怀抱。

作品整篇采用象征的手法，首先向我们展示的是一个浩大的空间——黄土高原，黄河和永定河的汇合处。黄河是“北方的河”的伟大象征和代表，黄河孕育了中华民族和中华文明，“北方的河”是我们民族的、历史的、文化的象征物。10多年前，“我”第一次来到黄河边，黄河给了“我”父亲般的尊严和慈爱，“我”得到过它赐予的伟大力量。当“我”再次扑入那被“晚霞烧红了的赤铜水般的黄河”时，“我”又一次感受到了黄河“父亲”的博大和宽广，这也暗示着“我”在辽阔的、奔流不息的黄河寻到了“我”的根。此外，额尔齐斯河象征着狂野的青春，湟水边浪漫的“花儿”象征着爱情的美好、宁静，永定河的屈服、细小象征着庸俗者的怯懦，黑龙江的解冻入海象征着人生的新旅途，湟水边的彩陶象征着历史，残缺的彩陶又象征着生活。作者差不多通篇都运用象征的手法，自然的山水已经超越了其自然外观而成为某种精神的象征，具有“天人合一”的恢宏之美。

作品中的两个男女主人公只用第三人称：“他”和“她”。张承志曾说：“我原想写一篇客观冷静的小说，然而《北方的河》却写成了一篇主观抒情的非小说。我说它是‘非小说’，是因为我知道，也可能去塑造好里面的人物，把握好持论的公平……把它写成一篇地道的中篇小说的。但是写作时我忘了这些，只想一诉为快，只想与我陌生的朋友倾诉一空。”[①]所以采用第三人称，作者可以自如伸展地抒发自己的感情，可以毫不受限制、毫不拘谨地挥洒优美而充满激情的大笔。“他”和“她”也是一代人的象征，作品使用第三人称来描写，就给读者提供了一个融进时代找到自己的契机。

《北方的河》几乎没有故事，而以主人公“我”的意识流向构成情节。作品采用主观抒情的笔法，结构上采用“意识流”时空交错方式。作品开场的时间是现在，“现在”在跳跃地发展，“过去”不时以现在时态回闪。人物经历的每一个事件，人物心理的每一个

① 张承志. 致友人［M］// 小说月报编辑部. 小说月报第1届百花获奖作品集. 天津：百花文艺出版社，2001：306.

活动，都好似一组组分镜头被匠心独运的作者剪辑得贴切得当。蒙太奇手法交叉运用，使读者必须紧紧抓住人物的行踪——外在的、内在的；当读者把握了作品的节奏，跟上“他”的意识流动时，便会全身心地融入作品，把“他”变成“我”，“我”变成“他”，思维的跳动、记忆的回闪丝毫没有零散之感，仿佛有一条无形的线穿缀成一幅绚丽的画册。

在语言表达上，《北方的河》也不失“诗化小说”的特色，语言优美、流利，内蕴着极强的节奏感，作品通篇就是一首抒情诗；从风格来看，作品具有雄浑壮观、激越奔放的阳刚之美。这些都是与作家的理想主义审美倾向相统一的。

第五节　莫言及其《红高粱》

1985年以后，大量西方文学涌进中国文坛，造成了整个文学审美观念的变化。莫言也深受影响，他在思想上和艺术上都接受了魔幻现实主义作家马尔克斯和“意识流”小说家福克纳的影响，其小说以斑斓的色彩、新奇的感觉、丰厚而独特的意象，推出了一个类似马尔克斯的马孔多小镇的高密东北乡的艺术世界。

一、生平与创作

莫言（1955—　），原名管谟业，山东高密人。1976年2月应征入伍，1981年开始创作，1984年秋破格入解放军艺术学院文学系学习。1985年发表短篇小说《透明的红萝卜》，引起文坛注意。1986年发表中篇小说《红高粱》，引起强烈反响。1989年秋入鲁迅文学院研究生班学习。1997年转业到检察日报社工作。作品主要有长篇小说《红高粱家庭》《天堂蒜薹之歌》《十三步》《酒国》《丰乳肥臀》《檀香刑》《红树林》《生死疲劳》等，中篇小说《红高粱》《透明的红萝卜》《爆炸》《白棉花》《师傅越来越幽默》等，短篇小说《白狗秋千架》《枯河》《拇指铐》等，以及电影、电视、话剧剧本等多部。2011年，莫言的《蛙》获得第八届茅盾文学奖。2012年莫言荣获诺贝尔文学奖。2020年莫言出版小说《晚熟的人》。

作品导读：
莫言《蛙》

在1984年发表的《白狗秋千架》中，莫言第一次使用“高密东北乡”这个概念。随后滚滚而来的有《秋水》、《球状闪电》、《爆炸》、“红高粱”系列、“食草家族”系列、《欢乐》、《怀抱鲜花的女人》、《夜渔》、《神嫖》、《白棉花》、《战友重逢》等一系列中短篇小说，《天堂蒜薹之歌》《十三步》《酒国》《丰乳肥臀》等长篇小说，作家构造了神秘、粗犷而又富于悲剧性的艺术世界——“高密东北乡”，以此为支点进行了农村、军事、历史、鬼怪、爱情、苦难、反腐等多主题的开拓。在创作这个艺术世界时莫言始终坚持从“人”的角度去抒写人性、抨击人性和表现现实的黑暗。此外，他对于性、残酷、丑、死亡主题的涉及同样具有开创意义和独到之处，用拉伯雷式的狂欢化手法为读者展示了“高密东北乡无疑是地球上最美丽最丑陋、最超脱最世俗、最圣洁最龌龊、最英雄好汉最王八蛋、最能喝酒最能爱的地方”（《红高粱》）。“高密东北乡”不仅是中国乡村的一个缩影，也是故乡精神和作家心灵结合物的具象化，它本身包含着深刻的文化内涵与深刻的生命体验，和鲁迅的“鲁镇”、沈从文的“湘西”、师陀的“果园城”、萧红的“呼兰河”小城、苏童的

“枫杨树故乡”、贾平凹的“商州”、阎连科的“耙耧山脉”等一起构成20世纪中国文学地理中的“诗性存在”。

20世纪80年代末，因为不希望重复，莫言有意识地调整了自己的创作，在《十三步》《九歌》等小说里模糊了故乡的特征，代替的是小城或小镇，但依靠的还是那些很熟悉的记忆和体验。直到写《丰乳肥臀》的时候，他再一次明确地以“高密东北乡”作背景，写它怎样从一个蛮荒的状态，经过一百年的变迁发展成一个繁荣的城市，反映了一个地区一个民族的变迁。这时，莫言已经完全脱离了现实原型的羁绊，只保留对生命生活的体验，而把世界其他地方的人和事搬来纳入这个“高密东北乡”纯粹的艺术世界。其中写到的地理环境、风土民情，包括植物等，在实际的高密东北乡都是不存在的，包括红高粱也并不存在，这些都是作家内心的产物。“高密东北乡”实际上是作家的一个精神故乡，一个在现实中完全不存在的精神王国。2000年3月，他在美国加州大学伯克利分校的演讲《福克纳大叔，你好吗?》中说道：

高密东北乡是一个文学的概念而不是一个地理的概念，高密东北乡是一个开放的概念而不是一个封闭的概念，高密东北乡是在我童年经验的基础上想象出来的一个文学的幻境，我努力地要使它成为中国的缩影，我努力地想使那里的痛苦和欢乐，与全人类的痛苦和欢乐保持一致，我努力地想使我的高密东北乡故事能够打动各个国家的读者，这将是我终生的奋斗目标。

《透明的红萝卜》是莫言自传性的作品，小说展示了一个乡村少年扭曲的心灵在痛苦中的追求。黑孩少小丧母，父亲出走，备受继母虐待的他变得沉默寡言，犹如一个古怪的精灵。他能够承受常人难以忍受的种种苦痛，深秋时还是穿着裤头，光着脊梁，甚至攥着烧红的钢钻眼看着手里冒着黄烟。他以一种冷漠的感觉来对待外界的残酷并将之推向极端，以进行扭曲的反抗。小说充满了神秘色彩和象征意味，红萝卜象征着美好，也具有虚幻的意味。

莫言小说在狂欢化的描述中却不乏冷静、透彻的批判精神，在《红高粱》里作家称先辈的所作所为和他们的英勇悲壮“使我们这些活着的不肖子孙相形见绌，在进步的同时，我真切感到种的退化”，希望用民间的生命力来刺激萎缩的民族精神。1993年发表的《酒国》是一部充满狂欢场面的小说，它用一个子虚乌有的城市（酒国市）里丑恶而又荒诞的故事（吃肉孩）来表达对现实、对民族文化的深刻批判和思考。酒国市以酒名市，故所有生活都与酒有关。酒国市产酒，为研究名酒设置大学、研究所，招收博士研究生，为佐酒开发新食品，创全驴宴，饲养并烹制肉孩。喝名酒、吃驴肉，是酒国市市民的日常生活；而品佳肴、食肉孩，则是市领导迎来送往的正常工作。食饱生淫欲，像余一尺那样玩遍酒国市美女的怪物，也应运而生。小说主人公侦查员丁钩儿奉命调查“吃孩子”的案件，但他也斗不过好酒，斗不过欲望，一遇到金刚钻（市委宣传部部长），几杯下肚，便软成一摊泥，不但参与了人肉筵席，而且最终败走麦城，淹死于粪池中。《酒国》继续了鲁迅先生对“吃人”的批评，人人都知道被吃的是孩子，但人人又都以各种理由拒绝承认，让自己解脱。可怕的不仅是“吃”的行为，更是其背后熟视无睹、冷漠到极点的心态，这与《狂人日记》中觉醒者“救救孩子”的呐喊形成呼应。

《檀香刑》发表于2001年，故事并不复杂：1900年，德国人在山东修建胶济铁路，高密东北乡猫腔戏班的班主孙丙的妻子被洋人侮辱，遭遇灭门惨祸。孙丙参加义和团反抗洋人，被袁世凯抓进监狱。为了巴结洋人，袁世凯和知县钱丁命令大清头号刽子手赵甲给他施以酷刑——檀香刑，赵甲把这次死刑视为他退休生涯中至高的荣誉，一心要让亲家死得"轰轰烈烈"。孙丙宁死不屈，在凄婉的猫腔中演完了一场悲壮大戏。一直在夹缝中屈辱求存的知县钱丁也开始觉醒和反抗，他在刑场上杀死了孙丙，彻底地粉碎了袁世凯和德军司令以酷刑威吓人民的白日梦。残酷的檀香刑是中国几千年暴力文化的集中代表和象征，作者夸张地渲染了这种酷刑，揭示了统治者和侵略者的残暴本性，表现了英雄对酷刑的不以为然，赞扬了民族精神的伟大。《檀香刑》在叙事中融入了民间说唱艺术"猫腔"，使西方现代文学技巧与我国民间文学技法得到了有机融合，在民族化的道路上向前迈进了一大步。

2006年莫言的第一部章回体小说《生死疲劳》出版，以独特的形式呈现了从1950年到2000年中国农村近半个世纪的蜕变与悲欢。小说的叙述者，是高密东北乡土地改革时被枪毙的一个地主西门闹，他认为自己虽有财富，并无罪恶，因此在阴间为自己喊冤。在小说中他经历了六道轮回，转生为驴、牛、猪、狗、猴以及大头婴儿蓝千岁等，每次转世，都未离开他的家族，他离不开这块土地。小说采用章回体形式，进一步向中国古典小说和民间叙事回归，采取戏谑化和黑色幽默的风格写出了农民对生命无比执着的颂歌和悲歌，类似《聊斋志异》和《变形记》里的故事。

二、《红高粱》

中篇小说《红高粱》发表于1986年，获得当年全国优秀中篇小说奖，1988年张艺谋据此拍摄的电影《红高粱》获第38届西柏林国际电影节金熊奖，中国电影开始走向世界，也彰显了莫言小说的独特魅力。

《红高粱》写的是"土匪抗日"的故事。对于抗战故事的描写在中国当代文学中并不少见，但《红高粱》与以往革命历史战争小说的不同就在于，它以虚拟家族回忆的形式把全部笔墨都用来描写由土匪司令余占鳌组织的民间武装，以及发生在高密东北乡这个乡野世界中的各种野性故事。小说的情节由两条线索交织而成。第一条是抗日的故事线索，从戴凤莲家的长工、游击队员罗汉大爷被日本人残酷剥皮而死开始，到余占鳌愤而拉起土匪队伍在胶平公路边上伏击日寇的汽车队，于是发动了一场全部由土匪和村民参加的民间战争，高密东北乡的爷们儿不惧牺牲，终于炸毁了日寇的汽车。第二条是余占鳌与戴凤莲在抗战前的爱情故事。余占鳌在戴凤莲出嫁时做轿夫，一路上试图与她调情，并率众杀了一个想劫花轿的土匪，随后他在戴凤莲回门时埋伏在路边，把她劫进高粱地里野合，两个人由此开始了激情迷荡的欢爱。接下来余占鳌正式做了土匪，也正式成为她的情人。

作品塑造了最具特点的"高密东北乡"性格。用《红高粱》里的话说，就是"高密东北乡无疑是地球上最美丽最丑陋、最超脱最世俗、最圣洁最龌龊、最英雄好汉最王八蛋、最能喝酒最能爱的地方"。作品中的人物始终凸显出一种生机勃勃的民间激情，"他们杀人越货，精忠报国"。"我爷爷"余占鳌和"我奶奶"戴凤莲就是最典型的代表。他们敢爱敢恨，为了爱情敢于杀人，敢于蔑视封建礼教，为了活命敢做土匪，虽然意识不到自己所作所为的意义，甚至还带有一种犯罪感，然而"人"的最初觉醒与人的尊严尽在其中。封建制度的那一套，在他们自由灵魂的冲击下，现出丑陋的原形。他们以内在生命冲动为动力的“大逆不道”的一系列果敢举动，真实地表现出人性的要求，这些看似“冷酷”的行为，正是大写的人鲜活生命的勃发，是民族生命力的真正体现。戴凤莲临终前的一段自白充分体现了高密东北乡人为追求自由的强烈意志和坦荡胸怀：

> 天，什么叫贞节？什么叫正道？什么是善良？什么是邪恶？你一直没有告诉过我，我只有按着我自己的想法去办，我爱幸福，我爱力量，我爱美，我的身体是我的，我为自己做主，我不怕罪，不怕罚，我不怕进你的十八层地狱。我该做的都做了，该干的都干了，我什么都不怕。但我不想死，我要活，我要多看几眼这个世界，我的天哪……

在对待民族敌人的态度上，他们爱憎分明，体现了民族的粗犷力量和不屈精神；为了保家卫国，前赴后继，不怕牺牲，和国民党“冷支队”的狡猾形成了鲜明对比。在任副官和戴凤莲的影响下，余占鳌大义灭亲，枪毙了强奸民女的叔叔余大牙，说明民众思想在抗战中的艰难进步和提高。

不同于韩少功在《爸爸爸》中对丙崽的审视，也不同于王安忆在《小鲍庄》中对“仁义”的质疑，《红高粱》作为“寻根文学”的代表作之一，非常鲜明地表达出了一种真正向民间价值取向认同的倾向。作品对民族文化的多面性表达了充分的理解，正是建立在民间崇尚生命力与自由状态的价值取向上，作者描写“我爷爷”的杀人越货，写“我爷爷”和“我奶奶”的野地欢爱，以及其他人物种种粗野不驯的个性与行为，才能那样自然地创造出一种强劲与质朴的美。

微视频：莫言《红高粱》的艺术特色

在艺术形式上，莫言大胆借鉴了“意识流”小说的时空表现手法和魔幻现实主义小说的情节结构方式，他在《红高粱》中几乎完全打破了传统的时空顺序与情节逻辑，把整个故事讲述得非常自由散漫。“我爷爷”“我奶奶”“我父亲”“我”，几个人物交织在一起，展现了历史的沧桑。这种看来任意的讲述统领在作者的主体情绪之下，与作品中那种生机勃勃的自由精神暗暗相合。此外，莫言在这部小说中还显示出驾驭语言的卓越才能，他运用了大量充满想象且总是违背常规的比喻与通感等修辞手法。如对罗汉大爷被剥皮和割耳朵的一段描写，对奶奶临终前那片红高粱和鸽子的描写，可以说特异的故事和非常规叙述方式（语言爆炸）使小说形成了语言和内涵上的极大张力，显得瑰丽而神奇，造就了整篇小说中那种异乎寻常的民间之美。总之，《红高粱》中自由的民间精神和夸张的语言风格配合绝妙，作品在叙事方式和语言风格上都实现了革命性的创新，对中国当代小说的发展和创新形成了极大的冲击。

思考与练习

1. 简述新时期“寻根小说”对当代小说发展的影响与冲击。

2. 阅读《班主任》，分析谢惠敏形象的悲剧意义。

3. 结合具体作品，分析汪曾祺文化小说的特点。

4. 阅读《北方的河》和《心灵史》，谈谈张承志创作的变化。

5. 观看电影《红高粱》，对比小说，写一篇评论，对二者进行比较分析。

拓展学习

阅读链接

陆贵山主编的《中国当代文艺思潮》（第3版）（中国人民大学出版社2014年版），从社会文化、文学理论、创作实践等方面，对当代中国具代表性和影响力的文艺思潮进行了全方位的描述和梳理；高建平著的《当代中国文艺理论研究（1949—2009）》（中国社会科学出版社2011年版），对当代文学思潮流变和理论证明进行了较好的介绍和说明。阅读这两本书，可以了解新时期文学思潮的流变过程及其意义。

第二十五章　新世纪的小说

【学习提示】

本章重点介绍新世纪中国当代小说的创作实践与新的创作特点。进入新世纪以来，书写中国故事成为当代小说创作的一个重要趋势，出现了一大批小说创作总结中国经验，展现中国社会的新现实。对乡土小说和民间日常生活的关注成为小说的重要内容。新世纪小说的创作队伍呈现出接续与新生的双重特点。同时，科学技术突飞猛进，在全球化生产和消费环境下，网络文学、科幻文学借助信息技术成为文学创作和传播新的途径。

在本章学习中，要把握新世纪小说的创作特点，包括新世纪乡土小说、日常生活叙事性小说，以及小说借鉴传统资源的趋势，还要把握新世纪科幻小说的发展。

第一节 讲好中国故事

中国当代小说的发展，经历了从新中国成立初期到新时期的发展历程。随着改革开放的不断深入和社会主义市场经济时代的到来，文学表达更加自由和多样，也更加具有时代感。尤其是进入新世纪以来，书写中国故事成为当代小说创作的一种重要趋势。共和国70多年的文学内在的贯通、包容与创新，不断推动着当代文学的发展。

知识链接：
新世纪的小说

新世纪意味着时间的跨越，同时更是文化演进的一个标志。新世纪文学继承了新时期文学的优良传统，并在新的征程中将这一传统不断深化。新世纪文学以新的艺术手法呈现了新的社会现象、社会思考，形成了新的文学形态。总体而言，新世纪创造了新的历史经验，面临新的历史机遇，需要文学创作更多地表达中国声音、书写中国故事、传递中国态度。在新世纪小说创作发展进程中，其文学特质体现在以下四个方面：

一是文学创作的背景更加开阔，文学表达更具当下性。进入新世纪以来，科学技术的突飞猛进不断改变和刷新着人们的生活习惯和思维方式。同时，全球化生产和消费环境，使得文化交流和传播更加便捷和迅速。在小说创作领域，网络文学、科幻文学借助信息技术成为文学创作和传播新的途径，并且形成了自身的发展规律和市场。大众传媒和社会舆论对文学创作的讨论和影响也不断扩大，文学创作尤其是小说创作面临更加复杂的社会背景，作者和读者的沟通与交流，市场效应的影响，带来了文学创作的复杂性。在全球化的背景之下，寻求讲述中国故事的方式，使其具有独特性，是当下文学创作的着力点所在。

二是新世纪小说的创作队伍呈现出接续与新生的双重特点。莫言、贾平凹、张炜、韩少功、王安忆、铁凝、刘震云等50后作家仍然是中流砥柱，他们自身有着与现实生活密切相关的历史经验，在历史和现实的风云变幻中思考民族的命运和人性的复杂，推陈出新。以格非、苏童、毕飞宇为代表的60后作家依旧创作力高涨，有的进行史诗性的长篇小说创作，有的也展现出短篇小说创作的才能。徐则臣和石一枫等70后作家以及与网络文学共生的80后作家，创作出具有知识分子思考力和大众文化特点的多样作品。80后作家群体甚至成了新世纪中国文坛一个不容忽视的重要文学现象。而此时，海外作家严歌苓、虹影、张翎、陈河等的小说创作已经成为新世纪小说一个相当重要的组成部分，他们以独特的视角看待中国经验。此外，女性作家力量也在不断壮大。铁凝、迟子建、王安忆、林白、蒋韵、戴来、盛可以等女性作家以女性的视点进行社会审视和思考，为文学创作注入了新的生机。

微视频：
苏童《河岸》中“河”与“岸”的象征意义

三是新世纪小说数量较大。进入新世纪以来，长篇小说的创作依然势头不减，数量惊人，2001年到2007年，正式出版和发表的长篇小说达6 000部左右（不包括台港澳文学和网络文学），每年有800～1 000部之多。这一时段重要的长篇小说大致有：《圣天门口》（刘醒龙）、《无字》（张洁）、《桃李》（张者）、《东藏记》（宗璞）、《历史的天空》（徐贵祥）、《中国：一九五七》（尤凤伟）、《秦腔》（贾平凹）、《亮剑》（都梁）、《水乳大地》（范稳）、

《沧浪之水》（阎真）、《湖光山色》（周大新）、《受活》（阎连科）、《笨花》（铁凝）、《生死疲劳》（莫言）、《平原》（毕飞宇）、《张居正》（熊召政）、《英雄时代》（柳建伟）、《藏獒》（杨志军）、《白豆》（董立勃）、《狼图腾》（姜戎）、《乌尔禾》（红柯）、《机器》（肖克凡）、《额尔古纳河右岸》（迟子建）、《赤脚医生万泉和》（范小青）、《无土时代》（赵本夫）、《兄弟》（余华）、《农民帝国》（蒋子龙）等。经过十七年时期、新时期的发展，中国当代小说已经形成了自己的传统。进入新世纪以来，面对新的时代环境，小说创作一方面传承了当代小说的独特传统，另一方面则更加追求多元的艺术手法，更为深切地关注和思考中国问题。这些小说虽不能说都是精品，但是作家能在市场经济的冲击下，在相对边缘的状态中寻找位置和转机，坚持对社会和文化的批判与反思，坚持寻找文学的创新生长点，其艺术概括力、思想内涵、叙事能力，都在逐渐摆脱对“引进”与“回归”的依赖性，在形成表达中国经验独有的、本土化的、丰茂的叙述美学的“民族化”道路上稳步前行。

四是新世纪小说创作的艺术手法更加多元化，作家不断探索小说创作的可能性。从20世纪80年代以来，对文学的再思考和创作掀起了新的浪潮，这股浪潮在新世纪更加蓬勃。中国作家的创作，尤其是小说创作，延续了新时期以来的迅猛发展势头不断前进，在先锋文学的基础上向传统回归，广泛借鉴中国传统文学和世界文学的优秀成果，探索新的表达技巧，不断推陈出新。

五是新世纪小说深切关注和思考中国问题，注重对中国故事的书写，这也是最为重要和突出的。新的历史时期，总是不断生长着新的历史经验，新世纪小说对历史与现实、城市与乡村、文化与人性的书写保持了较高的思想和艺术水准，不断拓展反映生活的深度和广度。在乡村题材上，贾平凹的《秦腔》《高兴》，毕飞宇的《玉米》《平原》，莫言的《生死疲劳》《四十一炮》、韩东的《扎根》《知青变形记》，李洱的《石榴树上结樱桃》，魏微的《大老郑的女人》，孙惠芬的《歇马山庄的两个女人》，李锐的《农具》等作品不仅展现了乡村传统文明和生活，而且关注了中国乡村在不断推进的城镇化中的诸多问题，尤其对于乡村社会的历史价值和人性的思考达到了很高的水准。而一些现实题材作品，例如张炜的《你在高原》，王蒙的《尴尬风流》，毕飞宇的《推拿》，迟子建的《世界上所有的夜晚》，铁凝的《春风夜》《伊琳娜的礼帽》，王安忆的《发廊情话》，等等，常以贴近日常生活的叙事方式，在耐人寻味的故事中，潜藏作家对现实人生的深入思考。还有一些历史题材的作品，如格非的《人面桃花》，刘醒龙的《圣天门口》，铁凝的《笨花》，李锐的《银城故事》，成一的《白银谷》，尤凤伟的《衣钵》，李洱的《花腔》，熊召政的《张居正》，宗璞的《东藏记》《西征记》，王安忆的《启蒙时代》，等等，以厚重的历史笔调，投射出当下的生活，让历史照进现实。此外值得注意的是，以刘慈欣的《三体》系列、郝景芳的《北京折叠》为代表的作品，则开拓了中国科幻文学全新的创作空间，成为新世纪文学尤为引人注目的一个现象。

微视频：
毕飞宇《玉米》的主题意蕴

无论是创作环境的日新月异，创作队伍的传承与创新，还是艺术手法的精进和变换，新世纪小说创作始终开创着中国社会新的历史经验。文学与个人人生和社会发展始终密不可分，书写当下和开创未来，是新世纪文学创作的历史经验，也是讲好中国故事责任担当的体现。

第二节 再写乡土中国

自鲁迅开启中国新文学的乡土叙事以来，乡土文学逐渐成为中国现当代文学中重要的文学现象。一般认为，中国乡土文学有以鲁迅为代表的“国民性批判”和以沈从文为代表的“田园牧歌”两种传统。20世纪的乡土文学大体上有几次流变。新文学初期的乡土文学大多专门取材于边远乡镇中的人物和风景，作家用启蒙的眼光来考量乡土，探索乡土社会走向现代文明的道路。20世纪40年代的解放区文学搁置了五四时期“改造国民性”的传统，在阶级视野下书写乡村。新中国成立后，农村成为作家书写的重要对象。新时期以来的乡土叙事或以文化寻根为目的而观照过去时空中的乡土，或以表现现实为目的去描绘农村日常生活和社会变迁。

进入新世纪，在农村现代化的进程中，农村的城镇化以及更趋频繁的城乡流动，对乡土文化形成了巨大的冲击，这对作家的乡土小说创作产生了重大的影响。乡土小说创作不再限于对传统乡土社会进行关注，而是从乡土传统与城市化的交流与碰撞角度作深度的开掘。贾平凹的《秦腔》《带灯》《老生》，莫言的《生死疲劳》，王安忆的《上种红菱下种藕》，张炜的《刺猬歌》，毕飞宇的《平原》，孙惠芬的《上塘书》等都是这一时期乡土文学的代表作。这些作品在历史、文化、现实三个维度上呈现了中国乡土生活世界，既书写当下现实生活，也讲述乡土历史，不断反思乡土文化的价值和意义。

新世纪乡土文学延续了中国乡土文学的启蒙传统，对当代乡土日常生活和政治权力结构作深入的描写。孟繁华曾指出，周大新的《湖光山色》、张炜的《丑行或浪漫》、董立勃的《白豆》、林白的《妇女闲聊录》、阎连科的《受活》等，一起构成了新世纪启蒙主义文学新的浪潮①。鲁迅所批判的农村的愚昧、迷信、落后等现象在新世纪的农村依旧存在，这理所当然地成为当代作家的关注点：女性的不幸遭遇、乡村的权力运行、根深蒂固的官本位文化、农民的精神痼疾等都成为表现的对象。但作家们对乡土社会进行表现的同时，也普遍表现出留恋乡土、回归传统的意识，从而在价值立场上呈现含混、犹疑的状态，这似乎又连接上了中国乡土小说“田园牧歌”一脉。

在美学形态上，新世纪乡土小说继承了新时期“先锋小说”的某些特质，呈现出较为独特的文本形式，有些作家（如莫言、阎连科、刘震云等）也常常在作品中表现一些怪诞的内容，作品蕴含着现代主义的美学风格。但现实主义和浪漫主义仍然是作家们青睐的艺术手法。孙惠芬的《歇马山庄的两个女人》、夏天敏的《好大一对羊》、贾平凹的《带灯》等作品直面现实、揭示生活真相，而张炜、迟子建、陈启文等人的作品则带有浪漫主义色彩。新世纪乡土小说在叙事对象上也发生了某些游移，尤凤伟的《泥鳅》、周大新的《湖光山色》、范小青的《城乡简史》等作品一反此前主要以乡村人物或生活为描写的对象，开掘农民进城之后的生活和内心世界等表现空间；同时，在一些作家的创作中出现了鲜明的生态意识，乡土文学叙事有了新的发展方向，乡土文学的内涵扩充了，这方面的代表作有阿来的《空山》、迟子建的《额尔古纳河右岸》等。

---

① 孟繁华．坚韧的叙事：新世纪文学真相［M］．福州：福建教育出版社，2008：55.

第三节　凝视民间生活

自1990年以来，日常生活逐渐进入小说表现的空间，并日益成为重要的组成部分，这使得“新写实小说”成为这一时期主要的文学潮流。“新写实小说”希望对以往文学中被遮蔽的日常生活部分进行还原并进行价值重估，那些原先在宏大叙事之下被认为无价值的个人生存状态、生命感受等被赋予了意义。到了新世纪，日常生活叙事在更为多元的小说格局中获得多样化的呈现。“新历史小说”放弃政治视角下的历史宏大叙事，从日常生活的层面重新发掘历史的可能意义，还原平民立场上的历史真实；“新市民小说”融入新世纪的生活经验，写出一种全新的具有新的民间意味的日常生活。日常生活叙事通过描摹个体生活图景凸显个体存在的意义，成为一种新的文学审美形态。

微视频：“新写实小说”的特点

毕飞宇在早期追逐“先锋小说”之后，从20世纪90年代中期的《哺乳期的女人》开始，其创作焦点就出现了向日常生活的转换。进入新世纪以来，毕飞宇连续创作了多部（篇）描写日常生活的现实主义力作，如《相爱的日子》《家事》等展示都市中人的日常生活和世态人情，表现盲人生活的长篇小说《推拿》更是将“日常性”推到了极致。李洱擅长写知识分子的日常生活，早在20世纪90年代就创作了《导师死了》《午后的诗学》《夜游图书馆》等作品，其文字表现真切、细密，却与一般作家对日常生活的表现不同，常常回避私人题材，较多追问知识分子的精神焦虑。到了新世纪的《花腔》，尤其是近期的《应物兄》，李洱试图从日常生活的层面真正进入当代史。李洱理解的日常生活并非鸡毛蒜皮的烦恼人生，而更多地关联一个时代的心灵秩序和自觉的文化批判。铁凝的小说自始至终都以女性的姿态保持对于日常生活和小人物的关注，但是在不同的创作阶段，她切入日常生活的视角、发现日常生活的方式以及表现日常生活的态度不尽相同。她在新世纪的创作，多了对普通人的困境的思考，充满深沉的生命关怀与深刻的忧患意识。在《笨花》中，我们在凡俗的普通人的日常生活中能体味到人生的真谛和深邃的人格魅力，这造就了她这一时期日常生活叙事不同于早期温暖质朴、中期凝重冷峻的风格。而莫言新世纪的小说叙事更是从单一走向多元，显现了和而不同的日常生活景观。在长篇小说（《檀香刑》《四十一炮》《生死疲劳》《蛙》）中，莫言构筑了瑰丽奇异的乡土世界，呈现了日常生活的辽阔和繁华，力图将民间日常生活、社会运行、思维方式等还原出来。他从日常生活中突入时代和社会深处，透视人的挣扎、抗争、选择和反省，再现民族历史。

由上述可见，从20世纪90年代开始出现的日常生活叙事，在表面上以描摹个体生活图景为表现形式，本质上却凸显个体存在的意义。到了新世纪，文学对日常生活叙事提出了更高的艺术要求，有更内在的精神诉求和更贴近普通民众的亲和力，即不仅让人从日常生活叙事中获得新的审美感受和生命思考，而且也追求更容易为普通百姓所接受。刘震云在这方面取得了巨大的成功。

刘震云的小说创作从改革开放初期至今历经40多年，经历了一个艺术上逐步成熟、思想不断深化的过程。刘震云的小说关注底层人民的日常生活，语言简洁、幽默，是雅俗共赏的典范。他身兼作家和编剧的身份，能准确把握精英文化和大众文化的切合点，促进文学与影视的互动。他的很多小说被改编成电影，引发大众广泛关注，这为小说在视觉时代找到了一条新的传播路径，成为一种重要的文化现象。刘震云的小说创作大体上可分为三个阶段。

第一阶段从1979年发表第一篇短篇小说开始到20世纪90年代初。这个阶段的作品相当一部分是其在北京大学求学期间所创作的带有自传色彩的小说，主要写自己熟悉的乡村生活。在这一处于摸索、模仿的阶段，他试图把握世界而又无能为力，有意建构曲折的情节但叙事手法还稍显稚嫩。代表作品有《瓜地一夜》《被水卷去的酒帘》《乡村变奏》等。1988年《塔铺》获得全国优秀短篇小说奖，由此刘震云声名鹊起。进入20世纪90年代初，刘震云以“新写实主义”的笔法写出了反映当时小知识分子生存状态的《新闻》《单位》《一地鸡毛》等作品，描绘了底层人物的酸甜苦辣和喜怒哀乐，成功地再现了小人物琐碎而艰辛的生活。

微视频：
“新历史主义”的内涵

后来刘震云转向“新历史主义”，开始对民族历史进行探寻，进入他创作的第二阶段，即从20世纪90年代到新世纪。在这个阶段，刘震云以家乡河南延津的故事为蓝本，创作了“故乡”系列三部曲长篇小说《故乡天下黄花》《故乡相处流传》《故乡面和花朵》，以及反映全面抗战期间河南大饥荒的中篇小说《温故一九四二》。这些小说在极大的历史跨度中展现各色人物的悲欢离合和人生沉浮，通过一幅幅人生画面，揭示人的生存状态和历史的真实面貌。权力、伦理、民间等成为他这一阶段关注的焦点，同时，刘震云在小说叙事上也进行了大胆的实验，展现了独特的语言风格，具有鲜明的个人色彩。这一阶段的作品显示了刘震云进入历史、思考历史的勃勃雄心。

进入新世纪以来，刘震云以更广阔的视角探寻人的精神领域，开创其创作的第三阶段。这一阶段可概括为新媒体批判转向和日常生活叙事转向，以《手机》《我叫刘跃进》《一句顶一万句》《我不是潘金莲》为代表。在这些作品中，刘震云试图寻找人类精神的出路，叙事也逐渐回归朴素平实。刘震云的立场明显地由精英叙事向大众叙事转变，《手机》《我叫刘跃进》等小说贴近现实，叙事手法娴熟，故事情节引人入胜。在获得茅盾文学奖的《一句顶一万句》之后，刘震云又创作了长篇小说《我不是潘金莲》，这是作者第三阶段创作的代表作。

2009年，刘震云发表长篇小说《一句顶一万句》，这部酝酿三年之久的小说从普通人的日常生活入手，深刻地展示了普通人内心的孤独，语言朴素、情节紧凑，被认为是他迄今为止最为成熟和大气的作品。《一句顶一万句》分为上、下两部，内容前后连贯，时间绵延近百年，空间上则涉及中原地区多个省份。刘震云以说书人的口吻讲述了底层百姓的日常生活。上部“出延津记”写杨百顺为了生计几易姓名，最后因养女巧玲的丢失，再也找不到“说得上话”的人而从延津出走；下部“回延津记”写的是巧玲之子牛爱国努力挽回出轨的妻子却最终无果，在内心苦闷、绝望之际回到延津的故事。

刘震云对孤独有非常强烈的感知，其笔下塑造了众多孤独的人物，小林（《一地鸡毛》）、严守一（《手机》）、刘跃进（《我叫刘跃进》）等都属于此列。刘震云说：“所有个体生命在这个世界上都是孤独的。过去的文学作品，讲到孤独，往往是在知识分子层面，知识分子的孤独处在高级的精神活动中，当然也会有非常好的作品，而我觉得更大的孤独存在于日常生活之中，存在于劳动大众中间，他们从事的体力劳动越是繁重，精神上的孤独感越是剧烈。”[①]他认为最大的孤独存在于日常生活中芸芸众生的内心世界。在《一句顶一万句》这部被称为中国版《百年孤独》的作品中，刘震云将笔锋指向底层大众普遍的孤独。《一句顶一万句》的情节虽然围绕杨百顺和牛爱国二人展开，但本质上是在讲述人的“孤独”与精神上的孤立无援，并且这种“孤独”世代相传，从祖辈延续到后辈的身上。杨百顺和牛爱国的亲缘关系和共同的孤独体验相互呼应，融合为人类命运性的“孤独”，在中国人的生命史中延续涌动。

“说话”是小说的核心内容。小说中的“说得着”就是人与人之间为缓解彼此内心的孤独感而进行的深度交流，而“说不着”就是孤独。在小说中人与人之间的关系被简化为“说得着”与“说不着”两种，“说得着”成为相互联系的关键。在整部作品中，家庭和谐乃至性欲、爱情，都和人与人能不能“说得着”，对话能不能触及心灵、提供温暖、激发情欲有关。无论是杨百顺、牛爱国，还是卖豆腐的老杨、赶车的老马、杀猪的老曾、剃头的老裴、教书的老汪，都是如此。几乎每个人都是孤独的个体，很难找到能说得上话的人，这又强化了人们对“说”的渴望。人们越孤独便越想找个“说得着”的人，甚至不惜违背伦理道德。借此，刘震云颠覆了传统伦理中的亲情、友情、爱情、师徒情等，否定了人所依托的传统伦理关系，从而也就打破了人们常常依赖天伦和人伦关系来消除和摆脱孤独的幻想。孤独虽然是中外常见的文学母题，但常常表现在知识分子题材中，极少有人描写作为普通平民的孤独。《一句顶一万句》的意义在于将对孤独的描写延伸到民间的日常生活中，拓展了文学表现的空间。

刘震云对民间的日常生活和现代中国史情有独钟，《一句顶一万句》是一部中国底层社会的历史。[②]虽然他的早期作品带有明显的知识分子启蒙色彩，但是为了写出自己独特的人生经验，他逐渐找到一条走向民间的写作道路。从《塔铺》起，刘震云就抛弃了精英叙事模式，以一种全新的民间立场将创作的目光聚焦于底层平民的生存境遇，力图在琐碎的日常中表现底层人物的精神状态，探寻生活的真相。刘震云曾说，《一句顶一万句》讲的主要就是平民精神流浪与漂泊的故事，这部小说激活了文学中的民间生活场景。小说中的每个人物都是中原大地上芸芸众生中的一员，他们生活平庸、烦琐却又实实在在，无法逃离，在人与人的隔阂和争夺中苦苦挣扎，艰难度日。刘震云写出了底层民众琐碎人生中的七情六欲以及伤痛、孤独等无奈的生命体验。

刘震云还写出了中原地区独特的生活方式和民风民俗。小说中的延津位于豫北平原，地势平坦，人们短途出行多靠徒步，运货则使用马车。小说中的老曾杀猪、老裴剃头都靠两条腿走，老马以赶车帮人运货为生，蒋家庄的染布作坊也用马车运送染料和布匹，卖豆腐的老杨则以毛驴为工具……通过对人们出行方式的描写，刘震云铺开了一幅中原地区人们的生活画卷。在饮食上，延津人喜欢的馒头、烙饼、羊汤烩面、胡辣汤等在小说里一应俱全。此外，豫北的民间信仰、民间工艺等也都得到了充分的展现。比如，小说写镇上老李的“带旺铁匠铺”，打饭勺、菜刀、锄头、镰刀、耙齿、铲头、门搭等，都烙上“带旺”二字，显示农耕文化以铁制品为主要生产工具的社会特征。小说串联起延津的各色人物、风俗与故事，以点带面地建构出豫北社会独特的村落和社群文化特征。

① 河西. 刘震云：更大的孤独存在于劳动大众中［J］. 南风窗，2012（3）.
② 陈福民.《一句顶一万句》：跋涉人心与历史间距的精神旅程［N］. 文艺报，2011-09-19.

刘震云是当代作家中坚持民间立场进行底层书写的作家之一，他的小说关注普通百姓的日常生存境遇，将更为丰富的底层世界展现给读者，同时也在一定程度上对五四时期的“精英话语”进行了补充，使得民间文化在当代有了更为广阔的表达空间，对于中国当代文学深入挖掘整个民族的精神状态，开拓新的文学空间具有重要的探索意义。

第四节　借鉴传统资源

新时期以来的小说创作多借鉴欧美文学，受到卡夫卡、乔伊斯、博尔赫斯、福克纳的影响，而很少看到中国古典文学的痕迹。“先锋小说”在形式探索方面的路越走越窄，意义的迷宫、叙事的圈套、语言的狂欢都是以形式和叙事技巧展现为主要目标的，这一倾向的局限性日渐显露，而读者和作者都产生了审美的疲劳。面对这种困境，为避免走向形式的极端，从中国传统文学中汲取养分，回归现实主义，就成为格非等人的选择。沿着这样的道路，当代文学走到新世纪，急于突破文学创作困境的先锋作家以其文化和文体自觉，呈现出明显向传统回归的倾向。他们开始反思自新文学发生以来中国文学受西方影响的经验和教训，从而转向对民族传统文化和文学资源的关注。正如毕飞宇所言，五四时期中国文学是以西方文学作为先锋回到本土的，新时期以来的文学，依然是以西方文学作为先锋回到本土的。[①]但这不是简单的重复，而是在经历了西方文学的洗礼之后，重新认识到本土文学资源的价值，是在经历了一个对既有的文学规范（民族化、民间化）的否定，尔后又在一个更高的层面上对这种否定式的文学革新，再次予以扬弃和否定的一个辩证的历史行程。[②]

不仅从余华、莫言等大多数先锋作家身上都可以看到这一转变，而且更多并不以先锋著称的当代作家，也都在努力开掘、重新发现，力求创造性地转化传统文化与文学资源。如张炜借用纪传体史书体例创作的《外省书》、柯云路借鉴纲鉴体史书体例创作的《黑山堡纲鉴》、李锐结合风俗志和古代农书写出的《太平风物》等小说，都是这方面的代表作。此外，方言土语，也是作家们精心化用的对象。莫言的《檀香刑》在语言方面做了相当的努力，借助山东高密的猫腔小戏，尝试写“一种比较民间、比较陌生的语言”[③]。阎连科的《受活》、李洱的《花腔》和懿翎的《把绵羊和山羊分开》等小说对方言的运用，开拓了文学表现的空间。这种以口语代替书面语的尝试，同样是向传统的回归。由此可见，不仅从前被抛弃或被轻视的正统诗文和文人传统，而且长期以来备受重视的民间传统都更显光辉，显示了新的意义和价值。

在先锋作家中，格非是较早认识到应该借鉴中国古典小说叙事手法的。他在进行形式上的实验的同时，也尝试很多现实主义的表现方法。他通过对西方文学史的梳理，看到西方现代主义小说虽然革新了小说的叙事方式，但也暴露了种种弊端，体现在当时中国“先锋小说”上的问题是文学形式的实验越来越远离读者；同时，格非也发现现实主义的美学理想在读者心中积淀的审美情趣仍然具有魅力。作为一位清醒的理论家和自觉的文体革新

① 於可训．对话著名作家［M］．郑州：河南文艺出版社，2009：279.
② 於可训．小说家档案［M］．郑州：郑州大学出版社，2005：131.
③ 王尧，林建法．我为什么写作：当代著名作家讲演集［M］．郑州：郑州大学出版社，2005：11.

者，格非尝试从中国古典小说中汲取资源。他认为好的小说一定是对传统的回应，同时还需要具备对传统的再发现和再创造，两者兼备就是伟大的作品。格非将传统资源与此前的先锋写作经验相结合，从而尝试融合两者的写作实践。《人面桃花》以及后续的《山河入梦》《春尽江南》都显现出对这种融合的尝试。

格非早期的创作受到当时社会因素和文坛风气的影响。他曾明确表示其写作之初受到现代主义的影响，体现在日后其作品与众不同的叙述方式（尤其是形式的实验和叙事的迷宫）上。其早期作品《追忆乌攸先生》《迷舟》《褐色鸟群》《敌人》等，都含有关于时间、空间、记忆、存在的哲思色彩，人物总是有着无助、孤独又忧郁的气质，表达了一种对世界和人生的悲观态度，表现了人的羸弱和绝望。20世纪90年代，先锋文学逐渐式微，格非开始尝试走出思想迷宫，探索新的审美形式。尽管这一时期格非的作品仍然没有脱离先锋的桎梏，依旧关注存在与虚无的主题，但是这一时期的《傻瓜的诗篇》《夜郎之行》《蚌壳》《锦瑟》《月亮花》等小说开始尝试回归历史与现实题材，文风也渐趋明朗，不再晦涩难懂。此外，格非以中短篇小说的形式实验而闻名于文坛，此时开始转向长篇小说创作，在《敌人》《边缘》《欲望的旗帜》中着重塑造人物形象、编织故事情节，语言变得平白易懂。20世纪90年代，格非的创作开始转型，其对小说叙事艺术方面进行了新的探索。

"江南三部曲"从构思到定稿，历时17年之久。"江南三部曲"由在地域、人物、故事上存在承续关系的三个长篇组成，分别是《人面桃花》《山河入梦》《春尽江南》。"江南三部曲"以江南水乡普济、梅城、花家舍等地为背景展开故事情节，描绘了从清末民初到新世纪百年间中国的历史变迁，成功塑造了陆秀米、谭功达和谭端午等不同时代的人物形象，写出了他们在各自时代中的"桃花源"、乌托邦梦想的生成与破灭的故事，勾画出一个古老民族寻求新生的历史过程。这里的江南不仅是贯通三部小说一脉相承的故事背景，还是一种文化地理含义上的称谓，更是一种美学意义上的文化表征，一种独特的文化心理，展示了"三部曲"背后蕴含的相同的地域文化。

除了故事发生背景都是"江南"之外，"江南三部曲"中的人物在理想的追求上也都具有一致性。"江南三部曲"中生活在三个不同历史时代的人物中没有英雄形象，不是时代典型，他们只是历史褶皱中的普通人，却无一例外地拥有着同样的"乌托邦"梦想。这种对于"阡陌交通、鸡犬相闻"的世外桃源的渴望并没有因为时代的变迁而消退，反而随着时间的沉淀越发强烈。《人面桃花》将故事设定在20世纪初的普济，以乡村女子陆秀米从一个天真懵懂的传统乡村少女转变为一名激进的女革命家的过程为核心，讲述了一群有理想的知识分子在落后的中国为了追求民主革命而长期挣扎斗争的故事，以及在这斗争中他们对"大同世界"和"桃花源梦"的不断追寻。《山河入梦》以20世纪五六十年代社会主义建设时期的江南为背景，塑造了谭功达和姚佩佩这两个带有鲜明的理想主义色彩的人物形象，其间既有对乌托邦社会的建构，又有对内在精神的追问，表达了对未知人性和人类命运的迷茫。《春尽江南》则将目光聚焦于当下的社会现实，小说以奉行"无为"理念的谭端午和执着追求的妻子庞家玉相对照，写出了20世纪90年代人们的观念巨变和精神困境。《春尽江南》的故事仍然发生在"江南"，但这个故事在本质上已经是当下整个中国的写照，格非借此对中国社会现实中桃花源式理想主义的失落作了细致的分析和深刻的批判，矛头直指浮躁、虚伪的社会精神状态。

“江南三部曲”第一部《人面桃花》出版于2004年，但在此之前格非就意识到先锋文学、现代主义小说所存在的问题。早在20世纪90年代的《欲望的旗帜》中，他就开始了对中国小说传统的回归。这也成为新世纪以来格非创作转型的重要特点。他获得鼎钧双年文学奖的授奖辞这样评价《人面桃花》：“具有古典汉语小说的典雅、华美与诗情，实现的是一次宗教般的虔诚而无限的母语之旅。这部精湛的小说表明中西叙事智慧的沟通与结合是完全可能的。”[①]这段话从语言与叙事两个方面指出了格非新世纪以来小说创作的特色。

格非在20世纪90年代中后期对自己先锋时期的文学语言进行了深刻的反思，并在此基础上进行摸索，注重对小说语言的打磨，逐渐向传统表达靠拢，从而使其新世纪以来的作品语言更加精致和典雅，实现了某种突破性的创新。在“江南三部曲”尤其是《人面桃花》中，我们看到他将文言进行现代性的转换，将其独有的先锋叙事底色融入文言表达之中，做到了现代与古典的汇通，彰显了作者的语言功底和文学修养。这不仅体现在他对景色、器物的描绘上，还体现在文本中呈现的诗歌、楹联、墓志铭上，诸如“只见玉宇无尘，星河泻影，竹荫参差，万籁无声，再看她娇喘微微，若有所待”之类具有中国古典小说语言风格的句子，在小说中比比皆是。相比于先锋时期的那些欧化的句式，格非新世纪以来创作的长篇小说中有着传统古典的气息，这是他在先锋之后逃离语言游戏的牢笼，寻找中国传统文化美学属性的结果。他的语言变得优雅、从容，将中国几千年的文化底蕴所孕育出来的诗词、散文和小说中的美感，融入自己的文本。

格非新世纪小说的叙事模式在延续先锋叙事的同时，也开始向传统回归，大量借鉴中国古典小说的章回体结构。“江南三部曲”采用了第一人称和第三人称相结合的双重视角，既借鉴了《红楼梦》的叙事方法，又没有完全放弃西方现代主义小说的技巧。格非没有以一个无所不知的视角来叙事，而是放大不同人物的视角，以不固定的、多元的角度，通过人物的梦境、语言以及内心想法来还原历史。在格非小说中我们很容易看到中国古典小说中常见的说书人痕迹。在“江南三部曲”之后的作品中，这种趋向越来越明显。比如在《望春风》中，作者时常以这样的话带起另一个小故事：“若不嫌我饶舌啰唆，我在这里倒可以给各位讲个小故事。”[②]因此，不难发现格非小说的叙事也呈现了明显的向传统回归的趋向。但必须指出的是，在回归传统的同时，格非依然运用伏笔、悬念、留白等构筑叙事的迷宫，将当下与回忆的碎片交错铺陈，实现了西方现代主义叙事手法与中国古典小说传统叙事手法的融合。

在人物形象的塑造上，格非也模仿《红楼梦》等古典小说的技法，人物命运安排与《红楼梦》异曲同工。无论是主人公谭公达，还是姚佩佩、韩六，或多或少都有《红楼梦》中的人物底色。格非早期小说中的人物大多没有鲜明的性格特色，呈现出平面化、符号化、模糊化的状态。在新世纪的创作中，作者开始借鉴中国古典小说的表现手法，塑造了更具个性化、立体化的人物形象。比如，在“江南三部曲”中作者就多次尝试以中国古典小说中常见的白描手法来塑造“形神兼备”的人物，以极少的笔墨呈现人物鲜明的性格特征。格非擅长使用心理白描的手法，对人物心理的描写细腻而深刻，力求呈

① 佚名．《人面桃花》的授奖辞［J］．作家，2005（5）．
② 格非．望春风［M］．南京：译林出版社，2016：24.

现出人物在不同状态下的心理活动，并以之与作品主题相呼应。《山河入梦》中的姚佩佩在逃亡的过程中与谭功达书信往来，就有二人声气相契、灵犀相通的状态："渐渐地，谭功达觉得自己的命运与姚佩佩奇妙地合二为一。身影、梦魇，甚至就连呼吸的节奏都合二为一""佩佩，我又一次梦见了你！我看见你还是十六岁时的样子，扎着羊角辫，穿着红红的新嫁衣，站在一条满是灰尘的大路上。那天刚好没有风，云层压得很低，而桃花全都开了……""江南三部曲"中的女性大多数都成了格非理想的化身，是其理想人格的寄托，他还以花喻人，在"花"与"人"之间呈现出一种神秘的对应关系："花"既是女性形象及性格的象征，也是其命运的暗示。这些对于人物形象的塑造都是非常有益的探索。

"江南三部曲"是格非从20世纪90年代中期开始酝酿构思，沉潜求索，到2011年终于完成定稿的系列长篇巨著。作者在坚守高贵艺术性的同时，用具有穿透力的思考和绵密的叙事呈现了一个世纪以来中国社会内在精神的衍变。小说通过一家三代人的命运勾勒了近一个世纪的中国历史，试图通过对个体在历史中的选择和命运的书写，反思个体在时代变迁中的生存境遇以及中国社会内在的精神衍变。总体来看，格非新世纪的创作执着地探索现代人的现实苦难与精神困境，深刻剖析人与人、人与社会的关系，以绮丽的语言和优美的意境为我们呈现了一个诗意盎然的江南，从哲学的高度传达了命运之思和悲悯之美。格非融汇了中国古典小说创作技法和西方现代小说创作手法，将早期的先锋叙事与中国古典小说技巧相结合，走上了新的创作道路。

第五节 探索科幻世界

清末民初，为顺应文学改革的时代主潮，科幻小说（时称"科学小说"）作为一种新的文体被大量引进中国，其来源包括英国、法国、美国、日本等，作者有凡尔纳、斯蒂文森、押川春浪等文学大家。随着科幻小说的大量引进，国内的科幻创作也开始起步，如荒江钓叟的《月球殖民地小说》、徐念慈的《新法螺先生谭》、老少年（吴趼人）的《新石头记》等相继出现。不同于一般意义上的通俗读物，中国的科幻小说从晚清开始就承担了启蒙认知功能。梁启超在发表于《新民丛报》的《中国唯一之文学报〈新小说〉》一文中称其为"哲理科学小说"，"专借小说以发明哲学及格致学"[①]。鲁迅则认为"科学小说"具有传播科学，使民众"获一斑之智识，破遗传之迷信，改良思想，补助文明"的启蒙价值。[②]他们正是看到"科学小说"本身所具有的科学性因素对民族现代化所起到的促进作用，从而推崇"科学小说"在传播科学、开启民智上的作用。

此后，中国的科幻文学创作立足本土文化、借鉴外来艺术，艰难而缓慢地前行。由于种种原因，从现代到当代的科幻文学，在整个文学发展格局中势单力薄，影响甚微。20世纪三四十年代，一批有家国情怀的作家借助科幻小说揭露社会黑暗、反抗日本帝国主义的侵略，如老舍的《猫城记》、顾均正的《和平的梦》、许地山的《铁鱼的鳃》等作品是这一时期的代表作。这些作品可视为中国作家在科技落后、贫弱挨打的现实刺激下的文学反

① 梁启超．中国唯一之文学报《新小说》［N］．新民丛报，1902（8）．
② 鲁迅．鲁迅全集：第11卷［M］．北京：人民文学出版社，1981：152.

应，肩负着振兴中华、抵抗侵略、实现民族独立的任务。因此，中国科幻小说的创作是与中国特定时期的历史境遇紧密勾连的。新中国成立后，科幻小说长期被归入儿童文学之列，获得了一定的发展。这一时期较具代表性的作家是叶永烈，其乐观主义的话语尚未跳脱凡尔纳的科幻模式。后来成为这个时代的科幻文学标志的《小灵通漫游未来》是这一时期的代表作，小说全面展现了未来人类美好的生活。此外，这一时期还有迟叔昌的《割掉鼻子的大象》、肖建亨的《蔬菜工厂》、鲁克的《鸡蛋般大的谷粒》等，带有鲜明的社会主义建设时期的时代特色。进入新时期，科幻小说试图展现科技发展与国家民族命运的宏大主题，代表作有郑文光的《飞向人马座》等。这一时期的科幻小说虽仍以少年儿童为主要受众，但也开始进行成人化的尝试。如金涛的《月光岛》就反思“文化大革命”后人们的精神状态，带有“伤痕文学”的特征。

进入新世纪之后，以刘慈欣、郝景芳、王晋康、韩松等人为代表的新锐科幻小说作家相继推出作品，并借助新兴媒体的传播，逐渐开拓出科幻文学的新天地。王晋康的科幻小说在尊重科学与科学精神的同时，又加入了人文色彩加以调和。郝景芳的小说（如《北京折叠》等）以一种“反乌托邦”的叙事方式，展现了作者强烈的现实关怀，实际上是社会学主题的作品。而刘慈欣的作品继承了中国科幻文学的科学普及与认知功能，试图通过文学的形式来展现科技的力量，这正与中国早期科幻小说对科学的崇尚和宣扬以促进民族的现代化一脉相承，体现出了对科幻小说认知功能的重视。但刘慈欣的作品又以中国文学传统为基础，融入西方科幻小说的创作经验与现代科学技术的理念，将人类社会历史与现代科学技术融为一体，将现实与未来相交织，既注重人文关怀，同时也凸显科学的美感，探索出一条中国当代科幻小说创作的发展道路，展现出中国当代科幻小说创作的新特色。刘慈欣曾获得中国科幻小说银河奖、赵树理文学奖、华语科幻星云奖、人民文学柔石奖、全国优秀儿童文学奖等。刘慈欣的《三体》被普遍认为是中国科幻文学的里程碑之作，2015年获世界科幻大会颁发的“雨果奖”最佳长篇小说奖，这标志着中国科幻小说创作达到了世界先进水平，刘慈欣因此被誉为单枪匹马把中国科幻拉到世界的高度的人。2019年《三体》被收入“新中国70年70部长篇小说典藏”，这意味着科幻小说这一形式得到了国内主流文化的认可。

刘慈欣的科幻小说创作大体上可分为三个阶段。

第一阶段是纯科幻阶段，其创作注重科幻构思，追求幻想的奇丽与阅读的震撼，代表作有《微观尽头》《坍塌》《梦之海》《诗云》等。刘慈欣早期的作品描写科学之美，基本不涉及对人和人类社会的描写，都是纯科幻的想象，除了科幻外没有其他任何东西。这种脱离人和人类社会的科幻虽然表达了对科学的崇尚，但是读者市场有限。作为妥协，在接下来的短篇小说《鲸歌》《带上她的眼睛》中，刘慈欣以讲故事的方式展开叙事，从此人和人类社会进入了刘慈欣的科幻世界。

第二阶段从纯粹的科幻作品，转而描写人与自然的关系，代表作有中短篇小说《流浪地球》《乡村教师》，长篇小说《球状闪电》《三体》(《三体》系列第一部，《三体》系列由《三体》《三体Ⅱ：黑暗森林》《三体Ⅲ：死神永生》三部小说组成)。在这一阶段，刘慈欣在喧嚣的现实世界与空灵的科幻世界的强烈反差中展开叙事。比如在《流浪地球》中，人类历史的大框架成为刘慈欣小说的主体，而《三体》则在人类世界和外星世界的矛盾和碰撞中虚构了一个又一个精彩的故事。刘慈欣这个阶段的科幻作品如同放飞的风筝，但风筝的线牢牢地固定在人类世界的大地上。

第三阶段以思想实验为主，从人与自然的关系，升级到整个宇宙文明与地球文明的关系，形成鲜明的“宇宙社会学”特征。在这个阶段，刘慈欣致力于对极端环境下人类行为和社会形态的描写，将现实世界的正与邪、善与恶通过隐喻式的剖析暴露在其小说中，因此也可称为社会实验阶段。在《三体Ⅱ：黑暗森林》中，在三体人入侵地球、人类文明即将毁灭的背景下，出现了一个零道德的黑暗宇宙，具有作者的各种思想实验。在他看来，科幻小说里的正与邪、善与恶都是对立统一的。其他如长篇小说《超新星纪元》，短篇小说《赡养上帝》《赡养人类》等也属于此列。较之于前两个阶段的创作，这个阶段的创作彰显了深刻的人文主题和丰富的技术想象，小说中的时间和空间的维度也进一步扩大。

科学是科幻文学的根基。刘慈欣小说严密的逻辑推理与平铺直叙的叙事手法，使得科幻小说充满了自然科学的理性精神。刘慈欣的科幻小说继承了中国科幻小说的人文主义传统。早期的中篇小说《人和吞食者》对“人类中心主义”的反思已经呈现出某种人文主义的特征。而到了《三体》系列中，刘慈欣以一种更为强烈的人文关怀深刻地批判了人类中心主义，反思了历史和人性，重新思考了科学、爱与美、人性善恶以及人类文明等一系列命题。《三体》系列向人们展示人性之恶，对人类文明持悲观态度，预警并不乐观的未来命运，表明作者对人类文明的批判立场。在《三体》系列第一部中，人类文明的毁灭事实上源于叶文洁对人类的怀疑和绝望，她向更高级的文明寻求解救之道，所以才向外太空发送地球文明的信号：“到这里来吧，我将帮助你们获得这个世界，我的文明已无力解决自己的问题，需要你们的力量来介入。”从而引发了毁灭太阳系的宇宙大战。在刘慈欣看来，人类的灾难皆源于自身的文明问题。这种全人类视野下对人类文明的深刻反思，已经超越了中国早期科幻文学启蒙、救亡的民族主义主题，发展成一种更为广阔的人文主义。

中国的科幻小说大多不注重人物形象的塑造，人物少有鲜明的人格特征，扁平化、模式化的人物形象大部分都是为了传达主旨、推动情节的工具而存在。但是《三体》系列却塑造了一群鲜活生动、真实可感的人物形象。主人公叶文洁是引发人类文明灾难的中心人物，小说描述她孜孜以求地对太阳能量镜面增益反射进行验证，并提出宇宙社会学设想，突出她冷静的科学理性，同时通过生活细节展现了她温和善良、知恩图报的美好品质。但是叶文洁也是一个为达目的不择手段的人，小说淋漓尽致地将其人性中的阴暗面呈现出来。作者写出了她内心的矛盾与挣扎以及心灵的煎熬，将其塑造成一个带有悲剧色彩的人物。这样复杂、丰富的人物形象在此前的科幻小说中是很少见的。

《三体》系列在讲述人类与宇宙文明的故事时，还塑造了一种全新的中国人形象。在《三体》系列中，我们看到了罗辑、章北海、叶文洁、程心、云天明等一群具有东方智慧的现代中国人形象，他们在地球文明遭遇外来文明攻击的危急时刻承担起拯救地球的使命，探索着人类与宇宙的未来，以一种全人类的英雄形象出现。这类人物的出现与中国综合国力的增长有内在的联系。刘慈欣的《三体》系列走出国门，在海外获得良好的口碑，突破了中国科幻小说长期以来处于主流文学边缘的位置。对此，刘慈欣有清醒的认识，他说，科幻文学是一个国家发展的晴雨表，只有一个朝气蓬勃、处于稳步发展时期的国家，才能为优秀的科幻文学培育肥沃的土壤。这指出了中国科幻文学崛起的内在缘由，也透露出刘慈欣作为一位中国作家的清醒与自知、乐观与自信。正如徐勇所指出的：《三体》的出现，无疑与中国作为大国崛起有着某种时间上同步性的特征，这从其中拯救世界和人类文明的英雄主人公汪淼、罗辑和程心等皆为中国人即可以看出。这一时代特征反映了作者对中国作为大国崛起的充分信心及其因之而来的世界政治格局必然重整的期望。刘慈欣做到了科学幻想与艺术想象的有机结合，将广袤宇宙与中国视角作内在的对接，在超凡的科幻世界中融入中国深厚的历史文化积淀，展现了中国文人的文化自省与民族自信，这也许代表着新时代人文科幻新的创作追求。

总体来看，《三体》系列是近年来中国科幻小说里程碑式的作品，它不仅植根于百年来的中国科幻文学传统，而且突破了形成于特殊背景下的中国科幻的时代使命、价值倾向、审美趣味、文学期待，开创了科幻小说创作的新空间，对我国的科幻创作起着重要的导向作用。同时，《三体》系列也跨越了严肃文学与类型文学的界限，其意义超越了科幻小说，带给我们更多的是对于人类命运的深沉思考，也是中国人对未来世界的寓言。

思考与练习

1. 以具体作家作品为例，谈谈新世纪小说对新时期以来小说的继承与发展。

2. 阅读《秦腔》，梳理出该书中的两条叙事线索。

3. 为什么说《一句顶一万句》可谓“中国版的《百年孤独》”？

4. 试分析“江南三部曲”中的乌托邦叙事。

拓展学习

阅读链接

1. 陈晓明、张晓琴主编的《全球视野下的贾平凹》（上海交通大学出版社2019年版），既收录了有关贾平凹创作的综合性研究文章，又收录了重要文本的细读式研究文章，对贾平凹的创作做了全方位的综合呈现。

2. 冯庆华著的《刘震云小说思想论稿》（中国社会科学出版社2018年版），在梳理刘震云创作的基础上，概括了刘震云小说中权力、伦理、历史、故乡、人性、宗教、存在等七个关键词，对刘震云进行了整体研究。阅读该书有助于深入理解作家思想的演化过程。

3. 陈斯拉著的《格非论》（作家出版社2018年版），围绕格非的生平与时代、精神私史、先锋气质、乌托邦叙事等展开，充分全面地研究了格非的创作状况。阅读该书的重点不在于追踪作家格非的成长经历与生平轶事，而在于了解其文本世界对存在的形而上的思考与追问。

诗 歌 篇

引言　抒情表达与人性追问的精神旗帜

新中国成立以来，中国当代文学已走过70多年的历史征程。回首这70多年，中国当代诗歌的发展随着社会经济、政治环境与时代语境的变迁，呈现出明显的阶段性特征。总体而言，其经历了“集体化写作”“群体化写作”“个体化写作”三大阶段。但值得注意的是，这三大阶段之间并不是界限分明、相互孤立的，而是彼此交融与互通的。然而，特定的历史时期必然会形成某种主导性的诗歌潮流，正是在风格迥异的诗歌风貌中，我们可以看到当代诗歌在不同的时代语境和创作主体中，所呈现的创作心态、艺术表达、诗学理想与审美偏好的历史差异与变迁，从而更好地了解新中国诗歌的发展脉络，思考未来诗歌创作与研究的前进方向。

从历史发展来看，1949年至1966年，即从新中国成立到“文化大革命”前的十七年，是政治抒情的颂歌时代。中国当代诗歌正是以对新中国的成立这一伟大的历史事件的歌颂为开端的，郭沫若的《新华颂》、何其芳的《我们最伟大的节日》、胡风的长诗《时间开始了》等诗作均以欢庆和赞颂为情感基调，其诗歌中的抒情主人公主要充当国家和集体的代言人，是一种“大我”型的抒情主体。20世纪50年代至70年代的诗歌，总体上呈现出颂歌与战歌交织的审美倾向，诗歌中的具体意象则是一些宏大概念的集合。50年代中期是政治抒情诗的艺术创造期，贺敬之、郭小川等诗人成为这一时期诗歌艺术探索的代表。同时，一批新成长起来的青年诗人，如闻捷、田间、李瑛等创作的生活抒情诗，丰富了这一时期诗歌的内容和维度。政治抒情诗作为十七年时期的诗歌代表，在50年代末到60年代初走向繁荣，在歌颂和平和歌颂社会主义革命与建设的时代主题中，呈现出昂扬、热烈的情感特征和明朗、清新的艺术格调。其中，不仅有闻捷《苹果树下》融少数民族民歌和现代新诗于一体的“田园牧歌”，更有郭小川《望星空》于时代洪流之下的个体反思和追寻。

自1978年改革开放起，中国社会因进入新时期而发生了实质性的转变，反映在诗歌领域，这一时期主要有两类诗歌最引人注目：一类是以艾青为代表的归来诗人所创作的传统诗，如艾青的《浪尖上》《光的赞歌》，雷抒雁的《小草在歌唱》，等等，这类诗人注重用艺术干预生活，因而其诗歌体现出强烈的政治参与意识；另一类则是对20世纪80年代的中国诗坛产生巨大影响的“朦胧诗”，以及到80年代中期出现的“后朦胧诗”。80年代初，以顾城、舒婷、北岛、杨炼为代表的“朦胧诗”派探索了全新的诗歌形式，突出现代意识和主体情绪，其反叛传统的诗歌形式和语言表达，凸显了变革姿态，如北岛的《回答》、顾城的《一代人》、舒婷的《致橡树》和《祖国啊，我亲爱的祖国》等都是“朦胧诗”代表作。到了80年代中后期，以海子作品为代表的“后朦胧诗”，意象的运用和创造大胆、新奇，极具个性色彩和艺术张力，呈现出奇妙难解、极为丰富的艺术空间。总体来看，新时期诗歌在时代变革的大潮中展现了丰富、多元并具有先锋意味的艺术风貌。正是异常活跃的社会环境，为不同创作群体与诗歌流派提供了既相互碰撞又和谐共生的平台，从而使这一时期的诗歌在思想与艺术方面得到了空前的发展。

步入21世纪，社会现实环境的转换使中国在政治、经济、文化等领域发生全面革新。繁荣的生态局面，一方面为诗歌创作提供了崭新的话语环境，激发了诗人的创作欲望；另一方面，时代的巨变不可避免地给新世纪的诗歌写作带来不能忽视的压力，欧阳江河曾将这种压力称为“许多作品失效”，而所谓的“失效”正是诗歌创作难以为继的现实困境。实际上，尽管狂欢与娱乐充斥于文学领域并挤压文学话语的严肃表达，但当今诗坛仍有以欧阳江河为代表的“知识分子书写”。这类诗人坚持以独特的思辨方式表达对历史与文化的解读，承担知识分子的社会情怀与人文关照。而“民间写作”群体则形成了更为庞大的体系，这其中包括继续坚持“第三代诗”写作立场并不断探索全新诗艺的于坚、韩东等诗人。这类诗人倡导口语化与对日常经验的表达，倡导诗歌本土性的审美特征。因此，新世纪以来的诗歌创作不但成果颇丰，而且呈现出异彩纷呈的艺术风貌与审美形态，诗人们站在自己所认同的文化立场独抒己见，创造并书写独具时代印记的文化符号。

此外，我们还应关注，台湾、香港、澳门也在新文化运动的影响下，孕育了独特的诗歌风貌。台湾新诗在新文化运动的感召下应运而生，经历了漫长的民族运动和现代化发展过程后，进入了全新的多元化时期。其中，余光中的诗歌创作鲜明地体现了台湾新诗的基本走向，在《白玉苦瓜》一诗中，诗人以收藏在故宫博物院的白玉苦瓜为抒情对象，从现代诗艺回归古典诗艺，表达了对祖国大陆诚挚的思念和深深的眷恋之情。被誉为当代诗歌界“诗魔”的洛夫，凭借长诗《漂木》，获得诺贝尔文学奖提名。在《漂木》中，诗人透过“漂木”等意象与诗行韵律，进行了人生的诠释与深沉的思考。

回首新中国文学70多年的发展轨迹，当代诗歌在接续现代诗歌优秀艺术传统的基础上，以持续创新的语言表达和诗体形式表现了新中国成立直至今天的历史变迁与社会变革，并对大时代浪潮所裹挟的个体命运予以了深切的人文关怀。同其他文体样式相比，诗歌因表达朦胧而呈现出解读的多义性、复杂性与极大的自主性；相比中国现代诗歌，中国当代诗歌显示出更为强烈的个性解放意识和大胆的解构姿态。在继承与超越的过程中，中国当代诗歌的文化内涵与美学价值不断丰富并得以提升。

但我们需要注意的是，面对当下“写诗的人比读诗的人还多”的状况，重新审视并挖掘当代诗歌的文学价值与现实意义成为亟待解决的问题。而解决这一问题的根本举措，就是要提高当代诗歌在教育教学中的地位。广大教育工作者在肩负传承经典诗歌的使命时，需将眼界放宽，不“厚古薄今”，一味强调古典诗歌而忽视中国现当代诗歌中的上乘之作。而阅读并赏析当代诗歌，是与中国诗歌传统的遥相呼应，也是我们发展中国当代诗歌的重要方式。

第二十六章　十七年时期的诗歌

【学习提示】

本章第一节的学习重点是联系本书开头的导论及本篇的引言对时代政治背景和文艺方针的讲述，理解政治抒情诗产生、发展的原因。第二节的学习重点是赏析闻捷生活抒情诗巧妙的艺术构思。第三节、第四节的学习重点有两个：一是郭小川、贺敬之诗歌艺术上的特色；二是以《望星空》和《回延安》为例，深层次探究时代思潮对诗人创作产生的影响。

第一节 政治抒情的年代

从新中国成立到“文化大革命”前的十七年，是政治抒情的颂歌时代。

知识链接：
十七年时期的诗歌

随着新中国的成立，五四运动以来的几代诗人终于走到了一起，汇聚在中国当代诗坛的舞台上：有在20世纪30年代就开始活跃于诗坛的诗人，如艾青、臧克家、公木、何其芳、田间、光未然、柯仲平、鲁黎和纳·赛音朝克图等；有40年代才活跃起来的诗人，阮章竞、李季、贺敬之、张志民、戈壁舟、袁水拍等。这些诗人都来自解放区；50年代进入诗坛的青年诗人，大部分来自解放区或根据地，如郭小川、闻捷、邵燕祥、魏钢焰、雁翼、巴·布林贝赫等，少数来自国统区，如公刘、白桦、李瑛等。

作品导读：
臧克家《有的人》

中国当代诗歌是以对新中国成立这一划时代的伟大历史事件的歌颂为发端的，主要作品有郭沫若的《新华颂》、何其芳的《我们最伟大的节日》、胡风的长诗《时间开始了》、田间的《祖国颂》、艾青的《国旗》、臧克家的《有的人》、冯至的《我的感谢》等。这些诗作以欢庆和赞颂的情感为基调，类似古代的“颂”体和某些“大赋”，是一种赞颂型的抒情诗，故又被人称作“颂歌”。在此后相当长的时期内，对于重大政治历史事件的歌颂，成为诗歌创作普遍的、主流的艺术风气，中国新诗创作进入了由“颂歌”开始的政治抒情时代。

20世纪50年代中前期的诗歌创作开始日渐活跃起来。一些跨越新、旧两个时代的著名诗人，例如冯至、艾青、臧克家等，这时大都完成了自己的艺术转换，开始尝试创作一些能够适应新的时代要求的诗歌作品。而40年代在解放区主要以叙事诗创作为主的李季、田间、阮章竞、张志民等诗人，则较快地进入特定的题材领域，他们的诗歌以歌颂社会主义建设为主题，从不同侧面反映了新中国经济建设和人民生活所发生的巨大变化，奠定了这个时期诗歌写实风格的艺术基调。50年代中期是政治抒情诗在艺术上的创造期。郭小川、贺敬之成为这个时期诗歌创作的主要探索者，郭小川的《致青年公民》组诗、贺敬之的《放声歌唱》将政治抒情诗发展成一种引人注目的独特的抒情诗的诗体形态，并占据了诗坛的主要位置。同时，一批在新中国的土壤上成长起来的青年诗人，也为这个时期的诗歌增添了重要的新生力量。其中以闻捷、田间、李瑛为代表进行的生活抒情诗创作，成为这个时期政治抒情诗创作的有力补充。50年代中前期的诗歌有明朗、清新、热烈、高亢的艺术格调，主要表现两大主题：歌唱和平，歌颂社会主义建设。

从50年代后期到“文化大革命”前夕，随着阶级斗争扩大化和政治运动不断升级，政治抒情诗主导诗坛，在“颂歌”之外“战歌”声声，标语化、口号化、政治化的政治抒情诗创作日趋发达，而且一般生活抒情诗的创作也染上了浓厚的政治抒情色彩。诗歌题材和主题越来越窄，诗风也随之发生了很大的变化，生活抒情诗只得日渐向政治抒情诗靠拢，乃至在“文化大革命”中完全为政治抒情诗的潮流所吞没。郭小川的《甘蔗林——青纱帐》《厦门风姿》，贺敬之的《雷锋之歌》《十年颂歌》等诗作，以火一般的热情及高度的政治责任感在政治抒情诗的诗体形式、题材内容等方面做了有益的探索，是这个时期为数不多的优秀作品。李季、阮章竞、张志民、闻捷、李瑛、张万舒等，这时也尝试创作了一些政治抒情诗。李瑛主要取材于边疆和军旅生活的《红柳集》，是这一时期生活抒情诗的主要收获。这个时期叙事诗的收获在1960年前后，有《复仇的火焰》（闻捷），《杨高传》（李季），《将军三部曲》《白雪的赞歌》《深深的山谷》（郭小川），《赶车传》（田间），《李大钊》（臧克家）等诗作，大都规模宏大，并塑造了鲜明的人物形象。但用诗的形式代替本该由小说、戏剧来完成的艺术创作是否合适，值得思考。

从比较宽泛的意义上说，十七年时期的诗歌大都可以称为政治抒情诗，因为这些作品在题材和视角上多有政治化的倾向。但作为一个具体概念，它有更明确的内涵。政治抒情诗有三个主要特点。首先，在作品中诗人（抒情主人）会以“阶级”（或“人民”）代言人的身份出现，来表达对当代重要政治事件、社会思潮的评说和情感反应。抒情主人公不是真实存在的，而是作者表达感情的一种方式。其次，在诗体形态上，表现为强烈的情感宣泄和政论式的观念叙说的结合，诗的情感基调是自豪和喜悦的。最后，在形式上，诗作一般较长，用排比、阶梯式等手法，诗形整齐，节奏分明，声韵铿锵有力，有强烈的气势和感染力，适合朗诵。1950年石方禹的《和平的最强音》，1954年邵燕祥的《我爱我们的土地》，1955年郭小川的《致青年公民》组诗，1956年贺敬之的《放声歌唱》，是最初一批有影响的作品。从艺术渊源上说，政治抒情诗写作的影响主要来自两个方面：一方面，中国新诗具有浪漫主义传统，特别是以左翼诗人殷夫、艾青和田间为代表创作的红色诗歌，提供了创作经验。另一方面，西方19世纪浪漫派诗人，尤其是以叶赛宁、马雅可夫斯基为代表的苏联诗人创作的大量政治抒情诗，提供了供模仿的诗歌创作模式。还有一个原因是社会生活的变化。新中国的成立，在诗人心中激起了政治豪情，这必然会在诗歌中得到体现；而从50年代到“文化大革命”时期，政治运动对社会生活的支配地位，使日常生活中的一切都蒙上了政治色彩，政治情绪成为社会的普遍情绪，成为政治抒情诗发展、繁荣的现实原因。当时许多诗人都采用过这种诗体，如李瑛、闻捷、严阵、张志民、韩笑等，郭小川和贺敬之是这一时期政治抒情诗创作的代表诗人。政治抒情诗在50年代末和60年代初走向繁荣，但这时的政治抒情诗已融入了较重的理念成分，属于一种政论型的政治抒情诗。而且这时的政治理念本身又存在着太多的极端化倾向，加上在这种流行的创作风气中，政治抒情诗原有的抒情模式日益僵化，在艺术上未有更新的探索。这种趋势，必然导致政治抒情诗在“文化大革命”中不可避免地走向瓦解和衰落。

十七年时期的几代诗人基于同声歌唱新中国的美好愿望，虽然营造了一个人人写诗歌、村村出诗人的赞歌时代，但并未带来诗歌的真正繁荣。其中的原因是复杂的，主要有三个方面：首先，大批优秀诗人的隐退，使诗坛变得沉寂。诗服务于政治，诗与现实生活、与“人民群众”相结合，成为当代诗歌创作必须秉持的核心观念。不能在创作上适应这一观念的一批诗人被排除在诗坛之外，艺术体验和创作个性与已经被主流意识形态确定的规范之间的冲突，也使一批诗人的创作难以继续。1955年“七月派”诗人告别了诗歌创作；1957年开始的反右派斗争使中国的诗坛再受重创，艾青、公刘、邵燕祥、白桦、流沙河等诗人被错划为“右派分子”，穆旦、唐祈、唐湜等“九叶派”诗人被迫离开了诗坛。其次，1958年开始的“新民歌运动”在艺术上放弃了对外国诗歌的横向移植，单纯、片面强调从“民歌”中去寻找当代诗歌的发展道路，违背诗歌创作的规律，使创作的道路愈走愈窄。最后，占主导地位的政治抒情诗本身在发展中存在严重缺陷。十七年时期的诗歌创作，数量较多，精品较少，这颇值得人们深思。

第二节　闻捷及其《苹果树下》

闻捷创造了一种融少数民族民歌清新、明快的艺术风格与现代新诗真切、细腻的描写手法为一体的新“田园牧歌”的抒情格调，在总体上体现了当代新诗融合民间诗歌所取得的最高艺术成就。

一、生平与创作

闻捷（1923—1971），原名巫之禄，江苏丹徒（今镇江市丹徒区）人，20世纪40年代到延安，在陕北文工团工作，后曾做报社编辑，1944年开始写诗，1949年到新疆，任新华社西北总社采访部主任，1952年任新华社新疆分社社长，1958年任中国作家协会兰州分会副主席，1965年调上海市作家协会工作。闻捷在“文化大革命”中遭到严重迫害，含冤自杀。主要作品有诗集《天山牧歌》《祖国！光辉的十月》《河西走廊行》等，长篇叙事诗《复仇的火焰》。

《天山牧歌》是闻捷的第一部诗集，也是他的成名作。诗集包括四个组诗《博斯腾湖滨》《吐鲁番情歌》《果子沟山谣》《天山牧歌》和九首散歌，一首叙事诗，1956年结集出版。这是当代文学史上第一部反映边疆少数民族生活的抒情诗集。从内容上看，这部诗集通过对比新中国成立前后生活的巨大变化，表达了对新的社会生活的歌颂，表现了当地少数民族青年男女的美好爱情，并借爱情表达了对新生活的向往。创作上的主要特点是：融入异域风情和牧歌式的创作情怀；擅长描写色彩鲜明的场面，做到“诗中有画，画中有诗”；有简单的人物和情节，通过对生活画面的描述来抒情，避免直抒胸臆。不足之处是诗歌的题材范围比较狭窄，有些诗过分追求诗情画意的描绘，情感显得柔弱。广为传颂的诗篇有《苹果树下》《夜莺飞去了》《葡萄成熟了》《舞会结束以后》《赛马》等。《葡萄成熟了》是一首艺术技巧十分圆熟的抒情短诗，表现了维吾尔族青年男女健康、明朗、充满情趣的爱情，歌颂了美好的新生活。诗歌构思巧妙，颇具匠心。在葡萄成熟的季节，小伙子们弹琴、唱歌，向姑娘们表达爱情，而姑娘们却故意“摘下几串没有熟的葡萄”，小伙子们当然明白，葡萄虽然是酸的，但“多情的葡萄！／她比什么糖果都甜蜜”。诗中有叙事，有抒情，人物形象个性鲜明，诗风俏丽风趣，画面活泼，有浓郁的生活气息和强烈的民族色彩。《赛马》以简洁、直白的语言，真实地抒写了姑娘追赶小伙子时隐蔽而微妙的心理：“我是一个聪明姑娘，／怎么能叫他有一点难堪？／为了堵住乡亲们的嘴巴，／最多轻轻地打他一鞭。”

20世纪50年代末，闻捷开始创作已酝酿了七八年的叙事长诗《复仇的火焰》，1959年开始发表。长诗的第一部《动荡的年代》、第二部《叛乱的草原》分别于1959和1962年出版，第三部《觉醒的人们》只在报刊上发表了部分章节，由于“文化大革命”的发生而没能完成。长诗讲述的是1950—1951年发生于新疆维吾尔自治区东部巴里坤草原的叛乱和被平息的过程，揭示了时代矛盾在一个民族内部所引起的激荡、分化和斗争，揭露了帝国主义和国内反动势力的负隅顽抗，歌颂了党的民族政策的胜利。这是一部有着宏大的艺术结构，追求恢宏气势的史诗性作品，是闻捷叙事诗的代表作。它重视对事件发生的社会背景的描绘，精心设计多条复杂交错的人物线索，人物形象的刻画逼真，被称为“诗体小说”。《复仇的火焰》是自由体或半自由体的新诗，由于是以一个行吟诗人的口吻讲述故事的，所以带有明显的民间说唱艺术的特点，地方色彩浓厚。

二、《苹果树下》

《苹果树下》是组诗《吐鲁番情歌》中的一首，是闻捷生活抒情诗的代表作之一。这是一首富有生活情趣的小诗，它以一对青年男女爱情结出果实开篇，追叙了他们在自由欢快的劳动生活中逐渐成熟的爱情，表现了男女爱情的风趣和甜蜜。诗歌有浓郁的民族风情，是一首少数民族幸福生活的赞歌。

诗人运用倒叙的手法，第一节写结果：“苹果树下那个小伙子，／你不要、不要再唱歌；／姑娘沿着水渠走来了，／年轻的心在胸中跳着。／她的心为什么跳啊？／为什么跳得失去节拍?”显然姑娘的某种情愫是过于强烈了，是什么呢？这引起了读者的好奇。中间三节，正面写劳动，侧面写爱情，表面写苹果生长、成熟的过程，实际写爱情发展、成熟的过程，由春到夏，再由夏到秋，由“奇怪的念头姑娘不懂得”到“姑娘整夜整夜地睡不着”，苹果成熟了，一对青年男女的爱情也成熟了，他们收获了甜甜的苹果，同时也收获了甜蜜的爱情。诗中把爱情同创造新生活的劳动相结合，构思新颖而自然，做到了生活情趣与政治主题的完美结合，这正是闻捷生活抒情与“颂歌”相结合的特点。最后一节照应开头：“苹果树下那个小伙子，／你不要、不要再唱歌；／姑娘踏着草坪过来了，／她的笑容里藏着什么？……”她的笑容是在鼓动小伙子“说出那句真心的话吧！／种下的爱情已该收获”。开头姑娘心跳剧烈，原来是因为姑娘的爱情“成熟”了。

这首诗在艺术上有这样几个特点：首先，诗歌运用倒叙的手法，首尾照应，有简单的人物和情节，具有故事性。闻捷发挥自己善于通过对生活画面的描述来浓缩展现生活美的长处，他不是对人物作静态的刻画，而是在人物的活动中透视他们丰富的内心情感。这样，我们透过几幅劳动画面的情景，就可以连缀出一个饶有情趣的爱情故事。其次，诗歌构思新颖、别致。诗人十分巧妙地以苹果来比喻爱情，以苹果从开花到结果的过程，来比喻爱情的孕育、发展和成熟的过程。这个比喻大胆却十分贴切，常年劳作在一起的青年男女，日久生情，符合生活的逻辑，劳动的地点在苹果园，诗人由此就近取喻。而且这个比喻还将劳动和爱情巧妙糅合在一起，使劳动的欢乐和爱情的甜蜜和谐统一，传达出富有时代气息的全新爱情观。诗中运用具体的比喻、双关句，来明确和强化苹果与爱情之间的关系，如：“枝头的花苞还没有开放，／小伙子就盼望它早结果”“果子才结得葡萄那么大，／小伙子就唱着赶快去采摘”“姑娘整夜整夜地睡不着，／是不是挂念那树好苹果?”这些诗句，明写枝头的花，实写心里的花；明写树上的果，实写爱情的果；而且红艳艳的花、香喷喷的果，有力地烘托了爱情的美丽、可爱，能引起人们丰富的联想，给人心醉的审美愉悦。再次，诗歌注重人物心理描摹，人物形象丰满，富有生活情趣。小伙子要采摘“葡萄那么大的苹果”是热烈、急切心情的表现；“别用歌声打扰我”“别像影子一样缠着我”“姑娘整夜整夜地睡不着”则刻画了姑娘由误解到感情萌动的心理变化过程，而“有句话你怎么不说?”，则使姑娘率直、急切的形象跃然纸上。小伙子的大胆、憨厚、不善言辞，姑娘的谨慎、娇嗔、急切，增加了诗歌的生活情趣。最后，诗与画交融，使诗歌意境鲜明、韵味丰厚。在风光如画的苹果园，绿叶、红花、香果，轻松、热闹的劳动氛围，真挚、优美的民族情歌，这些新疆特有的景物和求爱风俗，在读者的脑海中定会引起无限美好的遐想。

第三节　郭小川及其《望星空》

郭小川是诗歌艺术的积极探求者，他继承赋体诗的赋、比、兴传统，借鉴辞赋的排比、对偶、铺陈、重叠等手法，创造了半格律的赋体诗，即“新辞赋”体。

一、生平与创作

郭小川（1919—1976），原名郭恩大，河北丰宁人。中学时参加抗日救亡运动，1937年参加八路军，同年加入中国共产党。1941年到延安。1948年起转战新闻战线，曾任中国作家协会书记处书记、秘书长等职。

郭小川在十七年时期的诗歌创作分三个阶段。

1955—1956年是第一阶段，郭小川发表成名作《致青年公民》组诗，包括《投入火热的斗争》《向困难进军》等，这是他政治抒情诗的代表作。这些诗歌以雄浑的气势和昂扬的斗志，激励青年一代为社会主义事业奉献青春、力量和生命。如：“那么，同志们！／让我们／以百倍的勇气和毅力／向困难进军！／不仅用言词／而且用行动／说明我们是真正的公民！／在我们的祖国中／困难减一分／幸福就要长几寸，／困难的背后／伟大的社会主义世界／正向我们飞奔。”（《向困难进军》）诗歌时代感很强，产生了极大的社会影响。

1957—1959年是郭小川诗歌创作的第二阶段。此阶段郭小川主要创作有抒情诗《致大海》《望星空》，叙事诗《白雪的赞歌》《深深的山谷》《一个和八个》《将军三部曲》等。这个阶段的创作与前一阶段单纯表现人民的“大我”意志，赞美社会主义伟大事业不同，在多数诗篇中，同时还表现个体“小我”对宇宙、人生的认识和思考，因而有时流露出迷茫和困惑情绪。这是与时代思潮不相符的杂音，所以，《白雪的赞歌》《深深的山谷》《望星空》发表后都受到了批判，《一个和八个》还未正式发表，就遭到严厉批评。

进入20世纪60年代，在短暂的茫然之后，郭小川又折回到阐释政治命题的抒情诗创作的路子，这是第三阶段，主要作品有《甘蔗林——青纱帐》《林区三唱》《祝酒歌》《青松歌》《大风雪歌》《厦门风姿》《昆仑行》等。这些诗歌体现了郭小川诗歌雄浑而深邃的艺术风格，抒发了作者不畏风雨，时刻准备战斗，提高警惕，不忘战士本色的豪迈气概。如：“可记得？在分别时，我们定过这样的方案：／将来，哪里有严重的困难，我们就在哪里见面。”（《甘蔗林——青纱帐》）“一切仇敌啊，／休想使青松屈服！／每片松林哟，／都是武库；每座山头哟，／都是碉堡。”（《青松歌》）

郭小川诗歌的主要特点，首先是富有革命激情和战斗精神。其诗歌是时代的号角和战鼓，因而洋溢着真挚的革命激情和战斗精神，且由于诗人还善于把浓郁的抒情、鲜明的形象和巧妙的构思与强烈的时代精神相融合，避免了空洞的口号，有较强的感染力。其次是有深刻的哲理。这主要表现在第二阶段的创作中。在《致大海》中，面对大海，诗人坦陈“小我”与“大我”相融合产生的矛盾和心理斗争，对个体价值的肯定，体现了一种超时代的思考。在《望星空》中，郭小川流露了一种惆怅、茫然的情绪，这又体现了作为思想者的诗人对时代、人生大胆的探求。最后是他不断探索新体裁，创造新形式。郭小川的“新辞赋”体既有自由体诗的自由舒展，又有古代大赋的铿锵节奏、雄浑气势，如《厦门风姿》《祝酒歌》等。他还曾采用多种诗体形式进行创作，如《投入火热的斗争》

采用阶梯式，《秋歌》采用民歌的变体，《致大海》则是自由体，《白雪的赞歌》是半格律体。

经典评论

作为社会主义的新诗歌，郭小川向它提供的足以表明其根本特征的那些具有本质意义的东西，这就是：诗，必须属于人民，属于社会主义事业。按照诗的规律来写和按照人民利益来写相一致，诗人的“自我”跟阶级、跟人民的“大我”相结合，“诗学”和“政治学”的统一，诗人和战士的统一。①

二、《望星空》

《望星空》是郭小川的一首政治抒情长诗，它是诗人最富艺术个性的作品之一。《望星空》写于1959年4月到10月，长达半年，其间三易其稿，最后发表于《人民文学》1959年第11期。从诗歌后半部分的内容我们可以明显看出，这首诗是为人民大会堂落成而写的。但细读作品我们会发现诗歌的前半部分与后半部分，无论是从抒情者身份，还是从内容、思想和情感倾向的角度看都不是一回事，其间有巨大的反差，《望星空》是个矛盾的文本。

全诗共四章，前两章为一部分，后两章为一部分。看第一章：“今夜呀，／我站在北京的街头上，／向星空瞭望。／明天哟，／一个紧要任务，／又要放在我的双肩上。／我能退缩吗？／只有迈开阔步，／踏万里重洋；／我能叫嚷困难吗？／只有挺直腰身，／承担千斤重量。心房呵，／不许你这般激荡！”“我”（注意不是“我们”）由于内心烦恼而来到北京街头徘徊，虽然豪情似乎还在，但诗中仍流露出了进退选择的犹豫情绪。接下来“我”望到的是星空的壮丽，想到的是星空的永恒。这一章赞美星空的意旨很明显。看诗歌的第二章：“呵，／望星空，／我不免感到惆怅。／说什么：／身宽气盛，／年富力强！／怎比得：／你那根深蒂固，／源远流长！／说什么：／情豪志大，／心高胆壮！／怎比得：／你那阔大胸襟，／无限容量！”越比越没劲儿，星空的永恒、无极衬托得“我”更加渺小，徒增了无限惆怅。“千堆火，／万盏灯，／不如一颗小小星光亮。／千条路，／万座桥，／不如银河一节长。”不仅作为个体的“我”毫不起眼，就连“我们”战天斗地的辉煌业绩，也没法与宇宙的伟大相提并论。作者对宇宙热烈的、不遗余力的赞美，隐含着对当时的“人定胜天”思想的否定。这里，我们姑且不管“我”的内心矛盾的具体原因，但诗人为平衡矛盾所进行的思考已经触及了个体生命、时代历史以及超越了人类的恒常力量之间的复杂关系。这是作为思想型诗人郭小川的真情流露（他第二阶段的作品多有类似的思考），也是这首作为“颂歌”的作品在艺术上的独特之处，在当时的历史语境下，这是难能可贵的。“我”未能从星空获得解决明天紧要任务的力量，“于是我带着惆怅的心情，／走向北京的心脏——”诗歌进入第三章。

北京的心脏——天安门广场，是伟大祖国的象征。到这里的人，尤其是在那个政治热情空前高涨的时代，谁能不情绪激昂？而诗人笔下的第三章也突然发生了巨大的变化，这变化很是突兀。“忽然之间，／壮丽的星空，／一下子变了模样。／天黑了，／星小

① 贺敬之. 战士的心永远跳动：《郭小川诗选》英文本序［N］. 光明日报，1979-06-19.

了，／高空显得暗淡无光，／云没有来，／风没有刮，／却像一股阴霾罩天上。／天窄了，／星低了，／星空不再辉煌。／夜没有尽，／月没有升，／太阳也不曾起床。”这巨变的原因是“在天安门广场，／升起了一座美妙的人民大会堂”，刚才极力赞美的壮丽、广阔、深邃的星空，突然在富丽堂皇的人民大会堂面前暗淡、隐遁了。原来作者写星空的壮丽、浩瀚等，只不过是作为书写中国人民伟大杰作的陪衬，从而讴歌人民和祖国的强大力量。这一章，虽然“我”仍作为抒情者存在，但只能以错误情感表达者的身份向人民、国家和时代忏悔，“是的，／我错了，／我曾是如此地神情激荡！”“我”作为个体的声音也突然和星空一起弱了、没了，诗歌的抒情者由此转换为代表人民、时代的“大我”。在第三章的结尾，“我们”出现了，“我们生活着，／而没有生命的宇宙，／既不生活也不死亡。／我们思索着，／而不会思索的穹隆，／总是露出呆相。／星空哟，／面对着你，／我有资格挺起胸膛”。而挺起胸膛的“我”也不再是个体的“我”，而是“我们”中的一员。在第四章中，“我们”频繁出现，“我们”的力量广大无边，“让万里无云的夜空，／出现千千万万个太阳。／我们要把广漠的穹隆，／变成繁华的天安门广场”。诗人以更加热烈、豪华的溢美之词和气壮山河的气概开始了对人民和社会主义伟大事业的赞颂，当然就彻底地否定了前一部分那个思考人生和宇宙恒常的“我”。

很明显，在诗歌的表现艺术上，诗人运用了抑与扬、虚与实的辩证关系，设计了先抑后扬、首尾照应的结构。先以星空的壮丽、永恒来鄙视人的能动性的微弱（千条路，／万座桥，／不如银河一节长）；后写人民大会堂的辉煌使得星空黯然无色，则是极力歌颂“人定胜天”斗志的伟大胜利。星空之美为“虚”，因为那是“我”的想象；人民大会堂之美是“实”，这是人所共见。这样，诗歌在抑扬之间，虚实参照，用人间的杰作否定了星空的壮美，也用属于“大我”的时代历史思潮，批判了个体的“我”进入天人对话情景而产生的“虚无主义”，完成了对人民力量、人类意志的最终肯定。“我”似乎也找到了完成明天艰巨任务的“法宝”：“你呵：／还有什么艰难，／使你力不可当？／请再仔细抬头瞭望吧！／出发于盟邦的新的火箭，／正遨游于辽远的星空之上。”诗的形式近乎完美。

但诗歌由前半部分的“小我”到后一部分的“大我”，由星空壮丽到人民大会堂的美妙，由赞美星空的永恒存在到歌颂“人定胜天”的壮举，这之间的转换显得生硬而突然。并且，前后褒贬的变化，情感大起大落，缺少必要的过渡。再者，前半部分瞭望星空所抒发的那种超越性的哲思，实在是太美妙了，以至于当诗的后半部分在极力讴歌人民大会堂的雄伟时，读者的思绪还沉浸在对宇宙奥妙的遐想之中，后半部分对前半部分的抑制软弱无力。最后，苏联的火箭升空，被当作解决矛盾的方式，在结构上照应开头，也有应付的嫌疑，难免仓促和慌张。作者虽极力弥合，但我们仍能看到这一文本内的矛盾。

第四节 贺敬之及其《回延安》

《回延安》是贺敬之创作于1956年的一首长诗，这首长诗主要从民歌和古典诗歌中汲取资源，化用陕北信天游的形式，运用了多种修辞手法，情感真挚、质朴，表达了诗人对延安的怀念与热爱。

一、生平与创作

贺敬之（1924— ），山东枣庄人。中共党员。著名诗人、剧作家。中国文学艺术界联合会第十届荣誉委员。5岁参加抗日救国运动。1942年毕业于延安鲁迅艺术学院文学系。1945年和丁毅执笔集体创作我国第一部新歌剧《白毛女》，获1951年斯大林文学奖。这是我国新歌剧发展的里程碑。贺敬之最善于表现重大的政治题材和抒写重大的政治主题，其诗歌中的主人公没有强烈的内心冲突，他所展示的是各个历史时期革命者最完美、最神圣的精神形象，这主要反映在他在新中国成立后的政治抒情诗创作中。《回延安》《放声歌唱》《雷锋之歌》《中国的十月》《“八一”之歌》等诗作熔描写、抒情、议论于一炉，并将政治宣传纳入诗歌创作的轨道，表达诗人高度的政治热情。

贺敬之的诗歌创作具有三个特征：一是鲜明的时政主题。其诗歌具有强烈的政治抒情功能。大大小小的政治事件、具体人物和日常生活场景，为贺敬之提供了丰富的创作资源和灵感。1963年，中共中央提出“向雷锋同志学习”的号召，于是贺敬之就创作了《雷锋之歌》，用饱满的政治激情，通过诗意的意象选取和表达，将“雷锋精神”提高为时代精神。

二是情感充沛，意象宏大。贺敬之诗歌的主题多为歌颂政治事件，激越的感情常需要借助开阔、博大的意象来充分表露，比如井冈山、长安街、长江、黄河、日出、苍松、红旗等充满强烈家国情怀的意象经常出现，再辅之以铺陈、回环的表现手法，使诗歌呈现一种豪迈澎湃的革命浪漫主义色彩。

三是诗歌的语言形式借鉴了苏联诗人马雅可夫斯基的“楼梯体”，即创造了从外观上看呈现“楼梯式”，从结构上看则是排比句和对偶句的诗句形式。最具代表性的诗歌为《放声歌唱》，作品将长句拆分为短句、词组，或者是一个字单独成一行，起到突出强调的作用，整篇诗歌的节奏也短促有力。尽管“楼梯体”会有散漫、过于自由的弊端，但在诗人精心的设计下，诗歌在具有新意的同时，也兼顾了节的对称。

二、《回延安》

作品导读：贺敬之《回延安》

《回延安》发表于1956年，全诗抒写了诗人回到阔别十年的延安时的喜悦心情，赞颂了延安在中国革命史上的伟大贡献和新中国成立前后的巨大变化，并对延安的未来予以深情的祝福和美好的展望。诗歌采用了极富特色的陕北信天游形式，语言质朴无华，感情浓烈真挚。

诗歌共分五节，每一节的主题都非常明晰，并具有情感上和思想上的递进。诗歌的第一节主要抒发诗人回到延安时的激动心情：“心口呀莫要这么厉害地跳，／灰尘呀莫把我眼睛挡住了……／手抓黄土我不放，／紧紧儿贴在心窝上。……／几回回梦里回延安，／双手搂定宝塔山。／千声万声呼唤你／——母亲延安就在这里！／杜甫川唱来柳林铺笑，／红旗飘飘把手招。／白羊肚手巾红腰带，／亲人们迎过延河来。／满心话登时说不出来，／一头扑在亲人怀。”当真的回到魂牵梦萦、日思夜想的延安时，诗人的内心充满着难以遏制的喜悦，他握紧延安的黄土，仿佛把延安熔铸在心间。

开篇从“回延安”入手，到了第二节，诗人开始“忆延安”：“二十里铺送过柳林铺迎，／分别十年又回家中。／树梢树枝树根根，／亲山亲水有亲人。／羊羔羔吃奶眼望着妈，／小米饭养活我长大。／东山的糜子西山的谷，／肩膀上的红旗手中的书。／手把手儿教会了我，／母亲打发我们过黄河。／革命的道路千万里，／天南海北想着你……”延安的山川河流养育了诗人，也养育了中国的革命事业。因此，对于诗人而言，延安不仅承载了成长的记忆，还是革命精神的摇篮。

第三节“话延安”，主要描写亲人团聚后的温馨场景：“米酒油馍木炭火，／团团围定炕上坐。／满窑里围得不透风，／脑畔上还响着脚步声。／老爷爷进门气喘得紧：／‘我梦见鸡毛信来——可真见亲人……’／亲人见了亲人面，／欢喜的眼泪眼眶里转。／保卫延安你们费了心，／白头发添了几根根。／团支书又领进社主任，／当年的放羊娃如今长成人。……”阔别多年的亲人再次相聚在延安，围炉畅谈。十年，无论是各自的生活，还是中国革命，都发生了翻天覆地的变化，他们一路走来，有心酸，但更多的是无悔的奉献。

第四节“赞延安”，即赞美延安的崭新面貌：“……一条条街道宽又平，／一座座楼房披彩虹；／一盏盏电灯亮又明，／一排排绿树迎春风……／对照过去我认不出了你，／母亲延安换新衣。”在诗人眼中，延安发生了翻天覆地的变化，这是新中国成立后全体人民齐心协力共同建设的结果，在充满希望的延安城中，正萌生着新的革命热情。

最后一节，诗人歌颂了延安光辉的历史并展望未来：“赤卫军，青年团，红领巾，／走着咱英雄几辈辈人……／社会主义路上大踏步走，／光荣的延河还要在前头！／身长翅膀吧脚生云，／再回延安看母亲！”几代革命者，为中国无产阶级的伟大事业贡献青春、燃烧激情，而这份革命热情也必将在无比光明的未来生生不息。

总体来看，全诗以“回延安”的过程为线索，情感逐层递进，表达了作者对于故土延安的赤子之心和眷恋之情，并对延安的未来予以真挚的祝福。

思考与练习

拓展学习

1. 简要概括十七年时期几个阶段的诗歌创作。
2. 试析政治抒情诗产生和繁荣的原因。
3. 以《苹果树下》等为例，分析闻捷诗歌巧妙的艺术构思。
4. 以《望星空》为例，分析郭小川诗歌创作中的矛盾心理及其产生的原因。
5. 以《回延安》为例，分析贺敬之诗歌创作的艺术特色。

1. 谢冕的《为了一个梦想（中国新诗1949—1959）》(《文艺争鸣》2008年第8期）对本章第一节的学习是有益的补充。文章提供的新时期文艺背景、新民歌运动以及贺敬之、李季和闻捷等人的材料较丰富。

2.《望星空》是一篇存在较大争议的作品。金进的《重读郭小川的〈望星空〉》(《当代作家评论》2007年第4期)，通过联系郭小川的日记和其他一些比较翔实的背景资料，给出了解读作品的一些新角度，如对“明天的任务”是什么、“我”的苦恼原因、文本矛盾的原因等的分析，都有相当大的参考价值。文章还对《望星空》所隐含的知识分子精神问题作了新的揭示，值得关注。

3. 贺敬之是政治抒情诗的代表诗人，建议课外阅读他的代表作《雷锋之歌》《十月颂歌》等，这样对政治抒情诗会有更全面、更深刻的认识。

第二十七章　新时期的诗歌

【学习提示】

本章重点介绍新时期的诗人及诗歌创作。“文化大革命”结束后，归来诗人如艾青、公刘、牛汉、绿原、曾卓、郑敏、唐湜等成为新时期诗坛上极为活跃的一批诗人。20 世纪 80 年代初，以顾城、舒婷、北岛、杨炼为代表的一批青年诗人探索新的诗歌形式，创作出了一类有别于传统诗歌的作品，这些作品被称为“朦胧诗”。顾城的《一代人》是特定历史时期青年人寻求光明的绝唱。舒婷的《祖国啊，我亲爱的祖国》是赤子渴望祖国强大起来的深情呼唤。80 年代中后期，以海子为代表的诗歌成为“后朦胧诗”的重要组成部分。

在本章学习中，要重点把握归来诗人以及“朦胧诗”“后朦胧诗”的重要诗人和他们的代表作。

第一节 多元个性的张扬

1978年，中国开启了改革开放和社会主义现代化建设新时期，几乎与此同时，有着现代主义倾向的民间诗歌刊物《今天》在北京创刊，成为诗歌发生变化的重要契机。《今天》的成员多数后来成了“朦胧诗”的主要作者，并通过这一平台展开了对诗歌艺术的探索和革新。自由活跃的社会氛围孕育了新时期诗歌的多元个性：归来诗人将个人苦难融入对家国命运的历史思考中；“朦胧诗”以“情感”为运思方式，借助现代主义的表现手法将私人体悟并入时代变革的浪潮；“后朦胧诗”则以文化叛逆姿态崛起于20世纪80年代中后期，肩负了当代诗歌自觉革新的文化使命。这一时期，由不同诗人群体组成的中国诗坛，焕发了前所未有的蓬勃生机，艺术技巧的持续创新和思想内容的突破禁忌，促使这一时期的诗歌创作呈现驳杂、繁复的景象。

知识链接：“朦胧诗”与“后朦胧诗”

微视频：“朦胧诗”派的特点和艺术成就

新时期诗歌创作在呈现明显的群体化或流派化特征的同时，也彰显了个性迥异的诗人各具特色的艺术追求。20世纪70年代末到80年代前期，“朦胧诗”因迥异于传统美学规范的艺术风格而成为这一时期最重要的诗歌流派。“朦胧诗”派多从人性出发，热衷于思考个体生命的价值以及个人在宏大历史话语中的心灵遭遇；在艺术手法上，因大量采用现代主义表现手法如象征、隐喻等，诗歌呈现出朦胧复杂的多解性，在充满哲思的同时又与浪漫主义相融合。有着不同人生经历和审美倾向的青年诗人以敏锐的感受力和丰富的创造力为诗歌的意象构成和抒情方式创新提供了诸多新鲜的元素和可能。总体而言，鲜明的主体意识和现代主义品格是“朦胧诗”的核心特征。

在具体探索“人的价值”等诗歌主题的过程中，“朦胧诗”又呈现了几种类型和风格。第一类是以北岛、芒克、多多、根子为代表的诗人，他们的诗歌体现了批判和反抗的价值取向，记录了特殊历史时期个体精神的变迁与坚守。北岛作为“朦胧诗”最重要的代表性诗人，在中国诗歌发展最关键的蜕变期，以其富于开拓性的创作实践，实现了新诗从白话自由体向严格意义上的现代诗的整体性转换，北岛诗歌中冷峻、坚硬而又深沉的意蕴极具表现张力，强烈的悲剧意识和反抗精神使其诗作充满了浓厚的英雄主义情怀。

第二类是以呼吁理想的人性为主题的具有浪漫主义风格的诗歌，以食指的作品为先驱，以顾城、舒婷、王小妮和傅天琳等诗人的作品为代表。这类诗歌以情感抒发为旨归，倡导人性的美和纯良。诗人借助敏感、丰富的心灵体验寻求同外部世界的深度沟通，诗歌不但具有浪漫的诗情，同时又能将古典主义的含蓄与现代主义的先锋巧妙融合。其中，舒婷作品中感伤忧郁而又多情细腻的基调，使其作品在全新的结构形式中蕴藏着对传统的回归和对群体经验的关注。从《祖国啊，我亲爱的祖国》对希望和献身精神的多情讴歌，到《神女峰》对独立人格和理想爱情的大胆表露，再到《一代人的呼声》中以个人体悟反思时代伤痛的深沉和坚定，舒婷在不同的现实主题中辗转、流连，留下了她深情的守候和纯洁的希冀。“朦胧诗”派中另一位值得关注的代表性诗人是顾城。顾城年少时同大自然的亲密接触，影响了他一生的处事态度和创作主题。无论是从《生命幻想曲》中还是从《我是一个任性的孩子》中，我们都能深刻感受到，对自然和童真的歌颂是顾城诗歌难以动摇的精神根基。然而，现实的灰暗常使心思单纯的顾城备受伤害，这种寂寥、落寞的苦闷心情在《感觉》中得以充分表达。顾城在他构筑的自然、童真的诗歌王国中创造了自己的诗意世界，但顾城也因一生未能走出他的精神童年而令人深感痛惜。

第三类以江河、杨炼等人的诗歌为代表，这类诗歌注重个体生命体验同传统哲学和东方文化的结合，构建了“现代史诗”的艺术风貌，在一定程度上呼应了20世纪80年代“文化寻根”的热潮。江河在《太阳和他的反光》中，以中国古代神话为素材，于丰富的文化资料中再现了中华民族伟大的历史进程。在绘就“现代史诗”的过程中，杨炼的诗歌最能代表“文化寻根”的成就。无论是《敦煌》等大型组诗对历史遗迹的歌颂，《诺日朗》对民俗事象的关注和挖掘，还是《天问》等作品通过历史神话对生命、宇宙的深度探求，都是杨炼对“文化寻根”智性思考和文化反思主题的回应。

“朦胧诗”对中国当代新诗的发展做出了巨大的贡献。无论是注重抒情主体的个人意识和启蒙姿态，还是现代主义的艺术表达形式，“朦胧诗”在对传统诗歌观念的反叛中都使中国诗坛的面貌焕然一新。继“朦胧诗”派之后，“后朦胧诗”派以更为先锋、激进的文化姿态崛起于20世纪80年代中后期。这一诗歌群体的萌芽最早可追溯到1982年成都民间诗人们的油印诗集《次生林》，到1984年至1986年，这一诗歌流派得以迅速发展并占据了从80年代中后期到90年代以来中国诗坛发展的主流。“后朦胧诗”派的实验创作主要分为两种艺术追求和价值取向：第一类是以“反文化”、解构崇高为旨趣的“第三代诗”。“第三代诗”作为“后朦胧诗”的主体，包括“他们诗派”“莽汉主义”等，其中，韩东的《有关大雁塔》、于坚的《尚义街六号》和胡东的《我想乘上一艘慢船到巴黎去》为“第三代诗”的代表作。在对话语实验的探索方面，“第三代诗”首先致力于对语感的追求，杨黎认为，语感作为声音的表达，是宇宙原初形态的呈现，它可以表现甚至超越生命。其中，韩东所提出的“诗到语言为止”的著名观念，即肯定诗歌中语感的重要地位。其次，对“纯粹诗歌形式”的探索则表现为“后朦胧诗”对词语含义的消解，“后朦胧诗”诗人们更注重具有视觉快感的语言图案，并认为密集的词语表达，其意义本身似乎在当今的语言氛围中已然失效。最后，以周伦佑为代表的“非非主义”诗人提出对语义进行革新，即清除价值词甚至词语本身，体现了“后朦胧诗”派较为激进、彻底的变革态度。

“后朦胧诗”的第二类则以海子的深度抒情诗为代表。从长篇组诗《太阳》，到《亚洲铜》《春天，十个海子》，海子诗作的意象系统不断更迭，他的作品也充满了难以言明的圣洁和灵性，他用生命的激情燃烧着他孩童般的炙热、天真和卓越的想象。他诗作中追逐神秘的精神气质，令人深感震撼和感动。海子的诗歌主题芜杂，很难被真正解读，这同海子的思维方式和生命体验有关，但更主要的原因在于，海子坚持的是“反经验”的创作方式，他运用自己缔造出来的一套意象体系，构筑了一个充满神性色彩的、酒神式的精神殿堂。

自20世纪80年代以来，中国社会开放包容、自由活跃的社会环境为新时期的诗艺探索提供了必要的前提和可能，从归来诗人、“朦胧诗”派到“后朦胧诗”派，这一时期的诗歌创作同当时的思想文化语境相呼应，体现了诗人的多元个性和这种艺术个性的极度张扬。激越的时代氛围，使新时期诗歌承续了五四时期新文学“不破不立”的精神风貌，促使古今中外各种优秀艺术元素融合、再造、互渗和更生，诗人的个人体悟与时代感受以全新的方式巧妙对接，共同促进了当代诗歌的巨大提升。

第二节 归来诗人的高歌

1976年10月粉碎“四人帮”，标志着“文化大革命”的结束，文艺界随之也开始拨乱反正，中国当代文学由此进入新的历史发展时期。特别是1978年党的十一届三中全会的召开，进一步破除了僵化思想的干扰，确立了解放思想、实事求是的方针，新时期诗歌正是在这样宽松的政治环境中发展起来的。一批在20世纪50年代因政治运动或意识形态等相关原因而被迫终止写作、在新中国诗坛上一度消失的诗人重新归来，他们历经劫难而痴心不改，满怀激情歌唱祖国的春天，被称为“归来诗人”。“归来诗人”这一名称最初得之于艾青复出诗坛后出版的第一部诗集——《归来的歌》。此后，流沙河的《归来》和梁南的《归来时刻》等诗作更加强化了“归来”的诗歌主题。归来诗人主要包括三部分：一是在1957年反右派斗争中被错划为右派的诗人。这中间既有早在30年代和40年代就成名的艾青、公木、苏金伞、吕剑等中老年诗人，也包括50年代出现的年轻诗人，如公刘、邵燕祥、白桦、流沙河、周良沛等。二是“七月派”诗人，如鲁藜、绿原、牛汉、曾卓、彭燕郊、胡征等。三是面对“文化大革命”时期褊狭艺术观念而选择沉默的“九叶派”诗人，如穆旦、杜运燮、郑敏、袁可嘉、陈敬容、辛笛、唐祈、唐湜等。这些归来的诗人或步入中年，或已届暮年，但他们成了新时期诗坛上极为活跃的一批诗人。饱经风霜后的个人自白、洞察世情的历史反思、老而弥坚的人生信念和昂扬向上的社会理想成为这一时期他们诗歌的主题。

一、艾青、公刘等诗人

艾青一生有两个创作高峰。他的第一个创作高峰是20世纪三四十年代，新时期是艾青创作的第二个创作高峰。1957年，艾青被打成右派，先后被发配到北大荒和新疆石河子垦区。1978年4月30日，他在《文汇报》上发表《红旗》一诗，宣布了将近70岁的老诗人重登诗坛，开始了他的第二次创作高峰。在沉默了20多年之后，艾青被压抑的诗情喷涌而出，诗人激情洋溢地呼唤一个新时代的黎明。艾青新时期诗作主要包括政治抒情诗、现代都市诗、咏物抒怀诗等。“归来”后，艾青创作了大量气势恢宏的长篇巨制，如《在浪尖上》《光的赞歌》《古罗马的大斗技场》等。这些长诗有一个共同的主题：批判封建专制，宣传科学民主。

《在浪尖上》是艾青归来后引起强烈反响的长诗。这首诗鞭挞了林彪、“四人帮”的罪恶，歌颂了四五运动的丰功伟绩：“我们要的是真理，／我们要的是太阳!”“人民要保卫民主权利，／因为民主是革命的武器。”“一切政策必须落实，／一切冤案必须昭雪，／即使已经长眠地下的，／也要恢复他们的名誉!”在天安门事件平反之际，诗人喊出了长久压抑在人民心底的呼声，提出了重大的时代主题。

《古罗马的大斗技场》是艾青出访意大利后写的一首长诗。长诗先写中国古人在小瓦罐里斗蟋蟀的情景，再写古罗马大斗技场里奴隶角斗士之间的互相残杀，继而又写在地球这个最大的斗技场里人类在战争中的大决斗。从小瓦罐边看斗蟋蟀的无知的孩子，到古罗马斗技场里看角斗的奴隶主贵族，再到当今世界上的霸权主义者，诗歌从小到大、由近及远层层推进，把人类几千年来奴役与反奴役、压迫与反压迫的斗争历史表现得既深广又动人。[1]艾青自己在《我的创作生涯》一文中曾提到这首诗的写作背景及写作目的："在意大利我访问了都灵、热那亚、米兰、威尼斯、罗马。我写了长诗《古罗马的大斗技场》。我在新疆农场时，曾读了一点历史，对古罗马多少有一点了解。在《古罗马的大斗技场》里有一段写蒙面斗士的，影射'文化大革命'中互相冲杀着的人被蒙上眼睛，胜利是盲目的，失败也是盲目的。"[2]原作这样写道："最可怜的是那些蒙面的角斗士……／参加角斗的互相看不见／双方都乱挥着短剑寻找敌人／无论进攻和防御都是盲目的——／盲目的死亡、盲目的胜利。"诗人抚今追昔，借古喻今，把历史与现实融为一体，通过描述"不义杀戮"的角斗场面，使人们记住这最惨痛的历史教训。艾青的诗显示了广阔的历史内容和深邃的哲理。

除长诗之外，艾青还创作了大量短小精悍的咏物抒怀诗，如《镜子》《人和上帝》《鱼化石》《虎斑贝》《酒》《伞》等。这类诗歌常常把深奥的人生哲理与鲜明的象征意象融合在一起，赋予形象以象外之旨。例如，《镜子》把镜子真实反映客观事物的物理特征拟人化："它最爱真实／绝不隐瞒缺点。"镜子隐喻着诗人求真理、说真话的高贵品质。如《鱼化石》表面写"鱼"的悲剧，实际写"人"的灾难，通过对"鱼化石"形成过程的描写，表达了深沉的思想感情。这首诗既可看成作者自己生活道路的写照，也可看作具有类似遭遇的人生的普遍写照，其意义超出了个人命运。该诗结尾所表达的生命不息、战斗不止的精神更显得"其力大，其思雄"。该诗被称为"少有的佳作"。[3]再如，《虎斑贝》前两节形象地描绘了虎斑贝的"光""亮""坚硬""滑润"，画面感极强："美丽的虎斑贝／闪烁在你身上／是什么把你磨得这么光／是什么把你擦得这么亮。""比最好的瓷器细腻／比洁白的宝石坚硬／像鹅蛋似的椭圆滑润／找不到针尖大的伤痕。"这种描写为后两节做了铺垫。诗的主旨是通过后两节，特别是最后一节来展现的："在绝望的海底多少年／在万顷波涛中打滚／一身是玉石的盔甲／保护着最易受伤的生命。"这些是指诗人所经历的二十余年的磨难，以及在磨难中的生存智慧。"要不是偶然的海浪把我卷带到沙滩上／我从来没有想到能看见这么美好的阳光。"这里既有感激、喜悦和庆幸，也有对人生无常的忧虑和感叹。所以，诗人借"虎斑贝"这个意象深沉含蓄地表达了一种饱经沧桑之后的人生慨叹。总之，艾青的归来诗作充满了鲜明的形象，闪耀着理性的光芒，洋溢着旺盛的艺术青春，在内容和艺术上都达到了一个新的境界。

公刘（1927—2003），原名刘耿直，新中国成立前曾任相关刊物的编辑，1954年借调文化部电影局编写《阿诗玛》电影文学剧本。1957年被错划为右派，20世纪70年代末得到平反。主要诗集有《边地短歌》《神圣的岗位》《在北方》《离离原上草》等。

邵燕祥（1933—2020），浙江萧山（今杭州市萧山区）人。1946年开始发表作品，他的第一本诗集《歌唱北京城》（1951）和第二本诗集《到远方去》（1955），收录了20世纪50年代初期写的抒情诗。1958年因诗篇《贾桂香》被错划为右派，搁笔20年。1978年出任《诗刊》编辑部主任，著有诗集《歌唱北京城》《到远方去》《给同志们》《献给历史的情歌》等。

① 金汉．中国当代文学发展史［M］．上海：上海文艺出版社，2002：263.
② 艾青．我的创作生涯［M］// 艾青．艾青散文诗选．武汉：长江文艺出版社，2019：177.
③ 唐弢．我观新诗［N］．文艺报，1988-05-07.

二、“七月派”及“九叶派”诗人

“七月派”是我国现代文学史上一个很重要的诗歌流派，它因胡风主编的文艺半月刊《七月》而得名。该诗派的主要成员有胡风、阿垅、鲁藜、绿原、牛汉、曾卓等人。他们多写自由诗，其中又以政治抒情诗为主，出版过《七月诗丛》《七月文丛》等。新中国成立后，该诗派领导人胡风被批判，诗派走向衰落。“文化大革命”后，牛汉等编辑了诗集《白色花》，“七月派”重新引人注目。牛汉、绿原、曾卓等人在新时期有许多诗歌作品。

牛汉（1923—2013），原名史成汉，又名牛汀，山西省定襄县人。1940年开始发表作品。1955年入狱一年，在“文化大革命”期间被下放到湖北咸宁干校，1980年得到平反，重新开始公开发表作品。归来后的主要诗集有《温泉》《海上蝴蝶》《沉默的悬崖》，以及诗话集《学诗手记》。2003年获马其顿共和国“文学节杖奖”，2004年获首届“新诗界国际诗歌奖·北斗星奖”。曾任《新文学史料》主编、《中国》杂志执行副主编。

牛汉刚复出时发表的作品大部分写于下放劳动期间。这些作品大都托物言志，借草木鸟兽来抒发感情，表达了对社会、人生的看法。这类作品如《鹰的诞生》《华南虎》《半棵树》《车前草》《毛竹的根》《蚯蚓的血》《悼念一棵树》等。其中《华南虎》这样写道：“我看见你的每个趾爪／全都是破碎的，／凝结着浓浓的鲜血！”“我看见铁笼里／灰灰的水泥墙壁上／有一道一道的血淋淋的沟壑／像闪电那般耀眼刺目！”“我终于明白……／我羞愧地离开了动物园。／恍惚之中听见一声／石破天惊的咆哮，／有一个不羁的灵魂／掠过我的头顶／腾空而去，／我看见了火焰似的斑纹／火焰似的眼睛，／还有巨大而破碎的／滴血的趾爪！”在这里，诗人描绘了华南虎被囚禁于铁笼、趾爪被铰的厄运，寄托了深深的同情，更赞美了华南虎渴求自由、向往山林、不屈不挠与厄运抗争的高洁灵魂，同时也表达了观赏者的自愧自责和可笑可怜。华南虎雄浑悲壮、刚正不阿的形象正是所有被迫害者“不羁灵魂的写照”。全诗用象征的手法，托物寄兴，以虎喻人，成功地塑造了一位备受凌辱又桀骜不驯的战士形象。

绿原（1922—2009），原名刘仁甫，又名刘半九，湖北黄陂（今武汉市黄陂区）人。1939年开始写作。新中国成立前出版过《童话》《又是一个起点》等。新中国成立初期出版了《从1949年算起》。1955年被隔离审查。归来后，出版有诗集《人之诗》《另一支歌》等，著有文集《非花非雾集》《绿原说诗》等，主要译著有《浮士德》《里尔克诗选》等。绿原是“七月派”的重要诗人。早期作品天真烂漫，稍后显出严峻的人生思考；新时期的诗作显出冷峻的思辨色彩和洗尽铅华之后的明朗隽永。绿原复出后的第一声呼唤是他在《听钱学森讲学》一诗中的呐喊：“诗人的坐标是人民的喜怒哀乐。”“人民的代言人才是诗的顶峰。”绿原尽管历尽磨难，但他对人民、对祖国始终抱有深沉的爱和坚定的信心。

曾卓（1922—2002），原名曾庆冠，湖北武汉人。1932年开始写诗，1939年开始在重庆、桂林等地发表作品，1941年在重庆参与《诗垦地》诗刊的编辑工作。新中国成立前出版有诗集《门》和长诗《母亲》。从1944年开始，停止写诗十多年，主要写散文、小说、短论、杂文。新时期复出后发表大量诗作，出版的诗集有《老水手的歌》《曾卓之韵》《曾卓抒情诗选》，诗论集《诗人的两翼》《听那美丽的笛声》。曾卓是一位勤奋、热情的诗人。他的诗有表现孤独与期待的悲歌，如《寂寞的小花》《我期待，我追求》《悬崖边的树》等；有表现忠贞爱情的赞歌，如《雪》《两只小船》《有赠》等；有对新生活充满信心的欢歌，如《春天总是先来到人的心上》《鸟和春天》《是的，我还爱着》等。《悬崖边的树》写得尤为形象动人："它倾听远处森林的喧哗／和深谷中小溪的歌唱／它孤独地站在那里／显得寂寞而又倔强。""它的弯曲的身体／留下了风的形状／它似乎即将倾跌进深谷里／却又像是要展翅飞翔……"对于这首诗，牛汉评论说："他的《悬崖边的树》，朋友看了没有不受感动的。他用简洁的手法，塑造出了深远的意境和真挚的形象，写出了让灵魂战栗的那种许多人都有过的沉重的时代感。……这首仅仅二十行的小诗，其容量与重量是巨大的。我从曾卓的以及许多同龄朋友变老变形的身躯上，从他张开的双臂上，确实看到了悬崖边的树的感人风姿。那棵树，像是一代人的灵魂的形态（假如灵魂有形态的话）。"①由此可见，曾卓是个热情奔放、永远张开双臂拥抱生活的人。

"九叶派"是在40年代中后期形成的一个现代主义的诗歌流派，代表诗人辛笛、陈敬容、杜运燮、杭约赫、郑敏、唐祈、唐湜、袁可嘉、穆旦等都是西南联大的校园诗人。他们以《诗创造》《中国新诗》等刊物为主要阵地。这个诗派曾被称为"现代诗派"或"新现代诗派"，在"文化大革命"期间曾一度隐匿，直到1981年江苏人民出版社出版了九人诗选《九叶集》后，才有"九叶派"之称。可惜，此时，穆旦已去世，杭约赫、袁可嘉已改行不再写诗，仅剩"六叶"了。20世纪80年代，回归诗坛的"九叶派"诗人郑敏、唐湜、辛笛、陈敬容等都以最朴素、最恬静的抒写表达了对生活的思考，与他们40年代的创作相比，此时的作品显得更加明朗和宁静。郑敏的诗集有《寻觅集》《清晨，我在雨里采花》《心象》等，唐湜的诗集有《飞扬的歌》《海陵王》《幻美之旅》等，辛笛的诗集有《手掌集》《印象·花束》《辛笛诗稿》等，陈敬容的诗集有《交响集》《盈盈集》《老去的是时间》等。

第三节 顾城及其《一代人》

20世纪80年代，最引人注目的诗歌有两类：一类是传统诗，这类诗歌重视干预社会生活，有强烈的政治参与意识。归来诗人的作品大部分属于这一类，如艾青的《浪尖上》《光的赞歌》，雷抒雁的《小草在歌唱》，等等。另一类是"朦胧诗"，这类诗强化现代意识，凸显创作主体，反叛传统的诗歌表现形式，表达对生活的不满和变革意识，如北岛的《回答》、顾城的《一代人》、舒婷的《致橡树》、江河的《纪念碑》、杨炼的《大雁塔》等都是有代表性的作品。

作品导读：
北岛《回答》

一、生平与创作

顾城（1956—1993），原籍上海，1956年9月生于北京，1969年随父顾工下放到山东广北农场，1974年回北京。顾城做过搬运工、锯木工、借调编辑等，在"文化大革命"期间开始创作诗歌，自1974年起在《北京文艺》《山东文艺》《少年文艺》等报刊零星发表作品。自1977年起顾城在《蒲公英》小报上发表诗作，在诗歌界引起强烈反响和巨大争论，并成为"朦胧诗"派的主要代表。1980年初顾城所在单位解体，他失去工作，从此过起了漂

① 牛汉. 我仍在苦苦跋涉：牛汉自述［M］. 何启治，李晋西，编撰. 北京：生活·读书·新知三联书店，2008：152.

泊生活。1985年顾城加入中国作家协会。1987年应邀出访欧美进行文化交流、讲学活动。1988年赴新西兰，讲授中国古典文学，被聘为奥克兰大学亚语系研究员，后辞职隐居新西兰激流岛。1992年，获德国学术交流中心创作年金；1993年，又获德国伯尔创作基金，在德国写作。1993年10月8日于新西兰激流岛涉嫌重伤其妻谢烨（诗人雷米）后自杀。顾城留下大量诗、文、书法、绘画等作品。著有诗集《白昼的月亮》《舒婷、顾城抒情诗选》《北方的孤独者之歌》《铁铃》《黑眼睛》《北岛、顾城诗选》《顾城诗集》《顾城童话寓言诗选》《顾城新诗自选集》等。部分作品被译为英、德、法等多国文字。与谢烨合著长篇自传体小说《英子》。逝世后由其父亲顾工编辑的《顾城诗全编》出版，另有文集《生命停止的地方，灵魂在前进》，组诗《城》《鬼进城》《从自我到自然》《没有目的的我》等。

顾城的诗歌数量多，内容涵盖广，诗作主要表达了以下方面的内容。

1. 幻想和任性

童年的顾城，随下放的父亲生活在荒凉的农村。这种生活环境带来的孤独、寂寞使顾城只能借助美好的幻想来打发漫长的日子。他在1964年创作的《松塔》就充满了孩子般的幻想。在《生命幻想曲》里，诗人更是写道：“把我的幻影和梦，／放在狭长的贝壳里。／柳枝编成的船篷，／还旋绕着夏蝉的长鸣。／拉紧桅绳／风吹起晨雾的帆，／我开航了。”“没有目的，／在蓝天中荡漾。让阳光的瀑布，洗黑我的皮肤。”“黑夜来了，／我驶进银河的港湾。／几千个星星对我看着，／我抛下了／新月——黄金的锚。”“天微明，／海洋挤满阴云的冰山，／碰击着，／‘轰隆隆’——雷鸣电闪！／我到哪里去呵？／宇宙是这样的无边。”诗人把贝壳想象成起航的船，柳枝想象成船篷，蝉的叫声想象成汽笛的长鸣，晨雾想象成船帆，普照大地的阳光是从天际垂下的瀑布，银河是港湾，新月是金色的锚。奇特新颖、形象无比的幻想表达了孩童的天真烂漫和对神秘宇宙的好奇与渴望。在《我是一个任性的孩子》中，诗人希望画下“一只永远不会流泪的眼睛”和“所有最年轻的没有痛苦的爱情”，画下“只有许许多多浆果一样的梦”的树熊，但是这些美好的幻想终因没有领到彩色的蜡笔而破灭。于是，“任性的孩子”只能气愤地撕碎心爱的白纸。在现实中，不会流泪的眼睛是不存在的，没有痛苦的爱情是虚无的，仅有浆果之梦的树熊未免太天真，因此说，诗人幻想的破灭是必然的。正如诗人自己所言：“现实不管你怎样憎恨，都挨着你、吸着你，使你离梦想有千里之遥。”（见顾城致谢烨的信）尽管如此，诗人依然固执任性地让心爱的白纸“去寻找蝴蝶”。诗人怎可以没有梦想呢？

2. 困惑与批判

“文化大革命”初期，武斗的血腥场面让顾城瑟瑟发抖，混乱的社会现实让他看到了恐怖。他在诗歌中表达了对畸形社会的困惑和批判。在《眨眼》中，诗人写道：“在那错误的年代，我产生了这样的‘错觉’。／我坚信，／我目不转睛。／彩虹，／在喷泉中游动，／温柔地顾盼行人，／我一眨眼——／就变成了一团蛇影。”“为了坚信／我双目圆睁。”在诗中，彩虹变成一团蛇影，时钟变成一口深井，红花变成一片血腥，寓示着正义被邪恶所代替，善良被欺骗，美好被扼杀。“我双目圆睁”表示“我”的困惑和警惕、愤怒和批判。

3. 信心和希望

在《回归》中，顾城写道，“不要睡去，不要／亲爱的，路还很长／不要靠近森林的诱惑／不要失掉希望”，表达了对未来的信念，要人们战胜种种诱惑，对前途充满希望。《不要在那里踱步——给厌世者》写道“天黑了／一小群星星悄悄散开／包围了巨大的枯树”，描绘了厌世者所处环境的阴森可怕，提醒厌世者赶快离开，“不要在那里踱步”。“梦太深了／你没有羽毛／生命量不出死亡的深度”，再次说明死亡就是深不可测的深渊，要设法离开。“灯光／和麦田边新鲜的花朵／正摇荡着黎明的帷幕”给厌世者希望，灯光、花朵、黎明都在召唤着厌世者的归来。

4. 远离尘嚣，亲近自然

《初夏》写道：“乌云渐渐稀疏／我跳出月亮的圆窗／跳过一片片／美丽而安静的积水／回到村里。”“在新鲜的泥土墙上／青草开始生长”“每扇木门／都是新的／都像洋槐花那样洁净／窗纸一声不响／像空白的信封。”“所有早起的小女孩／都会到田野上去／去采春天留下的／红樱桃／并且微笑。”这里的村庄、泥墙、青草、木门、洋槐花、窗纸、田野、红樱桃全都是远离尘嚣、宁静和谐的自然之物，体现了作者向往和亲近自然的心理。《远和近》中的“你看我时很远，／你看云时很近”更是表达了“人与人之间是隔膜的，而人与自然之间是相通的”这样一种心态。

5. 赞美英雄，追求光明

《不要说了，我不会屈服》写道：“不要说了／我不会屈服。”“虽然我想生存／想稻谷和蔬菜／想用一间银白的房子／来贮藏阳光／想让窗台／铺满太阳花／和秋天的枫叶／想在一片静默中／注视鸟雀／让我的心也飞上屋檐。”“但是，不要说了／我不会屈服。”这首诗的题记是“在即将崩坍的死牢里，英雄这样地回答了敌人”，整首诗以“不要说了／我不会屈服”开头，又以“但是，不要说了／我不会屈服”结尾，表达一种宁死不屈的精神，一种舍弃物质、追求精神的英雄气概。《我们去寻找一盏灯》写的是“我”和“你”不辞路远到窗帘后面、火车站台上、大海边去寻找那盏多彩的、温和的、美丽的灯，这里的灯代表着光明和美好。而《一代人》更是寻求光明的绝唱。

二、《一代人》

顾城的诗歌创作在多个题材领域取得了成就，他早在童年时代就跟着父亲顾工学诗、写诗。那些短小的片段式的诗歌，如“像一个巨人／站在那里／不停地吸着烟卷／望着脚下的大地／思考着一个谁也不知道的问题”（《烟囱》），显示了他的诗歌才华。但真正确立其诗坛地位的经典作品是1980年发表的短诗《一代人》：“黑夜给了我黑色的眼睛／我却用它寻找光明。”这首只有两句的诗用了两个“黑”（黑夜、黑色的眼睛）与“光明”形成鲜明的意象对比，再配以题目“一代人”的提示，表达了一代青年从迷茫到觉醒、从觉醒到追求光明的过程，让人震撼。这首诗纯净而深远，充满了孩子般的稚嫩和梦幻，被广为传颂。诗歌在寻常的词语“眼睛”前面加上一个更寻常的形容词“黑色”，再把这“黑色的眼睛”置于“黑夜”里，于是，这双重的黑暗使得青年诗人对光明的渴望更加强烈了。“黑色的眼睛”朝着光明的方向前进，这一切那么自然，却又那么富有诗意，简单而对比鲜明的词语组合使得这首诗产生了无穷的魅力。舒婷称顾城为“童话诗人”，原因也正在此，可爱的童真、执着的梦幻是他的诗经常表达的内容。顾城用孩童的眼睛和心灵来感受世界，构建童话家园。在国外接受采访时，他曾对“童话”做过专门解释，他强调这个“童”是李贽“童心说”中的“童”，指未被污染的本心，而不是指儿童幼稚的心。这首诗中的“黑色的眼睛”很容易使人想到孩童和青年，因为只有他们的眼睛才比一般人的眼睛更黑更亮。这首诗所呈现的对茫茫宇宙的探索精神在其以后的作品（如《我们去寻找一盏灯》）中不断得到重现和发展。

《一代人》这首诗采用了象征的表现手法。“黑夜”象征恶浊的现实，“眼睛”象征探索，“我”象征一代人。“黑夜”“眼睛”“我”这些简单的意象由于具有象征意义而使得诗歌产生了超越词语本身的内涵和力量。正因为诗歌给出的部分少，所以留下的可以想象的空间就大。早期象征主义大师马拉美反复强调：诗只能暗示，如直呼其名，诗的享受便减去四分之三。象征手法的运用增强了这首诗的暗示性，主题出现了多义性。“好的艺术是诗人与读者的共同创造，它们总是期待着欣赏者对于作品的加入。它们把自身未完成的开放式的（而不是封闭式的）存在付与欣赏者。此即属于可谓‘未完成美学’的范畴。”①这首诗所遵循的“未完成”的美学原则最大限度地调动了读者的创造性。从中国传统美学的角度来分析，这首诗成功地运用了留白艺术。留白原是国画创作中的一种构图方法。它的意思是“计白当黑”，可以实现虚实相映，形神兼备，创造出“无画处皆成妙境”的艺术境界。诗歌与其他文学样式最大的不同就在于它“空白”的艺术创造，这和书画创作极其相似。一个著名的诗人必定是留白高手，诗需要运用形象思维，诗更讲究跳脱与留白。这首诗就有着极强的跳脱感，大面积的留白正是其成功所在。

第四节 舒婷及其《祖国啊，我亲爱的祖国》

舒婷以女性特有的敏感和细腻来捕捉生活中瞬间的情绪反应，她的诗从整体上看，忧伤而充满希望，沉郁而激人奋进；从主题上看，有对人类的大爱的关注，有对个体生命价值的尊重，有对历史使命的担当；象征、隐喻等修辞手法的运用又使其诗歌主题复杂而多义。

一、生平与创作

舒婷（1952— ），原名龚佩瑜，祖籍福建泉州，出生于福建漳州龙海石码镇，是与北岛、顾城齐名的“朦胧诗”派的重要代表作家，《致橡树》是“朦胧诗”派的代表作之一。她1969年下乡插队，1972年返城当工人，1979年开始发表诗歌作品，1980年到福建省文联工作，从事专业写作。著有诗集《双桅船》《会唱歌的鸢尾花》《始祖鸟》，散文集《心烟》《秋天的情绪》《硬骨凌霄》《露珠里的“诗想”》《舒婷文集》《真水无香》等。《双桅船》获全国首届新诗优秀诗集奖、1993年庄重文文学奖；《真水无香》获第六届华语文学传媒盛典“年度散文家授奖”；《在那颗星子下——中学时代的一件事》曾被沪教版语文教材（六年级下册）节选。

舒婷诗歌的主题主要可以概括为以下几个方面：

第一，歌颂一切人类之爱。阅读舒婷诗集，我们可以明显感受到“爱”的主题：祖国、人民、父母、恋人、朋友都是她歌颂的对象。《祖国啊，我亲爱的祖国》把自己比作

---

① 谢冕. 历史将证明价值：《朦胧诗选》序［M］// 阎月君，高岩，梁云，等. 朦胧诗选. 沈阳：春风文艺出版社，2002：序.

水车、矿灯、贫困、悲哀，同时又是希望、花朵、理想、笑窝，表现出对祖国深深的理解、真挚的爱恋和甘愿为祖国奉献的心情。《呵，母亲》："你苍白的指尖理着我的双鬓，／我禁不住像儿时一样／紧紧拉住你的衣襟。""我依旧珍藏着那鲜红的围巾，／生怕浣洗会使它／失去你特有的温馨。"这些诗句生动地表达了对母亲深深的依恋和甜柔的怀念。《双桅船》中"岸啊，心爱的岸／昨天刚刚和你告别／今天你又在这里／明天我们将在／另一个维度相遇""不怕天涯海角／岂在朝朝夕夕／你在我的航程上／我在你的视线里"，以船与岸"相聚—分离—再相聚"的关系来象征恋人关系，风浪、距离都不能阻隔感情的相牵。《赠》说"如果你是火／我愿是炭""如果你是树／我就是土壤"，表达了愿意为朋友的成功而全力相助的自我牺牲精神。

第二，张扬女性的人格独立与尊严。舒婷以女性特有的细腻和委婉来表达爱情，同时，她的爱情诗往往具有一种阳刚之气，是柔中带刚的现代女性之美，这反映了新时期女性独立人格与价值观念的觉醒。《神女峰》对长期受压抑和被愚昧的生命，发出了对人性复苏和女性人格尊严的深情呼唤："与其在悬崖上展览千年，不如伏在爱人肩头痛哭一晚。"[①]此外，舒婷的代表作《致橡树》更正面表达了诗人对于爱情中理想男女关系的独立思考。《致橡树》作于1977年，诗人以一株木棉树的形象树立起了女性在爱情中的尊严，突出地表达了女性不做爱情中的依附物和牺牲品，要与橡树并肩携手、终生相伴的爱情追求。诗中用"凌霄花"比喻攀高枝的爱情，用"痴情的鸟儿"比喻一味迁求的爱情，用"泉源险峰"比喻服务型、衬托型的爱情。这种种爱情模式都是诗人要否定的，诗人理想中的爱情是平等独立型的。"你有你的铜枝铁干，／像刀、像剑，／也像戟；我有我红硕的花朵，／像沉重的叹息，／又像英勇的火炬。／我们分担寒潮、风雷、霹雳；／我们共享雾霭、流岚、虹霓。"这才是诗人追求的坚贞爱情。在艺术手法上，诗歌采用了内心独白的抒情方式，使人感受到诗人坦诚、真挚的情感。这样大胆直白、个性鲜明的爱情观在20世纪80年代拨动了无数青年的心弦，成为女性追求独立人格的宣言。李朝全认为："在'文革'十年之后，人们似乎都耻于谈论爱情。爱情被丑陋化、妖魔化……舒婷却在诗歌里勇敢地说出了爱，勇敢地表达了爱情应该是平等的、分享的、共存的，爱情应该是建立在共同的事业和命运之上的，这样的一种爱情观，在七十年代末八十年代初无疑具有令人耳目一新、振聋发聩的效果。而诗人借助树的意象来表达自己的思想，也赋予了思想鲜艳的颜色。"[②]尽管《致橡树》的主题常被人理解为探讨爱情，但舒婷曾表示这并不仅仅是一首爱情诗。那么《致橡树》以爱情为基点，而又超越爱情的内容究竟是什么？或许就是诗歌中含蓄表露的女性独立精神。进入新时期，思想解放的时代氛围使人们重新审视女性的社会地位，摒除性别偏见的前提是女性自身的精神觉醒，无论爱情、事业还是家庭，女性在任何领域都需要有不依附他人而自我解放、自我争取的魄力。女性可以"分担"，可以"共享"，只有在男女彼此尊重、精神独立的前提下，"终身相依"才是有意义的。

作品导读：
舒婷《致橡树》

① 金汉．中国当代文学发展史［M］．上海：上海文艺出版社，2002：280.
② 李朝全．诗歌百年经典：1917～2015［M］．北京：中央编译出版社，2016：227.

第三，具有强烈的忧患意识和历史使命感。尽管作为“朦胧诗”派的代表，舒婷的创作在整体上体现了人本主义文学的复归，强调了对个体价值的尊重，但舒婷没有忽略对于时代和社会生活中某些重要问题的关注和思考，这就使她的部分诗歌具有强烈的忧患意识和历史使命感。如果说顾城的《一代人》还包含迷茫和觉醒，那么，舒婷的《一代人的呼声》则坚定地表达了对真理的呼唤和追求：“……但是，我站起来了，／站在广阔的地平线上，／再没有人，没有任何手段／能把我重新推下去。”“但是，为了孩子们的父亲，为了父亲们的孩子……为了祖国的这份空白，／为了民族的这段崎岖，／为了天空的纯洁／和道路的正直／我要求真理!”这首诗作于20世纪80年代，正值我国冲破重重阻力、拨乱反正、弘扬正气之际，作者站在民族的高度呼唤真理，表达了饱受磨难的一代人强烈的历史使命感，和对祖国、对人民的高度热爱!《风暴过去之后——纪念“渤海2号”钻井船遇难的七十二名同志》写道：“七十二双灼热的视线／没能把太阳／从水平上举起。”“七十二对钢缆般的臂膀／也没能加固／一小片覆没的陆地。”“盛夏时分／千百万颗心／骤然感到寒意。”舒婷用自己的诗歌记下了1979年“渤海2号”钻井船遇难这一重大历史事件，时刻提醒后人不能忘记为祖国殉难的英雄，显示了强烈的社会责任感。

舒婷的诗歌创作与北岛、顾城等“朦胧诗”派诗人的诗歌创作相比有自己的特色，这些特色主要体现在以下几个方面。

第一，以“我”和“你”作为抒情主人公形象。舒婷早期诗歌多以“我”和“你”对话式的形式来构建诗歌框架。“我”和“你”看似是特指的抒情主体，实质上是具有普遍象征意义的抒情主体。例如，《雨别》：“我真想摔开车门，向你奔去，／在你的宽肩上失声痛哭：‘我忍不住，我真忍不住。’”这里的“你”是“我”倾诉的对象，可以是恋人、挚友，也可以是父亲、母亲。在《祖国啊，我亲爱的祖国》中，“迷惘的我、深思的我、沸腾的我”是抒情主人公，“你（祖国）”是抒情对象，“那就从我的血肉之躯上／去取得／你的富饶、你的荣光、你的自由”，对仗工整的词句表达了炽热的感情。《兄弟，我在这儿》写道：“你原属于太阳／属于草原、堤岸、黑宝石的眼眸／你属于暴风雪／属于道路、火把、相扶持的手／你是战士，／你的生命铿锵有声。”“我从思念中走来／书亭、长椅、苹果核／在你记忆中温暖地闪烁。”这里的“我”和“你（兄弟）”构成一组对话模式，表达了诗人对战士的理解、思念和关怀。《黄昏星》写道：“你解开山楂树／一支支／挽留的手臂／依次沉入夜的深渊／我还站在你照耀过的地方／思绪随晚归的鸟雀／在霞晕中纷飞／——直至月上松林。”这里的“我”对“你（黄昏）”倾情赞美。

第二，舒婷的诗歌往往具有温柔、和谐、清新、亮丽的意象组合，这些意象与北岛诗歌中那些阴冷、凝重的意象迥然有别，与顾城诗歌中纯情、童话般的意象也不同。这些意象是南方女诗人的专利，带着海的浪漫、花的鲜艳和树的葱绿，如《海滨晨曲》中的“大海”“潮水”“槟榔”“橡树”“帆影”“礁石”，《中秋夜》中的“海岛”“芭蕉”“龙眼”，《致橡树》中的“凌霄花”“木棉”，等等，都展示了“朦胧诗”语言丰富优美、含蓄蕴藉的特色，诗人通过这些自然意象寄托和渲染感情，很有质感。

第三，舒婷的诗歌常用表示转折关系的关联词表达复杂的情感，而且，她还习惯使用对仗、反问、复沓、对比等句式抒发强烈的感情，诗歌的语言形式是古典与现代的融合。因此，她的诗读起来有一波三折的情致，颇有韵味。舒婷诗歌中常用的关联词有“与其……不如”，如“与其在悬崖上展览千年，不如伏在爱人肩头痛哭一晚”（《神女峰》）；

“如果……就”，如“如果你是树／我就是土壤”（《赠》）；“要是……又”，如“要是灵魂里溢满了回响／又何必苦苦寻觅”（《四月的黄昏》）等。对仗句式如“根，紧握在地下／叶，相触在云里”（《致橡树》）。反问句式如“难道真挚的爱／将随着船板一起腐烂／难道飞翔的灵魂／将终身监禁在自由的门槛”（《船》）。复沓句式如“不是一切呼吁都没有回响；／不是一切损失都无法补偿；／不是一切深渊都是灭亡；／不是一切灭亡都覆盖在弱者头上”（《这也是一切》）。对比句式如“世界也许很小很小／心的领域很大很大”（《童话诗人》）。

二、《祖国啊，我亲爱的祖国》

《祖国啊，我亲爱的祖国》是舒婷的成名作，获1979—1980年全国中青年优秀诗歌作品奖。从舒婷大量的赠答诗和送别诗可以看出，她是一个善解人意、感情炽热的人，她用自己的诗不仅对他人献上了关切和爱，而且对生养自己的祖国更是献上了一颗火热的心。《祖国啊，我亲爱的祖国》通过一系列蒙太奇式的意象组合，如“破旧的老水车”“熏黑的矿灯”“干瘪的稻穗”“失修的路基”“淤滩上的驳船”“痛苦的希望”“古莲的胚芽”“雪白的起跑线”等，一方面细致入微地刻画了饱经风霜的民族的种种落后面貌，另一方面表达了作为祖国女儿决心为改变这种落后状况而为祖国献身的大无畏精神。诗作把对祖国的挚爱和忧患意识融合在一起，失望与希望、沉郁与昂扬的复杂感情溢于言表。“这诗并没有回避现实，她以与祖国共命运的情感，正视了祖国苦难、贫困、悲哀的过去，也正视了伤痕累累的现在。而强烈的历史感与使命感又使她认识到现在不仅是伤痕累累，而同时又是充满希望的，使她要以自己的血肉之躯去换取祖国的富饶、光荣与自由，这无疑是时代的最强音。”①的确，《祖国啊，我亲爱的祖国》唱出了一代人的心声，诗中的“我”具有个人与时代复合的特征，这个“我”实质上是“一代人”的形象，它表达了经历过“文化大革命”的一代年轻人从迷茫、思索到觉醒、奋起的心路历程，这代人在经受过历史的颠簸后，做好了为祖国奉献的准备，在为祖国奉献的同时完成自身位置和价值的确定。

在艺术手法的运用上，这首诗有几个特点：一是象征手法的运用。象征是西方现代主义诗歌的主要表现手法，它常用具体的事物代表抽象的意义，象征意象的大量使用是“朦胧诗”的重要特点。《祖国啊，我亲爱的祖国》用“老水车”“矿灯”“稻穗”“路基”“驳船”来象征祖国的贫穷和落后，用“胚芽”“笑窝”“起跑线”“黎明”象征未来和希望。二是先抑后扬手法的运用。诗歌第一节用具体的意象渲染祖国的落后，“我是你河边破旧的老水车”，起笔就把读者带入低沉痛苦的感情体验中。第二节直截了当地说出祖国的贫困和悲哀，同时用“祖祖辈辈痛苦的希望”“千百年未落到地面的花朵”来表达一种对繁荣发达的迫切愿望。这种思路直接引领了第三节的“我是你簇新的理想”“是绯红的黎明”，由此，诗歌的感情基调开始转入高潮，直到第四节的“那就从我的血肉之躯上／去取得／你的富饶、你的荣光、你的自由”达到沸腾的顶点。整首诗的感情流是一个从波谷到波峰的形态，每节的末尾又加上深沉的呼唤“祖国啊”，更加激起人们心灵的震荡。

① 赵威重．论舒婷的朦胧诗［J］．社会科学辑刊，1993（3）．

经典评论

她温婉端丽的笔触表现的往往不是生活的场景和过程，而是去寻觅、探索、挖掘沸腾的生活溶解在自己心灵中的情绪，捕捉那些更深、更细、更微妙的心灵的秘密的颤动。在我们看来缺乏诗意的平凡甚至是渺小的感触中，她发现了诗意；在我们以为不可想象的领域中，她展开了想象的翅膀。[①]

第五节　海子及其《面朝大海，春暖花开》

20世纪80年代中后期，中国诗坛继“朦胧诗”之后，又涌起一次诗歌浪潮，流派林立，如“非非主义”“莽汉主义”“他们诗派”等，以海子、西川、骆一禾为代表的“新古典主义”诗派也在其中。评论家把这些名目繁多的诗歌流派所创作的作品统称为“后朦胧诗”，以区别于北岛、舒婷等人的“朦胧诗”。海子的诗歌的确很少使用“朦胧诗”惯用的象征、比喻等修辞手法，而体现出一种纯古典的朴实和率真。

一、生平与创作

海子（1964—1989），原名查海生，安徽怀宁人。1979年15岁时考入北京大学法律系，大学期间开始诗歌创作。1983年毕业后分配至中国政法大学工作。他在短暂的一生中创作和撰写了将近200万字的诗歌、小说、戏剧、论文。其主要作品有：长诗《但是水，水》、长诗《土地》、诗剧《太阳》（未完成）、话剧《弑》及大量抒情短诗。海子的第一首短诗是《亚洲铜》，最后一首短诗是《春天，十个海子》。已出版的诗集有《麦地之瓮》（与西川合印）、《土地》、《海子、骆一禾作品集》、《海子的诗》、《海子诗全编》等。曾于1986年获北京大学第一届艺术节五四文学大奖赛特别奖，于1988年获第三届《十月》文学奖荣誉奖，于2001年获第三届人民文学诗歌奖。

作品导读：
海子《春天，十个海子》

微视频：
海子诗作的审美特征

海子诗歌的主题大致包含以下几个方面：

第一，对“土地”的热烈歌咏。海子从小在农村长大，他的父母和三个弟弟都是农民，他大学期间和参加工作后的寒暑假也经常在农村度过，所以他对土地有深厚的感情，“土地”成为其创作的重要母题。《亚洲铜》是他的成名作，也是他后来创作长诗《土地》的引子。“亚洲铜”本身就隐喻黄土地，指亚洲广袤肥沃的黄土地，因为亚洲的黄土地与铜这种金属有一样的色彩和质感，土地被赋予这个名字而变得美丽和深邃。鸟和海水都是要走的，只有细嫩的青草才是黄土地的主人。祖祖辈辈生长于此的黄土地在这里是歌咏对象，在诗中反复出现。《麦子熟了》《麦地》歌咏了丰收的、成熟的土地。总之，海子在对土地的描写中追寻生存的本质和精神的故乡。海子的好朋友苇岸在日记中这样记述：“海子把他唤来的一切幻象，都化作他所熟悉的家乡事物的意象，使他的诗在根源上与民间和大地保持

① 孙绍振．恢复新诗根本的艺术传统：舒婷的创作给我们的启示［J］．福建文艺，1980（4）．

着亲密的联系。”“今天海子来找关于大地的书。他说至今还没有看到一部这样的书，梭罗的《瓦尔登湖》沾点边。我提到汉姆生的《大地的成长》和俄罗斯的作品。……海子找的是关于大地本身的书，不是小说，也不是土壤或地貌的教科书。”[①]这些真实的记录说明了海子在创作中对“土地”的充分关注。

第二，对“太阳”的崇拜和追求。海子的诗歌既有对具有母性象征意义的“土地”的抒写，也有对具有父性象征意义的“太阳”的描绘，体现了他心胸宽广、诗境雄浑的一面。他在《阿尔的太阳——给我的瘦哥哥》一诗的题记中写道：“一切我所向着自然创作的，是栗子，从火中取出来的。啊，那些不信仰太阳的人是背弃了神的人。”这里的太阳“把星空烧成粗糙的河流，／把土地烧得旋转”，强大无比，无所不能，是神的化身！1986年后，他开始全力创作长诗《太阳·七部书》。他在《祖国（或以梦为马）》中写道：“我的事业　就是要成为太阳的一生／他从古至今——‘日’——他无比辉煌无比光明／和所有以梦为马的诗人一样／最后我被黄昏的众神抬入不朽的太阳。”“太阳是我的名字／太阳是我的一生／太阳的山顶埋葬　诗歌的尸体——千年王国和我／骑着五千年凤凰和名字叫‘马’的龙——我必将失败／但诗歌本身以太阳必将胜利。”这里的几乎每一句诗都含有“太阳”这一词语，太阳是“我的名字”“我的一生”“我的事业”，这样的表达充分说明诗人对太阳的热烈追求，诗人甚至把太阳视为某种神秘的东西而顶礼膜拜。西川在《死亡后记》中写道：“海子的一生，按照他自己的话说，‘就是要成为太阳的一生’。他肯定受到崇拜太阳的古埃及人、波斯人、阿兹特克人的鼓舞，并且也受到了‘死于太阳并进入太阳’的美国诗人哈里·克罗斯比的震撼。”[②]

第三，诗作中包含浓郁的“死亡”意识。从贫瘠土地上走出来的海子，脆弱而敏感；流浪于城乡之间的海子，茫然而无助；“四姐妹”带来的爱情失意，使海子忧伤而绝望；诗歌帝国带来的魔法力量，使海子孤独而疯狂。于是，在海子的诗歌中处处充满了“黑色、黑夜、落日、黄昏、死亡、复活”等意象。这些灰暗的字眼渗透着海子强烈的理想色彩，弥漫着抑郁和神秘的色彩。“在夜色中，我有三次受难：流浪、爱情、生存。／我有三次幸福：诗歌、王位、太阳。”（《夜色》）——生存的艰难和对理想的膨胀在这样的诗句中体现。

二、《面朝大海，春暖花开》

《面朝大海，春暖花开》创作于1989年1月13日。这是海子的代表作，也是海子生平创作中最平静、安详和阳光明媚的诗篇。

诗的第一节，作者首先为自己祝愿，“从明天起，做一个幸福的人”。第二节，作者要把自己对幸福的电流般的、麻酥酥的感觉告诉给每一个亲人，让亲人分享自己的幸福。第三节，作者为“他者”祝愿，这里“他者”包括每一条河、每一座山，甚至每一个陌生人。诗人认为幸福的标准就是喂马、劈柴、周游世界、有充足的粮食和蔬菜以及一所面朝大海的房子，这里有低廉的生存标准，也有浪漫的生活追求。喂马、劈柴，是一般的农村生活，粮食、蔬菜是生存的基本保障，但是，周游世界、拥有一所海边的房子并非人人可

① 苇岸．诗人是世界之光［M］//余徐刚．海子传．南京：江苏文艺出版社，2004：262-263.
② 西川．死亡后记［M］//余徐刚．诗歌英雄海子传．南京：江苏文艺出版社，2004：233.

以求得。所以，海子的幸福追求既简单又复杂，既朴素又奢侈，特别是对于一个游走于乡村和城市之间的社会边缘人来说，这种幸福追求只能是幻想的乌托邦。然而，正是在这种幻想的乌托邦中，海子禁不住要给每条河、每座山起一个温暖的名字，禁不住要为陌生人祝福。在诗中，他清晰地写道："愿你在尘世获得幸福，/我只愿面朝大海，春暖花开。""他的诗中充满海德格尔的'还乡'——回到生命本源的安详和自然。他的'房子'是他灵魂'诗意栖居'的住所，他是他自己的花朵，他是家乡、亲人和所有春天的麦地。……他写给流浪太久又终于不想流浪的人，写给居家太久又渴望流浪的人，写给耳鬓厮磨的陌生人和麦地一样亲切的陌生人。写给坚强平静却又始终怀揣敬畏的心，写给月下蒙尘既久而终于无蔽的心。他用自己独有的方式把情感的丰富性提到一个史无前例的高度——这是80年代诗歌的骄傲。"①

这首诗体现了海子以乡村生活经验为题材进行创作的习惯，诗中的"喂马、劈柴、粮食和蔬菜、河流、山川"这些带有农耕意味的意象营造了一个令人神往的世外桃源，表达了海子对人类处境和归宿的哲学思考。这首诗平静、素朴的语言风格也是海子诗歌所一贯追求的。海子认为，追求修辞是诗歌的世纪病，必须加以克服。他说："从荷尔德林我懂得，诗歌就是一场烈火，而不是修辞学习。诗歌不是视觉，甚至不是语言。她是精神的安静而神秘的中心，她不在修辞中做窝。她只是一个安静的本质，不需要那些俗人来扰乱她。她是单纯的，有自己的领土和王座。她是安静的，有她自己的呼吸。"②这首诗不事雕琢，疏淡、和谐地表达了对普天下人们的宽广之爱和对个体生命终极价值的审视，它打动了众多读者，成为海子的经典之作。

拓展学习

1. 归来诗人主要指哪些人？
2. 试述艾青新时期诗作的成就。
3. 赏析牛汉的《华南虎》。
4. 为什么说顾城是"童话诗人"？
5. 顾城的《一代人》有着怎样的经典意义？
6. 结合舒婷《祖国啊，我亲爱的祖国》写作的时代背景，分析这首诗所表达的思想感情。
7. 海子作品如何体现了对土地的关注？
8. 海子《面朝大海，春暖花开》创造了怎样的诗学意境？

① 易丽华，李赣．"后朦胧"时代："原始杂陈"和海子的意义［M］// 李赣，熊家良，蒋淑娴．中国当代文学史．北京：科学出版社，2004：240.
② 海子．我热爱的诗人：荷尔德林［M］// 海子．海子诗全编．上海：上海三联书店，1997：918.

阅读链接

1. 洪子诚、刘登翰著的《中国当代新诗史》(修订版)(人民文学出版社2010年版)对当代诗歌做了系统深入的论述。

2. 绿原、牛汉编写的《白色花》(人民文学出版社1981年版),收集了阿垅、鲁藜、曾卓、绿原、牛汉等20位诗人的诗作共109首,这部诗集的问世宣告了“七月派”这一诗歌群体的复出。

3. 牛汉口述,何启治、李晋西编撰的《我仍在苦苦跋涉——牛汉自述》(生活·读书·新知三联书店2008年版),讲述了作家兼编辑家牛汉坎坷丰富的一生,行文兼有历史的广度和心灵的深度,文字饱含着对现实的体验和对生命的体悟。

4. 章明发表在1980年《诗刊》上的《令人气闷的朦胧》最初给“朦胧诗”的定义是“似懂非懂,半懂不懂,甚至完全不懂,百思不得其解”,由此引发了20世纪80年代关于“朦胧诗”的论争。阅读这篇文章,有助于了解“朦胧诗”的缘起和发展。

5. 倪伟李、沈丙龙编的《中国朦胧诗》(海峡文艺出版社2017年版)整理了具有代表性的中国“朦胧诗”作品,阅读该诗选有助于了解“朦胧诗”以现实意识思考人的本质、肯定人的自我价值和尊严、注重创作主体内心情感的抒发等特点。

6. 阅读余徐刚著的《海子传》(安徽人民出版社2011年版)和西川编的《海子诗全集》(作家出版社2009年版),对海子及其诗歌会有一个全面的了解,有助于理解海子所创设的“诗歌神话帝国”。

第二十八章　新世纪的诗歌

【学习提示】

进入新世纪以来，个人化、日常化书写成为诗歌创作的主流，诗歌创作主体日益分化，知识分子书写与民间书写并存，并呈现出向中国诗歌传统回归的趋势。一方面，多姿多彩的文学思潮和个性化的诗歌创作不断涌现，新的诗歌生态、书写范式、美学观念正在探索中形成。另一方面，新世纪诗歌比以往更热切地与时代同步，与生活携手，回归生命本真，呼唤诠释生命真谛的佳作出现。

在本章学习中，要重点把握新世纪以来诗歌创作的成绩与特点。

第一节　新世纪诗歌展现新生态

新世纪至今已经走过了20多个年头，新世纪诗歌在多元混响的时代里，难免众声喧哗、观点林立，但同时多姿多彩的文学思潮和个性化的诗歌创作也不断涌现。当代诗坛新的代际格局正在形成，新的诗歌生态、书写范式、美学观念也正在探索中形成。

新世纪诗歌受到网络媒体的冲击，呈现出个性化、多样化的创作特点，个人化、日常化书写成为新世纪诗歌的主流，知识分子书写与民间书写并存，同时新世纪诗歌也在积极探求回归传统的路径。

第一，个人化、日常化书写成为新世纪诗歌的主流。20世纪90年代，诗歌的群体话语日益被主观化、内向化的个性书写所取代。诗人日益从社会公共空间退守到“自己的园地”，诗歌的宏大叙事日渐退隐，许多诗人以自身的日常处境及遭遇为题，进行诗歌创作。新世纪诗人们尤其是女诗人们以独特细腻的情感触角，触及日常生活细节，将日常化的物象入诗，丰富了中国诗歌的意象谱系。例如女诗人王小妮将司空见惯的阳光、土豆、大雪、水、电、水果等日常物象引入诗中，以平淡的语言显示了其日常化诗歌美学的魅力。但同时，我们也应该警醒，在新世纪诗歌大量日常化的书写中，不乏家长里短、小情小调、无病呻吟、为赋新词强说愁，小处敏感而大处迷茫，放逐理想，一味地私人化，这样的诗歌在面对新时代的社会现实时难以进行深入思考，日常化消解了诗歌崇高的哲思，也在某种程度上限制了新世纪诗歌的创造力。

知识链接：
盘峰论争

第二，新世纪诗歌创作主体日益分化，知识分子书写与民间书写并存。世纪之交出现了“盘峰论争”，人们试图为新世纪的诗歌创作寻求出路。就诗人的创作身份和写作姿态而言，“知识分子书写”表现出的是一种精英化的写作姿态，强调对人的精神启蒙，但同时也显露出了与民间沟通的乏力，主要读者也往往局限于知识分子群体。而“民间书写”则相对缺乏精神上的启蒙，但往往能适应大众读者的要求，受众相对广泛。进入新世纪以来，随着草根阶层的不断觉醒和壮大，“底层诗歌”的写作队伍日益壮大，作品日益增多。以“打工诗歌”为例，以郑小琼、柳冬妩、许强、罗德远等为代表的打工诗人，用自己的文字为身处社会底层的同伴代言，自2014年下半年以来，以老井、许立志、余秀华为代表的诗人群体日益为公众所熟知。从新世纪诗歌的创作实践来看，“民间书写”使诗歌不再局限于“象牙之塔”，彰显了诗歌关注现实人生的力量，读者也在这些诗歌中看到了当代诗歌少有的诗意与激情。需要指出的是，“知识分子书写”与“民间书写”无所谓孰优孰劣，也并非泾渭分明，二者常常彼此借鉴、互相融合，共同构成了新世纪诗歌多元共生的局面，这无疑有利于诗歌生态的良性发展。

第三，新世纪诗歌呈现出了向古典诗歌传统回归的尝试。百年来中国诗人们或多或少都受到西方诗歌的影响。进入新世纪以来，随着中国国力的提升，诗歌作出了向传统回归的积极尝试。新世纪诗人们努力在创作中寻找“中国性”、书写“中国气象”，表现民族气质和民族特性，重建精神家园。无论是于坚的《飞行》、王小妮的《十枝水莲》，还是侯马的《他手记》、桑克的《历史》，都体现了新世纪诗歌向传统回归的有意探索。

诗人余光中是中国台湾当代诗歌的主将，他的早期诗歌创作也曾走过“西化”的路子，但随着其诗集《莲的联想》的出版，诗人走上了回归传统的道路。《莲的联想》显示了诗人对于中华传统文化的探讨精神。余光中的《白玉苦瓜》一诗中“白玉苦瓜”的意象无疑是有着厚重历史传统的中华民族象征，诗人借此抒发了对中华传统文化的眷恋之情。但需要指出的是，新世纪诗歌回归传统的作品良莠不齐，有些诗歌仍停留在形式上的模仿层面，而对于传统精神的化用还有待深入。

知识链接：新世纪网络诗歌的利弊

综上所述，进入新世纪以来，当代诗歌越来越呈现出众声喧哗、百花齐放的繁盛之势，但同时我们也应看到当代诗歌正面对前所未有的网络冲击。不可否认，网络为大批不同风格、不同流派的自由诗歌创作者提供了可能的空间。但微信、博客、微信公众号、朋友圈等，使诗歌公开发表的门槛日趋降低。在全民欢歌的繁荣景象背后，新世纪诗歌正面临急剧变化的诗歌生态，在网络的驱动之下，每年量产惊人，但一些诗歌创造力有限、情感苍白、质量下滑也是不争的事实，真正可圈可点而有深刻洞见的作品并不多见。新世纪比以往更热切地与时代同步，与生活携手，回归本真，呼唤诠释生命真谛的诗歌佳作出现。令人欣慰的是，网络同时也催生了大批诗歌创作的新生力量，中国当代诗歌创作的探索依然走在路上。

第二节　知识分子的坚守与流变

新世纪的诗歌，相比前代在思想内蕴与美学风格上的执着追求、突破，在新的历史文化语境下表现出更多的鲜明特点，进入了诗歌创作的新时代。世界范围内的文化融合与冲突加剧，经济市场化带来汹涌澎湃的消费主义浪潮，在信息技术快速革新下网络文化迅猛发展，这些都在深刻改变人们的生活方式，催动人们价值观的裂变，诗歌在被多元的现实生活注入勃勃生机的同时，自身也在经历褪去旧面貌、唱响时代新旋律的自觉的历史演变过程。作为诗歌创作主体的精英知识分子们，没有哪一刻比当下更清晰、明确地感受到中国诗歌文化新生态、新景观所蕴含的巨大力量，他们在历史与现实的双重维度中不断开掘，与传统、社会乃至自我展开对话，传达深刻的理性精神和深厚的人文关怀。

新世纪的中国诗歌界众声喧哗，几代同堂，堪称“热闹”。它不同于20世纪80年代，一股文学精神或美学风潮的裹挟尚且能够令诗坛形成相对统一的局面，此时人们已很难明确指称某一诗歌创作群体，以揭示命名对象的思想逻辑与艺术品格，代之而起的是众多诗歌事件、诗歌现象，是更具“标签化”特点的指称，暂时聚合又快速流散的诗歌创作成了新世纪诗坛的独特风貌。

在这一转变过程中，“知识分子书写”显现了对赓续理想主义传统的一贯坚定与稳健态度，以深邃的理论思想、蓬勃的艺术生命力不断开拓新的诗歌创作与研究领域，标示着诗歌创作的时代高度。诸如老一辈诗人——“中国新诗派”的郑敏、唐湜，“七月派”的牛汉、绿原、彭燕郊，“右派”诗人白桦、公刘、邵燕祥等，还有诗歌创作实绩丰厚、影响持久深远的“朦胧诗”“后朦胧诗”以及“第三代”诗人——北岛、多多、杨炼、王家新、王小妮、欧阳江河、西川、柏桦、翟永明、周伦佑、于坚、韩东和臧棣等，他们仍秉持着创作初心，或以敏感的诗思抚触社会历史、描摹现实人生，或执着求索自我生命的奥秘。无论是洞穿古今世事的成熟练达，还是有感于生存的苦痛焦灼，无论是惊叹“日常的奇迹”，还是沉湎于哲学幽境的浪漫玄远，丰沛而真挚的情感不断从诗人们内心汩汩流淌出来，鲜明的个性、独特的体验凝结成许多优秀的作品。广阔的艺术视野、中西融通的知识学养、自觉的知识分子使命感与社会责任感，让这些诗人有意识地抵制着文化市场化、商品化、世俗化潮流的侵蚀，在多声部的时代奏鸣曲中顽强交织出一片色彩斑斓的诗歌天地，闪耀出与他们早期创作相同的精神质素与文学意趣。这里我们需要说明将部分“第三代”诗人纳入“知识分子书写”的原因。20世纪80年代中后期，致力于消解诗歌的精英意识、文化隐喻性和崇高感的“第三代”诗人，以平民化的诗歌态度高举反叛“朦胧诗”的大旗，搅动诗坛。时至90年代的尾声，坚决捍卫“民间立场”的于坚、伊沙、徐江等诗人又与以王家新、欧阳江河等为代表的“后朦胧诗”展开了近两年的论战，并将矛头直指其历史发展的新阶段——“知识分子书写”。因此，一些当代文学史研究者在提到“知识分子书写”时，将他们归入“民间写作”范畴。但事实上，“知识分子书写”与“民间书写”并不是全然对立的，在对内在自由和独立意志的追求、对怀疑和否定精神的彰显，以及推动诗歌走向“及物”写作方面，两者有很大的一致性。

政治、经济、文化语境的变迁固然在极大程度上塑造着艺术的新面貌、刺激着艺术新追求的产生，但不可否认，新世纪的“知识分子书写”是在继承五四时期以来现代新诗传统、延续其精神血脉的基础上发展起来的，对人的热切关注、对历史与现实的不断叩问是其永恒不变的创作主题。以乡土为题材的诗歌创作表现出了强劲势头，殷谦（北野）、解文阁（大解）、胡弦、雷平阳、马新朝、王夫刚、张曙光等诗人，在回望历史的同时，也将对现代文明的反思沉淀为诗歌的基本底色，书写了不同地域文化掩映下的多样情志。诗人雷平阳在诗歌评论界和广大读者群体中都获得了普遍认可。他的诗作建构在自身深切的生命体验和理性思索之上，并向形而上领域寻求拓展，历史的云南、现实的云南、理想的云南在其笔下复杂纠结、相互碰撞，个体的尊严与价值在毁灭与重建中被不断肯定。雷平阳的诗歌创作主要表现了两个向度的思考：一是对现代工业文明的思考；二是对人的思考。雷平阳是新世纪诗坛上难得的一位在抒情和叙事两个方面都很擅长的诗人。他的诗抒情饱满、深挚，时时隐现一种难有归途的疼痛；他的诗叙事又是“剔除杂芜，心无旁骛，刀尖直抵心脏或骨头”①的。无论抒情还是叙事，雷平阳的诗歌总是能从细微之处着眼，最终进入一个浑融的大境界，将创作的整体美表现得淋漓尽致。

第三节 “民间身份”下的民间书写

胡适先生曾说：“中国新诗的范本，有两个来源：一个是外国的文学，一个就是我们自己的民间歌唱。”②在今天看来，我们已经摆脱了一味模仿前者的窠臼，成就了更加丰富多彩的“中国经验”的诗意表达。不过所谓的“民间歌唱”在诗歌创作中还远未达到其应有之义。20世纪20年代以来，“民间”被纳入知识分子话语体系。但站在“民间立场”书

① 刘波，雷平阳．“我只是自己灵魂阅历的记录者”：雷平阳访谈录［J］．诗选刊，2014（6）．
② 胡适．复刊词［J］．歌谣周刊，1936，2（1）．

写“民间意识”和真正以“民间身份”描绘民间生存图景的诗歌写作并不是一回事。文化精英们对大众化的诗歌运动、对“平民诗人”的诗歌作品质量及水准始终是抱有怀疑甚至否定态度的。这样的局面在进入新世纪后有了新的变化，网络媒介的强势介入从外部率先突破了诗歌创作的小圈子，各种电子化民间诗刊纷纷出现，诗歌网和诗歌论坛层出不穷，博客、微博、QQ空间、微信朋友圈、短视频平台等媒体也成为诗歌发表的阵地，众多诗歌爱好者们在虚拟空间中不断群聚、互动、交流，甚至还设立了自己的诗歌奖、诗歌节。由此，新世纪诗坛不断涌现出打工诗歌、农民诗歌、地震诗歌等以大众为创作主体的诗歌现象，“民间”概念的包容性进一步提升，虽然争议仍不可避免，但诗歌文化有效转型，在泥沙俱下之后，一个澄明、健康的新的诗歌生态环境在逐渐建立。

2001年《打工诗人》创刊，刊发了来自17位诗歌创作者的一系列作品，在这里我们不以他们的自命名来直接称他们为“诗人”，是想要说明诗歌界对其身份的认定持复杂的态度，一方面此时打破文学传统价值评判标准的新书写尚处于起步阶段，还存在一些明显缺陷，如“打工诗歌”的艺术水准普遍较低，思想不够深刻，对生活的反映流于表面，等等。这与创作者的社会地位、文化素养、思想观念有关，他们因迫切渴望现代化生活而背井离乡、流入城市，却往往由于不具备与之相配的知识与技能、精神底蕴而落入社会底层。这个过程引发了社会、生活、道德、权益等方面的诸多问题，“打工者”成了与卑微、怯懦、贫苦、屈辱直接相关的弱势群体，惯于沉默，易被忽略。但另一方面，他们也有发出声音、证明自己的欲求，有袒露内心、不吐不快的冲动，“打工诗歌”就构建了一个很好的抒情场域，它与创作者的血肉相交融，以真挚淳朴的情感打动人心，呈现那个“讲不出来的我”，从这点来说它的价值与意义不容否定。

2005年前后，“打工诗歌”逐步形成热潮，作为一个公共话题进入大众读者、诗歌评论家与研究者的视野。其创作群体庞大，作品数量连年攀升，已出版的较有代表性的作品集有许强、罗德远、陈忠村等主编的“中国打工诗歌精选”系列，覆盖地域从开风气之先的珠江三角洲，扩散到长江三角洲、东部经济较发达地区，现在中西部一些城市也出现了打工诗人的身影，“打工”这一社会现象直接催生了“打工诗歌”。一些在艺术上具有相当水准的作品，如罗德远的《黑蚂蚁》、许强的《为几千万打工者立碑》、徐非的《一位打工妹的征婚启事》、曾广文的《在异乡的城市生活》、许岚的《流浪南方》等，是众多打工者的生存现实写照。

事实上，在20世纪最后十年中，少数第一代打工诗人通过文学被主流所接纳，“打工文学”也表现出了更加鲜明的“纯文学”趣味。新世纪的打工诗人们是在此基础上进一步走向两极分化的——仅止于抒发乡愁别韵、弥补情感缺失、修复创伤，或只是追求从所处境遇中暂时抽离以逃避外部压力的作品，渐趋走向同质化，激荡的情感、经验主义的叙述在强化了诗歌“现场感”的同时，也在一定程度上妨碍了诗人的精神超越；而在题材、主题、表现手法方面更具有文学性自觉，展现了更为广阔的人文视野的作品，则慢慢与“知识分子书写”合流，“打工诗歌”不再是打工者的简单歌唱。后一类诗人以郑小琼、郭金牛等的作品为典型。郑小琼2001年到广东东莞打工并开始写诗，作品散见于《人民文学》《诗刊》《诗选刊》《星星》等，著有诗集《黄麻岭》《两个村庄》《女工记》《人行天桥》《散落在机台上的诗》《纯种植物》《暗夜》《玫瑰庄园》，散文集《夜晚的深度》，散文诗集《疼与痛》。郑小琼曾获庄重文文学奖、中国散文诗奖等多个奖项，有作品被译成多种语言出版。打工生活的苦难是郑小琼诗歌创作的基本主题，而她将自己定位为这些苦难的亲历者、见证者与记录者。她“不断告诉自己，我必须写下来，把自己的感受写下来，这些感受不仅仅是我的，也是我的工友们的。我们既然对现实不能改变什么，但是我们已经见证了什么，我想，我必须把它们记录下来”①。诗人对打工者的生活、心灵有敏锐的把握和强烈的共鸣，同时又表现出一种自觉的伦理承担，从个人书写出发传达了“非个人化”的声音。她的作品大多围绕“工厂”这一特殊场域，借由一系列彼此相对的矛盾关系——自由与束缚、理想与现实、心灵与肉体、尊严与屈辱形成巨大的情绪张力，缓缓抒写忧伤与疼痛，悲悯的人道情怀也弥散其间。2007年郑小琼获得利群（阳光文化传播）人民文学奖“新浪潮奖”，以此为标志，“打工文学”正式被主流文坛接纳和认可。

郑小琼的诗是她自身站在历史的节点、时代的岔路上无畏前行的真实写照，是她的内在生命与外部世界相互碰撞、相互激发的结果，人性在她笔下异彩纷呈，也彰显出横亘古今的伟大力量。第十一届庄重文文学奖授奖辞这样评价郑小琼：“她的诗与散文，既是对声音微弱的无名生活的艰难指认，也是对自我、世界和工业制度的深刻反省。她通过对自身经验的忠直剖析，有力地表达了这个时代宽阔、复杂的经验，承担生活的苦，披陈正直的良心。她痛彻心扉的书写，对漂泊无依的灵魂深怀悲悯，她的作品因而具有让失语者发声、让无力者前行的庄严力量。”

另一位“打工诗人”郭金牛46岁才开始正式创作，因诗集《纸上还乡》而享誉海内外，作品记录了郭金牛20年间辗转于广东各地的打工生涯和心路历程。杨炼认为这部诗集的思想意义，远超出今日中国，标志了当代世界的困境。②这一困境在郭金牛看来，既是生存上的，更是精神上的。

第四节 女性诗歌的新书写

自20世纪80年代以来，女性诗歌创作成为中国诗歌界令人瞩目的独特现象。随着性别与阶级、种族、文化、宗教等因素相交织，其有效性在文学创作中获得了充分的阐释，女性诗人逐渐摆脱男性中心文化的桎梏，一改中国诗歌史上的孱弱形象，通过大胆书写自身的内在体验，表达神秘而幽微的女性心理，极大地拓展了女性诗歌情感表达的深度与广度。同时，女性诗人越来越趋于个人化写作，从表现的对象到意象的营造乃至诗句的组织都别出心裁，甚至给人惊世骇俗的感觉，女性诗歌创作成为当代诗坛上一道亮丽的风景线。

进入21世纪，中国女性诗歌创作发生了很大变化，它在新的时代环境中迎来了一次蓄力后的爆发。这种爆发并不单纯指女性反叛与对抗意识的猛烈程度，而是说与早期题材狭窄而单调、惯于说教或发泄牢骚和不满的“大同小异的诗体日记”相比，新世纪女性诗歌的发展更加多元，既有仍执着于女性内部世界建构和女性自我表达的创作，也涌现了一批具有坚实的生活实感、历史与社会意识更加广阔的作品。这一时期的女性诗人写作大致可以分为两种：一是躯体写作，二是智性写作。

---

① 郑小琼. 疼痛着飞翔 打工妹问鼎“人民文学奖”［J］. 劳动保障世界，2007（10）.
② 杨炼. 乡关何处［M］// 郭金牛. 纸上还乡. 上海：华东师范大学出版社，2014：序.

首先是躯体写作。将躯体语言欲望化是20世纪八九十年代以来女性诗歌创作最常见的方法，女性隐秘的生理与心理经验得到细致描绘，独属于女性的话语空间和权力领域逐步拓展。新世纪不乏沿着这一方向继续书写的女性诗歌，塑造了有别于传统的女性形象。

其次是智性写作。智性写作是指20世纪90年代，许多女诗人陆续走出了两性对抗的狭小视域，将笔触伸向博大的历史文化命题，以更加成熟知性的创作态度关注人类命运，创作了大量“超性别”文本。这样的诗人主要有周瓒、虹影、张真，以及有了明显转型倾向的翟永明、海男等。与此相对，一些更加年轻的诗人却把写诗看作一件稀松平常的事情，与吃饭、喝水、娱乐等生活行为无异，表现出对凡尘俗世的归属感和认同感。日常生活的平淡、琐屑、繁芜经过诗性的炼化具有了映射心灵的力量，诗人不再时刻陷于精神、理想失落的恐惧中，而是拥有了与生活和解的从容、练达，勇敢地直面现代女性的生存境遇。例如王小妮的《白纸的内部》：“一日三餐／理着温顺的菜心／我的手／漂浮在半透明的白瓷盆里。／在我的气息悠远之际／白色的米／被煮成了白色的饭。……／不为了什么／只是活着。／像随手打开一缕自来水。／米饭的香气走在家里／只有我试到了／那香里面的险峻不定。／有哪一把刀／正划开这世界的表层。／一呼一吸地活着／在我的纸里／永远包着我的火。”

此外，“新红颜写作”的提出也是新世纪诗坛上一个引发了较多争议的诗歌事件。它的命名主要针对那些在网络博客上迅速走红的年轻女诗人，从女性意识、创作主题、表达方式等方面来看，它仍然隶属躯体写作或智性写作范畴，只是表现出了更多的媒介形态特点，如大众化、狂欢化、交互性、消费性等，一方面，在短时期内扩大了诗歌创作群体，另一方面却降低了准入门槛，导致作品质量良莠不齐。

不同于20世纪70年代中后期舒婷、傅天琳、林子等女性诗人的创作，翟永明表现出强烈的女性意识，并以自觉的女性深层心理表达对男性话语权威的反抗，将高贵典雅的古典主义还给了它的拥趸，进而掀起了一股极具先锋色彩的女性诗歌创作浪潮。翟永明的诗歌创作是“自白”式的，她为中国诗坛贡献了一类独特的女性形象——浸淫在外部世界却饱含违和、矛盾甚至残忍的女性角色。20世纪90年代，翟永明的诗歌创作从激情对抗转向冷静叙述，她以抵近现实和历史的姿态写下了《玩偶》《咖啡馆之歌》《莉莉和琼》《编织和行为之歌》《菊花灯笼飘过来》等作品，口语化与戏剧化是其在诗艺探索上的新尝试。

新世纪，翟永明延续了自身在20世纪90年代拓展的创作姿态，她的女性意识有了更为深厚的思想与情感内容，视野也更加开阔。有评论者说，与早期构筑的有关女性的独特的主体神话不同，在晚近的写作中，诗人返身进到女性生存的历史场景中，质疑并改写已经被男权话语所书写的女性故事。早期的个人成长主题也渐变为对女性族群的生存主题的探询。①在诗歌语言和结构上，她追求极简主义，通过去除“多余的‘宏大叙事’的僭妄，和虚张声势的号令般的专断抒情”②，将“少就是多”的艺术理念转化为文本实践。2002年诗人出版的新诗集《终于使我周转不灵》，收录了从1997年至2001年间创作的约50首诗歌，其中新世纪诗歌虽未在数量上占得优势，但也足以显见诗人自1999年以来越发挥洒自如、轻逸俊健的写作状态。其中不仅有她一如既往对解构男性霸权的坚持，如《新天鹅

① 周瓒．翟永明诗歌的声音与场景［J］．诗刊，2006（5）．
② 陈超．翟永明论［J］．文艺争鸣，2008（6）．

湖》；也有来自日常生活的简约表达，诙谐而又富于趣味，如《酒精快跑》《因病成医》《第二世界的游行》；更有放纵想象的诗作，如《画皮》。其题材丰富多样，即景抒情。诗人愤怒于人的沦落、麻木，痛苦于社会的糟糕、荒谬，她站在诗人、女性、知识分子、成年人的多重立场向写作权力发出了质疑，也向人类心灵发出诘问。

思考与练习

1. 简述新世纪诗歌的整体特点。
2. 分析地域性在雷平阳诗歌中的体现及意义。
3. 如何评价“打工诗歌”现象？
4. 结合具体作品，分析女性诗歌创作风格的转变。

拓展学习

阅读链接

1. 张清华著的《新世纪诗歌：一个人的编年史》（四川文艺出版社2016年版），内容包括作者2001年至2014年编纂“21世纪文学大系”年度选本时的序言和有关新世纪诗歌的访谈文章，对新世纪诗歌理论建设有积极作用。

2. 张京媛主编的《当代女性主义文学批评》（北京大学出版社1992年版），收录了20世纪七八十年代女性主义文学批评中英美学派和法国学派的代表性文章，着重探讨了“女性主义”文学的概念边界，女性文化及创造力，女性主义与解构主义、马克思主义、心理分析学、结构人类学的关系等。

散 文 篇

引言　时代呐喊与生命体悟的表达

中国的散文创作有着悠久而又辉煌的历史。新中国成立后散文创作进入全新的发展历程，当代散文在秉承以往散文创作优秀品格的基础上不断开拓创新，无论是题材广度还是思想深度都有着全新的突破。中国当代散文是新中国社会变迁的一面镜子，是对时代风云变幻的记录，它的每一次探索、每一次进步都与国家与社会的发展息息相关，不仅呈现了作家对社会时代的铭记，还抒发了作家力透纸背的时代呐喊。在为时代发声的同时，中国当代散文还是作家生命体悟的表达，或是以清新质朴的话语，或是以柔美细腻的笔调，或是以忧愁感伤的风格，展现作家对生命的感悟与哲思。

以社会发展为脉络，中国当代散文的发展大致可归纳为以下几个阶段：十七年时期的散文、新时期的散文以及新世纪的散文。

在十七年时期，即1949年至1966年间，中国的散文创作迎来了如日方升的热闹景象。这一时期社会主义革命和建设如火如荼地展开，人民真正当家作主，生活发生翻天覆地的变化。在特定的政治环境与人们的审美观念下，高唱“颂歌”与“战歌”成为当时散文创作的主要基调。报告文学在中国如雨后春笋般蓬勃兴起，涌现出许多反映工农兵形象、先进人物事迹以及祖国经济建设的报告文学作品，例如萧乾创作的《万里赶羊》、穆青等人的《县委书记的榜样——焦裕禄》，等等。此外，新中国在成立不久后便经历了抗美援朝这一重大历史事件，歌颂中朝人民间真挚友谊、展现革命英雄伟大形象也成了报告文学的重要内容。魏巍的《谁是最可爱的人》是家喻户晓的报告文学佳作，作者通过饱含深情的语句真实反映了志愿军战士的英勇事迹，生动诠释了战士们是“最可爱的人”，并高度赞扬了战士们纯洁高尚的道德品质与坚忍不拔的革命精神，鼓舞了广大人民群众积极向上的斗志。

这一时期抒情散文取得了长足的发展，成绩最为突出。刘白羽的《长江三日》、杨朔的《荔枝蜜》等都是具有代表性的名篇。抒发作者真切自然的情感、在字里行间烘托诗意是当时抒情散文的一大特点。总体来说，十七年时期的散文创作呈现出欣欣向荣的景象，散文种类多，题材丰富，出现了许多广为传颂的佳作。

我国的散文创作在经历了20世纪60至70年代一段时间的沉寂后，在社会主义新时期重新焕发生机。随着人们思想的解放以及文艺政策的调整，散文创作又一次迎来了繁盛的局面：在创作规模上，散文创作队伍日益增强，许多新人加入其中，这也增强了散文创作的活力；在创作题材上，作家在以往的题材领域基础之上又拓展了取材的广度；在创作样式上，作家采取多样的表现手法与结构营造出多元的态势。

新时期出现了一批挽悼散文作品，通过这类散文形式，人们深度思考之前那段不平凡的岁月，抒发在心中潜藏已久的复杂情感，其中具有代表性的作家有巴金、冰心等。这类散文大都具有悲壮、苍凉的色彩，读之无不让人触动。另外，在人们思想解放不断深化的背景下，作家的个性意识获得提升，创作视野不断开阔，他们能够以更加从容、自信的姿态进行散文的创作，并大胆创新。散文的个性色彩显著增强，一些作品具有厚重的历史感与更强的时代性。到了20世纪90年代，变化的社会思潮对散文的创作产生了极大的影响，催生出一股“散文热”现象，许多作家以散文的形式来展现自身的文化关切。总之，新时期是散文创作的又一个繁盛期，这一时期突出的散文作品有巴金的《怀念萧珊》、余秋雨的《阳关雪》、史铁生的《我与地坛》等。

知识链接：散文热

进入新世纪以来，伴随着时代与社会的发展，文学的生产方式与传播方式都发生了新的变化，作家的生活空间与文化空间更大，创作观念更加开放，这为散文创作的探索与突破增添了新的活力。一方面，新世纪散文对上一时期散文创作形式与审美趣味有一定的延续；另一方面，新世纪散文在注重承续的同时也展现出自身与时代紧密相连的特质，这不仅体现在作家所涉略题材领域的延展上，还体现在作品意境与内涵的提升上。可以说，新世纪散文在传承中创新，以更为鲜明的作家主体性意识形成了自身独有的风格。在这一时期，代表性作品有张承志的《谁是胜者》、迟子建的《我对黑暗的柔情》等。

20世纪以来，中国台湾、香港、澳门三地的散文创作也呈现出各自的特点。台湾地区的散文创作在50年代进入繁荣期。这一时期的散文主要分为两类：一是政治色彩浓厚的杂文，二是抒发作家个人情感的散文。60年代，在西方文艺思潮的影响下，一些作家将意识流、暗示、象征等手法融入散文创作中，形成了散文创作的新态势。到了70年代，乡土文学成为这一阶段散文创作的主要特点。进入80年代，台湾的散文创作开始丰富起来，各种类型的散文涌现而出，题材、个性、手法等也多种多样，呈现出百花齐放的繁荣景象。

香港的散文创作在20世纪50年代开始有所发展，出现了一些较有影响的传统散文。70年代香港的散文创作进入繁荣期，风格各异、类型多样的散文汇聚在一起，造就了香港散文多元化的繁荣场景。

澳门的散文创作发展一直较为迟缓。直到20世纪80年代，随着各类文学组织的成立和刊物的发起以及新生作家的加入，澳门散文创作发展才开始真正步入正轨。

综上所述，中国当代散文的创作经历过沉寂期，更有过繁荣期，从总体上看一直呈现出开放、多元的态势。如今我们正处在社会主义新时代，随着国家实力的不断提升，社会各项事业的不断进步，散文创作必将更加辉煌。

第二十九章　十七年时期的散文

【学习提示】

十七年时期是当代散文的兴盛时期。在创作总量中占有优势的报告文学以通讯报告为主要形式，强调歌颂性、时代感、新闻性，而革命回忆录和“三史”（公社史、工厂史、部队史）的创作也取得了重要收获。这个时期知识性杂文的推出在当时引起了关注。

雄浑乐观是这一时期散文的基调，政治抒情是这一时期散文的主流。在学习本章的时候，要结合具体作品，分析和评价这一时期作品的优点和缺点。

第一节　雄浑乐观的浪漫抒情

十七年时期的散文创作，在五四时期文学革命和延安文学的双重浸润之下，在特定政治品格与审美价值取向的要求下，进入一个新的繁荣发展阶段。

首先，在这一时期，涌现了许多注重创作抒情散文的散文家，特别是出现了杨朔、秦牧和刘白羽三位代表性散文家。而吴伯箫、曹靖华在这一时期的散文创作也产生了较大的社会影响。

吴伯箫（1906—1982），山东莱芜人，当代著名教育家、散文家，著有散文集《烟尘集》《出发集》《北极星》等。他的一组延安生活"回忆"之作，如《记一辆纺车》《菜园小记》《窑洞风景》《歌声》四篇作品就分别从衣、食、住和精神生活方面对延安生活进行了生动的描写和回忆。吴伯箫善于运用所谓"轮辐向心"的写法，即围绕中心，方方面面，滴水不漏，文章好似一个圆轮，既"严"且"圆"，面面俱到。吴伯箫的"状物"散文对传统而言是一个新的高峰，对当代散文的发展做出了贡献。

曹靖华（1897—1987），河南卢氏人，当代著名翻译家、散文家，著有散文集《花》《春城飞花》《飞花集》等。其中，《忆当年，穿着细事且莫等闲看》《三五年是多久》《小米的回忆》等是曹靖华的散文名篇。曹靖华作为翻译大家，对文字十分讲究，是一位严格的"文体家"。他在寻求汉语文章的"旋律"、探索散文创作的"音乐化"上做出了执着的努力，有意识地追求篇章布局上的复沓、回环，造句时的骈散结合，语言上的抑扬顿挫、朗朗上口等艺术品格和审美效果。

其次，十七年时期报告文学创作取得了显著的成绩，这期间曾出现过两次报告文学创作热潮，涌现出一批优秀的作品。

知识链接：报告文学

20世纪50年代初中期，刚刚成立的新中国就经历了抗美援朝战争的洗礼，加之社会主义革命和建设高潮激昂火热，一大批报告文学涌现，形成了新中国成立以后报告文学创作的第一次热潮。这一时期，报告文学的创作题材主要有两类：一类从不同侧面共同反映了中朝人民团结战斗的国际共产主义感情和革命英雄主义气概，为这一伟大历史事件做了真实的记录，例如巴金的《生活在英雄们中间》，刘白羽的《朝鲜在战火中前进》，杨朔的《鸭绿江南北》、《朝鲜通讯报告选》（三集）、《志愿军一日》（四集）、《志愿军英雄传》（三集）等。其中，魏巍的报告文学代表作《谁是最可爱的人》成为不朽佳作，志愿军战士就是"最可爱的人"广为流传。这个时期国内大踏步地开展社会主义改造和建设，广大人民群众的精神面貌发生了深刻的变化，随之出现了《祖国在前进》《经济建设通讯报告选》《散文特写选（1953—1956）》等大型报告文学作品集，其中柳青的《王家斌》、华山的《童话的时代》、萧乾的《万里赶羊》等，在相当开阔的视野上反映了祖国建设奔腾飞跃的动人景象。

报告文学创作的第二次热潮出现在20世纪60年代，涌现了一批影响很大的优秀作品，如《向秀丽》（郁茹）、《英雄列车》（郭光）、《为了六十一个阶级弟兄》（王石、房树民）、《毛主席的好战士——雷锋》（陈广生、崔家俊）、《红桃是怎么开的？——记党的忠实女儿赵梦桃》（魏钢焰）、《大庆"王铁人"》（西虹）、《拉萨早晨八点钟》（黄铜）、《小丫扛大旗》(黄宗英)等。这些作品以饱满的热情歌颂了祖国建设各条战线上的英雄模范人物，树立了一批劳动建设者的典型，于粗犷的气势中不失细腻，真实地描摹出中国大地上的新思想、新道德、新风尚，对鼓舞建设者们努力创造社会主义新生活起到积极的作用，极大程度地发挥了文学对社会的推动功用。这一时期的报告文学在艺术质量上也有了明显的提高，如《红桃是怎么开的？——记党的忠实女儿赵梦桃》抓住典型细节，用诗一般的语言展现人物纯洁美好的心灵世界，以情动人，增强了作品的艺术感染力。

穆青（1921—2003）等人创作于1966年2月的《县委书记的榜样——焦裕禄》是中国当代报告文学史上的经典名篇之一，曾产生过强烈而持久的影响。它报告了焦裕禄从1962年冬至1964年5月14日在兰考的奋斗事迹，致力于描绘县委书记的代表焦裕禄的形象，从正面热烈讴歌了焦裕禄极具特定时代特征的人格和精神。在作品中，作者巧妙地把人与事、情与理等许多复杂的关系处理得周密严谨，并没有回避当时的困难和矛盾，客观真实地反映了这一时期的社会现实情况。这篇作品敢于触及现实生活中的重大矛盾，注重将典型人物塑造与记叙、抒情、议论等创作手法有机结合，从而增强了作品的感染力，引起了人们的情感共鸣。

当然，这一时期的报告文学创作也有一些时代局限性。由于20世纪50年代末文学创作与理论批评上“左”倾文艺思想的干扰愈演愈烈，报告文学自身的战斗特质还未完全地发挥出来，在创作上普遍存在主题单一、缺少艺术个性、对社会生活反映得不够深入等问题，某些作品甚至因过度追求功利目的而背离了报告文学最根本的真实性原则。

最后，杂文进入了一个新的发展阶段。新中国成立以后，作家们继续利用杂文这一独特的文体旁征博引、谈古论今、褒善贬恶，抒发个人观点。尤其是从1956年至1957年，在“双百”方针的指引下，杂文的写作再一次在整体上体现了思想活跃、眼界开阔的特点，并且力求使读者从文章中悟出真理、汲取力量。但是这一时期的杂文旨在表彰先进，匡正时弊，与以往的杂文创作相比，其批判、讽刺的锋芒开始减弱。

在这一时期，杂文实现了两次复苏。第一次复苏，是1956年《人民日报》改版，其中第8版是文艺副刊，力图繁荣杂文创作，引发各报刊效仿，茅盾、巴金、叶圣陶、吴祖光、巴人等作家都创作了大量杂文。其中徐懋庸的创作最为丰厚，在不到一年的时间里发表了《真理归于谁家》《不要怕民主》等一百多篇杂文作品。第二次复苏，是1962年5月《人民日报》副刊开辟了《长短录》专栏，由杂文作家陈笑雨主持，邀请夏衍、吴晗、廖沫沙、孟超、唐弢为特约撰稿人。在此期间，马南邨（邓拓笔名）在《北京晚报》以专栏形式连续发表《燕山夜话》，吴南星（邓拓、吴晗、廖沫沙三个人共用笔名）在《前线》发表《三家村札记》。

总的来看，十七年时期的散文，特别是在20世纪60年代初文艺政策的调整呈现的“百花齐放”局面中，出现了繁荣兴盛的创作高潮。但是，要求作“文艺的轻骑兵”的政治使命，和政治标准第一、艺术标准第二的观念，让作为文学创造主体的个性自我被代表时代政治的、革命的“大我”替代，很多散文创作背离了抒写自我真情实感的美学原则。

第二节 杨朔、秦牧、刘白羽的散文

杨朔、秦牧和刘白羽是十七年时期散文创作的三位代表性作家，对当时的散文创作产生了重大影响。

一、杨朔的散文

杨朔（1913—1968），原名杨毓瑨，字莹叔，山东蓬莱（今烟台市蓬莱区）人。1942年赴延安。在抗美援朝期间，杨朔创作了第一部反映抗美援朝战争的长篇小说《三千里江山》和反映中国人民志愿军战斗生活的散文通讯报告集《潼关之夜》《铁骑兵》《鸭绿江南北》《万古青春》等。杨朔散文创作结集为《亚洲日出》《海市》《东风第一枝》《生命泉》等。他特别致力于艺术性散文创作，《香山红叶》是其由通讯特写走向抒情散文的标志。他大力倡导"以诗为文"的创作主张，自称"自有诗心如火烈"（《雨夜遣怀》），在其散文创作中也不断融入诗的意境，《荔枝蜜》《雪浪花》《茶花赋》等都是"诗化散文"的代表。杨朔的散文充满革命激情，结构严谨，语言精练而含蓄，极富诗意。1978年，人民出版社出版《杨朔散文选》，再版《三千里江山》，翌年出版《杨朔短篇小说集》。

杨朔是这一时期散文最有成就的作家之一，他的散文《荔枝蜜》《雪浪花》《茶花赋》等被选入中学语文教科书。1959年，杨朔明确提出了散文诗化的艺术主张，获得了众多散文家的认同并付诸实践，从而形成了艺术散文持续数年的兴盛局面。虽然杨朔散文由于当时的政治风云，强调对实际的真实生活进行诗意化的描写，甚至成了粉饰生活，但是他将诗歌与散文结合的艺术主张与诸多创作实践，"给这种已显得相当僵硬的文体增加了一些'弹性'，当时给读者'耳目一新的感觉'"。不过其"开头设悬念，卒章显其志"的模式也为人们所诟病。①

《茶花赋》充分体现了杨朔以散文创造诗的意境的创作特色：经过曲折的构架和张弛有度的铺垫，以托物言志、曲写题旨的方式巧妙地描绘出茶花之美，反映祖国之欣欣向荣。文章并没有开门见山地呈现茶花这一最核心的意象，而是从作者求一位画家画一幅表现祖国面貌的画，以慰在异国他乡思念祖国之苦入题。然后，作者笔锋一转，在梅花之香、玉兰之残、迎春之娇的春色之中，茶花"春深似海"地出现，作者细数茶花之地、茶花之品、茶花之养，更从茶花到养花人，从茶花之美到劳动创造之美。结尾正如杨朔所有的散文一样，点题明志，如同《荔枝蜜》结尾作者梦为蜜蜂，《香山红叶》结尾点染心中红叶，童子面茶花终于幻化为祖国繁花似锦的面貌。作品曲折有度，步步精设、步步跌宕，从人到事、从景到物、从花到人、从人到情，将对祖国的热爱与对劳动人民的讴歌，融于细致巧妙的构思之中。更值得赞赏的是，杨朔的文字造诣在本文中充分展现，于字斟句酌中朴实亲人，朗朗口语间更显匠心。

杨朔在散文中"寻求诗的意境"，这一点主要体现在以下几个方面：

第一，以诗的韵律，谋篇布局。诗以言志，诗以抒情，杨朔的散文擅长将散文进行诗化的处理，具有抑扬顿挫的韵律。《茶花赋》如此，《荔枝蜜》《雪浪花》《香山红叶》也是如此，不是采用一些作家惯用的夹叙夹议、边描写边抒情的方式，而是通过人物的描画、

① 洪子诚. 中国当代文学史［M］. 北京：北京大学出版社，1999：155.

风景的描绘和生活片段的速写，寓大于小，在结构上峰回路转，在结尾卒章显其志。杨朔善于汲取古典诗文的“诗眼”，在形散之中设置聚焦点，从一个意象衍生曲折的文脉，从而使画面更具有凝聚力、打动感。虽然人们对这种“杨朔模式”毁誉参半，但是其中的诗心、诗情，洋溢在曲折变化的文字之中，不仅是杨朔的艺术追求，更成为横亘在读者心中的永恒韵律与心动。

第二，以诗的意境，含而不尽。如同古典诗歌的羚羊挂角，杨朔的散文设置有“我”之境，而不让“我”成为个人意愿的代言。不同于五四时期很多作家立意表现自我、长于抒发个人情感，杨朔自觉地站在工农群众的立场进行言说，自己从来不是散文中的主角，《茶花赋》中的养花人普之仁、《荔枝蜜》中的养蜂人老梁、《雪浪花》中的老泰山……这些都是普普通通的劳动者，从事的都是平凡的工作。杨朔在创作中自觉地实践着《在延安文艺座谈会上的讲话》精神，实现了自我追求与人民大众追求的一致性、自我情感与人民大众情感的一致性，不是简单地为人民大众代言，而是化身为人民大众的一分子。如《荔枝蜜》中的一段话：

透过荔枝树林，我沉吟地望着远远的田野，那儿正有农民立在水田里，辛辛勤勤地分秧插秧。他们正用劳力建设自己的生活，实际也是在酿蜜——为自己，为别人，也为后世子孙酿造着生活的蜜。

这黑夜，我做了个奇怪的梦，梦见自己变成一只小蜜蜂。

这不仅是作者梦化为蜜蜂的咏物画，更是作者以融为辛勤劳动者而幸福自豪的抒情图。由于作者自身就是战士，在延安的土地上生活过，在朝鲜的战场上战斗过，因此，这种感情是真挚、深厚、发自内心的，让读者在阅读中可以感受到这就是他的情感、他的内心，从而形成时代的共鸣。更具有诗化意境的是，杨朔不同于同时代众多作家直白地抒发对于新社会的热爱、对于社会主义劳动建设的赞美、对于火热新生活的激情，而是借由自身古典诗歌的艺术修养，将情感的抒发寄托于景物、人事之中，创造出意蕴回旋的意境，让读者感受、感动，继而产生联想，进入更为丰富的艺术世界。例如《〈铁流〉的故事》一文，作者选取了一个独特角度，没有简单地描述劳动者的思想进步，而是从作者在被日寇侵略的东北，于寒夜中渴读《铁流》写起，尽情铺陈自己对《铁流》的珍爱。游击队员老三，从不理解，到倾听《铁流》故事，到对之着迷，到惋惜《铁流》的丢失，这一系列情感的转变，质朴而自然。而《铁流》的力量，经由老三直白的话语“反正一听（《铁流》），就觉得特别够味，好像喝了四两白干，浑身上下都是力气，你叫我跳到火里去打鬼子，我也敢去”，更具激动人心的魅力。而结尾处，作者期望送一本新出的《铁流》给不知在何方进行着社会主义建设的老三，在情真意切中让读者浮想联翩。

第三，以诗的语言，炼字锤句。杨朔散文以经过凝练的口语为主体，通俗易懂，但是往往在明白晓畅中体现含蓄隽永，在简洁朴素中彰显精心意蕴。例如，杨朔偏爱关键词的应用，最为典型的是《雪浪花》中的“咬”字。

……别看浪花小，无数浪花集中到一起，心齐，又有耐性，就是这样咬呀咬的，咬上几百年，几千年，几万年，哪怕是铁打的江山，也能叫它变个样儿……

一个“咬”字，将水击石变的执着动态地描摹出来，将老泰山的执着精神鲜活地展现出来，更将自然世界的演进升华为劳动人民改变天地的伟大力量与蓬勃向上的乐观精神。杨朔特别注重景物描画的写意、人物形象的白描勾勒，在简单数笔之中见风姿特色，从而让读者在杨朔写人、记事、写景状物之中，感受到词语画龙点睛的力量。例如《西江月》写黄洋界的唯一险境，“一根细线从断崖绝壁挂下去，风一急，好像会吹断的。其实不是线，是一条羊肠小道”。《阿拉伯的夜》中“读着这首诗，字里行间，总像有根弯起来的食指，轻轻敲着我的心”……此外，杨朔散文注重叠词的应用，在口语化的语境中，体现了散文诗化的优美。

然而，杨朔散文在思想上没有突破历史的局限性，因循了只能歌颂、不能暴露的思维模式，形成了自身创作形式雷同、主题先行的弊端，刻意回避了社会矛盾。当然，杨朔颂歌式的散文风格，与其所处的时代不可分割。

二、秦牧的散文

秦牧（1919—1992），原名林觉夫，广东澄海（今汕头市澄海区）人，生于香港，童年和少年时代在新加坡侨居，13岁回国后先后在澄海、汕头、香港等地求学。全面抗日战争时期，他辗转于广州、桂林、重庆等地，从事演员、战地工作队员、教师、编辑等工作。他1938年开始在广州报刊上发表作品，1945年加入中国民主同盟，担任过民盟中央机关刊物《再生》的编委。1947年开明书店出版的《秦牧杂文》，收入了他1943年至1944年的杂文作品，这是他的第一本集子。新中国成立后，他的创作成果非常丰厚，有杂文集《星下集》，散文集《贝壳集》《花城》《潮汐和船》等，文艺评论集《艺海拾贝》，童话故事集《巨手》，长篇小说《愤怒的海》，中篇小说《黄金海岸》，等等。

秦牧的散文，以融知识性、趣味性、哲理性于一体的“漫谈”文风最具特色。这主要体现在以下几个方面：

第一，集繁花于一树进行综合百科知识性的漫谈。秦牧最初是以杂文家身份步入文坛的，其散文创作始终执着于散文的知识性审美特质。他的散文因丰厚的知识含量、深刻的人生体悟和谈笑风生的艺术趣味而被读者称作知识的“花城”。作者在创作时往往从自己的知识储备中提炼出与主题相关的知识材料，天马行空地说着鲜为人知的掌故趣谈、轶闻传说以及各地的风土人情、乡俗风物，以此阐释主题思想，达到融会贯通的审美境界。无论是《花城》中的花名、《海滩拾贝》中的贝壳种类，还是《社稷坛抒情》中的典故传说，秦牧信手拈来，体现了丰富的知识性。

秦牧在题为《散文领域——海阔天空》的学术论文中大力倡导“大散文”的理论观点，强调当代散文的一种突破性，在散文实践中也竭力做到旁征博引，繁多的材料能处处紧扣“中心”，杂而不乱，真正做到寓控制于放纵之中，从而做到形散而神不散。

在《社稷坛抒情》中，作者借助古坛发思古之幽情，在艺术表现上虽然大开大阖、思接千古，如五色土的历史缘由、屈原等千百年来思想者的不断探求……看似天马行空、纷繁芜杂，但多条思索的纹路统一于一条抒情主线。作者展开联想的翅膀飞翔在人类历史的长河，引领读者回顾过去，体味农民艰辛劳苦的生存，又“走出了黑暗的历史隧洞，突然见到耀眼的阳光”，放眼现在美好的生活，“我们这个时代的农民是几千年历史中第一次真正挣脱了枷锁，逐渐离开了鬼神天命的羁绊的农民”，从而升华了主题思想。作者的思想虽然纵横捭阖于历史的悠悠长河之中，却并不似脱缰的野马般肆意奔驰，而是始终以社稷坛、五色土为线索贯穿全篇，松弛得宜，聚放自如。文章在叙事过程中夹叙夹议，运笔轻重浓淡、参差有别，在大起大落的变化中整合结构以实现形、神的统一。作者把美丽的幻想与深刻的分析结合起来，情理交融，使想象的境界臻于深邃悠远，发人深省，启人深思。文章娴熟地运用对比手法凸显主题，在意象的呈现上有意把社稷坛金碧辉煌的宫殿与只有五色泥土的荒凉土坛进行对照，造成一种视觉上的强烈对比和阅读心理上的不自觉期待。作者最终揭开谜底："没有这泥土所代表的大地，没有在大地上胼手胝足的劳动者，根本就不会有这宫殿，不会有一切人类的文明。"这点明了文章的真正主题，也道出了作者对千百年来辛勤劳动着的农民的深切感情，赞颂只有劳动者才是这大地上一切财富的真正创造者和所有者。没有这些普普通通的劳动者、这些苦心探索的思想者和舍生取义的仁人志士，"我们就不会有这个五色的土坛。审视这五种颜色吧，端详这个根据'天圆地方'的古代观念筑起来的四方坛吧！它和我们民族的古代文化发生多么密切的关系啊！"。作者对社稷坛、五色土中蕴含的深厚的民族文化传统高度颂扬，对滋养这片土地的所有劳动者和为这片土地带来生机与活力的新中国高唱赞歌。

第二，于纷繁万象间精心锤炼。在《社稷坛抒情》中，作者立于社稷坛前，让思想的风筝突破时间与空间的限制，尽情漫游于古代世界：在文章的开头即向读者介绍社稷坛和五色土的含义与由来，作者遥想当年帝王们穿着衮服，戴着冕旒，在礼乐声中祭祀土地的壮观情景；接着又"仿佛走进古代""走到一望无际的原野上"，看到古代诗人屈原正面对着默默无语的广袤大地，"凭着思想和感情的羽翼"，抒发他"对于自然之谜的探索和对于人间疾苦的愤慨"，在此作者提出了几千年来无数前人究诘不休的天地宇宙间的终极问题，引导人们思考我们居住的这个星球的历史，仿佛"会见了古代的唱着《诗经》里怨愤之歌的农民""看到他们在田野里仰天叹息""看到他们画红了眉毛，或者在头上包一块黄布揭竿起义"，等等；社稷坛的五色土又引发了作者的思考，作者调动了关于土地的古代思想和古代文化、人类文明的知识储备，侃侃而谈。如果说对历史的回顾是纵向的叙述思维，那么由五色土而联想到许多关于泥土和国家统一的故事，可以说是一种横向的叙事视角，虽然这些故事也发生在过去，作者依然沉浸在"黑暗的历史隧洞"中，但最终落实在阳光灿烂的现实生活中。作者强烈的爱国激情，借助于渊博的知识和想象的自由翱翔，深刻而又和谐地渗透在令人陶醉的思古幽情之中。作者的艺术思路和观察视野都是开阔的，这也是知识性散文作家的一种共同审美特征。他想到了农民在土地上辛劳地耕作流尽汗水，倾听了古代伟大爱国诗人的大地悲歌，触摸到古代思想家在星空下苦苦地探索大自然奥秘那求知的灵魂……一个个壮阔的意象接踵而来，令人目不暇接，然而却能真正地做到将纷繁万象归结为一个中心："多少万年的劳动经验和生活智慧积累起来，才有了今天的人类文明。"作者并不满足于引用材料，成为"掉书袋"的典故家，而是始终围绕着要表现的主题，将材料升华为对现实的关怀，对时代主旋律的弘扬。

第三，在酣畅情趣间进行灯下漫谈。秦牧虽然长于讲史，但他并不是一位枯燥的讲书人。《社稷坛抒情》在语言表达上自然率直、富有情趣，作者如同与读者一起徜徉散步在中山公园，一起登上社稷坛，无拘无束地尽情倾吐自我的内心感受，语言虽朴素却不乏文采。文章开头写道："北京有座美丽的中山公园，公园里有个用五色土砌成的社稷坛。"在平易亲切的叙谈之中，时有妙语、警句和精彩的比喻点缀其间，增强了语言的艺术感染力。另外，秦牧还善于运用夸张、变形等具体手法，平添几分寓教于乐的趣味和幽默色调，如在《不老》中引用一位法国主教在大街上见到的趣闻，使读者忍俊不禁，读后颇多回味。这种传说、趣谈题材的选取能激发读者强烈的阅读兴趣，使散文产生了极强的情趣性和幽默效果，也体现了秦牧广博的阅读兴趣。

秦牧提出的题材与表现形式多样化和散文知识化、艺术化等创作主张，在理论和创作上给当代散文界带来一股清新活泼的气息，充实了当代散文创作理论。

三、刘白羽的散文

刘白羽（1916—2005），北京人，与杨朔、秦牧并称为“当代散文三大家”，在小说、散文两个方面均有建树。

1936—1958年是刘白羽散文创作的早期阶段，以通讯、速写成就最高，代表作有散文《关于长城的回忆》《从黄昏到夜晚》《横断中原》，通讯报告集《游击中间》《环行东北》《延安生活》等。其中出版于1946年的《延安生活》中的七篇作品较早地报道了革命圣地延安的新面貌、新生活，具有重要的史实价值。

新中国成立后，刘白羽创作了大量优秀的散文作品，反映抗美援朝战争的散文集《为祖国而战》《朝鲜在战火中前进》《对和平宣誓》等，体现了他部队作家的本色；反映社会主义革命与建设题材的散文集《万炮震金门》《红玛瑙集》《平明小札》等，在当代散文创作中享有极高的声誉。

刘白羽的散文是从“急凭战火草捷报，静听鼓角下敌营”的战地通讯中蜕变而来的，《万炮震金门》《火光照红海洋》等文章已初步显露出其精于构思、擅长抒情的创作特色。1959年《日出》的发表标志着他由战地通讯向抒情散文作根本性转变。《芳草集》《海天集》《秋阳集》等的先后问世，表明他对散文创作的不懈追求。

刘白羽在创作上具有自己独特的艺术个性：一是厚重题材的选取。雄浑、豪放，是刘白羽散文的基本特征，也是刘白羽散文给读者最初的感性印象。刘白羽喜欢选取长江黄河、高山长城和勇猛的进军等气魄宏大的抒情意象，即借助光明壮美、富有生命力和象征意义的事物景观，展开对比联想，从而引导读者赞美生活、歌颂祖国和深入思索人生价值。其散文表现出立意深远、格调高亢、具有炽热的时代气息的风貌。二是浓郁的政治色彩。作为一名部队作家，刘白羽散文的政治色彩比其他作家表现得更为浓厚、强烈，他坦率而忠实地反映新中国社会主义变革的社会风貌，讴歌伟大的时代精神。三是浓情重笔的描写。刘白羽倡导作者应该以全部的思想、感情投入到生活、斗争中去，强调与时代紧密结合，主张“抒人民之情、抒革命之情、抒时代之情”，使其成为“战斗生活的号角”“壮丽生活的赞歌”。他致力于创造情景交融的散文境界，擅长对景物形态的摹写，并在这种情境中自然地抒发自己的浓烈诗情。四是浓墨重彩的语言。在语言上刘白羽主张用“壮美”的文风配合“壮美”的时代精神，善用铺排的句式造成磅礴的宏大气势，文笔粗犷雄健，语言明朗率直，以绚丽的词汇来焕发文采，留下了一个特定时代的鲜明印记。他的散文代表作《日出》《长江三日》等，充分地展现了其散文强烈的抒情性与鲜明的主题性结合的特点。

第三节 魏巍及其《谁是最可爱的人》

魏巍（1920—2008），河南郑州人，长期的军旅生活不仅加深了他对生活、生命的历史理解，也形成了他特有的创作敏感和创作心理，1950年至1958年他三次赴朝鲜实地采访，创作的文艺通讯《谁是最可爱的人》产生了广泛而深远的影响，也确立了他在报告文学创作领域的崇高地位。魏巍的创作在新中国成立后走上了“通讯+散文”的道路，他的散文时代感强，激情洋溢而又刚柔相济，富有很强的艺术感染力。除《谁是最可爱的人》外，《依依惜别的深情》《年轻人，让你的青春更美丽吧》《我的老师》《路标》《怀仁堂随笔》《春天漫笔》等也是魏巍的“通讯化散文”名篇。

作品导读：
魏巍《我的老师》

魏巍的报告文学作品有着独特的审美追求：

第一，在创作主题的选择上，讴歌志愿军伟大的爱国主义、国际主义和革命英雄主义的时代精神。作者善于从普通革命战士的行为和言论中，敏锐地发现闪光的宝贵精神，发掘他们丰富、火热的内心世界，在抗美援朝、保家卫国激烈而悲壮的战斗背景中，寻找他们创造英雄业绩的力量所在。作者感受到的和发掘出的是战士身上最人情化、最内在的本质，也正是我们刚刚成立的伟大祖国赖以生存和发展的民族精神和时代精神。

第二，高度典型化，是魏巍报告文学作品在选择和组织材料上的重要特点。作者从大量素材中精选、提炼出最能体现主题的典型事例，并在真实的基础上进行艺术加工，实现典型化的表现。如在《谁是最可爱的人》中，作者精心选取了三个具有典型意义的感人至深的生活和战斗片段，从不同侧面表现了志愿军战士的崇高精神。松骨峰战斗将激烈和悲壮的战斗场面同战士们英勇杀敌、壮烈献身的特写镜头结合起来，在战争的残酷中凸显革命战士的钢铁意志和英雄主义精神；战士马玉祥冒着生命危险冲进大火中抢救朝鲜妇女和儿童的事迹，表现了志愿军战士对朝鲜人民的国际主义博爱胸怀和无私忘我的高尚情操；在防空洞里吃一口炒面就一口雪的那位战士的纯真质朴的话语，鲜活地表现了革命战士为和平而战、为祖国而战的崇高爱国情怀。这三个既各自独立又互有关联的事迹特写旨在通过志愿军可歌可泣的英雄壮举，层层深入地展示战士们宽阔的胸襟、伟大的思想、崇高的情感境界和高尚的人格品质。这三个场景共同描绘出“最可爱的人”的立体形象，回答了“谁是最可爱的人”的基本主题，高度地概括了革命战士的精神实质。又如在《依依惜别的深情》里，作者抓住志愿军回国时的场景，回顾战斗的历史，从独特的角度、不同的侧面渲染了中朝军民生死与共、不离不弃的深厚情谊，作品的情感基调浓重，主旨蕴藉隽永。

第三，以抒情性的议论来推动作品的情节展开和思想深化，是魏巍作品的又一特点。魏巍的作品饱含着诗情的语言、炽热奔放的情感，具有以情动人的艺术魅力。作者用具有浓郁感情色彩的抒情文笔，赞美那些为了祖国、为了和平而浴血奋战的志愿军战士们，引起读者强烈的情感共鸣，诗化的语言以汹涌的感情震撼读者的心灵，造成了强大的情感冲击。作者把自我直接置于描写对象里，把心袒露给读者，沟通了作者、描写对象和读者之间的心灵交流。同时，魏巍是一个兼具战士和诗人气质的作家，他热衷于追求创作的功利性和艺术表现力完美结合的审美理想。在叙述、描写过程中，作者在情感澎湃之际会不失时机、恰到好处地穿插抒情或议论，拨动读者感情的心弦，其作品中的抒情、议论与叙事、描写自然和谐、浑然一体。他常常喜欢以浸润浓郁诗情的文句和蕴含深刻思想的议论作为作品的开篇和结尾，以及以场景转换为媒介，使整个作品意蕴深刻，情理贯通，既具有强烈的时代意义，又体现作者独特的个性。

第四节 邓拓及其《燕山夜话》

邓拓（1912—1966），原名邓子健、邓云特，福建闽侯人。新中国成立后主要从事新闻文化工作，曾担任《人民日报》总编。1961年在《北京晚报》上以马南邨的笔名开辟了《燕山夜话》专栏，后以《燕山夜话》为题分五册出版。同年，应《前线》杂志邀请，与吴晗、廖沫沙共同主持杂文专栏《三家村札记》。在《生命的三分之一》中，邓拓阐释了自己热衷于开辟杂文专栏的意图："我之所以想利用夜间的时间，向读者同志们作这样的谈话，目的也不过是要引起大家注意珍惜这三分之一的生命，使大家在整天的劳动、工作之后，以轻松的心情，领略一些古今有用的知识而已。"

杂文这种由鲁迅先生创立并大力倡导的散文门类，由于注重批判性、斗争性的风格特征和浓重的政治文化内涵，在新中国成立初高奏颂歌的局面下显得不合时宜，不可避免地经历了一个冷漠萧条的时期。邓拓能够身体力行地倡导并催发它的复苏，体现了人民作家高度的责任感和艺术勇气。可以说，邓拓的杂文创作是十七年时期散文创作中珍贵的收获，其艺术表现相当有代表性。

第一，对思想性极为重视，不单纯停留在对客观现实的描绘上，而是有所思。他曾说："我写《燕山夜话》都是谈所见所闻所感的，如果仅仅所见所闻，那只是录音机；必有所感，才能成为有思想的东西。"①

第二，邓拓身上体现了杂文家的胆识和实事求是的科学作风。他敢于讲真话、实话，在1958年及其后的政治运动中能够保持冷静的头脑，在复杂艰难的各种压力下深入基层调查研究。邓拓的杂文以批判的眼光和思想家的胆识，一针见血地提出社会现实中关系国家和人民利益的迫切问题，通过"夜话"借古论今、匡正时弊，在宽容、中庸的形式中寄托对现实生活的关切，对社会问题的质疑性批判，给当时封闭的思想界吹进一股坚持真理的新鲜空气。

第三，知识性是邓拓杂文最大的特色。邓拓的散文涉及面广，涵盖政治思想、理想情操、道德修养、生活工作等多方面主题，作者以知识性的材料作为思维基础，兼容并蓄、谈古论今，使作品的主题深入浅出，给读者开阔的视野和多方面的启示。邓拓用大手笔写小文章，千字杂文短小精悍，采用友人谈心的语感笔致，在类比或联想中阐发思想、引发感端，有几分不动声色的机智和幽默。其杂文语言犀利明快、平易流畅，形成别开生面、独具一格的杂文特色。

十七年时期的杂文创作，虽然不再有匕首投枪的锋芒，但依然以其时代性、知识性以及针砭时弊性，引起了社会的关注。

---

① 顾行，刘孟洪. 邓拓同志和他的《燕山夜话》［M］// 廖沫沙. 忆邓拓. 福州：福建人民出版社，1980：119.

思考与练习

拓展学习

1. 杨朔大力倡导“以诗为文”，且自称“自有诗心如火烈”。请说明他在创作中是如何实现“诗化散文”这一艺术主张的。

2.《社稷坛抒情》是如何体现秦牧散文集知识性、思想性与趣味性于一体的艺术特色的？

3. 刘白羽的散文是从“急凭战火草捷报，静听鼓角下敌营”的战地通讯中蜕变而来的。请简要分析他在散文创作中形成了怎样的艺术个性。

4.《谁是最可爱的人》体现了魏巍报告文学创作的哪些独特审美追求？

5. 邓拓用大手笔写小文章，形成别具一格的杂文特色。请思考他倡导和写作杂文在当代杂文发展史上的重要意义。

阅读链接

1. 杨朔提出“诗化散文”的艺术主张，并且在自己的创作中大力实践。请走进杨朔精心营造的诗意盎然的散文世界：《荔枝蜜》《雪浪花》《香山红叶》《泰山极顶》《海市》《蓬莱仙境》等。

2. 秦牧的散文体现出知识性、思想性和趣味性相结合的特色，这与梁实秋的散文有所相似。我们可以将两者的作品对照着一起把握和体会：梁实秋的《雅舍》《剽窃》《健忘》《骂人的艺术》等，秦牧的《土地》《社稷坛抒情》《古战场春晓》等。

3. 魏巍《谁是最可爱的人》是报告文学创作热潮中的佼佼者。在中国现当代文学史上具有典型意义的报告文学作品还有：瞿秋白的《饿乡纪程》《赤都心史》，夏衍的《包身工》，宋之的《一九三六年春在太原》，穆青等的《县委书记的榜样——焦裕禄》，王石、房树民的《为了六十一个阶级兄弟》。

4. 邓拓身体力行的杂文倡导和创作在一定程度上复苏了自鲁迅以来形成的杂文创作局面。从《新青年》开辟的《随感录》专栏开始，杂文几乎是与整个新文学的创作同步产生、发展并走向繁荣的。请让我们一起来回顾现代文学史上精彩的杂文天地：鲁迅的《坟》《热风》《南腔北调集》等，唐弢的《推背集》《海天集》，巴人的《边鼓集》，柯灵的《市楼独唱》，茅盾的《话匣子》，徐懋庸的《打杂集》《不惊人集》等。

第三十章　新时期的散文

【学习提示】

本章主要对新时期散文创作的艺术风格、审美思潮和主题意蕴进行系统梳理，在此基础上细致分析巴金的《怀念萧珊》等悼念性散文，把握史铁生的《我与地坛》对于生命意识的关注，以及以余秋雨的《阳关雪》为代表的文化散文的兴起。

在学习本章的过程中应由具体研究对象入手，深入到对悼念性散文（挽悼散文）、学者型文化散文等散文类型兴起的时代与文化背景的把握上，体会其各具风格的审美取向中所表现出的共同的情感基调。

第一节　生命感悟的凝重表达

新时期散文创作进入了一个新的繁荣时期。这个时期，作家与作品数量远远超过了以往任何一个时期。各种散文日趋活跃，渐成热潮，以新视角、新手法创作的新时期散文形成了与时代和社会同步的多元化创作格局。散文作家们在这多元化的创作格局中思索探求、努力创新，富有代表性的值得关注的热点有以老作家为主体创作的悼念性散文、以中青年作家为主体创作的文化散文等，并在艺术风格上表现出强烈的自我回归意识、深沉的文化哲思和凝重的生命感悟。

新时期的散文从悼念性散文开始复苏和发展，悼念性散文通过深沉的回忆、悲愤的控诉，触及当时社会中许多重大的现实问题，促使人们进行严肃的思考，对于造成这历史悲剧的根源、社会生活中存在的各种弊端，以及社会改革的必要性和可能性均作出了深刻的反思和探寻。在粉碎“四人帮”后，人们从胜利的欢乐中平静下来，抚今追昔、痛定思痛，开始回顾那不平凡的岁月，怀念逝去的亲人和战友，引发了久藏于心中的无限哀思，悼念性散文（挽悼散文）就应运而生了。新老作家随着思想解放运动的展开，自由地抒写自己的思想情感，充分表露自己的精神个性，真实反映了“文化大革命”期间我国人民独特的情怀，有力地震撼着广大读者的心灵。应该说，悼念性散文的兴盛是我国特定时期特殊的文学现象。也正是在对历史和现实进行深入思考，在对人生和命运进行凝重体悟的基础上，新时期散文才开启了全面复苏和蓬勃发展的崭新局面。特别是一批老作家经过十年痛定思痛的反思，重新拿起笔来表达情怀，在创作上焕发青春，于新作中见深情，于平易中显深厚，写出了众多佳篇。其中比较突出的有巴金、冰心、孙犁、杨绛等，他们的作品具有高亢苍凉的旋律、悲壮深沉的色彩和朴实无华的风格。

知识链接：
杨绛——超然体悟世俗人生

新时期的散文表现出了对于生命意识的关注。生命意识作为一个独立的问题出现在散文中，人的社会角色、政治身份淡化，而人的本能、感觉、情绪，以及由生命存在而引起的困顿与烦恼、焦躁与无奈，还有生与死、爱与恨、自然与本性等，都越来越为作家所关注和表现。散文从一个新的领域去揭示人生，窥探真理，常常表现出一种具有普遍和永恒价值的情感与精神。史铁生在《我与地坛》中，以自己作为一个残疾人的苦难处境去体味命运。他不但体味到自己应当活下去，体味到为什么而活着，而且更重要的是将个人的苦难融入人类的苦难，向我们展示了一种睿智、博大、奇崛的哲思。

20世纪80年代中期以来，随着思想解放运动的深入开展，随着作家艺术视野的开阔和自我意识的强化，散文越来越明显地出现一种新的创作思潮。这就是作家常以文化的视角关照生活，作品有着浓厚的文化氛围和自觉的文化意识，包含了深广的文化内涵。我们常把这种散文称为文化散文。散文作家们在对历史和现实的反思中，把笔触伸向文化的层面，他们通过对历史文化、地理风情以及民俗民情的回顾，深入地挖掘我们民族的精神和心理，写出了一批具有文化特色的散文。这类作家发挥了学者兼作家的优势，以感性为情怀，以知性为学养，保持着探究文化底蕴和历史的兴趣、信心与笔力。其中比较突出的代表性作家有唐弢、季羡林、黄永玉、余秋雨等。他们常从文化视角感受人生，把深邃的历史、丰富的人生和人文山水有机地结合起来；从文化古迹或人文风情中，寻求中国文化的内涵和文化人格的构成；站在时代思想的高度，表现当代人的审美意趣、文化心理，以及对于生命、宇宙、人类的文化感悟。作家将自己的人生体验融入文化思考之中，表现出鲜明的精神个性和文化品格，深厚的文化负载使文章显得沉郁厚重。随着余秋雨的《文化苦旅》、史铁生的《我与地坛》、韩少功的《夜行者梦语》、张承志的《荒芜英雄路》、张炜的《融入野地》、王安忆的《重建乌托邦》等作品所引起的讨论和研究的热潮，学者型文化散文创作达到高潮。这些作品往往保持一种“精英”立场，试图寻求反抗商业社会的实用主义和功利主义的精神资源，人的生存意义与价值等形而上的主题得到强化。

随着社会生活内容的进一步丰富和创作题材的扩大，散文作家们在改革大潮的冲击下，从历史的变革中吸收来自社会生活各个方面的新鲜气息，他们的文学观念发生了新的变化。他们以开放的姿态，广泛吸收中外各种艺术手法和表现技艺，以新的方式去观照、体验、把握和描绘现实人生。但是作家的出发点往往在于通过对民族传统文化的重新认识，积极切入当代人的心灵建构这一新的文化命题之中。新时期的散文创作体现出对于“真实”和“自我”的回归，从“文学是人学”这个基本命题出发，强调表现人的内心世界的复杂性和丰富性。老作家巴金在《随想录》中说：“我才想起自己是一个‘人’，我才明白我也应当像人一样用自己的脑子思考。真正用自己的脑子去想任何大小事情。一切事物、一切人在我眼前都改换了面貌，我有一种大梦初醒的感觉。”“人”的回归是这一时期散文的一个巨大转型：从对社会外在世界的描摹式的反映，转向对人的内心世界的深层表现，包括人情、人性、人生、生命意识、生存状态、人生意义等，并由此生发哲学层面的思索。

余秋雨在《文化苦旅》中说，他写这些文章是想“借山水风物和历史精魂默默对话，寻找自己在辽阔的时间和空间中的生命坐标”。对人的现实生存状态的关注、对人的内心世界的探寻以及对人所生存的文化语境的反思等都体现了新时期以来散文创作重要的“人学”主题。这既是对于五四时期以来散文的精神回归与超越，也是对于新时期文学如何生存的深入思考。由散文创作的演变看，从悼念性散文的出现到文化散文的兴起，正是新时期散文创作现实主义精神复归和深化的过程，也是散文多元化的审美倾向日渐形成的过程，贯穿始终的是对于不同时代中人的命运际遇的感触、对于人的生存状态的描摹和对于人的心灵成长的期盼，体现出凝重的生命感悟。

第二节 巴金及其《怀念萧珊》

巴金是一位誉满海内外的文学大师，新中国成立前即以长篇小说《家》《春》《秋》等著称。新中国成立后，巴金著有《生活在英雄们中间》《保卫和平的人们》《大欢乐的日子》《友谊集》《新声集》《赞歌集》《倾吐不尽的情感》等众多散文集，其中，写于新时期的《随想录》最早唤醒了新时期散文的悲剧意识和“说真话”的美学原则。《随想录》共分为五集——《随想录》《探索集》《真话集》《病中集》《无题集》，每集30篇，共150篇，42万字。文艺界评论它是一部“力透纸背、情透纸背、热透纸背”的“讲真话的大书”，其“价值和影响，远远超出了作品本身和文学范畴”①。

① 佚名. 巴金《随想录》五集全部完稿［N］. 文艺报，1986-09-06.

《随想录》篇幅浩繁，内容广博，其中数量最多的是回忆往事、怀念故人之作，如悼念茅盾、赵丹、靳以、方令孺、冯雪峰、胡风、老舍等亡友以及悼念亡妻萧珊的作品。在这类悼念性散文中，这位历经沧桑、饱经忧患的文坛宿将，以自身的深切体验和独特见解，对"文化大革命"这段荒诞历史进行了深刻的反思，同时也对自己作了无情的解剖。全书既有较大的史料价值和文献价值，又有很大的思想价值和艺术价值。

《怀念萧珊》写于1978年8月至1979年1月，是一篇悼亡之作，体现了真挚的情感和动人的诗意。作者在怀念自己的妻子时，深厚的情感不断涌出，所写的一人一事，一情一景，总是流露出一片朴实、真挚的诗情。他反思历史，写的是真话；解剖自我，写的是真意；回忆故人，写的是真情。文章主要叙述了在艰难困苦中萧珊对巴金的帮助，她在生命垂危之际的善良愿望和遗恨，真实地再现了他们最后相守时的痛苦与幸福。作者写了她去世后自己的悲痛、思念与歉疚，并缅怀了30年风雨同舟的夫妻情感。文章写作时，人们还刚刚从梦魇中挣扎出来，怀着惊悸的心理反思着昨天的灾难。正是带着这样一种时代情绪，作者在哀悼亡妻的同时，也倾诉了对自己的伤悼，伤悼自己在这场灾难中所失去的一切。他虽然写的是个人的遭遇，但又时时把这场遭遇与整个国家、民族的劫难过程联系在一起，使散文中所写的日常生活场景都超越了个人的意义，成为特殊的历史年代中一个知识分子经历的见证。在这篇悼文中，巴金保持了那惯有的真挚、深切的感情和坦荡、哓畅的情怀。萧珊长逝时，正是风雨如晦的1972年，当时巴金尚不自由，所以尽管他悲怆的心情如浪潮一般，却只能如大石压在心头般，一句悼念的话也写不出来。1978年，祖国新生，万象更新，巴金深埋于心中的怀念之情如一江春水，奔涌而出。这篇散文寄寓了作者的无限深情。如作者受批斗后回家见到萧珊，"看到她的面容，满脑子的乌云都消散了"；萧珊病重住院，巴金每天去陪她大半天，这段时间"既感痛苦又感幸福"；再写从病房走回家里，"走进空空的、静静的房间……"，言辞虽不激烈，但"辞愈缓而情愈切"。正是这些朴实无华的词句，显示了作者深沉的感情和刻骨的忧伤。

这篇散文从艺术构思到遣词造句，均出于感情的自然流露，以文字的本色来反映生活的本色，不雕琢、不虚饰，笔到情至，是新时期散文创作中一篇优秀的悼亡之作。这篇散文没有多少惊天动地的场面描绘，甚至也不追求描写的细腻和情节的典型，但是貌似质朴平淡、随意为之的细节描绘，却具有真挚的感情和撼动人心的力量。如写在那个动乱的令人窒息的气氛中，有一天"我们没有受到留难"，萧珊竟"到厨房去烧菜"，想以烧菜的方式默默地庆祝这安宁的日子，但是，当天的报纸上，又出现了一篇对"我"当头一棒的文章（《彻底揭露巴金的反革命真面目》），当看到这篇文章的时候，"她的笑容一下子完全消失。这一夜她再没有讲话……我后来发现她躺在床上小声哭着"。这一细节充分表现出萧珊精神上的痛苦以及她某种程度上的脆弱，正是她所受的非人折磨夺去了她的生命。巴金用质朴的语言为读者再现了一个心地善良的女性形象。萧珊平凡无华、业不惊人，是"一个普通的文艺爱好者，一个成绩不大的翻译工作者，一个善良的好人"。她性格坚强，忍辱负重，富有牺牲精神。在她和巴金共同战斗的岁月里，她对艰苦的生活、战乱中的分离毫无怨言，总是在困苦的境地里给丈夫精神上的安慰、事业上的支持。她愿意改造思想，愿意尽自己的绵薄力量为社会多做点工作。但是，在"文化大革命"那梦魇般的日子里，巴金惨遭迫害，她和孩子们也受到了非人的对待，当她身患重病，丈夫不在身边，又得不到正常治疗的时候，她默默忍受着。甚至在生命垂危的时候，她仍然相信党、相信人民，希望自己的丈夫写好检查，得到解脱。她是巴金暗夜里的一点光明、严冬里的一丝温暖，是巴金心灵世界的慰藉，是他继续生活下去的精神支柱。但是，这样一个美好、善良、坚强的女性，也被无情地毁灭了。这是巴金一家的悲剧，也是那个特殊历史时代的悲剧。作者不是只哀悼含恨死去的妻子，而是用渗着血泪的文字，反映中国知识分子在这场历史悲剧中的惨痛遭遇。作者正是通过正义与邪恶、善行与暴行、美与丑的强烈对比揭露鞭挞了黑暗和丑恶，歌颂了正义、善良和美。巴金《随想录》中的悼亡之作，对历史的反思达到了一个新的高度，成为新时期散文中富有代表性的作品。

《随想录》突出的思想成就，在于作者带着个人深刻的认识与痛苦的经历。他站在亿万人民的立场上，对“文化大革命”进行反思。这是贯穿150篇文章的基本思想。受到十年迫害的巴金，对“文化大革命”中的现象重新予以审视、分析、评判、探索，认识到这场“革命”的性质及其产生的思想和历史根源，以引出今天应记取的教训。《我的噩梦》《人道主义》反复思索“人为什么变成兽”“人怎样变成兽”的问题。他一针见血地指出：我们社会生活中的许多弊病的根源在于封建流毒太多，在于我们的文化心理中沉淀了太多的封建思想影响，这就是产生“文化大革命”这场浩劫的深层原因。他感慨地说，从《家》开始，他就致力于反封建斗争，可是到老了，他才发现，反封建的斗争尚未完成，因此他主张“今天我们还必须大反封建”。巴金的很多随想能够触及“文化大革命”的本质，往往切中要害，一针见血。对“文化大革命”的否定、剖析，对社会上种种丑恶的、不合理现象的抨击，巴金表现出大胆解放思想的勇气，以实践检验真理的胆识，以及“烈士暮年，壮心不已”的热烈的、不同凡俗的批判精神。

《随想录》在思想上的另一独特性还在于充满了作家的自省意识，即无情地、痛苦地、赤裸裸地呈现自我。巴金反思自己近60年创作道路和个人创作思想的变化，反思在新中国成立之后的一些政治运动中“跟在别人后面丢石块”的“左”的思想行为，反思“文化大革命”中的经历和悔罪心理，不怕疼痛地挖自己的伤疤，彻底否定旧我，与昨日之旧我告别。他敢于正视自己，解剖自己。他在《真话集·〈随想录〉日译本序》中宣布：“我是从解剖自己、批判自己做起的。我写作，也就是在挖掘，挖掘自己的灵魂。”他不推卸反右派运动中在外界压力下批判过别人的责任，并为此深感愧疚。在《十年一梦》中，他不为自己在“文化大革命”中未曾登台批判别人而自得，倒是毫不掩饰地说：“在那个时期，我未曾登台批判别人，只是因为我没有得到机会。”“万一在‘早请示’‘晚汇报’搞得最起劲的时期，我得到了解放和重用，那么我也会做出不少蠢事，甚至不少坏事。”在《小狗包弟》中，他甚至为自己在“文化大革命”初期不能保护一条小狗而感到羞耻。讲真话、抒真情、求真理，是《随想录》的重要特征。巴金把这部散文集的第三集命名为《真话集》，表明了他严肃真诚的生活态度和实事求是、追求真理的创作勇气。他敢于正视现实，直面人生。他为小说《人到中年》叫好，对那些非难的意见提出了反驳，认为作品主人公陆文婷的遭遇是中国知识分子现实生活的真实写照。巴金把他那颗炽热燃烧的心高高举在头上，“在荆棘中开出一条小路”，表现出一位老作家可贵而坦率真诚的艺术人格。

《随想录》的艺术价值还在于写法不拘一格，作者不受约束地抒情写意、生发议论、侃侃而谈。《随想录》的风格是化奇警为平淡，寓热烈于质朴。文章看似不讲究构思、结构、手法，甚至语言也是直白的口语，但这正显示了作者散文技巧高度圆熟、练达。文字的随意，达到了归真返璞、至巧近拙的境界，这正是艺术取得的最大自由。巴金的《随想录》以他诚实的艺术人格和一颗痛苦燃烧的心灵而受到读者的赞许。在《随想录》中，巴金对自己所走过的人生之路进行了冷静的分析和全面的总结，对自己曾经犯过的错误作了诚恳的自责，并对他人的错误言行给予了严正的批评。他在文章中表现出来的袒露“自我”的真诚的人格力量，他的率直、坦荡的品格，形成了文章明澈、热烈的风格。在语言的运用上，作品于朴素之中显出优美，在通脱之中造出意境，显示出作者深厚的语言功底。

第三节 史铁生及其《我与地坛》

史铁生（1951—2010），生于北京。1969年赴延安插队，1972年双腿瘫痪，回到北京。1979年开始发表文学作品，著有中短篇小说集《我的遥远的清平湾》《礼拜日》《命若琴弦》等，散文随笔集《自言自语》《我与地坛》《病隙碎笔》等，长篇小说《务虚笔记》以及《史铁生作品集》。他的作品曾先后获全国优秀短篇小说奖、鲁迅文学奖，以及多种全国文学刊物奖。一些作品被译成英、法、日等文字，单篇或结集在海外出版。2002年《病隙碎笔》（之六）获首届“老舍散文奖”一等奖。《秋天的怀念》多次入选中小学语文教材。

作品导读：史铁生《秋天的怀念》

史铁生的散文名篇《我与地坛》创作于1989年，以北京的地坛公园为背景，地坛的一砖一瓦，一草一木，给了他生命的启迪。作者在凝神冥想中展开想象的翅膀，从对自身经历的思考中，逐渐超越个体命运的挫折和苦难，探寻生存的意义、死亡的意味和工作的价值，进而感悟生命的永恒和宇宙的生生不息，表现了作者博大的胸襟和执着的探索精神。地坛在这里是一个丰富的存在，它的际遇带给作者生命的感悟。“十五年前的一个下午，我摇着轮椅进入园中，它为一个失魂落魄的人把一切都准备好了。那时，太阳循着亘古不变的路途正越来越大，也越红。在满园弥漫的沉静光芒中，一个人更容易看到时间，并看到自己的影子。”史铁生正是在对于地坛的思考中看到了自己的影子。岁月与风云销蚀了浮华的琉璃，淡褪了炫耀的朱红，坍塌了玉砌雕栏，这正如史铁生自身所遭遇的身体缺陷一般。然而，园子虽然已经荒芜但却并不“衰败”，经历了浮华与沉寂、喧嚣与安宁之后的地坛依然坚守着那份生命的安详，苍黑的古柏依然凛然屹立，野草荒藤也都“茂盛得自由坦荡”，这些生命都展现了旺盛的生命力。作者记录下自己在地坛中度过的那些风雨晨昏，并在与地坛的心灵窃语中不断思考生命的价值。在这里，史铁生完成了他生命痛苦的蜕变。地坛对于此时的史铁生来说，已不是一座荒废的简单的古园，而是良师、挚友和亲人。

史铁生在《我与地坛》中直言不讳地揭示了人生的困境、生活的缺憾，并且进一步探寻人该如何看待生命中的苦难。在散文中，人生的遗憾和残缺处处彰显：地坛历尽沧桑，而今却几乎被人遗忘；“我”在最狂妄的年龄失去了双腿，只能在轮椅上度过余生；默默地为儿子担忧祈福的母亲，却终究没能等到儿子成功的那一天；长跑运动员每天都在为自己的梦想而奔跑，但命运却像在和她开玩笑；还有那美丽的小姑娘，上帝却把弱智这样终身的残缺给了她……史铁生把生命、情感、死亡都写到了极致，地坛里的自然与人都承担着这样不完整的美，美好的生命注定无法摆脱缺憾所带来的沉重枷锁。正是见到了这样的不幸与苦难，史铁生开始了从对个人转向对整个生命的思索与追问。

在散文中，作者并没有着意于文章的结构，而是在与地坛的精神感应中，不急不慢地带出对自己经历的回忆，不仅将探寻的结果告诉读者，而且在饱含沧桑的叙说中，抽丝剥茧般地呈现出探寻的过程。母亲“艰难的命运，坚忍的意志和毫不张扬的爱”，使他因突如其来的劫难而生的狂躁之气渐渐地平息，并将关注的目光投向他人，于是在命运对弱者的不公、对好胜者的戏弄、对普通人的磨难里领悟到个体人生的有限和生命、宇宙的无限境界：“宇宙以其不息的欲望将一个歌舞炼为永恒。这欲望有怎样一个人间的姓名，大可忽略不计。”在承受了尖锐的痛苦和进行了执着的理性思考后，作者换来了超越生命痛苦的充实与欢乐，由遭遇磨难、追问命运的非常之心，升华为一种从容面对苦难和挑战的温煦平常之心，达到了生命追求与文学追求较高境界的统一，表现出珍惜生命的特殊审美价值。

史铁生对于“生之意义”的思考体现了一种逼近生命底色的哲学意味。从渴望死到勇于生，在地坛辽阔天地的昭示下，史铁生获得了直面人生的精神力量，感悟到了透视生命与世界的新角度。“我们不能指望没有困境，可我们能够不让困境扭曲我们的灵魂。”他那颗曾抱怨命运、厌倦人生的心，已经升华为一种从容面对苦难和挑战的温和平静的平常之心。而史铁生笔下的人生也终于找到了自己的轨迹，就是要顽强地活下来，争取生命的尊严与不屈、自由与幸福。而生命的意义就在于你能创造这过程的美好与精彩、美丽与悲壮：

谁又能把这世界想个明白呢？世上的很多事是不堪说的。你可以抱怨上帝何以要降诸多苦难给这人间，你也可以为消灭种种苦难而奋斗，并为此享有崇高与骄傲，但只要你再多想一步，你就会坠入深深的迷茫了：假如世界上没有了苦难，世界还能够存在么？要是没有愚钝，机智还有什么光荣呢？要是没了丑陋，漂亮又怎么维系自己的幸运？要是没有了恶劣和卑下，善良与高尚又将如何界定自己，又如何成为美德呢？要是没有了残疾，健全会否因其司空见惯而变得腻烦和乏味呢？我常梦想着在人间彻底消灭残疾，但可以相信，那时将由患病者代替残疾人去承担同样的苦难。如果能够把疾病也全数消灭，那么这份苦难又将由（比如说）相貌丑陋的人去承担了。就算我们连丑陋，连愚昧和卑鄙和一切我们所不喜欢的事物和行为，也都可以统统消灭掉，所有的人都一样健康、漂亮、聪慧、高尚，结果会怎样呢？怕是人间的剧目就全要收场了，一个失去差别的世界将是一条死水，是一块没有感觉没有肥力的沙漠。

看来差别永远是要有的。看来就只好接受苦难——人类的全部剧目需要它，存在的本身需要它。看来上帝又一次对了。

于是就有一个最令人绝望的结论等在这里：由谁去充任那些苦难的角色？又由谁去体现这世间的幸福，骄傲和快乐？只好听凭偶然，是没有道理好讲的。

就命运而言，休论公道。

第四节 余秋雨及其《阳关雪》

知识链接：
学者散文

余秋雨（1946— ），浙江余姚人，上海戏剧学院教授，当代学者、散文家，获过“国家级突出贡献专家”称号，曾以散文集《文化苦旅》震动文坛，从此打出“学者散文”（或曰“文化散文”）的旗帜。其作品沉静而具有文化底蕴，著有《文化苦旅》《文明的碎片》《山居笔记》《霜冷长河》《行者无疆》《借我一生》等散文集，他在散文中探寻中国文化来路，在解读历史中给处于日常迷顿状态的当代人提醒。用他在《山居笔记》中的话说：“借山水风物与历史精魂默默对话，寻找自己在辽阔的时间和空间中的生命坐标，把自己抓住。”在艺术理论创作方面，他完成于1983年的专著《戏剧理论史稿》，是中国首部完整阐述世界各国自古代到现代的文化发展和戏剧思想的理论著作。1985年创作的《戏剧审美心理学》是中国首部戏剧美学著作，荣获上海市哲学社会科学优秀著作奖。

余秋雨的第一部文化散文集《文化苦旅》出版于1992年，所收的作品主要包括历史文化散文和回忆散文两部分，全书的主题是将自然山水置于人文山水的层面，从中探寻中国文人艰辛跋涉的脚印，挖掘积淀千年的文化内涵。《阳关雪》是其中的第四篇，通过一个个古老的物像，描述了大漠荒荒的黄河文明的盛衰，历史的深邃苍凉之情表现得形神俱佳。

余秋雨在踏访阳关古址后写了《阳关雪》，作者并没有开篇即从阳关入笔，而是从古代文人生前的际遇和身后的影响写起。在文中作者表达了对于那些诗文“竟能镌刻山河、雕镂人心，永不漫漶”的诗人的无限敬仰，坦率地表达“焦渴地企盼着对诗境实地的踏访”，有时“这种焦渴，简直就像对失落的故乡的寻找，对离散的亲人的查访”。在写踏访阳关之前的这几段蓄势的文字写得情真意切，道出了作者对于古老历史所蕴含的文化力量的敬畏与期盼之情。接下来对阳关的探访过程，是一次充满了人与自然的对话、思想与情境的交流过程。正如作者在《文化苦旅·自序》中所说：“在这看似平常的伫立间，人、历史、自然混沌地交融在一起了，于是有了写文章的冲动。”在前往阳关的途中，作者在沙漠里徒步行走，古战场遗留下来的坟堆触动了作者如潮的思绪。他用深情而又锤炼的语言描述了昔日铁马金戈的杀敌场景以及战争带给人民的灾难。在对历史文化的探寻中，人、历史与自然无形地交融在一起，无论是开阔的时空，还是飞翔的心灵，都展示出一种俯仰天地古今的浑厚大气，给人一种深邃苍凉而又厚重沉甸的沧桑之感。借用一句“远处已有树影”，作者轻松地将思绪拉回到现实的旅程之中，阳关已经临近。面对泥沙层层、苇草萧萧的古烽火台，作者想到了那惜别之中又充满悲壮之情的王维的诗。对诗中“西出阳关”者情怀的描述，展现了那些战死沙场的亡灵的精神风貌。由眼底“越见凄迷”的“阳关的雪”，作者联想到王维的命运，这个“诗画皆称一绝”的文人雅士具有极高的艺术才华，能够达到诗中有画、画中有诗的融通境界，却只能充当帝王的“卑怯侍从”，死后不能进入帝王将相的“正史”，这正回应了文章开头那句“文人无足观”的感叹。作者在叹息中感慨“阳关坍弛了，坍弛在一个民族的精神疆域中。它终成废墟，终成荒原”。这样一种虚实相间的表述方法，使阳关超出了单纯地域学的意义层面，它和“废墟”“荒原”都成为一种象征，成为一种带有人生哲学意味的意象。

王维诗画皆称一绝，莱辛等西方哲人反复论述过的诗与画的界线，在他是可以随意出入的。但是，长安的宫殿，只为艺术家们开了一个狭小的边门，允许他们以卑怯侍从的身份躬身而入，去制造一点娱乐。历史老人凛然肃然，扭过头去，颤巍巍地重又迈向三皇五帝的宗谱。这里，不需要艺术闹出太大的局面，不需要对美有太深的寄托。

于是，九州的画风随之黯然。阳关，再也难于享用温醇的诗句。西出阳关的文人还是有的，只是大多成了谪官逐臣。

即便是土墩、是石城，也受不住这么多叹息的吹拂，阳关坍弛了，坍弛在一个民族的精神疆域中。它终成废墟，终成荒原。身后，沙坟如潮；身前，寒峰如浪。谁也不能想象，这儿，一千多年之前，曾经验证过人生的壮美，艺术情怀的弘广。

这儿应该有几声胡笳和羌笛的，音色极美，与自然浑和，夺人心魄。可惜它们后来都成了兵士们心头的哀音。既然一个民族都不忍听闻，它们也就消失在朔风之中。

回去罢，时间已经不早。怕还要下雪。

余秋雨的散文在浓重的文化思考中将人、历史、自然融为一体，揭示出中国文化的巨大内涵。在《阳关雪》的结尾部分，作者凭吊那已然死寂的古迹，空寂中古代边塞诗里经常出现的“胡笳”和“羌笛”，似乎正在用那“极美”的乐音来为这段历史哀叹。

文章结尾“怕还要下雪”的点题之笔暗示了作者离开阳关时那无尽哀婉的情怀，而读者弥散于心中那沉重的沧桑感也久久挥之不去。

在《文化苦旅・自序》中，余秋雨说：“我发现自己特别想去的地方，总是古代文化和文人留下较深脚印的所在，说明我心底的山水并不完全是自然山水，而是一种‘人文山水’。这是中国历史文化的悠久魅力和它对我的长期熏染造成的。”这种对于历史、人文的深切关注使得余秋雨的散文都包含了一个“文化与历史”的哲学命题，即以深刻的理性精神和哲学意识去关照社会和历史，这也是新时期散文一个重要的审美倾向。文化散文的作家，都从不同的视角来观察人生、感悟人生，如贾平凹的商州地域文化散文、汪曾祺的北京文化散文、王英琦的文化遗址散文以及周涛的新疆系列散文等。散文作家们都从不同的角度，把思考的触角深入到文化与历史的层面，对我们民族的精神及悠久的文化习俗进行审美观照。余秋雨的文化思考不单纯停留在简单的文化评述层面，更多地充满了文化反思的意味。在《文化苦旅》《山居笔记》《霜冷长河》等散文集中的篇章多是对历史文化的感悟和对人生意义的思索，体现出将个体作为文化主体而不断追问的反省意识。在《道士塔》中，作家并没有讴歌、颂美那敦煌的奇观，而是对王道士愚蠢破坏人类文明珍宝，对盗宝者荼毒文明等罪恶行为，甚至对那段民族屈辱的历史感到悲愤与痛切，在文中作者那直白的“我好恨”力透纸背，读者可以透彻地感受到作者炽热的情感。在余秋雨的引导下，人们可以真切地感知到那尘封千年的历史闸门缓慢地开启，山水风物的人文内涵奔泻而出。

作品导读：
余秋雨《道士塔》

余秋雨的散文体现出一种豁达宏大的气度，有研究者将这类散文称为“大散文”。在文化视野中，余秋雨的散文把深邃的历史、丰富的人生和人文山水有机地结合起来，在对古代文化踪迹的探询中思考人类自身的命运。这种审美的追求超越了当代散文以小哲理见长的审美规范，将新时期的散文推向新的境界。这也构成了“大散文”的第一个美学特征，即开阔的文化视野。同时余秋雨的散文还表现出大气磅礴的艺术气度，文字潇洒恣肆而又不失理性的光芒，诗情勃发而又包含丰富的思想容量，使作品充满生命的活力，充满智慧和情趣，这成了“大散文”的又一个美学特质。

余秋雨的散文极大地拓展了当代散文的创作思路和审美视野，将历史、自然和人生都纳入思考的视境之中，融文学、美学、哲学、史学以及其他学科于一体，表现出丰富的艺术积累和强烈的主体精神。其散文通过对中华民族几千年文明的兴衰和古代知识分子人格命运变迁的关注，融学理性与大众性、严肃的主题与浪漫的气质于一体，开创了学者散文通俗化的先例。

拓展学习

1. 巴金《随想录》中的系列散文表现出“辞愈缓而情愈切”的艺术风格。请以《怀念萧珊》为例，阐述这种艺术风格对于表现深沉的情感有怎样的作用。

2. 在《我与地坛》中，史铁生是如何将地坛作为其生命体悟的投射对象，从而展开对于生命本质的深入思考的？

3. 余秋雨的散文集《文化苦旅》把山水风物都当作一种富含人生哲学意味的意象，这体现了怎样的文化意义？

阅读链接

1.《中国新时期散文研究资料》（山东文艺出版社2006年版）是“中国新时期文学研究资料汇编”（甲种）套书中的一本，收录了新时期散文研究的重要成果，比较系统地展示出了中国新时期散文研究的成就和水平，为全面客观地评价和认识新时期散文提供了科学的参照和理论依据。

2. 新时期散文创作进入一个新的繁荣时期。一批老作家经过十年痛定思痛的反思，重新拿起笔来表达丰富的情怀。阅读巴金的《随想录》、冰心的《谈生命》和杨绛的《下放记别》，体会老作家们于新作中见深情、于平易中显深厚的创作情怀。

3. 史铁生的创作常以个人艰辛的心路历程为摹本，阐发对社会人生的深邃思考。阅读史铁生的小说作品《我的遥远的清平湾》《礼拜日》《命若琴弦》《务虚笔记》和散文作品《自言自语》《我与地坛》《病隙碎笔》等，体会作家对生命本质的思索及其作品所传达出的顽强的生活态度与奋斗力量。

4. 阅读余秋雨的《文化苦旅》《文明的碎片》《山居笔记》《霜冷长河》等散文集，了解作家“借山水风物与历史精魂默默对话，寻找自己在辽阔的时间和空间中的生命坐标，把自己抓住”的审美理想，感受作家对中国文化的探索。另外，余秋雨的文学主张曾经遭到过评论界的质疑和争论，这一点也应适当了解。

第三十一章　新世纪的散文

【学习提示】

新世纪到来之际，人们开始重新审视历史与现实、传统与现代的关系，既表现出包容古今的气度，又体现出一种重视民族文化的自信与理性。在文学领域，李敬泽、卞毓方、王充闾、曾纪鑫等人的历史散文凸显了这样的洞察力与深刻性。从当代的创作情况来看，活跃于哲理散文创作领域的，多为学者型作家，例如周国平等。同时，以表现农民命运、描绘农村习俗、审视乡土中国为思想内容的散文，在新世纪得到了传承。陈忠实、刘醒龙等人的乡土散文以其自由灵活的表现手法、长短不拘的艺术形式，受到读者的青睐。此外，城市文化带来的人们生活环境的变化，促使文学创作的思想与内容也不自觉浸染了城市的色彩，形成城市散文，城市与文学在新世纪形成一种水乳交融的密切关系。

在本章学习中，要重点把握新世纪以来历史散文、哲理散文、乡土散文、城市散文这四种主要的散文创作。

第一节　穿过时光隧道的历史散文

中国当代散文是新中国社会变迁发展的一面镜子，是对时代风云变幻的记录，它的每一次探索、每一次发展都与国家社会息息相关。中国当代散文不仅呈现了作家对社会时代的铭记，还抒发了作家力透纸背的时代呐喊。在为时代发声的同时，中国当代散文还是作家生命体悟的表达空间，或是以清新质朴的话语，或是以柔美细腻的笔调，或是以忧愁感伤的风格，展现作家在生命这一永恒主题上的情绪与哲思。

新世纪到来之际，人们开始重新审视历史与现实、传统与现代的关系，既表现出包容古今的气度，又体现出一种重视民族文化的自信与理性。在文学领域，将当代思考与历史观照结合起来的历史散文，更凸显了这样的洞察力与深刻性。

李敬泽的《小春秋》缘起于对《春秋左氏传》和《吕氏春秋》的热爱，所写内容基本都是对《春秋左氏传》《论语》《诗经》《史记》等经典的解读，作者在文中谈经论道，抒发“星沉海底当窗见，雨过河源隔座看”（李商隐《碧城三首》）的历史沧桑之感。李敬泽深厚的古典文化底蕴和文学修养使得他能将古今自然而然地融为一体，经典阐释显得别有洞天，体现出一种深邃的历史眼光。首篇《鸟叫一两声》从人们对《关雎》的传统理解生发开来，引经据典，提出新的见解，以矫正人们的片面解读，使人重新获得思想与灵感的启发；《办公室里的屈原》从《离骚》引申到现代社会，剖析国民性的劣根所在，对“香草美人”颠覆传统的解读让读者感觉耳目一新，同时对人性的深刻洞察又令人拍案叫绝，文章含蓄蕴藉而不冗赘，语言简洁有力，引人深思；《中国精神的关键时刻》从《庄子》中选取孔子训导子贡、子路，表明自己的人生观和价值观，谈论人生意义的一段典故，作者借此指出，当今社会有很多人像子贡、子路一样，认为“如果真理不能兑现为现世的成功，那么真理就一钱不值”，但是孔子却告诉世人“真理就是真理，生命的意义就在对真理之道的认识和践行”，作者将之归结为“中国精神的关键时刻”①。从古代过渡到当下，时空穿越千年却不显突兀，原因就在于民族精神的永恒话题贯穿其间。《风之著作权》从“《诗经》据说是民间文学，是古代劳动人民的集体创造”这一惯常的认识谈起，提出相反的观点：“国风”中的诗歌作者应该是贵族阶层。至于为什么贵族阶层没有署名，作者进一步分析认为，古人并不觉得留个著作名有多么风光体面，因此也就不把署名看作多么重要的事情。作者由此生发开来，笔锋触及当下的考核评价机制，触及其中充满的功利色彩，以及对人们价值追求观念的侵蚀。

纵观《小春秋》的思想内容及艺术追求，我们可以看到李敬泽历史散文写作的鲜明特色。首先，文字中充满了强烈的反思性和批判性，这其中既有对历史的重新解读与认识，同时又联系当下种种社会现实进行毫不留情的批判，体现出作者关注社会的使命感与责任感。其次，文中处处显出作者的文化追求与抱负，无论针对《春秋左氏传》还是针对《诗经》《论语》，作者都能纵横捭阖，侃侃而谈，不落俗套，妙语连珠。最后，语言活泼、犀利。作者自身有深厚的文学修养，在作品中引经据典，论证充分，语言幽默，流畅自如，颇有杂文之风。

卞毓方是新世纪在文化散文领域有着突出成就的另一位作家，他与余秋雨、王充闾

---

① 李敬泽. 小春秋［M］. 北京：新星出版社，2010：13.

被合称为“三剑客”。其文在语言方面精雕细琢，注重炼字炼句；文章的结构布局颇具匠心，开头往往气势不凡，结尾则意蕴无穷，让人流连忘返。作者深厚的诗文修养，广博的见识和深刻的思辨色彩，为作品增添了无穷的魅力。

2000年，他的散文集《长歌当啸》由东方出版社出版，总共二十章，是作者为《十月》杂志的一个散文专栏创作的文章的合集。卞毓方结合自己在记者工作中积累的大量素材，并揉进自己对社会历史的思考，创作了系列文章并形成了这部集子。其中的篇章主要以人物为主线，从伟人毛泽东及五四时期的蔡元培、鲁迅、胡适等人，再到当代的季羡林、金克木、张中行、李敖等人，时空跨度都比较大。之所以选取这些人物作为论述的对象，不是因为出身与背景，也不囿于地域与流派，而是按照他们独到的学术思想和贡献来确定的。首先，作者总是能将人物置于广阔的历史长河中，辩证考察个体与时代的互动关系。比如在《煌煌上庠》一文中，作者就将精英的出现与特定的五四时期背景相关联，揭示五四时期如何造就了民族的精英，精英又如何塑造了历史上的五四时期。其次，作者在论述这些名人大家的时候，总是力图从新的视角还原完整鲜活的人物状貌，使读者能从“伟人”与“普通人”的双重角度获得对人物的全面认知，贴近现实。最后，在写作手法方面，作者特别注重将具有相似性与关联性的人物结合起来进行对比描写，以突出每个人物的独特个性，而不至于显得脸谱化，比如金庸与梁羽生、古龙，冰心与梁实秋，胡乔木与乔冠华，等等。作为人物散文，《长歌当啸》既不同于学术论文，也区别于历史小说，然而又同时具备二者的学理性和艺术性。卞毓方在处理这种特殊文体的过程中表现出深厚的功力，读者从中不但获得了丰富的纪实材料，而且受到了文学艺术美的熏陶。

在论及长篇历史文化散文《季羡林：清华其神　北大其魂》的创作时，卞毓方说：写作这本书的最大快感，是20世纪的大家，几乎全部囊括在内，每个人可能就是几句话，一个侧面，但要拿捏到好处——这就是挑战。这部作品记叙了20世纪在中、西文化中具有重大影响力的中国学人，堪称“20世纪中国文化、学术与社会的个案史”[①]。季羡林作为卞毓方敬仰的前辈，无论是学术造诣，还是人格风范，都深深影响了作者。为这样一位学界翘楚作传，自然也是作者的心愿。文章展现了一代大儒的成长历程，反映了中国近百年的历史，因而也为读者提供了透视20世纪中国文化的一个入口。

另一位要提到的历史散文代表作家是王充闾，他的创作涉猎诗词、文化评论、学术研究等，而成就最大的当数历史散文。有学者认为，王充闾的散文“是以马克思主义唯物史观为基石的新历史主义的写作，充分体现了中华美学精神”[②]。从20世纪90年代开始，他便有《春宽梦窄》《面对历史的苍茫》《沧桑无语》等作品问世，这个时期，王充闾散文创作的焦点主要放在历史古迹上，试图将历史与现实统摄起来，通过缅怀历史来观照当下；进入新世纪以后，王充闾的创作活力更加旺盛，他先后有《文明的征服》《寂寞濠梁》《龙墩上的悖论——中国皇帝命运大思考》《历史上的三种人》《张学良人格图谱》《秋灯史影》《逍遥游：庄子传》等作品出版。王充闾儿时曾接受过私塾教育，受传统文化濡染，他创作的散文也浸润了中国传统儒道思想。在此基础上，他还能将西方的优秀文化资源融入其中，

① 江力．一座中国历史文化散文的丰碑：卞毓方新著《季羡林：清华其神　北大其魂》及其它散文［J］．今日中国论坛，2007（10）．

② 王向峰．审美理论与文艺创造［M］．沈阳：辽宁大学出版社，2016：358.

作品表现出中西文化和谐交融的风格特点。王充闾将思考的重心移到了人生与人性的大命题上，对作为本体与客体的“人”进行深度探索。五四新文学对“人”的关注，穿越百年时空，在王充闾这里有了新的继承。

在以人物为主要描写对象的作品中，王充闾选择历史人物进行剖析，走进人物复杂微妙的内心世界，从而揭示人的多面性和人性的复杂之处。比如名篇《寂寞濠梁》写庄子，前后用孔子、老子、朱元璋、惠子与之作比，突出庄子“万物情趣化，生活艺术化”[①]，不为名利所羁绊，视身心自由高于一切的人生观与价值观。相比之下，惠子理性、追求功名；朱元璋为了维护一己私欲而走向人性恶的极端，阴险毒辣、残酷无情。作者将历史人物进行对比，肯定了摆脱世俗功利、物我两忘的纯粹的人生境界。《文明的征服》一文考察历史王朝的更迭，从文明的角度论述金王朝由盛而衰的原因。博大先进的中原文化本是文明的象征，这对原始、落后的女真族人来说，自然具有强大的吸引力。然而，在农耕文化与游猎文化碰撞融合的过程中，女真贵族在全盘接受新的文明的洗礼，逐渐褪去原有的骁勇和坚毅、勤劳和质朴等民族宝贵品质的时候，也吸纳了消极、腐朽的东西，这些东西成为一股悖反的力量，使其在与蒙古族的较量中最终走向衰落。作者由此感叹：“人，既是社会文化的创造者，也是社会文化的制成品。”[②]王充闾的散文评说人物，评价历史，娓娓道来，今昔对比，充满历史沧桑感，历史典故如数家珍，具有极强的可读性、哲理性与批判性。

曾纪鑫为新世纪历史散文创作注入了新生力量。历史人物也是曾纪鑫青睐的写作对象，他认为，一般人眼中的伟人或名人都是完美无瑕的，而实际上，他们也和普通人一样，都是多侧面的、立体的，因此，他力图展现最真实的人物面貌，将“扁平”形象还原为“圆形”形象。曾纪鑫认为：“回望历史是为了活得更加清醒，研究历史是为了变被动人生为主动‘出击’，反思历史是为了更好地创造未来。”[③]这句话道出了他创作历史散文的动机与初衷，也是我们解读他作品的出发点。作家寄情于山水名胜、历史古迹，将关注的目光投向遥远的古代，看似固守书斋，远离现实，实则笔锋触及当下，甚至指向未来。《民族英雄郑成功》评说家喻户晓的郑成功，展示了这位英雄不为人所知的一面。在一般人看来，郑成功因力挽狂澜、抗御外敌的丰功伟绩而名留史册，他留给世人的也是一副英气勃发、叱咤风云的形象，但作者却讲述了他人生中也有坎坷与艰辛、痛苦与失落的时候。郑成功的身世、矢志抗清的经历、收复台湾的壮举等，都让读者感慨不已。作者在分析郑成功英年早逝的原因时，总结了四个因素：悲愤、羞愧、痛心、忧愁。英雄光环的背后，原来还有那么多不为人知的隐痛与创伤。但是作者又指出，伟人不是神灵，他们或许也存在与生俱来的性格缺陷，这并不影响他们的崇高形象，其形象反而更显真实与丰满。由此可见作者对历史人物的评价体现出的客观辩证思维。在《多维视野中的朱熹》中，作者首先谈到多年以前自己对朱熹的认识——“教化他人”“迂腐古板”“虚假伪善”“言行不一”，以及他所倡导的“三纲五常”“三从四德”的封建礼教对人们造成的桎梏和戕害。这种印象，作者明确指出是源于中学时期的教育。若干年后，当作者重新捧起朱熹的著作

① 王充闾．文在兹［M］．沈阳：万卷出版公司，2016：44.
② 王充闾．龙墩上的悖论［M］．沈阳：万卷出版公司，2016：188.
③ 曾纪鑫．拨动历史的转盘［M］．成都：巴蜀书社，2001：6.

典籍，真正走进他的学术与思想时，终于由衷地发出“博大精深”的浩然感叹。作者在此想要揭示的认识论原则是“正负相生、正反相依、真伪相伴”[①]，只有具备多重视角，从多个角度，才能形成丰富的、立体的、完整的认知。

第二节 求索于科技与人文之间的哲理散文

哲理散文在我国具有悠久的传统。无论是吟风颂月，还是踏雪寻梅，无论是登高望远，还是俯首徘徊，都蕴含着作者的情感抒发及理性思考。从老庄到韩愈，从顾炎武到梁启超，从现代的梁实秋、林语堂，再到当代的贾平凹、周国平等，无不在作品中展现一种哲理之思，使作品闪烁着理性之美。作者将自己对生活的体验与感悟，通过文学的形式与广大读者进行交流，这是“文以载道”传统的生动体现。从当代的创作情况来看，活跃于哲理散文创作领域的，有一些是学者型作家，这或许与他们从事研究工作带有理性思考不无关系。

在科技飞速发展的21世纪，科技的影响力渗透到经济、教育、文化等人类社会生活的方方面面，人们在此基础上形成的世界观与价值观也发生了极大的变化。人类前所未有地享受到科技所带来的便利，但与此同时，由科技所带来的一些负面影响也日益明显，于是，人们开始重新思索科技与人文、人类与自然的关系，思索“人”的主体需求与发展。

新世纪散文表现出对人生及其终极意义的探寻热情，史铁生的创作尤其表现出这样一种特色。在他看来，文学大致有三种类型：一类是满足人们娱乐需要的通俗文学，一类是表现人们对社会问题看法的严肃文学，一类是表现作者对人类本体进行思考的纯文学。史铁生的散文创作无疑属于第三类，他特殊的人生经历融入文字中，使读者陷入一种深沉的命运思考之中。死亡、生存、苦难、信仰，这些人类精神世界的终极追问在史铁生的笔下都有深刻而独到的答案，引起读者强烈的共鸣。

作品导读：史铁生《病隙碎笔》

进入新世纪以来，史铁生的散文集主要有《病隙碎笔》《记忆与印象》《扶轮问路》《妄想电影》等。《病隙碎笔》可以说就是作者的一部命运抗争史，史铁生用生动而平实的语言追索着生与死、命运与爱情、苦难与信仰、金钱与道义、成功与价值、写作与艺术等重大问题。这本散文随笔集共分六部分，243则，史铁生在文章中一如既往地表现出对于生命价值的热诚关怀，积极而温和地进行人之为人和那些关乎人生命运的价值思考。他将自己痛苦的人生经历凝聚成文字，然而又并不给人悲观消极的情绪体验，反而教会人们如何珍惜生活中那些容易被忽略的幸福与美好：

> 发烧了，才知道不发烧的日子多么清爽。咳嗽了，才体会不咳嗽的嗓子多么安详。刚坐上轮椅时，我老想，不能直立行走岂非把人的特点搞丢了？便觉天昏地暗。等到又生出褥疮，一连数日只能歪七扭八地躺着，才看见端坐的日子其实多么晴朗。后来又患“尿毒

① 曾纪鑫．多维视野中的朱熹［M］// 曾纪鑫．永远的驿站．上海：东方出版中心，2006：330.

症”，经常昏昏然不能思想，就更加怀恋起往日时光。终于醒悟：其实每时每刻我们都是幸运的，因为任何灾难的前面都可能再加一个“更”字。①

这段文字，不仅展现了作者苦难的人生经历，同时还能让读者看到人在同苦难命运抗争时的坚强和毅力，对作者在苦难中还能拥有一颗充满阳光的心灵肃然起敬。字里行间显露出思考的光辉和生命的安详。正如作家何立伟所说，史铁生就像一座佛，参透了生死、贫富和一切欲望。尽管饱受病痛的折磨，他却依然是一个沐浴在思想光辉中的开朗的史铁生。

《记忆与印象》主要记叙作者对往事的回忆，并从这些往事中引申出有关生死、有关故乡的思考。其中《轻轻地走与轻轻地来》在关于“死”的讨论中，作者回顾自己出生的情形，并认为生和死很可能都取决于观察，取决于观察的远与近；《消逝的钟声》回忆小时候奶奶带“我”去教堂的情景，成年后“我”与妻子再次在异国他乡听到了同样的钟声，于是，过去和眼前的坐标奇妙地吻合了，作者由此生发出一种感悟：人的故乡，并不止于一块特定的土地，而是一种辽阔无比的心情，不受时间和空间的限制；这种心情一经唤起，你就已经回到了故乡。总的来说，在这本散文集中，作者沿着时间的线索，追忆自己从出生到成年所遇到的人和经历的事，在平静的笔触中闪耀着哲理的光芒。

《扶轮问路》这本散文集的内容仍旧反映了作者特殊的人生经历，不同的是，在描述磨难的同时，闪耀着人间温情的光辉。正如作者所说的，“我的生命密码根本是两条：残疾与爱情。”②“残疾”的无情与痛苦固然贯穿了史铁生几乎所有的话语与思维，但其中从来不乏爱的光芒与力量。伴随作者人生几十年的轮椅不断更换，但每一辆轮椅都凝聚了亲人浓浓的真情和爱心，这些，又何尝不是一种“爱情”？！正是这种宝贵的人间真情，使得作者能够笑对人生，在无限的蛮荒与惊喜中坦然接受命运的每一个安排。

周国平主要被定义为哲学家，正是由于这种学术背景，他创作的散文尤其具有哲理色彩。20世纪八九十年代，周国平的哲理散文就已经深入人心，如《守望的距离》《各自的朝圣路》《妞妞：一个父亲的札记》等。进入新世纪后，周国平迸发出更加旺盛的创作力，《享受生命》《灵魂只能独行》《把心安顿好》《人生不较劲》等著作陆续出版，此外，还有他对之前作品的补充与完善。

首先，周国平的散文贴近现实生活，往往能从日常的点点滴滴中揭示生命的普遍真理，从而具有哲理意味。在《婚姻》中，作者认为：“相爱的人要亲密有间，即使结了婚，两个人之间仍应保持一个必要的距离。所谓必要的距离是指，各人仍应是独立的个人，并把对方作为独立的个人予以尊重。”③在论及孩子教育问题时，他认为，从一个人教育孩子的方式，最能看出他自己的人生态度。那种逼迫孩子参加各种班学各种技能的家长，自己在生活中往往也急功近利。相反，一个淡泊名利的人，必定也愿意孩子

① 史铁生．病隙碎笔：史铁生人生笔记［M］．西安：陕西师范大学出版社，2002：3-4.
② 史铁生．扶轮问路［M］．北京：人民文学出版社，2010：8.
③ 周国平．周国平集：第7卷［M］．青岛：青岛出版社，2015：40.

顺应天性愉快地成长。[①]我们很多时候都在谈论如何正确而科学地教育孩子，但却很少从人性层面反思父母的人格。周国平洞察细致入微，分析鞭辟入里，有一针见血的针对性。

其次，周国平的散文表现出对“人”的深切关注。他认为，人生一切美好经历的魅力就在于不可重复，它们因此永远活在了记忆中。[②]生命对于每个人只有一次，因此要珍惜生命，但是，很多人没有深入思考过应该如何善待生命。周国平指出：有些人一辈子只把自己当作了赚钱或赚取其他利益的机器，何尝把自己当作生命来珍惜。[③]在高度物质化的社会，人一旦受过多的物欲驱使，也就成了物质的奴隶，从而不自觉地将自己禁锢在物化的世界里，这本质上就是不珍视生命的表现。生命真正需要的是什么呢？是金钱、权利、名声、地位吗？这些东西是否使生命得到了真正的满足？“生命原是一个内容丰富的组合体，包含着多种多样的需要、能力、冲动，其中每一种都有独立的存在和价值，都应该得到实现和满足。”[④]将“人”看作全面的“人”，而不是片面的、异化的人，是周国平散文表现的一个重要命题。

最后，对经典的解读阐释是其散文表达哲学思想的一个途径。周国平在求学期间曾经阅读过大量西方文学作品，因此，对西方文学及哲学都有自己独到的感悟，这种特殊的学习背景反映到他的散文创作中，就表现为对西方经典作家及其作品的阐释。在《私人写作》一文中，作者通过托尔斯泰写日记的故事，表达了这样一个道理：面对他人的真实是一回事，面对自己的真实是另一回事，前者不能代替后者。托尔斯泰写给妻子索菲亚看的日记与只给自己看的日记显然是不一样的，他自身的内心感受就是最真切的证明。“当一个人在任何时间内，包括在写日记时，面对的始终是他人，不复能够面对自己的灵魂时，不管他在家庭、社会和一切人际关系中是一个多么诚实的人，他仍然失去了最根本的真实，即面对自己的真实。”[⑤]《临终的苏格拉底》通过《斐多篇》中描述苏格拉底的临终遗言“我还欠阿斯克勒庇俄斯一只公鸡”，来探讨一个历来未解之谜：这句遗言的意思是什么？阿斯克勒庇俄斯是希腊神话中的医药之神，这是不是意味着苏格拉底觉得生命是一种疾病？如果真的是那样，作者就有充分的理由相信：一切超脱的哲人胸怀中都藏着悲观的底蕴。《贝克莱的是与非》围绕“存在就是被感知”这个命题的合理性展开讨论，作者将问题层层细化，抽丝剥茧，最后自然而然得出结论，表现了一种哲思的严谨。

刘小枫同样是一位哲学作家，与文学发生关联，与其年少时的阅读经历密切相关。刘小枫的哲学兴趣点不在于探讨那些普遍的哲学悖论问题，而是着眼于个体生存的哲学意蕴和现代伦理思考。就如他在《记恋冬妮娅》中所说的：“究竟是革命为了爱欲，还是爱欲为了革命？革命是社会性行为，爱欲是个体性行为；革命不是请客吃饭绘画绣花不能那样雅致那样温良恭俭让，革命是……而爱欲是偶在个体脆弱的天然力量，是‘一种温暖、闪烁并变成纯粹辉光的感觉’……”显然，作者的反思表现出一种人性的光辉与力量。

刘小枫在新世纪出版或修订的散文作品集有《这一代人的怕和爱》《沉重的肉身》等。

---

① 周国平. 周国平集：第7卷［M］. 青岛：青岛出版社，2015：47.
② 周国平. 周国平集：第7卷［M］. 青岛：青岛出版社，2015：240.
③ 周国平. 周国平集：第7卷［M］. 青岛：青岛出版社，2015：132.
④ 周国平. 周国平集：第7卷［M］. 青岛：青岛出版社，2015：133.
⑤ 周国平. 各自的朝圣路［M］. 长沙：湖南人民出版社，2010：71.

在《这一代人的怕和爱》里，作者认为我们不但要学会“爱”的生活，还要学会“怕”的生活。这个“怕”，并不是通常人们认为的一种心理形式，而是一种精神品质；它与任何形式的畏惧和怯懦无关，而与羞涩和虔敬相连。具有这种特质的“怕”，是生命之灵魂进入荣耀神圣的虔信殿堂的意向体验形式。《沉重的肉身》与其副标题“现代性伦理的叙事纬语”表明，这是一部从身体视角来探讨我们时代伦理的作品。

第三节 寻归精神家园的乡土散文

五四时期，鲁迅开创了乡土文学传统，从此，乡土文学作为一种具有独特风格的文类开始进入文学史的视野。这种以表现农民命运、描绘农村习俗、审视乡土中国为思想内容的文学形式，在新世纪得到了传承。乡土散文以其自由灵活的表现手法、长短不拘的艺术形式，受到读者的青睐。

对五四新文学先驱们来说，“乡土”这个概念更多地与底层民众和社会进步等相关联，彰显了一代知识分子的人文情怀与担当意识；新世纪的“乡土”似乎被注入了更多时代内涵。现代人与日俱增的迷失感和空虚感使现代人急于寻求一种心灵的安顿。这种情绪反映到文学创作中，便是一大批乡土散文涌现，以及乡土散文的读者越来越多。这个时代的“乡土”，成为人们精神家园的代名词。

乡土散文的一大特色是其地域性。陈忠实在新世纪发表了散文集《俯仰关中》，其中有大部分内容表现出浓厚的关中文化特色，家乡的乡风民情、山山水水已经融入了他的心灵和文字当中。《漕渠三月三》描绘关中地区的三月三古庙会，回味久违的秦腔秦韵，秧歌表演，锣鼓声声。这是一个古老、豪放、朴实的乡土世界，似乎远离现代文明，然而作者的心中却对这片土地充满了敬畏和亲近之感，他在文中直言：“我向来不羞于我来自这个世界属于这个世界壮大于这个世界，说透了就是吮吸着这个世界的气氛感应着这个世界的气场生长的一株。”[①]与此相比，在那个就地支起来的神秘帐篷里上演的光腿舞，简直可以看作是市场化与商业化时代的污浊缩影，与淳朴的漕渠乡民文化形成鲜明反差。关中乡土世界的一草一木，无不盛满作者的牵挂。

对故乡与亲人的怀念有时候还传达出对传统民风民俗的留恋与认同，当然也就暗含了对某些现代思想观念的质疑与批判。在《家之脉》中，“我”的爷爷能写一手堪比印刷体的毛笔字，逢年过节村里人围观父亲舞笔弄墨书写对联，及至后来“我”为左邻右舍书写婚丧喜庆的对联，这古老的书法艺术及民间传统传递出一股浓浓的文化氛围。然而，到了“我”的子女辈这一代，尽管他们在受教育程度上已经远超父辈，却已经不知道如何提起毛笔，而村里人也不会再夹着红纸走进“我”家屋院了。字里行间渗透出作者对民间文化失落的一种惆怅和叹息。相比“我”的童年生活，三岁还不到的孙子辈们就在父母的安排下学习各种知识，从而失去了孩童时期原本应该拥有的快乐和自由，作者对此也表达了自己不尽赞同的教育观念：小孩子就应该吃饭、玩耍甚至捣蛋，这才符合天性！两代人不同的教育理念实质上反映出乡土文化的某种失落。作者最后强调：“我”的祖辈和父辈尽管算不上书香门第，但那种重视文化和教育的意识却是一直承传下来的家风。可见，在陈忠

① 陈忠实．漕渠三月三［M］// 陈忠实．俯仰关中．南京：江苏文艺出版社，2010：79.

实心中，故乡不仅是一个理想而温暖的地方，同时也是他永远的精神之乡。

刘醒龙是另一位眷恋乡土世界的作家，他曾一度感觉自己是遗失了故乡的人，漂泊无定的感觉让他产生了灵魂无处安放的孤寂感与恐慌，“还乡”成为他内心深处的执着渴望与精神皈依。因此，对乡村世界的描绘成为他散文表现的重要题材，尽管那可能是一个充满伤疤与疼痛的世界。正如作者所说的，作为自然，乡村像诗一样美丽；作为人生，乡村像诗一样痛苦。[①]《一滴水有多深》是刘醒龙历时三年写就的以“乡土乡村”为主题的长篇散文。在记忆与现实的时光交错中，作者抒发着满腔的乡土情结。乡村中的那些人那些事，令读者不断地反思并领悟：何处是人类精神的家园，何处是人的灵魂的栖息地？作品以富有哲思的文字深层次地思考与追问城市与乡村的关联，热切地呼吁对乡土乡村的人文关怀，这在当今尤显难能可贵。

在《我的河山，我的家》中，作者将收录的篇章归类为“山水”“城市”“村野”“故乡”“旧事”五个主题。其中的两个关键词“城市”和“村野”，对于人类的生存来说，仿佛就是两极。城市是人类文明发展历程的展厅，是人类意志和欲望的集中体现。而村野是自然和造化的天下，是物竞天择的生态场。村野是宁静的，城市是喧嚣的。乡土在城市和村野之间，等待着我们回望和探索。作者描述自己身处繁华喧嚣的广州城，内心却充满了对乡村的依恋：

> 一个人怎么会在心灵中如此迷恋一件乡村之物？
>
> 这种感觉的来源并非是人在乡村时，相反，心生天问的那一刻，恰恰是在身披时尚外装，趴在现代轮子上的广州城际。[②]

作者在《二郎镇》中，是这样描写的：

> 山野雄壮，水纯长远，黑夜里天空星月对照，大白天地上花露互映。每一草，每一木，或落叶飘然，或嫩芽初上，来得自然，去得自然，欲走还留的前后顾盼同样自然。”[③]

村野的一切，都是那么令人舒适，在作者看来，这无疑是最适宜人类栖居的诗意天地。

《上上长江》是刘醒龙深情书写长江的纪实体散文。从长江入海口上溯到三江源，一路溯流而行，这既是一次艰辛的寻梦之旅，也是对民族精神的探源和回望。《上上长江》充满了一位文学赤子朝拜母亲河的虔诚和激动，从各种水利考察站到三峡大坝等国家工程，从浔阳楼、金山寺等高楼庙宇到杜甫、陈独秀等人的孤冢旧居，从文人八卦到千古文章，每一篇行走手记，都展现了刘醒龙深厚的文学素养和创作激情，有对伟大建设工程的感怀，有面对大好河山的喜悦，有对失落英雄的悲悯，也有对人品和文才俱佳的文学隔世知己的赞叹。该书被誉为新时代《长江之歌》。

被誉为“新生代散文作家”的任林举，在散文创作领域有可观的成就，进入新世纪以

① 刘醒龙. 刘醒龙散文自选集［M］. 北京：新世纪出版社，2010：201-202.
② 刘醒龙. 我的河山，我的家［M］. 贵阳：贵州人民出版社，2016：51.
③ 刘醒龙. 我的河山，我的家［M］. 贵阳：贵州人民出版社，2016：129.

来，他先后发表了《玉米大地》《粮道》《松漠往事》《上帝的蓖麻》《轻云起处》《说服命运》《西塘的心思》《阿尔山的花开与爱情》《一棵草或更多的草》等多部（篇）散文和纪实文学作品。他的散文字里行间充满了对乡土生活的美好回忆，对故乡亲朋的温柔牵挂，同时也表现了作者由面对现代城市文化夹击下乡土社会困境所产生的忧思。任林举的文字既有大气酣畅的阳刚之美，又有细腻诗意的柔和之美。

《玉米大地》以北方农村最为普遍的粮食作物玉米作为表现的对象，数万字的篇幅赋予了玉米超出一般农作物的特殊含义，而成了一个具有极大包容性和象征性的意象。玉米以及培育玉米的北方土地，在读者心中形成了一个沉默、朴实、坚忍、踏实的群体印象。作者在文中所倾注的，不仅仅是对于北方农村和农民的特殊感情，同时还融入了对民族、国家、土地、文明等一系列宏阔对象的热切关注之情。尽管这些看上去都是极不好把握的话题，但作者巧妙地将其融入平凡的日常生活之中，通过对父亲、母亲、孟二奶奶、七舅爷、十二舅等与玉米及土地具有密切联系的人，从揭示出最平凡的玉米与国家、民族、文明、农业等血脉相通的联系。比如：

在中国，从台湾到新疆，从东北至西南，广大的玉米种植带纵横几万里，以其不可替代的重要顽强地主宰了近四百年中国农业文明史。这是一个国家和民族的粮食啊！就是这种平凡而又普遍的粮食，养活了一段又一段的历史；就是这些执着而又倔强的植物，支撑了一个又一个的时代。①

经作者的语言一点染，平凡的玉米所蕴含的不平凡的意义便赫然给读者留下了深刻的印象。玉米不仅是农业文明的核心代表，同时也象征了父辈的人生命运，因而，文本还流淌着一股亲情暖流。作者将宏大叙事与日常亲情巧妙地融为一体，张弛有度，开阖自如。

任林举的另一部典型表现乡村记忆的作品《松漠往事》，通过回忆故乡的人与事，表现作者内心一种特殊的精神追求。与普通的回忆录不同，这部冠以“往事”的作品并不着眼于完整地回忆过去，作者凭借一些零星的、碎片化的往事片段，试图找回一个真正的自我，表现出一种浓厚的怀旧情绪。但作者显然不止于个人化的追寻，而是试图在此基础上，推衍出更大范围的千万家族生存与发展的共同规律。有的人在苦难面前放弃了生命的硬度与厚度，而有的人则能奋起抗争，在经历烈火的淬炼后发出金子般耀眼的光芒。有评论者认为，《松漠往事》对于“往事”的追忆，对于历史人物的缅怀，都经过了作者内心的过滤，打上了浓厚的“心灵性”烙印，其目的或许就在于寻找与发掘真正的自己。

第四节 热情与理性并存的城市散文

随着新世纪的到来，城市化在中国社会以前所未有的速度向前推进，大量农村人口涌入城市，人们的生活方式、思想观念都随之发生了巨大的变化。“城市”作为与传统“乡土”相对的一个概念，在各个方面影响了人们对主客观世界的认知。人们已不再简单地对城市化做出肯定或否定的评判，而是具有更多理性的思考。新世纪文学突破了以往以北

① 任林举．玉米大地［M］．长春：时代文艺出版社，2005：6.

京、上海两地为主的城市地域文学的局限性，出现了诸如表现武汉城市文化的“汉派文学”，以张欣、张梅、梁凤莲、黄咏梅等人为主创作的广州都市小说，以及阿城、叶兆言等表现哈尔滨、南京等城市生活的作品。总之，城市与文学在新世纪形成一种水乳交融的密切关系，这种关系体现到散文创作中，便出现了如下几种类型的散文。

第一种是以讴歌为主要情感倾向的城市散文。在这类作品中，我们能深切体会到作者对现代化城市及其代表的现代文明所产生的认同感与归属感。在罗兰的城市散文中，有很大一部分表现她对城市生活的热情讴歌乃至参与。比如，在她看来，城市的环境和氛围是美好的：黄昏时分迷蒙的雨雾，绿树成荫的街道两旁，鸟唱虫吟（《薄暮路》）；城市晨光中健步赶路的男人，不施脂粉的女人，这种“健康和脚踏实地的生活”展现出人间朴实、真挚的模样（《早起看人间》），让人无法不眷恋这城市的一切；早晨的空气、阳光乃至发出的一切清凉明朗的声音都给人一种娴静、庄严的感觉（《早晨早晨》）。正是因为出自对城市的这种情感归属，作者对所处的城市社会有着强烈的参与热情，她提倡将我们的商品推向海外（《商品也是文化》），注重城市文化的建设和市民素质的提高（《这件小事关系不小》），鼓励人们积极创业，开拓更多的就业渠道（《就业新观念》），等等。总之，读罗兰的散文，一个积极关心市政建设，热爱所生活的城市的市民形象就呈现在读者眼前了。

第二种是揭露城市矛盾，表现城市底层人民生活困境的作品。安黎的《农民工》向人们展示了一群生活在城市底层的劳动人民的群像，他们生活穷苦，为了满足基本的生存需要，夜以继日地出卖劳动力维持生计。城市对他们来说是一个充满希望的地方，然而真实的城市又对这个群体充满了冷漠、敌视，甚至恶意，“巷口被堵塞得严严实实，几乎达到了水泄不通的程度。外边的车进不来，里面的车开不出去，车与人混杂着，拥挤不堪”。为了获得一个工作的机会，他们甚至可以冒着生命危险去拦截运沙车，然而并不是每一位司机都会停下来给他们机会，更多的是“从他们面前呼啸而去，制造出一个个惊险的场面”[①]，可怜的猫娃就是这样惨死在无情的运沙车轮底下的。还有文中的白师傅、“飞翔”、“猫娃”和他的父亲，人人都有一个心酸的出身背景，他们在这个城市中寻求生存的机会。

第三种是对老城市优良文化传统的挖掘与弘扬。以表现南京古老传统文化的散文为例，就有《砖瓦上的老南京》《老南京庙会拾萃》《立在书架上的老南京》等。陆令寿的《立在书架上的老南京》以优美的抒情笔调细数南京的历史，在沧桑的风云变幻之中尽显城市的底蕴与厚重。南京城是秀美的：“遥望紫金山麓，面对的是一幅灵秀无比的中国山水画。”南京城是辉煌的：“六朝古都，演绎着一幕幕改朝换代的人间活剧。”南京城是传奇的：“李香君、董小婉……艳艳风尘，铮铮侠骨，让多少须眉汗颜。”然而，南京城也有屈辱的时刻：“在日寇的铁蹄下，老南京的呻吟至今还在耳边回响；30万屈死的冤魂仍在呜呜地悲咽”；及至“钟山风雨起苍黄，百万雄师过大江”，南京城见证了中国历史上最重要的转折点。老南京，将永远年轻地活着。文章就是一首优美的抒情诗，一份诗意的历史纪要。这类以“老北京”“老上海”“老西安”为题的怀旧散文，无不体现作者对城市优良文化传统的自豪之情，以及挖掘与弘扬中华传统城市文化精髓的自觉意识。

第四种是对理想城市状态的建构。比如蔡勋建的《城市梦想曲》提出“诗意地栖居”

① 黄永中.《西部》60年精品集：散文卷［M］. 乌鲁木齐：新疆美术摄影出版社，2015：198，200.

才是城市最好的样子。作者肯定了城市令人向往的优点："城市的美丽在于它的色彩纷呈""入夜时分，华灯初上，喷泉射彩，那景色真是妙不可言，美不胜收"，于是又想起城市的功能，"刘易斯说：'城市是文化的容器。'……我想，既然是容器，那就什么都可以往里装，这是它的兼容性"。正是由于这些特质，"城市"曾经一度是"我"生活的目标与追求；但随着"我"对城市的熟悉，"我"渐渐发现诸多不和谐的元素：张腊狗狗肉、王聋子牛肉、周癞子驴肉、刘跛子包子等粗俗的商业文化，钢铁交织的防盗网令人产生的压抑之感，城管的蛮横强势……这一切，显然与"诗意地栖居"的理想生活相去太远。作者在文中提出了鲜明的建设性构想，引导人们为建设"诗意"的城市而努力。

思考与练习

拓展学习

1. 新世纪的历史散文表现出一种包容古今的气度，善于将当代思考与历史观照结合起来。请以李敬泽的《小春秋》为例，谈一谈新世纪历史散文的思想艺术特色。

2. 哲理散文在历代文学史上都有其独特的发展特点，而新世纪散文中的哲理思考更是重新回归到了人类本体的意义上来。试以周国平的相关作品为例，阐述这一类散文体现出怎样的文学与文化内涵。

3. 自五四时期开创乡土文学传统以来，乡土散文历经百年发展呈现出阶段性的变化。请以具体作家作品为例，分析新世纪乡土散文具有怎样独特的艺术风貌。

4. 新世纪的城市散文与我国社会历史发展息息相关，从主题来看，这类散文大致分为几种类型？各体现出怎样的思想情感？

阅读链接

1. 新世纪散文创作主体的跨界倾向十分显著。与以往散文创作是一些小说家的"副业"不同，新世纪的散文创作已经是作家们有意为之的，因而也更受重视。阿来的《阿来文集　诗文卷》(2001年版)、《就这样日益丰盈》(2002年版)、《大地的阶梯》(2008年版)、《语自在》(2015年版)、《当我们谈论文学时，我们在谈些什么》(2017年版)，以及2018年推出的五卷本《阿来散文集》(《成都物候记》《一滴水经过丽江》《大地的阶梯》《人是出发点，也是目的地》《让岩石告诉我们》)，无疑是新世纪散文创作领域的大丰收。

2. 对"现代化"的推崇曾经一度让人们失去了冷静理性的思考，而新世纪散文则改变了这种局面，体现出一种前所未有的文化自信气度，在传统与现代、本土与西方之间找到了更好的融通路径。彭程的《急管繁弦》(2008年版)、穆涛的《先前的风气》(2013年版)、张炜的《读〈诗经〉》(2019年版)、韩小蕙的《协和大院》(2019年版)等，其中大方自如的文笔挥洒，无不表现出一种自信平和的文化姿态。

3. “创新”一直被视为文学生命的基本元素。没有创新，就跟不上时代的步伐，而散文却偏偏是所有文类中对“创新”最不敏感的一种，为此也一度遭到诟病。进入新世纪以后，人们重新思考“创新”的内涵和标准，因而对散文的认识也有了更深的体悟。无论任何时代，“变”与“常”总是相生相伴的，这与哲学意义上的“动”与“静”有相似的辩证逻辑。基于这样的认识，人们对散文也就有了更多的理解与包容。阎纲的《我吻女儿的前额》、林非的《浩气长存》、周国平的《妞妞：一个父亲的札记》、彭学明的《娘》、孙晓玲的《摇曳秋风遗念长》、朱鸿的《母亲的意象》、蒋新的《一双三十年没握过的手》、李登建的《血脉之河的上游》、王月鹏的《怀念烨园老师》等名作都阐释了何为散文“不变”的永恒主题。

话剧篇

引言　记录历史与再现生活的综合艺术

中国当代的话剧创作继承和发展了现代的现实主义传统，努力在新的历史条件下，记录历史与再现生活。在新中国不同的历史时期，话剧创作表现出阶段性的特色。

新中国成立后，话剧进行了正规化、专业化的建设。北京人民艺术剧院、上海人民艺术剧院的成立，整合了专业化的话剧团体。中央戏剧学院、上海戏剧学院的成立，则为培养专业人才提供了教育场所。从事话剧创作的，既有老舍、田汉等老一辈作家，也有20世纪50年代才开始活跃于文坛的青年作家。这一时期，政治性话语极大地影响了话剧创作的走向。1949年，第一次文代会的召开确立了文艺为政治服务的方向，这一时期的话剧创作集中在对新生活的歌颂，对土地改革、婚姻法颁布、农业合作化等的宣传方面。1956年，“双百”方针的提出则为话剧创作创造了开放的环境，“第四种剧本”致力于表现工农兵生活之外的家庭生活、情感生活，体现了向五四时期人文主义传统的回归。这一时期，老舍的《茶馆》和田汉的《关汉卿》表现出较高的艺术水准。《茶馆》以茶馆作为特殊场所，通过横断面的结构，展现了三个历史时期的社会缩影，表达出深刻的主题。《关汉卿》则通过剧作家对历史人物、事件的想象和再创造，塑造了人民艺术家的光辉形象。

微视频：
“第四种剧本”

话剧创作在“文化大革命”期间停滞不前。1976年，伴随着“文化大革命”的结束，话剧创作进入新时期。从时间线索来看，新时期话剧创作可分为两个阶段：1980年之前为复苏时期，之后则进入探索时期。

自20世纪80年代以来，社会主义市场经济的不断发展给人们的生活带来翻天覆地的变化。一方面，随着物质生活水平的提高，观众的精神生活追求发生变化，他们不满足于话剧长期以来的表演模式，剧团的经营面临危机。另一方面，受到西方传入的表现主义、荒诞派等现代派艺术的影响，话剧创作的新观念开始形成。“探索戏剧”是80年代以来具有先锋性的戏剧。这种先锋性体现了对传统表现形式的突破，在叙事结构、表现手法、舞台设计等方面都有所创新。表现形式的突破依然致力于为思想内容服务，话剧创作追求思想内容的丰富性和哲理性，力求对人生与社会有新的思考。

刘锦云的《狗儿爷涅槃》可视为新时期话剧创作的重要成果，通过叙述狗儿爷这一农民主人公的人生经历，展现出几十年来中国农村的历史性变化，以及普通人在历史进程中的真实心态。何冀平的《天下第一楼》则着眼于清末民初在北京前门这块商贾云集、尔虞我诈的竞技场，塑造“福聚德”这个场所及众多人物，将浓郁的京味元素融入时代的风云变幻中，批判了落后的社会和腐朽的文化。这一时期，台湾、香港、澳门地区的话剧发展也有了新突破。自80年代以来，港澳地区更加注重中西结合；台湾地区的话剧不断向现代化发展，代表作有赖声川的《暗恋桃花源》等。

进入新世纪，随着市场经济的深化发展，互联网的兴起，出现了网络戏剧、商业戏剧、打工者戏剧等新的戏剧模式。话剧创作题材更加多样，创作风格更加平民。不少话剧团队还有自己的小剧场，如孟京辉的“蜂巢剧场”等。互联网和通信技术的革新，使普通人的生活联结在一起，这些都为话剧创作者提供了丰富的素材，他们继承现实主义的优秀传统，关注平民生活，塑造平民形象，力求通过话剧这一形式展现丰富平实的人生百态。其中，孟京辉等人的京味话剧作品值得重视，通过21世纪对北京故事的重新讲述，为老北京注入了新的活力。

知识链接：
孟京辉话剧的美学风格

知识链接：
京味话剧

话剧是在20世纪初启蒙思潮的影响下发展起来的新样式。回顾新中国70多年话剧发展的历史，话剧作为一门综合艺术，始终坚持记录历史与再现生活，高举现实主义的旗帜，在不同的历史阶段都成果颇丰。

第三十二章　十七年时期的话剧

【学习提示】

新中国的话剧创作继承了现代话剧的现实主义传统，力求反映新的时代，表现新的人物。由于政治、历史条件的影响，十七年时期的话剧体现出更强的功利性和战斗性，这是由特定社会历史背景决定的。

在本章学习中，要适量翻阅相关材料，思考十七年时期话剧发展变化的内在动因和外在背景。

第一节　繁荣与危机

新中国成立后的十七年时期，从事话剧创作的队伍，一部分是五四时期以来就已取得相当成就的剧作家，如郭沫若、曹禺、田汉、老舍等，他们在新的历史时期又取得了新的成就；另一部分则是20世纪50年代出现的青年作家，如胡可、陈其通、王炼、崔德志等人。总体而言，这一时期的历史剧成就较高，而反映现实生活的成功之作较少，其中老舍的《茶馆》是这一时期现实主义剧作中难得的收获，被誉为中国现代话剧的经典作品和现实主义话剧的高峰。

历史剧作为一个独立的题材类别，在十七年时期的文学创作中占有重要位置。当代历史剧创作的繁荣出现于1958年之后，当时“大跃进”狂热、“浮夸风”盛行，“写中心、演中心、唱中心”和“领导出思想，群众出生活，作家出技巧”三结合等违背艺术规律的做法，一度把话剧引向脱离生活、粉饰现实的道路。在这种特定的历史条件下，一些剧作家避开对现实问题作直接回答，把眼光转到历史中去发掘题材，使历史剧的创作在困境中得到一定发展，出现了一批杰出的历史剧作品，如田汉的《关汉卿》《文成公主》，郭沫若的《蔡文姬》《武则天》，曹禺等人创作的《胆剑篇》等，他们的创作丰富了中国当代历史剧的艺术宝库，并为其后的创作积累了宝贵的经验。

一、郭沫若的《蔡文姬》和《武则天》

历史剧一直是郭沫若热心创作的一个重要领域。这一时期郭沫若的历史剧创作多与为历史人物翻案的主题有关。在搁笔多年之后，1959年郭沫若挥毫先后为两个在历史上屡遭非议的杰出人物——曹操和武则天翻案，慷慨激昂地写下了《蔡文姬》和《武则天》两部作品，体现出一个伟大艺术家的超人胆识和气魄。为曹操翻案的想法在郭沫若心中酝酿已久，他认为：“曹操对我们民族的发展，文化的发展，确实是有过贡献的人。在封建时代他是一位了不起的历史人物。”①于是他选取“文姬归汉”这一故事来表现曹操作为政治家的形象。在《蔡文姬》中，作者成功地塑造了才情横溢的爱国女诗人蔡文姬的光辉形象。蔡文姬心胸宽广，品格高尚，经过一波三折的渲染，作品生动地展现出蔡文姬丰富细腻的内心世界。同时，在蔡文姬形象塑造上，作者紧紧扣住主人公在“归”与“留”之间的矛盾冲突，形象地表现了女诗人复杂的心绪。她“一步一远呵足难移”，决心回到汉朝，路途上经过长安郊外父亲的墓前，此时文姬触景生情，心中积蓄已久的情感喷发而出。作者在这里细致入微地表现了女主人公内心的复杂性和丰富性，这段描写既包含了她对父亲深情的怀念，又融进了女儿对父亲亲昵的眷恋之情；既有对丞相的感激之情，又夹杂着不能撰修《续汉书》以完成父业的愧疚之感。百感交集的情绪在特定的情境下全盘吐露出来。蔡文姬没有沉醉于个人的情感和幸福中，而是心存“乐以天下，忧以天下”的抱负，思想境界得到升华。而郭沫若能够如此动情地成功塑造蔡文姬形象并不是偶然的，他对蔡文姬心境的深知与自己的经历有关。郭沫若本人有过类似蔡文姬的人生经历：全面抗战初期，为了民族救亡事业他毅然从日本回到祖国，其中包含了“投笔请缨”的爱国情怀，当然也浸染了与亲人离别的切肤之痛。正是这种特殊情感、经历的契合，才使作者写起蔡文姬来

① 郭沫若. 蔡文姬［M］. 北京：文物出版社，1959：序.

得心应手，所以他说：蔡文姬就是我——是照着我写的。与蔡文姬相比，作品中的曹操形象略显单薄。在这部剧中，这一形象是对中国传统戏曲、小说等艺术样式中曹操形象的“改写”，代替以往“白脸奸臣”面孔出现的曹操是一个伟大的政治家、军事家和诗人形象。作者内心是极力赞赏和推崇这个具有雄韬伟略的历史时代新纪元的开拓者的，因此他充满浪漫激情，以昂扬的笔致改写这个人物，以此呼应时代精神。但是这个人物的卓越才干在《蔡文姬》中并没能得到充分的发掘。如郭沫若企图以曹操误判董祀“暗通关节，行为不轨”这一事件着力渲染曹操勇于承认并改正错误的贤明为政作风，但是对于曹操误判董祀自裁的原因并没有深入探讨，所做出的回答因为轻率而减弱了作品的真实性和说服力。正是由于对人物行动动机的简化处理使人物丧失了内在的深刻的震撼效果，因此人物形象不够丰满鲜明，这为以后的话剧创作积累了宝贵的经验教训。

《武则天》也是历史翻案性质的话剧创作，在郭沫若笔下，武则天是一个有远大志向、知人善任而又充满人情味的开明君主。郭沫若从对现实政治问题的思考出发，从历史卷册中寻找适当的人物和事件作为表达的喷发口，这是郭沫若历史剧构思的共同特点，用他自己的话说就是“借古人的骸骨来，另行吹嘘些生命进去”[①]。

二、曹禺等人的《胆剑篇》

曹禺在现代文学阶段即以话剧《雷雨》《日出》《原野》《北京人》等著称，新中国成立后历任北京人民艺术剧院院长、中国戏剧家协会主席等职，主要作品有话剧《明朗的天》，历史剧《胆剑篇》（与梅阡、于是之合著）、《王昭君》等。

20世纪60年代初，我国国民经济遭遇了严重的困难，为了配合当时的现实，鼓舞人民自力更生，奋发图强，渡过难关，这时在文艺界出现了大批取材于春秋时期吴越之战故事的作品，据统计当时出现的此类剧目有70多部，以戏曲为盛。但是这些创作出现了很大的艺术偏差，很多创作者没有真正领会“古为今用”的意义，而是以古变今，为满足主体需要而任意歪曲历史真实，拔高人物意义，削弱了作品的历史价值。在这种背景下，曹禺等人创作的《胆剑篇》的出现具有扭转不良创作倾向的重大意义。1961年夏天，在所有以“卧薪尝胆”为题材的剧本中，《胆剑篇》作为唯一一部话剧面世，成为新中国成立之初历史剧中的又一佳作。

《胆剑篇》共分五幕，第一幕和第二幕交代了吴国侵略和勾践被俘之事，之后的三幕集中表现勾践获释后和越国人民一起奋发图强、卧薪尝胆以迎接国家复兴时刻的到来。作家在总结以往剧作家创作经验的基础上对历史史实进行了进一步的观察和研究，深入剖析历史人物性格特征，力求让古老的历史题材焕发新的艺术魅力。

在创作中，作家摒弃了“春秋无义战”的传统历史观念，而是充分肯定越国对吴国作战的正义性，把吴越战争处理为侵略与反侵略、无理掠夺与正义反抗之间的斗争关系，赞扬了勾践卧薪尝胆、誓雪国耻的坚强意志和越国军民齐心合力、艰苦斗争的精神，同时表现吴越两国强弱力量和胜负结局相互转化的历史过程，而且采用“以人物带动历史”的表现方法，紧紧抓住主要人物展现历史故事。作品在人物塑造上也体现出构思上的匠心，剧作家有意营造强烈的对比和激烈的冲突，如勾践与夫差、范蠡与文种等人物的设置都体现

① 郭沫若. 郭沫若全集：第1卷［M］. 北京：人民文学出版社，1987：238.

出性格上的对照性特点。

作品创作在人物语言上也做出了有益的尝试。历史剧的语言要讲究分寸，既不能让古人跨越时代直接说现代人的话，又不能过于艰涩费解，因为话剧的接受者是现代人。《胆剑篇》成功地采用了文白结合、亦骈亦散的“拟古”语言，如勾践成为夫差的阶下囚的时候，面对吴王的欺凌侮辱，他义愤填膺地怒斥：“国不分强弱，有义才能立；人不分智愚，有勇才能存。大王但靠国大兵强，欺凌弱小，这是不义；残害无辜，这是不勇。不义不勇的国家可以出兵遍天下，杀人遍天下，但它是断难立足于天下的。”这段慷慨激昂的申诉不仅绘声绘色地表现出人物的胆识和气节，而且饱含激情地陈述了全剧的精神主旨，字字铿锵有力，句句掷地有声。与同时期同题材剧作比较，《胆剑篇》在思想成就和艺术价值上都明显胜出一筹，并为以后历史剧的创作提供了“古为今用”的范例。

纵观十七年时期的历史剧创作，虽然涌现出《蔡文姬》《关汉卿》《胆剑篇》这样的杰作，但是就总体水平而言，无论是在数量上还是在质量上都有待改善和提高。

第二节　老舍及其《茶馆》《龙须沟》

老舍在新中国成立前即以《骆驼祥子》《四世同堂》等小说著称，新中国成立后，他将一腔热情倾注于戏剧创作中。他努力深入新生活，学习新东西，全神贯注地奋笔勤耕，到1966年为止先后创作了《方珍珠》《龙须沟》《春华秋实》《西望长安》《茶馆》《女店员》《神拳》等20多个剧本。其中，《茶馆》和《龙须沟》等剧作历演不衰，成为新中国话剧史上的经典剧目。

一、《茶馆》

老舍的话剧多以北京的胡同、茶馆、大杂院等充满民俗风情的地点为具体场景，描写北京人的遭遇、命运和变化，以此反映整个中国特定时代的历史变迁。《茶馆》就选取了老北京的老字号裕泰茶馆为具体场景，让三教九流各色人物会集一堂，通过众生相的展示来表现不同时代广阔的社会历史，从而开启了一幅色彩斑斓的北京社会风情画。

《茶馆》通过对旧中国三个历史横断面上各色小人物命运浮沉的生动描写，反映了从戊戌变法失败到抗战胜利后这50年间中国社会的历史变迁，揭示和控诉了旧社会黑暗昏聩的生活，体现了“葬送三个时代”的鲜明主题。

全剧三幕各以一个时代为背景。第一幕以戊戌变法失败为背景，写裕泰茶馆人声鼎沸，这表面的兴旺实是“大清帝国”灭亡前的回光返照，其中重点描绘了晚清末年戊戌变法失败后的社会形态：顽固派得势，洋人威风凛凛，百姓穷困潦倒，政治无比黑暗。第二幕与前一幕时间上相隔近20年，以军阀混战为背景，表面上更朝换代，清王朝退出了历史舞台，但是中国的现实并没有得到根本的改善，封建军阀与外国势力勾结，造成社会更加动荡不安的局面，通过在小茶馆里发生的事情，展现了一幅敲诈勒索、兵荒马乱的社会图景，人民陷入更加痛苦的境遇中。第三幕的时间距第二幕又是20余年，描写的是抗日战争胜利后，国民党政府与美帝国主义狼狈为奸，给人民带来空前的黑暗和灾难。裕泰茶馆破旧不堪，生意萧条，终于在恶势力的压迫下倒闭并被占领，改为特务情报站。全剧的最后，风烛残年的三位老人唱着葬歌与旧社会告别。这三个罪恶的时代使人们逐渐醒悟，那种腐败堕落的旧制度是人民痛苦的根源，绝不能容忍它继续存在，剧作由此含蓄地表达出只有社会主义才能使人民当家做主，彻底改变其悲苦命运的历史主题。

《茶馆》同时也取得了巨大的艺术成就。老舍善于在浓郁的北京风俗画面背景下表现人物神韵，塑造出一批个性鲜明、栩栩如生的人物形象。王利发是《茶馆》众多人物中最富光彩的艺术形象。他作为裕泰茶馆的掌柜，是贯穿全剧的重要人物。他一生经历了中国历史上的三个时代（戊戌变法、军阀混战、抗日战争胜利后），为人谨小慎微，善于经营，四处讨好、圆滑变通是他的经商原则和处世哲学。他从20多岁起继承父业经营裕泰大茶馆，第一幕便点出了他在各类人物面前八面玲珑、左右逢源的商人特点，他懂得“在街面上混饭吃，人缘顶要紧”，所以处处按着父亲遗留下来的老办法处世，以为“多说好话，多请安，讨人人的喜欢，就不会出岔子”。他自以为不能改变社会，只好要求自己当“顺民”适应社会，也奉劝茶客们“莫谈国事”。他每天满脸堆笑地在官僚权贵、外国势力、地痞恶霸、特务警察中间周旋，在他们的不断的搅扰和剥削下忍气吞声地维持生意。他虽然精打细算，但心地不坏，只是对穷人们的苦难司空见惯，因此态度显得比较冷漠。他出于商人自私的目的很少帮助穷人，如对茶馆里发生的卖儿女悲剧毫不动情，甚至规劝客人不要管这件事。但从本质上讲，他还是个本分商人，有基本的道德良知，希望社会安定，生意兴隆。为了使茶馆长期经营下去，王利发不但需要在待人接物方面极力讨好他人，而且更要顺应时代变化而不断改变经营方式。进入民国后他对茶馆进行了全面的改良，把条凳改为藤椅，墙上的“醉八仙”大画和财神龛不时兴了，就换上时装美人和外国香烟广告，茶馆前堂卖茶，后屋改为公寓。其他的大茶馆全都破产停业了，他还勉为其难地苦撑着。到了晚年，眼看着茶馆完全支持不下去了，他还准备添用女招待来改变颓势。正如他本人所说的那样：“改良，我老了没忘了改良。总不肯落在人家后头，卖茶不行啊，开公寓。公寓没啦，添评书！评书也不叫座儿呀，好，不怕丢人，想添女招待！我总得活着吧？我变尽了方法……该贿赂的，我就递包袱……”他努力通过改良迎合茶客心理，希望以此挽救茶馆颓败的命运。但是，他的不断改良依然救不了垂死的茶馆，国民党党棍创办的“三皇道”公开扬言要砸他的茶馆，特务们上门勒索敲诈，流氓开办的人贩子公司也在计划着霸占他的地盘，旧社会的黑暗势力最终吞噬了他的全部家业，企图“做一辈子顺民”，始终小心翼翼做人的王利发终于在无比绝望中自尽了。王利发的悲惨命运充分说明，在黑暗的旧社会就连一个精明能干而又委曲求全的老好人也无法生存，他的个人奋斗、改良维新道路在当时是走不通的。

秦仲义是王利发的房东，原是一个家产颇丰、血气方刚的阔少。戊戌变法失败后凭着一颗炽热的爱国心，他毅然变卖家业，创办工厂，希望通过搞实业来救国。然而抗战一结束，他的产业就被政府野蛮地没收了。昏暗的当局非但不打算重振实业，反而捣毁工厂，秦二爷为此痛心疾首，他沉痛地对王利发说：“……你应当告诉大家，有钱啊，就该吃喝嫖赌，胡作非为，可千万别干好事！告诉他们哪，秦某人七十多岁了才明白这点大道理！他是天生来的笨蛋！”这段辛酸的人生总结道出了实业救国失败的惨痛，更是对国民党当局声泪俱下的控诉。与之呼应的另一个人物是政界人士崔久峰，他曾是做过国会议员的资产阶级革命者，但冷酷的现实使他彻底地灰心了，于是每日只是念经、忏悔，不再过问政事，甚至说：“我可看透了，中国非亡不可！”在他身上体现出中国资产阶级软弱的一面。他们两个人的遭遇正好表明走资本主义道路在中国行不通。

常四爷是吃皇粮的旗人典型，这是老舍在他的创作生涯中第一次明确地正面塑造刚直、正派、诚恳的满族身份人物。常四爷形象具有以下意义：首先，表明旗人下层也存在忠义的爱国人士；其次，表明满族文化本身也是有价值的文化；最后，表明清末的满族人并不都是坐以待毙、因循守旧的腐朽之物。常四爷一生保持着满族人耿直、倔强的性情，从不屈服于邪恶势力和不幸命运，同时他还具有正义感和可贵的爱国思想。他感叹当时社会的腐败，说："我看哪，大清国要完！"为此他还被当作谭嗣同的同党关进监狱一年多。以后他又参加了义和团的反帝斗争，并且成为自食其力的劳动者。对于大清国的灭亡，他不是悲叹和惋惜，而是认识到这是历史发展的必然："该亡！我是旗人，可是我得说句公道话！"但是一生不断锐意进取，"一辈子不服软，敢作敢当，专打抱不平"的常四爷在那个时代依然摆脱不了王利发、秦仲义那样的悲惨结局。

王利发、秦仲义、常四爷这三个代表不同文化内涵的人物，在戏剧的结尾处却同归于一种命运，他们烧纸"祭奠自己"，这种沉痛的悲剧结局是对旧社会发出的控诉和嘲讽，形象而有力地凸显"葬送三个时代"的主题。

此外，作者还描绘了其他类型人物的荒唐生活，如老态龙钟的庞太监恬不知耻地宣告自己要娶妻成婚；心狠手辣的刘麻子大言不惭地讲他的强盗逻辑，"我要是不分心，他们还许找不到买主呢"；两个军阀队伍中的逃兵托人贩子买一个共用的老婆；无耻骗子唐铁嘴放言"年头越乱，我的生意就越好"；流氓小二德子摇身一变倒成了大学生，混迹于校园专门殴打罢课学生。这些丑人怪事咄咄有力地暴露了旧时代的种种罪恶。但是《茶馆》在悲痛之中还隐隐透出一点希望：康顺子是贯穿始终的一个人物，她是受迫害的劳动人民的典型代表。15岁她就被卖给庞太监做老婆，她像对待亲生儿子那样养育了被卖给庞太监做义子的苦孩子康大力，太监死后，他们被赶出家门。后来，康大力到北京西山一带参加了八路军的游击队，康顺子从这个"顶天立地的男子汉"身上看到了前途和希望，她最终跟着儿子走，读者也从这两个人物身上看到了人民摆脱苦海的革命曙光。

《茶馆》在结构形式上别具一格，突破了过去话剧作品的陈旧模式，以一种全新的方式面世。这种结构特点体现在以下两个方面：

第一，以茶馆为舞台，在三个历史横断面上让社会世态进行展览式亮相。裕泰茶馆本身是一个具有丰富内涵的民族文化实体，它是展现民族历史的一个窗口，是旧社会的一个缩影。茶馆自身在结构上具有广阔的包纳空间。在被曹禺称赞为"古今中外罕见的第一幕"中我们看到贯穿全剧的主要人物逐个登台亮相，从茶馆掌柜到各色主顾，以及各种"光顾"茶馆的人物至少70人，他们当中有茶馆老板、清朝太监、吃皇粮的旗人、办实业的资本家、农民、学生、教师、流氓、打手、特务、警察、相面人、说书人，等等。老舍把这些人物统统集合到一个茶馆里，通过他们生活上的变动来反映社会历史的大变迁，以此间接表现重大的历史主题。茶馆的设置巧妙地解决了时间跨度很大的叙述困难。在三幕戏之间几乎都间隔着大约20年的时间距离，而且在三个生活横断面上出现的人物之间、发生的事件之间也不都存在必然的相互联系。为解决这个难题，老舍把三幕戏的场景设在一个不变的空间——裕泰茶馆这个舞台上进行展示，这使观众摆脱了由各幕时间相距太远导致的脱节感，这座具体的茶馆及其主人的命运像一条潜在的红线把三个时代串联起来，共同表达时代变迁的深刻内涵。

第二，《茶馆》形成"以人物带动故事"的结构方式。全剧没有完整的故事情节，没有贯穿全剧的激烈冲突，而是靠人物命运的变迁推动故事情节的发展。作者把不同类型的人物集中在三个时代的横断面里，通过他们的生活片段展开旧时代的生活画面。同时各幕也没有矛盾冲突的中心角色，而是凭借小人物遭遇的小单元故事来铺展连缀成篇，反映三个时代的整体面貌。剧本不采用传统的"一人一事"为主线的结构，不追求面面俱到的故事，而是从塑造人物、表现主题出发把众多人物的生活片段汇总为一个大故事，从而广泛地反映社会历史面貌，为此采取了"以人物带动故事"的结构方式：四个主要人物王利发、常四爷、秦仲义、康顺子从壮年到老年在作品中一直贯穿下来，全剧始终以不变的中心角色约束着剧情的发展；剧中的一些次要人物是用父子相承的方法延续下来的，如反面人物，虽不能做到幕幕俱到，但作者也为他们找到一种延续面目的方式，子承父业的纵向发展使人物的个性在不同时代得以"发扬光大"：打手二德子的儿子小二德子依然是破坏爱国学生运动的政治打手；掮客刘麻子的儿子小刘麻子成了"花花公司"的经理，为国民党特务搞情报，统管妓女、舞女、女招待，"父性"未改；清政府的特务宋恩子、吴祥子的后代小宋恩子和小吴祥子操父业，做了国民党的特务，其欺诈性和残忍程度比起父辈有过之而无不及。这种父子相承的手法既加强了作品人物的连贯性，也表明时代变迁本身的延续性特征，反映出中国由封建社会到半殖民地半封建社会的过程。

《茶馆》在故事情节的选取和人物命运的设置上表现出独特的悲喜交融的风格。《茶馆》用喜剧的形式表现深刻的悲剧内容，是"寓哭于笑"的作品，抒发的是引人发笑的旧时代挽歌，是真正含泪的笑，是深沉的幽默。在那个荒诞的社会，四五十岁的庞太监买15岁的花季女孩为老婆；而两个士兵却想合伙娶一个女子为妻，搞三个人的交情。这些可笑的事件下面隐藏着黑暗社会带来的无穷悲哀。老舍运用重复、倒置、夸张、反语等多种幽默手法表现人物和事件的荒唐，全剧的结尾，沈处长为强行霸占茶馆服务于他们肮脏的生意而自鸣得意，不住地叫着"好（蒿）"。这时，小刘麻子突然发现王利发上吊了，赶紧来报告处长，结果处长听后又吐出"好（蒿）"这个字。风雨六十载的裕泰大茶馆最终毁灭在这样一连串儿怪腔怪调的"好（蒿）"字上，简直就是历史上演的一个绝顶的笑话。在这个笑话里饱含着无限的辛酸和悲凄。

老舍作为一位语言大师，具有极强的语言驾驭能力。他的戏剧语言来源于自己熟悉的北京话，是生活中鲜活的语言，具有精练简洁而又含蓄生动，朴素干练而又幽默诙谐的特点。他可以言简意赅地用三笔两笔画出个人物来，而且富有个性，什么人说什么话，什么话只能由什么人说，闻其声如见其人。如描写封建顽固派庞太监和主张维新的秦仲义的一段对话。秦仲义对庞太监是非常藐视的，所以和他说话时总是带着挑衅口气，话里藏着锋芒。当时谭嗣同被杀，顽固派得势时，秦仲义对庞太监说："庞老爷，这两天您心里安顿了吧?"言语中嘲讽味十足。而庞太监作为慈禧太后的宠奴，作为另一个营垒中的得势人物，他对秦仲义更是看不上眼，话里明显透露出一丝威胁和自得："那还用说吗？天下太平了：圣旨下来，谭嗣同问斩！告诉您，谁敢改祖宗的章程，谁就掉脑袋！"他们的语言都极富个性魅力，从而表现了两个人之间的尖锐冲突。又如宋恩子"那点意思"的诙谐表达，含蓄干练，生动传神，王利发抵抗不过他们，只好问了句："那点意思是多少呢?"吴祥子毫不示弱："多年的交情，你看着办！你聪明，还能把那点意思闹成不好意思?"两个地痞流氓的贪婪无耻在寥寥几个"意思"中展现得淋漓尽致。第一幕最后，茶客甲说了一句话："将，你完了！""你完了"三个字是双关语，表面是说茶客乙的棋要输了，实质是意味深长地预言腐朽的清王朝必将灭亡的历史命运。独具魅力的京味语言充分表现了老舍对语言趣味的倚重，用他自己的话说，就是力求叫人听着有点滋味。

《茶馆》集中展现了老舍的多重艺术才华，同时它也为中国话剧创作留下了一笔宝贵的财富。然而，受到“左”倾文艺思潮的干扰，剧作深沉埋葬旧时代的主题被认为与时代“跃进”和“批判”的气氛不和谐，因此1958年和1963年的两次公演都悄然收场，并没有获得充分的肯定。在“文化大革命”中剧作更是被当作“反动”剧作而惨遭践踏。1979年，《茶馆》在北京人民艺术剧院恢复上演并获得成功，引起强烈反响；次年1月，《茶馆》剧组赴西欧演出，载誉而归，《茶馆》被称为“东方舞台上的奇迹”。这是中国话剧第一次跨越国界登上国际舞台。从此以后，《茶馆》频频出国，掀起了《茶馆》研究和演出的国际性热潮。

二、《龙须沟》

三幕话剧《龙须沟》是老舍的代表作之一，1950年发表在《北京文艺》创刊号上，共三幕六场。该剧1951年2月由北京人民艺术剧院首演，焦菊隐导演。老舍采用新、旧对比的写法，选取北京（曾名为“北平”）一条有名的臭水沟“龙须沟”在新中国成立前后发生的变化作为切入视角，描写了北京一个小杂院4户人家在社会变革中的不同遭遇，真实地表现了新、旧两个时代龙须沟人的不同遭遇，从而控诉了旧社会，歌颂了新时代、新生活。它以主人公程疯子在旧社会由艺人变成“疯子”，新中国成立后又从“疯子”变为艺人的故事，反映了中国人民在新就时代不同的命运，以及他们对党和政府的拥护与热爱。该剧通过叙述日常生活的小事反映大时代，以市民社会人物的日常言行和家长里短表现真实生活。

龙须沟位于北京的天桥附近，在旧社会终年臭气熏天，污秽不堪。沟两岸原本住的都是靠卖力气、耍手艺吃饭的穷苦人民，他们在泥浆、粪便、蚊蝇、危房的围困中，仿佛蛆虫一般凄惨地蠕动着，挣扎着。历代反动政府的更迭，带给老百姓的只是名目繁多的苛捐杂税。在旧社会，年复一年，龙须沟这条臭沟无人问津。新中国成立之初，在百废待兴、财力窘困的情况下，党和政府毅然决定拨款整修龙须沟。对新政府的感激之情成为巨大动力，驱使老舍勇往直前，以欣喜的心情用笔墨展现北京日新月异的新风貌。

剧本塑造了众多人物，如曲艺艺人程疯子、泥瓦匠老赵头、焊镜子的洋铁片儿兼做针线活儿的王大妈和二春母女、置三轮的丁四、捡煤核儿的二嘎子、做小买卖的程娘子，以及刘巡长、冯狗子、刘掌柜等人，这些人物构成了一个杂院的群体形象。其中程疯子这个人物最能体现老舍的艺术匠心。程疯子原是一位相当出色的曲艺艺人，由于不肯低头俯就富人和恶霸而被打得半死，从此再也不能登台演出，流落于龙须沟，过着忍气吞声的生活。他既善良又懦弱，不甘心自身屈辱的地位但又无力反抗，不忍心靠妻子独自奔波来养活自己可又毫无办法。这种痛苦、矛盾而又无可奈何的心情，把他折磨得疯疯癫癫。他的心灵深处始终盼望着有一天“沟不臭，水又清，国泰民安享太平”。在老舍的笔下，程疯子虽失常态，但具有幽默感，富有喜剧性。老舍不仅写他的“疯”，而且把他的“疯”和“艺”两个方面融在一起，他的外部形象、衣着、生活习惯，他的数来宝，都显示他不是只会疯闹、毫无风趣的，而是让人喜欢的。程疯子的“疯”是一种精神扭曲、压抑的转移。新中国成立以后，龙须沟的整治和恶霸的被捕，使他从心底感受到新生活的美好，“给诸位，道大喜，人民政府了不起”。程疯子的新生，成为时代变迁的有力佐证。

从剧作的结构上说，老舍描写新中国成立前“臭沟沿”小杂院人们的悲惨生活，只选取了半天的生活，构成了第一幕，从表面上看虽然平淡，但隐含着危机。在时间上，从昨夜刚下过大雨，到狂风暴雨到来，而就在狂风暴雨到来的时候，小妞掉进沟里死了，惨剧发生。而第二、三幕就着重展示了新中国成立后龙须沟的变化，但是，老舍依然没有正面表现政府如何修龙须沟，而是表现龙须沟人喜气洋洋的心情。剧作中的数来宝，是最能表现北京民俗风情的，剧作从开始到结尾都以数来宝来贯穿，表现出北京新旧两个时代的变化。

《龙须沟》依然保持了质朴幽默、鲜活诙谐的“京味”语言风韵，显示出独特的艺术魅力。1951年老舍因《龙须沟》的成功而被授予“人民艺术家”的光荣称号，他的话剧风格对我国后来的戏剧创作产生了深远的影响。

第三节 田汉及其《关汉卿》

新中国成立前，田汉以《获虎之夜》《名优之死》等剧作著称，作品彰显出五四时期思想解放、个性解放的精神和对社会问题的关注。新中国成立后，田汉的成功之作大多是历史剧，其中1958年的《关汉卿》作为其历史剧创作的高峰，集中体现了田汉独特的艺术风格。

微视频：《关汉卿》的写作背景

《关汉卿》是田汉为纪念世界文化名人、我国元代伟大戏剧家关汉卿而创作的十一场话剧，成功地创造出关汉卿这样一个正义高洁的人民艺术家形象。该剧以关汉卿等人创作、演出《窦娥冤》为中心线索展开情节和冲突，展示了他们与元代封建统治者进行周旋、抗争，甚至不惜付出性命也一定要用戏剧为百姓申诉，同时也反映出当时社会腐败黑暗的现实。

全剧以元代大都发生的朱小兰冤案开场。充满正义感的剧作家关汉卿不满这一情况，与当时名噪一时的歌妓朱帘秀商定，由关汉卿以冤案为蓝本，写成杂剧《窦娥冤》，朱帘秀主演窦娥，演出取得了巨大成功。猥琐文人叶和甫为虎作伥，同中书省左丞郝祯来到后台，要求关汉卿改戏再演，关汉卿宁死不从。阿合马陪大司徒和礼霍孙看戏，看到未改动的情节后大怒，将关汉卿、朱帘秀关押入狱。关汉卿与朱帘秀在狱中坚贞不屈，关汉卿还写成曲子《蝶双飞》，以表达他们坚强的意志和忠贞的爱情。在签押房中，由于万民禀帖和多人说情，关汉卿由斩罪改判驱逐出境。剧作以众人送别关汉卿结束。

剧作在抨击黑暗政治统治的同时，也塑造出关汉卿、朱帘秀、王和卿、王显之、阿合马等个性鲜明、栩栩如生的人物形象。剧本描写的关汉卿正直、善良，具有勇敢的大无畏精神，这是田汉在尊重历史真实的基础上做出的艺术想象。历史上关于关汉卿的生平史料记载不多，根据极为有限的材料创作不足以表现一位人民艺术家的光辉形象，因此必须进行大量的艺术虚构，而田汉很好地把握了历史真实与艺术真实的辩证关系，从而成功再现了元代典型历史情景和关汉卿这个典型历史人物。他从历史唯物主义观点出发，分析了元代政治、经济状况和人民的生活现实，以史料为基础充分地发挥自己的艺术想象力，在复杂的社会关系和尖锐的矛盾冲突中塑造了杰出的人民艺术家关汉卿的不朽形象。他还把历史上与关汉卿同时代的杂剧作家同行、演员以及阿合马这样的反动人物统统召唤来笔下，让他们共同演绎这段震撼人心的悲壮史剧。

《关汉卿》出色地完成了关汉卿这一人物形象塑造。首先，作者在塑造关汉卿形象时，并没有写他一生的经历，而是截取他一生中的一次战斗，把人物放在最尖锐的戏剧冲突中加以表现。戏剧一开幕，关汉卿就被作者推向了善良与罪恶、正义与邪恶殊死斗争的最前沿。面对“如箭穿着雁口，没个敢咳嗽”的元代黑暗统治，关汉卿敢于伸张正义，大胆地向旧社会提出抗议。他为真实反映人民痛苦不堪的生活，揭露封建社会贪赃枉法的黑暗统治而创作了《窦娥冤》。《窦娥冤》上演后斗争双方的矛盾冲突进一步激化。权臣阿合马威胁逼迫关汉卿删改戏中的锋芒，面对权势的恐吓，关汉卿的回答是坚定的：“宁可不演，决不改戏！”当统治者声称“不改不演，要你们的脑袋”时，他镇定自若，临危不惧，坚决斗争到底而不肯出走。关汉卿、朱帘秀入狱后戏剧冲突也随之达到白热化程度。关汉卿大义凛然地拒绝了统治阶级的收买、诱降，毫无畏惧地面对死亡，表现出置个人生死存亡于度外的英雄气概。作者通过波澜起伏、跌宕曲折的戏剧冲突的设置和表现，高度赞扬了关汉卿“蒸不烂、煮不熟、捶不扁、炒不爆，响当当一粒铜豌豆”的可贵精神品质。

其次，作者还在人物对比中凸显关汉卿的性格魅力。叶和甫是关汉卿形象的反衬，他与关汉卿生活在同一时代，但当面对共同的矛盾和斗争时两个人表现出迥然不同的态度：关汉卿无情地揭露黑暗现实，为百姓伸张正义而坚持斗争，要“化厉鬼，除逆贼”；而叶和甫则“逢场作戏”“随波逐流”，是个趋炎附势的市侩之人。在剧本中叶和甫的低俗卑劣、无耻下流与关汉卿的高洁正义、光明磊落形成强烈的对比，关汉卿的性格特征因而更鲜明地凸显出来。《窦娥冤》中的赃官不经过“三审六问”就杀害了无辜的窦娥，而这部戏的作者关汉卿和演员朱帘秀等也遭受了同样的命运，未经“三审六问”就被判处重刑。为了使剧作得到公演，关汉卿等艺术家不畏强暴、不怕牺牲，付出了惨痛的代价，但是他们并不后悔，也不退缩，始终坚持自己的正义事业，以此激励人民奋起反抗残暴的统治者。同时，作者运用革命浪漫主义的创作手法设置了关汉卿与朱帘秀的爱情故事，并把他们的爱情作为彼此鼓舞斗志的强大动力，贯穿《窦娥冤》编演的始终；作者还特意安排了公演《窦娥冤》之后他们作为死囚在狱中相见的场面，这段描写把全剧情节推向了浪漫主义的高峰，赋予作品悲壮、感人的艺术力量。该剧通过以上手法全面烘托出关汉卿正气凛然、刚直无私的动人形象，同时通过对关汉卿的塑造展示出作家与人民休戚相关、生死与共，历史与现实紧密相连的感人画面。

微视频：
以《关汉卿》为例说明田汉剧作的风格特色

《关汉卿》充分体现了田汉历史剧创作的总体风格：首先是历史真实与艺术真实完美统一。茅盾曾给历史真实与艺术真实的统一作过一个比较醒目的注解，即历史真实与艺术虚构结合，也就是要求剧作家的艺术虚构要在充分研究大量史实、对历史事实掌握本质的基础上进行大胆的艺术创造。如《关汉卿》就表现了田汉作为一位革命剧作家对历史的本质性理解，在这个基础上他用一种现代理想去烛照古人的故事，同时这种理想的抒发始终紧扣历史真实，在历史背景的选择上十分慎重。剧中的主要人物、主要情节多是有史可查的真人真事，部分人物、情节设置可能是虚构出来的，如朱小兰这一人物。田汉在把握历史背景的基础上，充分发挥丰富的艺术想象力，巧妙地安排人物，组织冲突，从而使剧作成为一个有机的艺术整体。

其次是剧情和诗情结合，剧作洋溢着浓郁的抒情色彩。“以诗入剧”是《关汉卿》一个突出的艺术特点。“以诗入剧”即把诗情与剧情融合在一起，这是田汉诗人才情的充分体现，也是他戏剧创作中一以贯之的独特风格。在《关汉卿》中，关汉卿慷慨激昂地怒斥官奴文人的场面描写寓情于人、事、景之中，具有强烈的抒情意味。剧中还经常插入诗词、歌曲，让剧中人直抒胸臆，以此来突出戏剧的主题和烘托人物性格，这不仅增添了作品强烈的抒情气氛，而且有助于展现作品的深刻内涵。其中的《蝶双飞》《沉醉东风》两个插曲最为感人肺腑，把读者和观众带到诗一般的意境中，形成剧中有诗、诗中有剧的独特艺术魅力。在第八场中，关汉卿在生命垂危关头高歌一曲《蝶双飞》，动情地抒发了内心的义愤和不满，同时更表现了他高远的理想和耿直的品格。词曲《蝶双飞》是一首激越的诗章，它将剧情推向了高潮，不仅使关汉卿的思想境界升华到一个新的高度，而且使全剧的悲壮气氛更加饱满，成为剧作中的“画龙点睛”之笔。最后一场卢沟桥送别也同样充满诗情画意，卢沟桥、长亭、垂柳、春水，都摇荡着浓浓的情谊，艺术界的同仁就在这里为关汉卿送行，朋友之间真挚恳切的相互慰藉和鼓舞激励，令人看后感慨不已。尤其动人的是作者对赛帘秀、朱帘秀的描写，被凶残的统治者挖去双眼的赛帘秀捧出一杯壮别酒献给临别的关汉卿，表达了深挚的情谊；朱帘秀唱起一曲悲壮的《沉醉东风》，这支曲子与关汉卿逐渐消失在桥头的伟岸身影合成一幅充满浓郁离情别绪的抒情画面，营造了悠远瑰丽、情深意切的戏剧情境。

最后是构思精妙，穿插自如。《关汉卿》汲取传统戏曲分场的一些优点，采用自由灵活的场景，从而突破了一般话剧集中分幕的限制，把人民群众的冤情和反抗集中地表现在这出戏的编、演、看中，从而使剧中主要人物的性格在富有传奇性的浪漫氛围中得到展现。作者大胆采用了“戏中戏”的结构方式来组织情节，将编、演、看全部包容入戏，同时以逐层深入、逐步锐进的矛盾冲突表现关汉卿的高洁情操，还设置了有关二妞、张福祥的情节副线，进一步暴露统治者的罪行并丰富关汉卿的性格，主、副线巧妙穿插，使剧情一波未平一波又起，扣人心弦，错落有致。

在田汉完成《关汉卿》剧本后不久，1958年6月28日焦菊隐、欧阳山即排演了该剧，在全国范围内引起了很大反响。但接下来的几十年内，《关汉卿》淡出了话剧舞台，直到1991年由中国青年艺术剧院重新排演，才重新进入观众视野。半个多世纪以来，《关汉卿》的创作和演出均取得了重大收获，田汉笔下关汉卿这一人民艺术家的形象也具有了厚重的历史回音。

拓展学习

1. 话剧《茶馆》具有别具一格的结构形式，为什么说剧中的“裕泰茶馆”是一个具有丰富内涵的民族文化实体？

2.《茶馆》和《龙须沟》都表现了老舍对语言趣味的倚重，这种独具风格的京味语言表现出怎样的艺术效果？

3.《蔡文姬》和《武则天》是郭沫若的两部表现翻案主题的历史剧，如何理解郭沫若“借古人的骸骨来，另行吹嘘些生命进去”的艺术构思？

4.“历史真实与艺术真实统一”这一创作原则在田汉历史剧中是怎样体现的？

阅读链接

1. 阅读《老舍自传》《正红旗下》，系统了解老舍的人生经历和文学追求。结合老舍的小说作品，如《骆驼祥子》《四世同堂》《月牙儿》等，体会老舍对语言的运用，及其贯穿多种文学体裁中的“京味”风韵。阅读老舍的戏剧作品《茶馆》《龙须沟》《残雾》《方珍珠》《神拳》《张自忠》《春华秋实》《西望长安》等，理解老舍的戏剧主张和审美追求。

2. 系统地阅读郭沫若的历史剧《王昭君》《聂嫈》《卓文君》《棠棣之花》《屈原》《虎符》《高渐离》《孔雀胆》《南冠草》《武则天》等，体会作家从对现实政治问题的思考出发，从历史卷册中寻找适当的人物和事件作为表达的喷发口的艺术构思。

第三十三章　新时期的话剧

【学习提示】

本章重点介绍新时期以来话剧发展的基本状况，并对刘锦云的《狗儿爷涅槃》、何冀平的《天下第一楼》做了细致解读。新时期话剧在20世纪70年代末复苏，出现了体现时代特征的剧作样式。80年代话剧经过理论和形式上的探索，形成了又一个新高峰。90年代话剧进入后新时期。

在本章学习中，要了解新时期话剧发展的脉络，结合具体作品把握各个阶段的特点，重点分析刘锦云、何冀平的代表作在戏剧内涵及舞台表现方面的特色。

第一节 复苏与探索

中国话剧作为舶来品，在众多的剧作家、导演艺术家、表演艺术家的共同努力下，不断发展和壮大，成为现当代以来文学的重要组成部分。但是在历时十年的“文化大革命”中，话剧的创作、演出完全停顿下来。1976年“文化大革命”结束后，像其他的文学样式一样，话剧恢复了创作、演出，进入了新时期。新时期的话剧在创作、演出等方面都有很大的成就，形成了20世纪以来中国话剧发展的又一个高潮。

新时期话剧从其发展来看，大致可以分为三个时期，即1976年底至1980年初的复苏时期、20世纪80年代的探索时期、20世纪90年代的后新时期。

一、话剧的复苏时期（1976—1980）

“文化大革命”结束后，沉寂了十年的话剧界积极行动起来，话剧创作和演出呈现繁荣局面。这个时期可以看作对20世纪40年代话剧的继承和恢复，被称为话剧的复苏时期。

这个时期的话剧从表现的内容和反映的问题看，大致可以分为三个方面：

第一，政治批判剧。这是新时期以来最早出现的话剧。这类话剧以刚刚过去的“文化大革命”为题材或背景，揭露和批判“四人帮”的丑恶罪行，展示人民在“文化大革命”中遭受的苦难，歌颂与“四人帮”进行坚决斗争的革命者的勇敢与高尚。其中较有代表性的剧作有《于无声处》《丹心谱》《报春花》《枫叶红了的时候》《白卷先生》《有这样一个小院》等。

由宗福先编剧、苏乐慈导演，上海工人文化宫业余话剧队于1978年首演的四幕话剧《于无声处》，讲述了天安门事件的参与者、诗集《扬眉剑出鞘》的编者欧阳平为逃避逮捕躲到何是非家而引起的一系列矛盾。欧阳平的母亲梅林对何是非有救命之恩，欧阳平与何是非的女儿何芸又是青梅竹马的恋人。但是“文化大革命”改变了两家人的命运和关系。欧阳平与母亲刚毅坚强，他们不屈从于“四人帮”的淫威，为了正义和理想勇敢地斗争。与之相较，何是非则为了保护自己，卖身求荣，干着最卑鄙的勾当。“《于无声处》正是写了一九七六年的中国人民与‘四人帮’的搏斗，以天安门事件为背景，集中在两个家庭，集中在一个场景，集中在一天之内。情节紧凑，发展急剧，引人入胜。”①该剧在一定程度上表现了人物内心情感的丰富性和复杂性，具有一定的审美价值。

第二，社会问题剧。复苏时期话剧创作的另一个重要内容是直面社会现象，关注社会问题。从1979年开始，揭示现实问题、暴露社会弊端的剧作不断涌现。如《权与法》通过市委领导罗放和曹达之间的冲突，探讨的是法大还是权大的问题。《假如我是真的》通过知青李小璋冒充高干子弟行骗的经历，对官僚特权的无制约和无监督进行了尖锐的讽刺。《灰色王国的黎明》揭露了以权谋私者对现代化建设破坏的严重性。《报春花》围绕是否树立出身不好但工作优异的青年女工白洁为“排头兵”的事件，揭示在社会前进道路上实事求是和思想僵化的冲突。社会问题剧能够直面生活中的种种问题，进行大胆的揭露和批判，这一方面体现了人民群众对于现代化建设的殷切希望，另一方面也表现了剧作家的忧患意识和历史使命感。

---

① 曹禺．一声惊雷：赞话剧《于无声处》［N］．人民日报，1978-11-16.

第三，历史剧。一批歌颂老一辈革命家，为他们树碑立传的历史剧作也成为复苏时期话剧的重要组成部分。如《曙光》一剧展现了在王明“左”倾路线统治时期，贺龙领导的洪湖游击队与敌人虽进行了艰苦卓绝的斗争，但依然失败的史实，揭示了极左路线给革命带来的巨大灾难。《报童》描写了皖南事变以后，重庆新华日报社的工作人员在周恩来的领导下机智勇敢地斗争的故事。《西安事变》在舞台上再现了历史事件，彰显了张学良、杨虎城为国为民的壮举。这两部戏都突出了周恩来的崇高形象。丁一山创作的《陈毅出山》和沙叶新的《陈毅市长》塑造了不同时期的陈毅形象，展现了真正共产党人的胸襟、胆识和情感。

从整体上看，复苏时期的话剧积极关注社会政治活动、干预生活，其现实感、目的性非常强。在演出模式上，这一时期的话剧主要以斯坦尼斯拉夫斯基体系为指导，通过对生活的真实再现和人物的生动刻画来反映现实人生，这是对中国现实主义传统话剧的恢复和重建。当然，“其中深恶痛绝的批判精神、忧患意识，以及植根于反封建的人道主义的、对人的命运的关注，是新中国成立十七年戏剧所没有的”[①]。

二、话剧的探索时期（20世纪80年代）

进入20世纪80年代，商品经济的不断发展和求新求变意识的不断增强带来了人们生活方式和审美趣味的明显变化。电视的普及把人们更多地留在家里，而话剧艺术长期以来固守的编剧、导演及表演方式也使观众产生倦怠。观众流失、剧团经营亏损等一系列事实说明话剧陷入了困境。如何从困境中走出，取得话剧在艺术领域的独特地位，是当时戏剧界有识之士努力思考并探索的问题。

这种思考和探索主要体现为从理论上对戏剧的本质、戏剧观展开讨论，去寻找戏剧之所以为戏剧的原因所在。在这期间，西方的现代派艺术，如表现主义、意象主义、荒诞派、意识流等受到了充分的重视，尤其是梅耶荷德、布莱希特、格洛多夫斯基的理论和创作实践对中国话剧产生了极大的影响。在理论探索中，“戏剧观”作为一个重要话题被提出来。

“戏剧观”一词早在1962年就由黄佐临提出，但是没有引起太多的关注。到了新时期，戏剧界人士开始关注这个话题。他们认为戏剧观是戏剧家对戏剧作为一种艺术形式的总体看法，包括戏剧家的哲学、美学思想，对戏剧社会功能的认识，所恪守的艺术方法、原则等许多复杂内容。[②]在戏剧观的指导下，一些新兴的观念逐渐形成，如重视“舞台假定性”，加强导演二度创作的独立性，认为现场表演是戏剧最具魅力的所在，要突破“四堵墙”的镜框式舞台规范，等等。这些观念的不断倡导及实践为话剧的创作和演出带来了与以往截然不同的形式，使得新时期话剧出现了整体改观，进入了一个新的发展时期。

知识链接：实验话剧

在开展理论探讨的同时，一批突破传统表现形式的实验话剧出现在舞台上。1980年上海工人文化宫剧团演出了马中骏等人的哲理短剧《屋外有热流》。这部戏剧情

① 田本相. 中国新时期戏剧鸟瞰：在香港“当代华文戏剧创作国际研讨会”上的讲话［J］. 戏剧文学，1994（3）.

② 丁扬忠. 谈戏剧观的突破［J］. 戏剧报，1983（3）.

节很简单：大哥赵长康为了保护集体的财产在黑龙江农场以身殉职，而他生活在上海的弟弟、妹妹却挖空心思向国家要钱，为分抚恤金互相攻击。剧中，赵长康的幽灵出现，呼唤弟弟、妹妹的灵魂走出屋外，放弃小我，融入大我。这是首次在舞台上出现了死者的灵魂，剧作将现实与梦幻交错在一起，打破了传统现实主义的表现手法。

1983年中央实验话剧院演出的现代话剧《十五桩离婚案的调查剖析》（编剧刘树纲，导演耿震，舞美设计薛殿杰），描写了当代中国人的爱情婚姻问题。剧中特别设置了男、女两个叙述者，一方面他们像全知者一样，讲述故事，进行议论，还不断启发观众进行思考；另一方面，他们还是剧中的主要角色，扮演了四对以各种理由闹离婚的夫妻。他们当众换装、改变形象和声音，打破了镜框式舞台的限制，加强了演员和观众之间的交流，取得了很好的艺术效果。《魔方》（陶骏等编剧）由九个段落组成，看起来更像是九个小品，由一个“主持人”作为贯穿其间的人物，不仅联系起九个段落，而且直接对观众进行采访，增强了戏剧与观众的互动性。刘树纲的《一个死者对生者的访问》（1985）并不着重对英雄人物形象进行塑造，而是借鉴荒诞派和象征主义的某些手法，探讨在危机面前各类人的心理活动，从心理学、社会学等角度对人性进行了充分的展示。其他如王培公的《WM（我们）》（1985）、马中骏与秦培春的《红房间·白房间·黑房间》（1986）等，也都在形式上进行了不同程度的变革。

可以说，形式上的变革是20世纪80年代前期话剧主要探索的方向。话剧在形式上突破了传统现实主义的编剧、演剧模式，导演艺术家和舞台美术家的大胆革新使得整个话剧舞台发生了根本性的变化：在戏剧观念上，大力倡导戏剧的假定性和综合性，使之更为开放，更为多元化；在戏剧创作上，更着重于形式方面的革新；在戏剧艺术结构和手法上，增强了散文化和叙事成分的运用，通过象征、隐喻、荒诞、变形等手法使得戏剧时空自由转换，追求人物内心世界潜意识的外化；在舞台演出方面，广泛运用现代的灯光技术，追求同观众近距离、直接的交流。同时，戏剧在主题方面把对人的意识觉醒的表现，对人的生存意义、价值的探寻作为重心，追求主题的诗意和哲理性，或者是多义性、模糊性。但是我们也要看到，80年代前期对话剧形式的探索革新虽有成功的作品，但是其对形式变革的强调使得一批剧作出现了为了形式而形式的倾向，表现出浮躁、粗糙的一面。

从1986年开始，探索戏剧的热潮开始降温，剧作家、导演艺术家开始对话剧整体进行思考，认识到形式与戏剧主题的统一性，话剧逐渐向深入发展，出现了一些话剧精品，比较有代表性的如《狗儿爷涅槃》《桑树坪纪事》等。

1988年，由中央戏剧学院表演系干部进修班演出的话剧《桑树坪纪事》，讲述了20世纪70年代前后发生在陕西农村一个叫桑树坪的生产队里的故事。生产队长李金斗为了全村人的温饱，费尽心思和公社的估产干部软磨硬泡，故意压低价格雇佣麦客。为霸占外乡人王志科的两孔窑洞，他发动全村人诬陷无辜的王志科杀人。他想让自己守寡的大儿媳妇许彩芳转嫁给自己残废的二儿子仓娃，扼杀了许彩芳和麦客榆娃的爱情，导致许彩芳投井自尽。在这块土地上，为了给阳疯子李福林娶媳妇，他12岁的妹妹月娃远走甘肃做“干女子”（童养媳），换来的媳妇陈青女不仅日夜守着个傻丈夫，还被傻丈夫当众扯下衣裤，最后发了疯。“脑系”（方言，“首脑、领导”的意思）们要强行拉走村里的宝贝耕牛豁子杀了吃，桑树坪人忍无可忍，气愤之下一起动手打死了心爱的豁子。此剧以三章的篇幅展示了以桑树坪人为代表的中国广大农民的生存现状，他们勤劳、善良，但又愚昧、自私、排外。这体现了对不良民族心理和劣根性的批判。

与戏剧思想内涵相得益彰的是这部戏在表演形式及舞台创造方面的设计。舞台被设计成一个转台，转台上安置了一个直径为14米的倾斜大转盘——象征着五千年黄土高原的大塬背，圆盘高端的一侧是傍坡而凿的村民居住的窑洞和牲口棚。窑洞上背负着一座大山，面对大山的是一口深不可测的唐代古井，正中一幅硕大的太极图。凝重、古老、贫瘠、荒凉的舞台上随着敲响的钟声展现着宏大的场面、众多的人物。剧作不强调戏剧冲突，也不着重于戏剧高潮，而是用散文式的结构，通过一个个小场景、小故事勾连起整部戏剧，给人完整、圆满的感觉，显示了导演卓越的艺术功力。

三、话剧的后新时期（20 世纪 90 年代）

这一时期，中国社会发生了深刻的变化，随着市场经济的飞速发展，人们的心态也发生了诸多变化，对于世俗、消闲文化的需求上升，市民文化消费市场开始形成，这一时期的话剧创作也进入一个新的阶段，商业戏剧、实验戏剧相对活跃，小剧场戏剧成为演出的中坚力量。可以说，这个时期仍然处于探索中。

20世纪90年代出现了一些表达个性解放和反叛意识的话剧作品，如《死水微澜》《思凡》等表现了对封建礼教的抗争和对自由生活的向往，《北京往北是北大荒》《零档案》表现了反抗命运的决然抗争，还有一些话剧作品刻画了诸多思想叛逆者的形象，如《情结》中的崔灿，《洗礼》中的李海洋，《父亲》中的小妹，《大雪地》中的大海父子，等等。这一时期也有一些话剧作品放弃了宏大叙事的描写，把目光投向底层民众，如《老宅》《水下村庄》《旮旯胡同》等，极力书写对社会弱势群体的关注与思考。此外，还有一些剧作家广泛采用文化批判的立场，揭露生活中的丑恶社会现象，揭露人性的异化与丑陋，回归现代启蒙意识与现实批判的立场，深入反思国民劣根性问题，如《商鞅》《正红旗下》《生死场》《伐子都》《闹钟》等。

话剧的戏谑化是这一时期话剧创作的一种趋势。话剧游戏、调侃的因素增加，教育意义减少，话剧更多成为一种商品，大多数观众看戏不是为了进行深入思考，而是为了消遣或逃避现实，这离不开市场经济发展的影响，也受到解构思潮的影响。话剧出现了放弃深度思考，追求戏谑与狂欢的游戏化情感剧，如《灵魂出窍》；实验话剧，如《思凡》《恋爱的犀牛》；戏说化历史剧，如《男儿头女儿腰》；等等。一些主旋律的话剧作品中也加入了戏谑化的情节和人物，如《地质师》中口无遮拦的知识分子刘仁，《旮旯胡同》中的傻大伯子，等等。还有一些话剧作品也采用了戏谑的形式和颠覆性的内容，借调笑化解矛盾，如《思凡》《伐子都》等。

作品导读：孟京辉《思凡》《恋爱的犀牛》

这一时期的话剧表演还有一个突出的特征，就是小剧场戏剧的再次兴起。由林兆华导演，北京人民艺术剧院于1982年演出的《绝对信号》可以说是小剧场演剧艺术的始作俑者。1993年11月，在北京举行了“中国小剧场戏剧展暨国际研讨会”，参加这次研讨会的14台戏在题材和风格上显得更加多样化。如《留守女士》《大西洋电话》《泥巴人》《疯狂过年车》等体现了话剧向写实回归的趋势，但这些话剧在心理深入方面又充分发挥了小剧场艺术的独特魅力。而《思凡》有很强的写意特点和表现主义、象征主义色彩，这部话剧作品共四个部分，一头一尾是中国传统戏《思凡》和《双下山》的故事，中间两个部分是薄伽丘《十日谈》中的两个故事，这部话剧作品由如此不相关的故事组成，扩展了戏剧张力。此外，比起传统的大剧场，小剧场戏剧大大缩短了演员和观众之间的空间距离，观众的参与意识被调动并增强。其中比较好的剧目有《留守女士》《情感操练》《灵魂出窍》《热线电话》等。

知识链接：
小剧场戏剧

第二节 刘锦云及其《狗儿爷涅槃》

新时期话剧经历了20世纪80年代前期注重形式和内在意义的探索后，在1986以后终于结出了丰硕的果实。由刘锦云编剧，刁光覃、林兆华导演，1986年北京人民艺术剧院演出的《狗儿爷涅槃》以其人物形象塑造的丰满性、巨大的历史概括力及揭示生活本质的深刻性，把新时期以来的话剧创作推上了高峰。

一、生平与创作

刘锦云（1938— ），出生于河北省雄县大清河北边一个闭塞的小村子里。他从小喜欢民间艺术，乡间戏台上演出的人生世相可以说是他最早学习文化、学习历史、窥视艺术、窥视人生的窗口。1958年刘锦云考入北京大学专攻文学。在此期间，他迷上了话剧。大学毕业后，他被分配到农村做基层工作。1982年，他进入北京人民艺术剧院，成为专业编剧，后任北京人民艺术剧院院长。

刘锦云是带着深厚的生活积累走进北京人民艺术剧院的。多年的农村生活经历使得刘锦云对于农民的思想、言行有具体、形象的了解。他对于农民表达喜怒哀乐种种感情的方式极为熟悉，对于农民的命运、追求和遭遇有极为清晰、深刻的认识。当他把对他们的认识转化为对于中国农民整体命运的思索的时候，就有了要写一些农民的冲动。刘锦云说："我是农民出身，我太熟悉农村了，我一直要求自己：两脚踩着收获的泥土，两眼盯着农民的命运。我在农村的生活和工作的感受，强烈地拨动我写作的神经，不吐不快。"①

刘锦云早期的作品都充满着浓郁的乡土气息，以在土地上生活的人物及他们的故事为题材，有《山乡女儿行》《狗儿爷涅槃》《背碑人》《乡村轶事》等。这些剧作深入开掘了中国农民的心理，展示了农民文化的复杂性和他们生存的荒诞性，充分展现了现实主义话剧的魅力。

作品导读：
刘锦云《风月无边》

20世纪90年代后，刘锦云的创作突破了农村题材的樊篱，《阮玲玉》《杀妃剑》《风月无边》等一批剧作相继问世。

二、《狗儿爷涅槃》

刘锦云创作的《狗儿爷涅槃》剧本发表于《剧本》月刊1986年第6期，由北京人民艺

---

① 锦云，林兆华，唐斯复．踩着收获的泥土，注视农民的命运：三人谈《狗儿爷涅槃》［N］．文汇报，1986-12-15.

术剧院1986年10月在北京首演。这部话剧作品轰动了整个剧坛，当时演出了近50场，盛况空前。剧作通过对狗儿爷大半生生活经历的描述和概括，真实而生动地反映了近半个世纪以来中国农村所发生的几次历史性的变化，同时也深刻剖析了作为小生产者的农民的思想、观念和心态。

“狗儿爷”本名陈贺祥，因为他的父亲跟人家打赌，活吃一条小狗，赢人家二亩地，搭上了自己的一条命。“狗儿爷”的绰号伴随他终生，而其本名却湮没无闻。早年狗儿爷做地主祁永年的雇农，受尽祁永年的欺侮。中国共产党领导的土地改革运动圆了狗儿爷的梦，他不但分到了好地和牲口，连祁家的高门楼也姓了“陈”。可是好景不长，“一场合作化运动，除了门楼都归了大队”。没有了土地的狗儿爷疯了，妻子也改嫁了。“文化大革命”结束后，土地、牲口又回到了他的手中，狗儿爷又精神焕发了。可是，儿子陈大虎不愿过那种“土里刨食”的生活，想推倒门楼开办采石场。狗儿爷一气之下，用一把火烧了门楼。

《狗儿爷涅槃》成功地塑造了狗儿爷这一形象。剧作展示了在不同时代环境下狗儿爷的境遇。作为一个在土地里刨食的农民，他的命运和时代紧密相关。观众通过他的命运不仅可以透视时代风云，也会产生对时代发展的反思。刘锦云说：“我不是直白地发几句牢骚，咒骂极左路线对农民的坑害，而是着意嘲笑和批判小农意识中的因循守旧、妄自尊大、报复心等特征。生活中忠厚善良与愚昧保守的混合，赋予了剧中人有多侧面的立体感。”①

狗儿爷能吃苦肯劳作，他非常喜欢在土地上耕作。他质朴地认为土地是生存的根本，土地能让他发家致富，土地会给他带来一切。但作为一个农民，狗儿爷是弱小的，他对土地的痴迷和执着难以抗衡现实社会政治的力量，他的悲剧命运让人同情。同时，我们看到狗儿爷有一种本能的正义感。因为受过祁永年的鞭打，所以他宣称绝对不和祁家人来往。儿子陈大虎喜欢上了祁永年的女儿小梦，并且趁狗儿爷神志不清时成了亲。当运动来临时，儿媳因家庭成分不好受冲击，狗儿爷勇敢地站出来保护她，致使辛苦开出的荒地被没收。狗儿爷的善良让人感动。同时，在狗儿爷身上也凝聚了中国农民的劣根性：狭隘、自私、愚昧、因循守旧。

狗儿爷这个形象寄托了剧作者对中国农民命运和心理的深入思考。农民作为土地的耕作者，他们的生活、境况完全受时代的左右。他们的心理又非常复杂。像狗儿爷，他给地主祁永年做长工，因为骡子喝水掉到了井里，遭到了祁永年的毒打。因此，他痛恨地主，但是在他的心灵深处，他又梦想着能成为祁永年那样的地主。地主祁永年作为狗儿爷的对立面和陪衬，刘锦云没有按照流行的模式把他塑造成万恶的样子，祁永年的发家也靠机遇、靠勤俭。可以说，《狗儿爷涅槃》这部剧作，通过狗儿爷这一人物形象的复杂性，深刻地揭示出农村中地主与农民这一对立阶级的本质特征，引发人们对中国的农民问题以及中华民族的历史与现实的深入思考。

为了表达这样的思想内涵，刘锦云在剧作的形式上也做了大胆的革新。剧作采用了叙述的手法，剧情由狗儿爷的叙述开始，而他的回忆、思虑和内心独白构成了戏剧的主要情节。在舞台演出中，狗儿爷的独白既达到了和观众直接交流的效果，同时又有提示剧情的作用。在狗儿爷的独白中，他的回忆、内心通过表演展现出来，这样，表现与再现、写实

① 锦云，林兆华，唐斯复．踩着收获的泥土，注视农民的命运：三人谈《狗儿爷涅槃》［N］．文汇报，1986-12-15.

与虚拟、荒诞与象征有机地融为一体。在表演上，导演与舞台美术设计密切配合，把舞台环境虚拟化、舞台设置模糊昏暗化，使得演员一方面有更充分的表演空间，另一方面在昏暗的环境中突出狗儿爷，达到了强调、凸显的效果。比如狗儿爷在失去心爱的土地后，满腹委屈地跑到父亲的坟前“哭诉”的一场戏，导演没有按照真实的生活那样让狗儿爷背对着观众“哭诉”，而是让狗儿爷面对观众跪在舞台口向他爹诉说“咱的地没啦”的痛苦。这样的场面调度和狗儿爷那如泣如诉的大段独白，具有强烈的舞台效果，对刻画人物个性、突出戏剧主题起到了重要作用。内容与形式的完美结合使得这部话剧作品不仅成为新时期的经典剧作，同时也成为20世纪话剧舞台上的经典之作。

经典评论

《狗儿爷涅槃》以其对历史的巨大概括力和对生活的深刻穿透力，把新时期以来话剧创作推上高峰。不但如此，它在创作方法上所进行的大胆探索，也对现实主义的发展做出重要贡献。①

第三节 何冀平及其《天下第一楼》

20世纪八九十年代，先锋话剧以其对形式的探索和革新跃入文坛，与此同时，仍有一批剧作家坚持在现实主义话剧领域进行开掘，何冀平的《天下第一楼》就是一部现实主义剧作，将浓郁的京味元素与时代的风云相结合，不论在文学创作的意义上还是在话剧演出的实践中，都颇具代表性。

一、生平与创作

何冀平（1951— ），广西上林人。1982年毕业于中央戏剧学院戏剧文学系，曾任北京人民艺术剧院编剧。她在话剧创作和影视编剧方面皆有贡献，创作了《好运大厦》《天下第一楼》《明月何曾是两乡》《烟雨红船》等多部话剧作品，担任《新白娘子传奇》《香港的故事》等电视连续剧，以及《新龙门客栈》《投名状》《明月几时有》等电影的编剧。

二、《天下第一楼》

《天下第一楼》是何冀平于1988年创作的一部三幕剧，从1988年6月在北京人民艺术剧院首演至今，30多年内始终保持着话剧的生命力和活力，吸引着无数观众，这部剧被誉为“既有《茶馆》的影子，又有《茶馆》的味”，以其突出的现实主义“人艺风格”，在现当代话剧的发展潮流中占据一席之地。何冀平创作《天下第一楼》绝非偶然，而是经过扎实的材料准备和实地考察的。她不仅翻阅了有关北京全聚德烤鸭的诸多文章，还先后采访了全聚德、惠中饭店、西来顺等餐饮行业内的诸多行家里手。为了能够深入生活，她参加了为期两个月的烹饪速成班并拿到了结业证书。同时，书写饮食文化不能仅仅停留在饮食层面，文化是一个丰富、复杂、深刻的概念，写北京饮食文化，也是在写北京文化本身。何冀平为此还阅读了老字号、赌博、戏曲、武术等诸多方面的资料。何冀平回忆《天下第一

① 孟繁树. 狗儿爷：一个内涵丰富的农民形象［J］. 戏剧文学，1988（6）.

楼》的创作历程时提到，剧院在该剧公演前出于宣传和帮助观众理解的考量，要何冀平用四句话概括全剧，何冀平概括该剧是：“桌前推杯换盏，盘中五味俱全，人道京师美馔，谁解苦辣酸甜?”《天下第一楼》将人生的苦辣酸甜同盘中的五味结合，是一部写民族、写人生、写文化的话剧。

该剧着眼于清末民初北京前门这块商贾云集、尔虞我诈的竞技场，第一幕讲述张勋复辟前后福聚德烤鸭店摇摇欲坠的经营危机；第二幕关注三年后福聚德烤鸭店在卢孟实的经营下渐起高楼；第三幕揭示福聚德烤鸭店声名鹊起，看似楼高百尺，实则危楼将倾，勾连出福聚德烤鸭店的兴衰聚散。剧本以福聚德烤鸭店为原点，描绘北京社会各阶层人物的众生相。掌柜卢孟实踌躇满志、精明强干，但却屡遭排挤，有志难酬；“堂头”常贵一生劳碌，却因自己下九流的身份遭人鄙薄，儿子也受尽白眼；烤炉师傅罗大头自诩是大帝派的手艺，为人鲁莽粗俗；“灶头”李小辫等旧时被视为下贱“五子行”中人，也各有各的悲剧命运。福聚德烤鸭店创立于清朝同治年间，传至民国初年，由于老掌柜年迈多病、心有余而力不足，两位少掌柜无心经营、挥霍无度，烤鸭店岌岌可危。在王子西的建议下，外姓人卢孟实临危受命，经过多年的呕心沥血、辗转经营，使福聚德老店进入日进百金的鼎盛时期。然而外姓人终究难以成为这家店真正的主人，卢孟实遭人排挤而离开。剧本以“好一座危楼，谁是主人谁是客？只三间老屋，时宜明月时宜风”这副对联结尾，余味无穷，恰恰点明了福聚德烤鸭店内部“一个人干，八个人拆”的巨大内耗，这座“天下第一楼”虽然规模宏阔，闪耀着名动京师的光辉，实则不过危楼将倾。

《天下第一楼》丰富的文化内蕴和思想内涵展现出深广的精神价值，但是还需注意的是，使其成为北京人民艺术剧院重要演出剧目的原因，除了在文化思想层面引起观众的共鸣和余韵悠长的回味外，还有在艺术上的用心探索。

在《天下第一楼》中，何冀平塑造了诸多个性鲜明的人物形象，其中最为突出的当数卢孟实。在话剧的第一幕，卢孟实尚未正式登场前，何冀平就借王子西等人之口讲述卢孟实的生平来历，其人物形象已初见雏形，在层层铺垫之后，卢孟实的登场便有了“众望所归”之感，人物形象也立住了。但卢孟实并不是一成不变的平面人物，他的角色内涵是立体的、多样的，富有生活气息和真实感。他深谙人情世故，但仍旧心存仁义，多次向生活困难的常贵伸出援助之手，最后为了保护罗大头而身陷囹圄；他出身低微，社会地位低下，父亲的死更是他难言的伤痛，但却有着不服输的奋斗精神，力要改变“五子行”的社会评价，为此他严格要求自己及福聚德的店员，强令他们远离低俗的生活趣味，也因此厌恶粗俗鲁莽、心胸狭隘的罗大头；但他终归是在封建社会中成长起来的，思想上仍带有局限性，男权主义思想严重，在乡下已经有了妻子，却又在城里找了个情人，前脚对情人说不在乎乡下女人生的儿子，后脚却为了乡下的儿子出生而大摆筵席。

在《天下第一楼》这场宴席中，卢孟实、常贵、王子西、罗大头，每一个角色都是鲜活的。他们如同我们生活中的每一个普通人，为了理想，为了生活，为了家庭，为了心中的目标，在不断朝前奔跑着。卢孟实一生的理想就是坐上“轿子”，为此他在情人玉雏儿的帮助下厉行改革，兢兢业业，誓要盖起大楼，改变自己低微的出身。但终归是败了，他一生的心血尽数还给了两位无能的少爷，他无论多么努力都无法掩盖自己的出身。但打败他的不是两位少爷，而是落后的社会和腐朽的文化。外有变幻莫测的政治权力更迭，社会环境恶劣，朝不保夕，内有尊崇家族主义的传统文化，唐家少爷的“正统地位”牢牢扎根在每一个人的认知中，单枪匹马的卢孟实想要冲破这社会的藩篱谈何容易！卢孟实这一代人经历了朝代的更迭，在变幻莫测的时代风云中起起伏伏，“梦里不知身是客”，这场宴席终归散了。

一方面，《天下第一楼》的美学风格深受老舍《茶馆》的影响，较之于其他师承《茶馆》风格的京味话剧，最得《茶馆》神韵。第一，故事发生空间的相似性，无论是《茶馆》中的茶馆，还是《天下第一楼》中的烤鸭店，都是北京城里各色人等的聚散地，为情节展开提供了天然的社会文化背景，增强了人物形象的复杂性；第二，故事的文化底色相近，无论是《茶馆》中的茶文化，还是《天下第一楼》中的食文化，都同属老北京的饮食文化，体现出浓郁的老北京特色；第三，两剧所使用的语言都是京味十足的，不仅贴近故事发生的社会环境，有利于对独具特色的老北京风物人情的摹写，也增强了话剧语言的真实性和生动性，读来饶有趣味；第四，在艺术手法方面，两剧都遵循了典型的现实主义创作风格，贴近现实生活，以茶馆或烤鸭店的老板为主角，将人物的命运和茶馆或烤鸭店的兴衰起伏联系在一起，展现人物与时代的关系。

另一方面，《天下第一楼》的独创性也是明显的。在《茶馆》中，老舍刻意淡化了戏剧的冲突性，采用了人像展览式的叙事结构，幕与幕之间的联系微弱，剧情节奏和缓，在琐碎的日常生活描写中阐明旧时代必将灭亡的真理。何冀平的《天下第一楼》则采用了传统的闭锁式戏剧结构，上一幕与下一幕之间的联系紧密，连接成一个完整的故事，在层层铺垫中展开情节叙述，一个矛盾连着另一个矛盾，高潮迭起，增强了观众的观剧体验。此外，《天下第一楼》在叙事之外，更注重文化意蕴的传播，该剧表面上是在写福聚德的兴衰之变和卢孟实、常贵等人的人生轨迹，但其实质上指向了世俗人生，批判了人性之恶和腐朽落后的封建文化，以小人物的沉浮影射历史、社会、人生和文化。

何冀平的《天下第一楼》是沿着老舍的《茶馆》的路走的，但并不是亦步亦趋地模仿《茶馆》的，而是另辟蹊径，在继承中有所创新，稳步发展。

思考与练习

1. 自20世纪80年代以来，中国话剧的“戏剧观”有哪些突破？

2. 小剧场戏剧的演出相比传统话剧的演出有什么独特之处？

3. 话剧《狗儿爷涅槃》是如何书写农村、表现农村的？

4. 请分析《天下第一楼》中的卢孟实这一人物形象。

拓展学习

阅读链接

董健、胡星亮主编的《中国当代戏剧史稿》（中国戏剧出版社2008年版）一书的第三章对新时期的话剧思潮、创作状况及代表作家的创作介绍得比较全面。阅读此书有助于把握新时期话剧的整体风貌。

第三十四章　新世纪的话剧

【学习提示】

进入新世纪以来，伴随着改革开放进程持续深入、社会经济持续发展、人民群众生活水平持续提升，话剧同样呈现出新的面貌，其多元与开放的创作格局变得更为明显。紧扣现实、反映当下、贴近受众是新世纪话剧的一个主要特质；与以往的话剧相比，新世纪话剧展现出一种更为鲜明的融合与创新意识，在表现手法上进行了多元化尝试，立足当代、反映现实生活的话剧与回顾历史、带有强烈历史关怀的历史剧齐头并进，对经典话剧的改编也更加全面和多样，具有强烈的人生思考和人文关怀。

在本章学习中，要把握新世纪话剧的主要特质。

第一节 传承与创新

从新中国成立后的十七年时期到新时期，当代话剧的发展有过沉寂，也有过旺盛，一直在探索中稳步前行。进入新世纪以来，伴随着改革开放进程持续深入、社会经济持续发展、人民群众生活水平持续提升，话剧同样呈现出新的面貌，其多元与开放的创作格局变得更为明显。

相比电影、电视剧、网络自媒体等艺术形式的普及化，新世纪话剧从受众群体来看只能算“小众”。北京、上海等几个大城市的话剧氛围较为浓厚，而在其他一些城市话剧的状况则显得较为“低调”，话剧的文化辐射力较为有限。但即便如此，剧作者们依然表现出以往话剧创作的优良作风，在继承并发扬我国话剧优秀传统的基础上，与时俱进，转变观念，大胆实验与创新。可以说，新世纪话剧的突出表现正是新世纪话剧努力实验与创新的成就。

第一，紧扣现实、反映当下、贴近受众是新世纪话剧的一个主要特质。在新的历史时期，改革日益深化与科技日新月异助推着社会迅速发展，但社会在大步前进的过程中不可避免地会出现一些新的问题，诸如婚姻家庭矛盾、贫富差距拉大、人性道德冲击、自然环境污染等，这些问题在触动大众神经的同时也引发了大众的高度关注与思考。新世纪话剧立足现实，紧扣当下的社会热点，深入挖掘现实题材，注重探寻大众的心理世界，从而缩短自身与大众的距离。例如北京人民艺术剧院的话剧《北街南院》，故事背景是“非典”特殊时期，描绘了在不平凡的日子里北京一四合院里一群普通人的遭遇。“非典”曾引发社会的高度关注，《北街南院》紧扣现实，真实再现了在这一困难面前人们不退缩、积极向上的姿态。并且，这部话剧不只是将笔触停留在战胜困难这个层面，还生动刻画了不同人面对灾难所流露出来的复杂心态。

第二，新世纪话剧传承与创新文学经典。与以往的话剧相比较，新世纪话剧展现出一种更为鲜明的融合与创新意识。对于中国话剧经典作品或小说史上的一些经典作品，剧作者们在保留其原有精髓的前提下，拓展思路、积极创新，在剧目中的“传统”与“当下”之间努力搭建了一座桥梁，这不仅有利于深化大众对于经典作品的认知，还使得经典作品在新的历史时期焕发新的光彩。以老舍作品为例，老舍的小说以其丰富的京味语言、高雅的审美特质以及独具魅力的个性化特质一直以来都是话剧界改编的对象。新世纪的话剧创作对老舍小说的改编同样热度不减，2007年版的《骆驼祥子》话剧便是在继承原作精髓前提下的再创作，是一次成功的尝试。例如，在该版话剧中剧作者独具匠心地在序幕、尾声等多个场景设置了人力车夫活动的环节，颇有新意。话剧通过对于人力车夫形象的凸显，既呈现了那个年代人力车夫悲惨的生存现状，折射出底层劳动人民的辛勤与奉献，又展现了北平社会大众间单纯质朴的人情味，从而引发了当下观众强烈的情感共鸣。

老舍的小说《四世同堂》也是话剧热衷改编的经典作品，在舞台时间与空间轮廓的建构上，话剧《四世同堂》呈现出较为鲜明的风格特色，一方面，注重以写实的方式呈现出《四世同堂》中的背景、人物日常状态等内容，如对小羊圈胡同生活的大致还原；另一方面，同样强调用表现方式来凸显冲突与矛盾。这两种方式的有机融合，不仅提升了话剧的表现力，还深化了话剧的内涵。在小说《四世同堂》中，老舍不惜笔墨地加入较多议论性的话语，这些议论有助于对人物性格、心理的解读以及对北京（北平）文化的诠释等。老舍小说中的这一风格在话剧中同样得到了传承，并且议论在剧中的穿插嵌入变得更为丰富，议论出现在幕前提示、角色的对话与独白等多个环节，增强了话剧的感染力。

第三，新世纪话剧在表现手法上进行了多元化尝试。一直以来，剧作者们对话剧的表现手法进行了不懈的探索。在新的历史时期，话剧更加注重表现手法的丰富性。哈尔滨话剧院所推出的话剧《秋天的二人转》便是一个典型的例子。《秋天的二人转》在表现手法上的突出特色是将二人转与话剧这两种艺术形式进行联合。二人转是源自中国东北地区的民间文化，有鲜明的地方特色，具有生动活泼的感染力。剧作者独具匠心地将二人转融进话剧中，一方面极大地提升了话剧自身的表现力，另一方面给受众耳目一新的感觉。

可以看出，在新的历史时期，话剧在中国的文艺舞台上展现出自身鲜明的时代特质。不过，虽然新世纪话剧在不断的实验与创新中取得了一些成绩，但我们更应该注意新世纪话剧在新的历史条件下所面临的困境。作为传承中华文明、讲好中国故事重要的艺术形式之一，新世纪话剧肩负着新的历史使命与责任，势必要通过更加深入的实验与创新真正融入大众，成为中国新文化格局中的重要组成部分。

第二节　现实的关怀

进入新世纪后，围绕着变革时代的社会矛盾与问题，剧作者们创作了一系列立足当代、反映现实生活的话剧，显现出现代化进程中人的困境和求索，融入了剧作者们的人生思考和人文关怀，如邹静之的《我爱桃花》、李宝群的《矸子山上的男人女人》、黄盈的《枣树》、万方的《有一种毒药》等。

李宝群的《矸子山上的男人女人》是一部反映东北地区下岗工人现实处境的话剧。由于矿山资源枯竭，国家要将其关闭，矿山拣煤队的女工们一下子陷入了困境。女子拣煤队的党支部书记秦铁柱想尽各种方法帮助这些女工们寻找出路，历尽千辛万苦，终于，女工们各自有了能养活自己的活儿；棚户区改造也要完成了，秦铁柱和拣煤队的女工们马上就能住进政府出资为他们盖的新楼了；佟丽答应了秦铁柱的求婚，秦铁柱终于可以和自己喜欢多年的女人成婚了……然而，秦铁柱却因为救在黑煤窑里挖煤的黑子而离开了人世。

话剧真实地表现了下岗女工们的生活困境和失落情绪：多年的劳动模范佟丽要强、自尊，丈夫因公殉职后，她独自带着哑女度日，下岗让她不知所措，满含凄楚；三姐温婉、贤淑，原本有一个幸福的家庭，丈夫下岗后狂躁酗酒，她受伤的心灵还得包容另一份伤痛；女工平平善良、勤恳，丈夫重伤躺在炕上，上有老人，下有孩子，全家举债度日……

话剧成功地塑造了东北地区下岗工人群像，他们勤劳、朴实，带着东北工业区的地域特征和生命质感。他们哀而不伤，在人生低谷中不失生命的力量，在对未来的憧憬中抱有美好的希望。其中秦铁柱是女子拣煤队的党支部书记，当拣煤女工们失去工作、生活陷入绝境时，他想尽一切办法帮女工们渡过难关。他有一个外号叫“秦大咧咧”，这主要是因为他平时喜欢胡咧咧、瞎话张嘴就来。秦大咧咧是一个个性鲜明、性格独特的小人物。作为领着一帮女人每日捡煤的负责人，他有着油嘴滑舌的习性，但在内心深处他是一个大男人，在他充满喜剧性格的背后具有沉甸甸的悲剧色彩。当困境出现时，他一时找不到出路，但又不想让大家太难过，编瞎话便顺理成章地成为他安慰大家的手段。被佟丽“戳穿”他善良欺骗的真相后，他义无反顾地为那些苦难的女人谋划起走出困境的办法：蹬三轮、卖馄饨、做家政。女工们把他当成主心骨，他也笑称自己是“党代表洪常青”。他为了维护矿工女儿的人格尊严而忍受暴打，为女工创业办执照而受辱，为使煤矸石变废为宝而贡献才智最终却被官僚所“涮”。就在他结婚前的除夕夜，私人偷挖的小煤窑爆炸坍塌，他为救工友不幸牺牲，深爱他的佟丽披着红嫁衣，在想象中完成了一场悲壮的婚礼。剧作者正是通过秦大咧咧遭受一个个挫折而饱含辛酸的经历，展现出他性格的刚强乐观、心灵的美好善良，以及骨子里充满悲怆感的自尊。此外，这部作品塑造的一系列女性形象也给人留下了深刻的印象，如佟丽、大咋呼、三姐、平平、亮亮等，作品既写出了她们因为劳动而销蚀掉本应属于她们的女性之美的遗憾，同时更写出了她们在面临人生困顿，以及走向新生活的过程中，在内心深处所具有的女性特有的善良、温柔、坚忍。

在艺术呈现方式上的独特面貌是这部剧作获得巨大成功的重要因素。一贯以注重视觉和思想冲击力，以充满诗情著称的导演查明哲，为该剧的现实主义风格融入了极为强烈的情感色彩和形式上的审美浓度。他在追求生活的本质与真实基础上，做了充满艺术性的演绎，使作品焕发出浑厚凝重的光芒，更富感染力与征服力。

黄盈的京味话剧《枣树》的故事背景是20世纪90年代的北京。大幕拉开，观众眼前俨然是一个北京大杂院，这里就是枣花胡同31号。正对面的一间大屋，是老住户何奶奶一家的住处，七十多岁的何奶奶三代同堂，老伴去世后，她守着他们定情的老枣树打发余生。何奶奶的儿子何鑫在厂里做工，工厂不景气，小院子里常见他晃动的身影。何鑫的媳妇淑君贤惠、温顺，因其户口不在北京，儿子小鹏上学就得交一笔不小的赞助费，经济压力给何家人带来心理阴影。何奶奶的女儿何晶嫁给了自小的玩伴，却因对方在大学教书、自己没有文凭而心气难平，每遇争吵便跑回娘家。在紧挨大屋、屋顶略矮的房子里，住着关磊一家三口，本来还有关磊的弟弟关乐，关乐结婚后在后院另住。关磊所在的工厂也近乎倒闭，他挣钱不多，惧怕老婆，媳妇陈雅萍精于算计，爱使性子。自从关乐娶了外地媳妇后，陈雅萍便对小叔子心存芥蒂，再加上关乐游手好闲、贫嘴呱舌，关乐的媳妇小翠性格率直，争强好胜，妯娌之间不时闹出口舌之争。小院的东屋里住着赵刚父女，因为家中没有女主人，赵刚又是个出租车司机，常常顾不上女儿的学习，女儿的女老师只好时常到家中辅导，一来二去，赵刚与女老师渐生情谊，最后成为一家人。

枣花胡同31号院的众人，可谓北京平民生活的缩影。他们彼此的生活息息相关，他们会为鸡毛蒜皮闹出点小矛盾。小院即将拆迁，他们各自施展心机，而何大妈最割舍不下的是院子里老伴种下的那棵枣树。最后，小院里的人家一一搬离，剩下何大妈寂然独坐在院子里，跟老枣树告别，诉说不舍的心曲。该剧并不直接表现老屋拆与被拆的矛盾，而是旨在表现树与人的关系，揭示的主题是：树没了，人在哪里？情何所系？心何所依？剧作者透过经济社会现象，审视社会与人心。

《枣树》的结构不循常例，这是一出展示北京杂院里平民生活的群像戏，它并没有遵循一人一事的集中性原则，没有通常的反面力量，只是塑造了一群本性良善的平头百姓登不得台面的喜怒哀乐。除了院中住户以及他们各自的生活，还不时穿插进收破烂儿的、估房产的、居委会的、邻居串门的各色人等。这些人物的出现，是你方唱罢我登场，进出自如，犹如日常生活本身。

《枣树》的舞台设计显示了现实主义的艺术风格，很具象，很生活化，如屋檐下的蒜辫子、辣椒串，过道里的旧桌椅、破暖瓶，墙角处的蜂窝煤、老扫帚，这一切都意在还原四合院里的真实人生，再现锅碗瓢盆中的日常生活情景。舞台设计真实质朴，融入观众的情感，是剧作者有意识追求的艺术效果。

《枣树》具有鲜明的地域特征，在亦喜亦忧之间表现着京味文化的隽永。小院里的人们，除了嫁进门来的外地人小翠之外，人人甩着一口京片子，把“我们”说成“姆们”，把“那样”说成“内样”，一生气便大叫“姥姥”，遇到麻烦与人申辩：“不是我挤对你，是这事儿它挤对咱不是?”鲜明、简洁的胡同语言里透出慢生活、自从容的风趣、幽默，人物性格里显出达观、随和。

万方的《有一种毒药》表现了现代家庭中人与人之间的矛盾、隔膜与心灵隐痛。剧中没有重大事件，很多戏剧冲突都源于人物的不同性格及各自不同的立场。母亲兰宏独立支撑着一家装修公司，家庭与社会的双重压力使其情感粗糙、个性强硬。她剥夺了丈夫老高的人生志向，斩断其成为歌唱家的梦想，把他变成一个终日酗酒的糊涂虫；她把成年的儿子高科牢牢抓在手中，将其变成无权无钱的佣工。高科爱上了一个病弱女子小雅，她极力反对，两个年轻人还是结了婚，此后她的眼前便时时晃动着坐在轮椅上的儿媳妇的身影。小雅为资助表弟实现电影梦，怂恿丈夫从公司里拿出10万块钱，兰宏知道后，大发雷霆。

剧中，兰宏既不是一个封建社会的恶婆婆形象，也不是一个新社会通情达理的婆婆形象，而是一个介于两者之间的矛盾体。她是一个非常能干的职业女性，曾经经营公司，操纵着家里的财政大权，丈夫、儿子、儿媳妇都靠她养活。然而这样一个人物并没有得到家人的尊重，相反成了一个不受欢迎的人。剧作将这个人物的所有侧面都表现得淋漓尽致，既专制、跋扈、歇斯底里，又无助、软弱。她处处看不上儿媳妇，最后却又对儿媳妇既愤恨又无奈。这样一个人物形象令人唏嘘不已。

万方的《有一种毒药》为观众呈现了一种既熟悉又常被忽略的社会关系——没有敌人，只有亲人和爱人，所有冲突和矛盾都存在于其间，甚至剧中的儿媳妇小雅以及小雅的表弟都是心存理想的人，然而他们的理想却伤害了其他人，尤其伤害了兰宏，他们成了兰宏的“毒药”。兰宏虽然一心想把最好的都给儿子，但也伤害了儿子，甚至也伤害了儿媳妇小雅，她也成了别人的“毒药”。

谈起剧名，作为编剧的万方解释说，当人们追求违背自己意愿的目标时，幸福是一种“毒药”，爱情是一种“毒药”，“毒”是指对心灵的侵害。《有一种毒药》表面上看是写了一个家庭，写了家庭中夫妻、母子、婆媳之间情感上和金钱上的种种矛盾，但是，它没有停留在描写婚姻、恋爱和金钱纠纷的表层，而是透过一个家庭中人与人之间的种种情感矛盾和财产纠纷，折射出社会的某些本质问题，在反映社会进步、人们意识更新的同时，也思索了处在传统与现代夹缝中的人们物欲的偏执、情感的危机、灵魂的空茫和精神的萎缩，使一个普普通通的题材具有一般作品所不具备的深刻内涵。

第三节　历史的反思

除了现实题材的话剧之外，一些剧作者也从历史文化中寻找资源，他们站在当代文化立场，借助历史现象，阐发人性的隐秘性与历史背后的深刻哲理，如李龙云的《天朝上邦》三部曲、郭启宏的《知己》、刘恒的《窝头会馆》等。

李龙云的《天朝上邦》三部曲包括《家事》《国事》《天下事》。其中第一部《家事》根据老舍生前未竟长篇小说《正红旗下》改编，而第二部《国事》、第三部《天下事》是李龙云的原创。

《天朝上邦》三部曲描写了庚子之乱中北京的苦难：京都陷落，老舍的父亲战死，王十成、博胜之被杀，小博胜之自刎，报国寺众僧殉节，贵族大员与名士高人蒙受奇耻大辱，大姐夫家败落潦倒……《天朝上邦》三部曲不像传统话剧那样以时间为轴线，展现一个有发生、发展、高潮、结局的情节，它和《茶馆》一样，在空间结构上通过描写诸多人物展示社会变迁。《天朝上邦》三部曲展示的是一个趋向死亡的末世文明社会。如第二部《国事》刻画了丰富的人物群像，剧本写了不食人间烟火的画家、痴迷京剧的票友、昏聩糊涂的贵族大员、崇拜岳飞的爱国骁骑校、卖国求利的无耻汉奸和慷慨赴死的报国寺众僧。高蹈遗世的艺术家要由在尘世化缘的穷困和尚来养活；票友以朝圣般的虔信与热情，半夜起床挤在谭鑫培宅院外听他吊嗓子；定大爷相信洋人“幼而失学，好贪点小便宜”，慨然允诺“给他就是了！”，于是请洋人来饭桌上领教“礼”数文明；多甫要当岳飞一样的爱国英雄，便在脊背上刺字，终于忍受不了疼痛，只刺下“精忠报”，缺了一个“国”字；博胜之拿老婆换一对鸽子，鸽子死了，他迁怒于洋人，因此“爱国主义激情油然而生”，又在稚子“口中的古训的撩拨下”，昏天黑地，枪杀德国公使；大祸临头，朝廷和庶民争相吹嘘，邀功封赏；沦陷之时，生灵涂炭，王公士人受辱，买办从朝廷赔款中赚足了银子，奴才汉奸更是讨好洋人，摧残同胞……李龙云把这些令人悲哀的末世文明中的人物写得令人捧腹。他对那种缺乏现代理性和个性觉醒的所谓的“爱国主义”的讥讽，极其深刻！而李龙云又描写了报国寺方丈和众僧，以及多老二等人为保持个人尊严乃至人的尊严的悲壮殉节。

剧作展示了广阔的社会场景，描绘了一幅民族文化、精神蜕变的历史画卷。剧作并没有正面描写义和团运动与抵抗八国联军的战争，而是写在这场战争中一群文人的命运和心灵。这群形形色色的文人，在传统文化的浸润下，形成了各种畸形的人格，而乱世纷争、中西冲突又凸显了这些文人可悲可叹的命运。李龙云以犀利的目光，透视出我们民族灵魂的痼疾，剖析了传统文化的病根。

《天朝上邦》三部曲既是一部关于清末京都庚子之难的史诗，也是一部有关末世文明的心灵史诗，它更是一部指向现代化的启蒙之作。

郭启宏的话剧《知己》，延续了他此前《李白》《天之骄子》等历史剧对中国传统文人心态及命运进行探讨的主题，在思想上则更进一步，不再将士人的怀才不遇等作为主要矛盾，而表现更具普遍意义的人性的执着和异化。

《知己》讲述在清顺治年间，大才子顾贞观为了营救受科场舞弊案牵连的知己吴兆骞，不惜忍受屈辱，到宰相纳兰明珠府上做教书先生，以寻找机会向权贵进言，发誓此生“盼乌头马角终相救”。顾贞观一等就是20年，终于将吴兆骞从苦寒之地解救回来。剧作叙事主要集中在顾贞观对朋友的一腔热忱，以及对知己舍生忘死的营救行动上。顾贞观最终将吴兆骞从宁古塔营救出来，但二人却形同陌路。宁古塔的残酷环境和死亡威胁，让吴兆骞尽弃文人的锐气和傲骨，变成了趋炎附势的卑怯小人。剧中有一个细节，当吴兆骞看到纳兰明珠的长袍襟下沾了几粒草籽时，竟然跪在地上帮他摘取。顾贞观的内心陷入空虚和失落之中。顾贞观和吴兆骞友情的破裂，表面上看是顾贞观不顾生死、一厢情愿的真心付出得不到吴兆骞对等的情感回馈；实际上，他们两个人真正的分歧在于顾贞观固守精神领地，对文人的尊严风骨犹有憧憬，而吴兆骞历经流放生涯，已被打压、异化，精神世界已被摧垮。顾贞观怅然离开明珠府，他不再纠结于吴兆骞对友情的漠然，而是怀着深深的悲哀。面对吴兆骞的改变，顾贞观选择了宽容。

除此之外，剧中还借顾贞观之口喊出了人的自省："蜘蛛结网，蚯蚓松土，为了活着；缸里金鱼摆尾，架上鹦鹉学舌，为了活着；密匝匝蚂蚁搬家，乱纷纷苍蝇争血，也是为了活着；满世界蜂忙蝶乱，牛奔马走，狗跳鸡飞，哪一样不为活着？可人生在世，只是为了活着？人，万物之灵长，亿万斯年修炼的形骸，天地间无与伦比的精魂，只是为了活着？读书人悬梁刺股、凿壁囊萤、博古通今、学究天人，只是为了活着？"这段独白悲愤而又无奈，顾贞观不仅看到了故人的改变，也看到了生而为人的局限性，但他无法改变这种局限性。

刘恒的剧作《窝头会馆》讲述了新中国成立前夕，北平一个普通大杂院——窝头会馆中住户们的人生百态，展示了在特定历史条件下小人物生存的艰辛，表现出对困境中人性的叩问。窝头会馆俨然是当时社会世态的一个缩影，在一个新旧夹陈的年代，既有前清遗老遗少苟且于此，也有民国的市井百姓偷生于此；既有国军爪牙狗腿叫嚣于此，也有革命的新生力量奋斗于此。乱世之下，物价暴涨，通货膨胀严重，老百姓生活在水深火热之中。作为国民政府的爪牙，肖保长的横征暴敛变本加厉，而苑国钟、田翠兰、金穆蓉等市井细民身负苛捐杂税的重担，为求生存而穷形尽相。在生活的重压下，小市民怀揣着求生的欲望一步一步突破尊严、道德、伦理的底线，他们争吵、嫉妒、逼迫、倾轧、耍阴谋，正如剧中人物苑江淼所言，这是一个"烂透了的窝头会馆"。在窝头会馆里，所有的人都在灰暗的苦难里挣扎，人如草芥一般、蝼蚁一般生存。剧作抛开了一切精神因素，赤裸裸地讨论人的生理，食、性、住成为主角。刘恒在描写这些时不带主观色彩，只是把人物的生存状态真实地展示出来。

刘恒说，该剧的主题说文了是"困境"，说白了就是"钱"，外在的困境是资源短缺，内在的困境是欲望不灭。金钱的缺乏是剧中所有人生存困境的根源。苑国钟虽是窝头会馆的房东，但在收房租的时候却屡屡受阻，私酒和茉莉花卖不出去，咸菜都被熟人拿光，不止生活贫困，还要抚养生痨病的儿子；金穆蓉一家屯药材把钱全搭进去了；因为要养活女儿，曾经做过"暗门子"的田翠兰一家则做着炒肝窝头的生意，艰难度日。剧中每个人都在追逐着金钱，被金钱牢牢困住，无法脱身。

事实上，剧中呈现的远远超过"钱"与"欲望"。不但苑国钟、田翠兰的正直、善良体现出人性的美好，他们更是代表着与"烂透了"的社会抗衡的新生力量，他们选择了共产主义信仰，向往着新中国，而剧终那一声新生儿的啼哭更是具有明确的象征意味。

第四节　经典的改编

除了原创的话剧之外，剧作者们还对一些经典的文学作品进行改编，他们吸纳了原著的精华，同时又积极创新，使经典作品焕发出新的光彩。进入新世纪以来，改编话剧成为现代话剧创作中一股不可忽视的方面，出现了一批反响较大的作品，如赵耀民改编自王安忆同名小说的《长恨歌》，孟冰改编自陈忠实同名小说的《白鹿原》、改编自路遥同名小说的《平凡的世界》，喻荣军改编自英国女作家夏洛蒂·勃朗特同名小说的《简·爱》、改编自毕飞宇同名小说的《推拿》，张先、许绿伦改编自余华同名小说的《活着》，田沁鑫、安莹改编自老舍同名小说的《四世同堂》，北婴改编自苏童《女妇女生活》的《女性生活》，等等。

《四世同堂》是老舍先生写于全面抗战时期的作品，小说以北平为背景，描写了从卢沟桥事变到1945年抗战结束这段时间中北平民众讨生活的方式和命运流变过程，是一部描写乱世的"平民史诗"。小说布局严谨，分为《惶惑》《偷生》《饥荒》三部。田沁鑫等改编的话剧《四世同堂》采用三幕结构方式，将三部平移为三幕，将不同人物在全面抗战时期的成长变化，及其间家国情感与个人情感、国家命运和人物命运之间的关系，分布在三幕剧本之中。

第一幕，1937年夏天，小羊圈胡同三户人家出场。乱世投机的冠晓荷——冠家，热爱北平的知识分子钱默吟——钱家，模范的四世同堂家庭代表祁老人——祁家，面对卢沟桥事变，三户人家秉持三种截然不同的立场。随即，胡同里的居民伴随着各种议论上场，构成这部"平民史诗"的基本形态。

第二幕，从1940年到1941年秋天，冠家由于出卖了钱家，冠晓荷的老婆大赤包当上了西城妓女所所长。钱默吟家破人亡，祁老人的孙子被日本人抓走。祁老人的孙子祁家老三祁瑞全被大哥祁瑞宣（祁家长孙）安排出城抗日，最明白事理的祁瑞宣只能在为国效忠与为家尽孝间选择尽孝。因为，北平城出现了吃喝这样迫切的问题。

第三幕，1944年冬天，老百姓民不聊生，路面上已经出现饿死的人，生活困难至极。钱默吟被日本人放了出来，回到家中。冠家由于分赃不均被人告倒，大赤包锒铛入狱。祁老人的大儿子祁天佑被日本人当奸商游街，不堪屈辱，投河自尽。祁家老二祁瑞丰被乱枪打死，祁老人的重孙女小妞子饿死。在不堪重负中，祁老人坚持过了他的80大寿。

话剧《四世同堂》聚焦于特定时代下的日常生活、形形色色人物的悲剧命运，显示了国家倾覆下小人物的无奈沉沦。老舍对侵略者铁蹄下的人物，都怀有一种人文主义的悲悯之情，这种情怀也贯穿在同名话剧之中。这部剧中人物众多，场面多变，却如长线串珠般被安排得井然不乱。这部剧在改编过程中，显然融入了当代意识，也显现了老舍经典小说跨越时空的艺术魅力。

自20世纪90年代发表以来，陈忠实的长篇小说《白鹿原》一直拥有极高的关注度。由于原小说的情节线索纷繁、人物众多且关系复杂、时间跨度较大等，很多人都认为：长篇小说是《白鹿原》最好的艺术承载形式，任何试图将之改编为其他艺术形式的工作都必将极为艰难。然而，数十年来围绕《白鹿原》所展开的各种艺术形式的改编，如秦腔、陶塑、连环画、话剧、舞剧、电影等，却一直都在前赴后继地进行着。其间，历经数年打磨，由孟冰改编、林兆华执导，集结了来自北京人民艺术剧院、总政话剧团等的众多艺术家们的话剧《白鹿原》一经呈现于舞台，就因其鲜活的地域特色、独特的艺术风格所凸显出的颇具民族化、个性化的戏剧表达，成功取得了极佳的现场演出效果，但也引发了一些关于改编的忧思。

陈忠实的这部小说虽然主要围绕发生在白鹿原上白、鹿两家之间的故事，描绘了从19世纪末到20世纪中叶这一特定历史时期的农村生活，但是更为值得注意的是，其在展现陕西关中独特的风土人情和社会变迁的同时，对于个人、家族乃至民族的历史和命运的审视和反思。要将这部近50万字的长篇小说搬上话剧舞台，不仅要在艺术体裁、艺术表现形式之间转换，而且要将几十年的沧桑、两代人的沉浮所浓缩和投射出的一个民族的心灵苦难史，全部收纳和呈现在舞台这一方有限的时间和空间之内，这就意味着改编者必须在现场观众的注视下、在两个半小时之内完成对原著内涵的一种“现在时”的重构。

在导演林兆华的率领下，为了营造那种扑面而来的古朴苍凉的史诗感，全剧不仅要在横亘绵延、几乎占据了整个舞台的“白鹿古原”上展开，要虚实相间地、划分不同的表演区来实现空间调度上的纵横穿插以及时空的迅速转换，还要演员们都操起陕西方言营造氛围，并依恃贯穿始终的老腔、秦腔来凝聚出白鹿原人的灵性与魂魄，以便在舞台上浓缩却又是全景式地勾勒出这块日渐成为你争我夺的古原上的人生百态。最终，话剧的主创人员以对舞台节奏大气流畅的有效把控以及对多种舞台表现元素的娴熟运用，获得了赞誉。但同时，关于话剧《白鹿原》的改编策略以及舞台处理方式，也引发了颇多质疑，可谓是毁誉参半。

毫无疑问，主创人员对于《白鹿原》的改编是狠下了一番功夫的，对原著中素材的筛选和提炼及故事情节的铺排、发展和转折等，显然也都颇费思量。他们对舞台时空的叙述方式、舞台整体的把握和控制以及在舞台呈现的诗意表达上的匠心，体现在遵从戏剧凝练集中的处理方式，通过对小说中一些人物、情节的合并、删减和重构等，令全剧的情节更为精简、节奏更显流畅和紧凑。话剧先是以白嘉轩换取鹿子霖家那块风水宝地这一事件切入全篇，不仅迅速地跳过了原小说娓娓道来的第一章而直接入戏，铺展了整个故事的发展线索，纠结起了人物的相互关系，还以最经济的方式向观众点明了白鹿原的来历与相关的传说、背景。随后，小说中原本或顺序或并列发生的事件，或是靠着倒叙、插叙才令读者理清的前因后果，都被压缩、重置和扭结在一个又一个具有特殊意义的时刻里。也正是话剧的主创人员从原作中提炼出了这些特殊的时刻，从而让全剧得以切入小说的肌理，而他们对素材进行延展和生发所营造出的戏剧场面，又让白嘉轩、鹿子霖、鹿兆鹏、鹿黑娃、田小娥等主要人物的登场更具目的性和主动性，拜祠堂、砸祠堂、美人计、镇妖娥、三角恋、祭英魂等戏码伴随着白鹿原的风云变幻也更为集中和浓烈，舞台效果也更为强烈。

全剧以情节的整一性和集中等为原则，将纷杂的人物、叙事线索等加以删减、扭结或合并，以立体、简洁的舞台语言展现小说的诸多情节，令话剧《白鹿原》以节奏之快、各情节段落间的衔接之紧，尽显现代质感。但是，随之而来的也有弊端。比如，为了迅速地推进剧情，开场的换地风波匆匆忙忙，略去了白嘉轩的故意反复与斟酌，使人物的出场亮相少了展现其心思与谋划的重要戏码，而代之以白嘉轩、鹿子霖二人为争买寡妇家的地打架被劝和后对骂的戏码，这样做显然分量不够。实际上，这也与话剧《白鹿原》在改编过程中，对于人物的定位有关。在话剧中，白嘉轩形象高大，他的仁义、忠厚和好强被突出，算计和狡黠则完全被屏蔽。全剧紧紧围绕主人公白嘉轩的生命轨迹来展现出创作意图，但当作为对抗人物存在的鹿子霖完全沦为白嘉轩陪衬的时候，不够势均力敌的争斗也自然少了许多色彩，同时也带来整体布局上的失衡。

实际上，话剧《白鹿原》为实现原汁原味、全景式地复现原作，对于情节的重视大大超越了对原作内涵的传递，而情节的迅速推进与戏剧性的刻意强化，在吸引了观众注意力、获得良好剧场效果的同时，也让主创人员忽视了许多有价值的场面。由于忙于推进情节，原本很多可以带有象征意味的重场戏都被轻易放过，以致全剧在整体上缺少了对于主要人物以及人物之间情感状态的细致展现，这也必然带来作品层次感和递进性的缺失，导致平面化。虽然，主创人员设计由老腔、秦腔作为舞台上的贯穿亮点，但这终究属于一种外在的影响。如果那份厚重苍凉的历史感不是从剧作自身，不是从剧中人物自内而外地升发出来的话，那么，不管演员们以独特的声音营造和开拓出了多么新的舞台空间，不管他们将老腔和秦腔吼得多么有味道，不管所选取的唱词穿插在剧情中多么契合人物心理，也依然只是渲染氛围的手段，而非全剧的灵魂所在。

小说《长恨歌》曾荣获第五届茅盾文学奖，作品中除了对人物故事与内心有细腻描写外，还包含大量对时代背景和社会风情的描述，引发人们对人生、社会、历史等问题的思索，因此有人称其为“现代上海史诗”。将这样一部20多万字的小说改编成话剧并不是一件容易的事。话剧《长恨歌》抓住了原著的精髓，在对原著内容做出精准选择的基础上，又进行了适合戏剧舞台的改编，通过细腻而不失幽默的诠释，在3小时内牢牢抓住观众的心。话剧《长恨歌》的改编主要体现在以下方面：

第一，故事结构和情节安排的改编。作为一种时空综合艺术，话剧受到的限制远远大于其他艺术形式，不仅叙事时间有限，而且固定的舞台条件也给剧情的展开增加了难度，因此话剧《长恨歌》在故事结构和情节的安排上都进行了一定的改编，而这些选择性的加工过程，使得剧作者的个性意志得以体现，使故事主线更加明晰、节奏更加紧凑、冲突更富于戏剧性。

全剧分为三幕，截取了王琦瑶一生中三个彼此关联而相对独立的时间段，通过不同的生活场景，演绎出不同时期的王琦瑶和李主任、康明逊、老克勒这三个男人的情感纠葛。主人公王琦瑶是上海弄堂里走出来的女子，她聪慧而美丽，柔弱而坚韧。民国时期，她试图以青春美貌改变命运，参加了上海小姐竞选，胜出后做了某大员的“金丝雀”。后来大员遇难，上海解放，王琦瑶陷入一种上不着天下不着地的人生境地，她除了妩媚的姿容外别无长计。她不会向命运做决绝的抗争，也不愿抛舍昔日生活方式和情调，于是隐瞒了过去的身世，开了一家小诊所，远离社会中心，与世无争地生活着。表面的日子平淡如水，内心的情感潮水却从未平息。后来她爱上了一位落魄的旧时公子哥。可是当她未婚先孕时，那位公子哥却沉默地疏远了她，她只好独自吞咽苦果。王琦瑶对旧上海的迷恋，既是她始终不舍的繁华旧梦，也是她想象中反抗庸凡现实的盾牌。历史进入20世纪80年代，老上海成为一个不可企及的文化符号，被一些时髦人物怀想和憧憬，一位怀旧青年与王琦瑶发生畸恋。王琦瑶后来被一个盗窃她财产的青年杀死。她那一直带在身边、被窃贼认作财宝的盒子，其实里面空无一物，这恰如王琦瑶荒唐而悲哀的人生，以及她由此幻想的富贵迷梦。

在三幕话剧中，王琦瑶分别来自20世纪40年代、50年代和80年代，对应新中国成立、社会主义改造和改革开放三个重要的历史转折时期，话剧在浓缩的几幕场景中构建人物性格与命运的关联。相比小说中隐晦而复杂的时间叙述，话剧进行了一定的简化，使故事时间线条明朗起来。同时，话剧虽然对小说文本中的许多细节进行了删减，甚至直接取消了王琦瑶与程先生和阿二的两段感情故事，但却保留了小说的主要情节，较好地保持了故事结构的完整性。

第二，人物和人物关系的改写。总体来看，话剧《长恨歌》并没有对小说中的人物及人物关系做出很大改动，基本保留了所有主要人物，他们的个性特征和个人结局也大致符合原著。但编剧在人物形象处理和主次关系安排上还是进行了一些调整。

首先是弱化程先生的形象。在小说中，王安忆着墨最多的男性人物非程先生莫属。作为第一个进入王琦瑶生活中的男人，程先生自始至终都默默地充当着守护者的角色：早期他为王琦瑶拍摄照片，设计礼服，帮助她成为“沪上名媛”；后来面对未婚先孕的王琦瑶，他选择不顾世俗眼光照料她直至生下孩子。他们从未真正在一起，但程先生却从未真正离开过王琦瑶，可以说程先生是贯穿王琦瑶大半生的重要人物。但在话剧中，程先生只在第一幕里作为王琦瑶的爱慕者出现过，并在揣测王琦瑶的婚期之后悄然离开了。因为原著中许多颇能体现造化弄人的情节被删减，程先生这个人物的形象远不如小说中那样独具悲剧色彩而丰满感人。除此之外，王安忆写程先生，不只是写一名上海的小职员，更在他身上寄托了对老上海无限的温柔情怀和无奈感伤。程先生象征的是普通上海人平淡生活底下的暗潮涌动，他的隐忍坚持和沉默的目光，更体现了一个城市所应当具有的历史底蕴和可贵记忆，而随着时代的变迁，旧上海的荣光也逐渐在新的时代烛照下黯淡，他的自杀就远不止一个生命的落幕，更寓意着一个时代的落幕。然而程先生的这层象征意义很难在话剧中得到体现。

其次是删除阿二和薇薇的戏份。在话剧中，剧作者大刀阔斧地修剪了旁支、突出了主干。有关邬桥和阿二的段落被全部删除，使叙事节奏更加紧凑。但从整部小说的结构上看，邬桥这个连接着王琦瑶前后两段迥然不同人生的地方，是承担着承上启下的重要作用的。阿二也是王琦瑶一生中所遇见的男人里最与众不同的一个，他填补了李主任离去后的空白，勾起了王琦瑶纯洁而怅惘的情思。王安忆用近乎散文式的抒情笔触渲染了邬桥作为上海前身代表的古老与包容，为在李主任身亡后受到心灵重创的王琦瑶荡除风尘铅华，也为她增添了一分对于人世沧桑的感受和浮华过后的平实与成熟。正是在邬桥上，作者用最唯美纯情的笔调安排了王琦瑶与阿二的相识。王琦瑶与阿二之间带着“同是天涯沦落人”的惺惺相惜，他们是彼此的镜子，照出心底深处最纯净的自己。同样，薇薇这一角色的删除在一定程度上也令话剧主线更加清晰。在小说中薇薇的成长时间跨度很大，与母亲王琦瑶的相处细节也大多体现在日常琐事之中。其中母女二人暗流涌动的“斗法”更多是复杂而隐晦的心理活动，这些都为舞台呈现制造了困难。虽然薇薇的离开并不影响王琦瑶一生悲剧的走向，但是由于缺乏了她的沟通作用，王琦瑶和张永红、长脚和老克勒的相识就变得十分突兀，如此缺少铺垫而进展迅速的剧情，很可能会令没有读过原著的观众对突然出现的新角色感到一头雾水，并对后续王琦瑶与老克勒的黄昏恋难以理解。

最后是改写康明逊的形象。话剧第二幕主要讲王琦瑶和康明逊的一段爱情故事。其中康明逊这个角色与小说相比，也做了一定的改动。在话剧中康明逊是通过打针与王琦瑶相识的，又用“一盒苏兰带回来的营养针”引出了麻将四人组的另一个成员：萨沙。这处改编省去了小说中冗长的叙述和场景的复杂转换，很适合话剧节奏明快的特点。但是话剧中过于简洁的叙事导致情节铺垫不到位，比如康明逊前去探望王琦瑶孩子的场景。话剧仅仅简单交代了康明逊庶出的身份和复杂的家庭背景，又删去了王琦瑶怀孕后想要堕胎和诬陷萨沙的情节。因此这里王琦瑶不许康明逊看孩子的部分就显得极不合理。为什么康明逊不能迎娶王琦瑶？为什么王琦瑶愿意把孩子生下来？在前文中和王琦瑶并无半点暧昧关系的萨沙，为什么又突然成了孩子的父亲？这么多疑问在剧本中找不到答案，没有读过小说的观众也一定难以明白。另外在话剧中康明逊最后被解送甘肃劳改农场，不久死于饥荒。似乎他的生命是由于时代原因而被迫终结的。小说将康明逊的沉默离开与王琦瑶不顾流言生产并抚养孩子长大的行为进行对比，以康明逊的软弱、虚伪衬托出王琦瑶追求爱情的坚强和执着，在话剧中效果就被弱化了，康明逊这个人物形象也就显得有些苍白、单薄了。

第三，叙事手法的变化。一是强调对白的作用。由于话剧主要是通过大量的舞台人物对话来塑造具体的人物形象和表达主题的，因此在对《长恨歌》这部极具散文气质的小说进行改编时，剧作者刻意强调了对白的作用。在话剧《长恨歌》中，对白的作用首先体现在交代背景上。话剧淡化了事件发生的具体年份，只通过舞台布景和人物对话暗示这些历史背景。比如在第二幕中，严师母对王琦瑶抱怨严先生把钱看得太重，“先是说房价在跌，再等等，后来又说要打仗，再后来解放了，再后来公私合营了”，短短几句话便叙述明白了一段历史变迁。在小说中由王安忆不吝笔墨、娓娓道来的王琦瑶学习打针并以此为生的情况，康明逊复杂的家庭背景，长脚表里不一的生活状态，在话剧中全部被设计成了以对话的模式展现。这些不怎么重要却又不得不说明的事情，正是通过对话的方式，迅速向观众做了交代。

二是重视舞台设计和效果。话剧作为综合性艺术，虽然以人物的动作和对话为主要表现形式，但是包括布景、灯光、音效等方面在内的舞台设计也是影响话剧表演效果的重要因素之一。剧作者在剧本中有意重视舞台设计，虽然这对于故事内容没有特殊影响，但是却能在表现形式上给观众带来全新的体验。话剧《长恨歌》第一幕选用了“金嗓子”周璇在20世纪30年代的金曲《讨厌的早晨》作为开场，配合“石库门弄堂房子”的舞台设计，从听觉和视觉两个方面将观众带回20世纪40年代的老上海，这一处设计立即让小说中花费大量笔墨所描述的上海弄堂立体呈现出来。然而值得注意的是，“上海”在小说中和话剧中的存在价值是有差别的。在王安忆的笔下，虽然没有关于上海这个繁华都市的宏大叙事，没有时代事件的震撼，也没有新旧朝代的嬗变，只把上海作为一个背景，为整个故事笼上一层沧桑的薄雾，但是她不断强调着这座城市与生活在其中的人物尤其是王琦瑶之间的密切关系：上海孕育了王琦瑶，而王琦瑶一生的故事也是这座城市命运的象征。而在话剧中，舞台削弱了人和城市之间这一层微妙而难以表达的关联，即使拥有具体的布景和音效，上海在此也几乎只是作为故事的发生地点，这是话剧改编中不足的一点。

思考与练习

1. 简析话剧《矸子山上的男人女人》中的秦大咧咧人物形象。

2. 简述话剧《知己》的主题。

3. 陈忠实的长篇小说《白鹿原》吸引了众多人尝试改编，得失兼有。请分别对北京人民艺术剧院和陕西人民艺术剧院改编的话剧《白鹿原》的得失成败进行评析。

拓展学习

《田沁鑫的戏剧本》（北京大学出版社2010年版）收录了田沁鑫创作的《明》《红玫瑰与白玫瑰》《赵氏孤儿》《狂飙》《生死场》《断腕》等作品，结合《田沁鑫的戏剧场》（北京大学出版社2009年版）阅读，可了解田沁鑫的话剧佳作及话剧创作观念。

读者意见反馈

为收集对教材的意见建议，进一步完善教材编写并做好服务工作，读者可将对本教材的意见建议通过如下渠道反馈至我社。

咨询电话　400-810-0598

反馈邮箱　gjdzfwb@pub.hep.cn

通信地址　北京市朝阳区惠新东街 4 号富盛大厦 1 座　高等教育出版社总编辑办公室

邮政编码　100029